모던 클래식
045

The Robber Bride
Margaret Atwood

도둑 신부 2

마거릿 애트우드

이은선 옮김

민음사

THE ROBBER BRIDE
by Margaret Atwood

차 례

도둑 신부

　로즈는 사무실을 왔다 갔다 하며 담배를 피우고 지난주에 책상 서랍 안에 넣어 두고 깜빡하는 바람에 퀴퀴해진 치즈 막대 과자를 먹으며 기다린다. 담배 피우고 먹고 기다리기. 그녀의 인생은 이 세 가지로 요약된다. 뭘 기다리는 걸까? 피드백이 이렇게 빨리 오지는 않을 것이다. 헝가리 탐정 해리엇이 아무리 유능해도 지니아의 냄새를 맡으려면 며칠은 걸릴 것이다. 지니아는 빤한 곳에 숨을 위인이 아니다. 어쩌면 그녀는 숨어 있는 게 아닐지 모른다. 환한 대낮에 활보하고 다닐지 모른다. 로즈가 납작 엎드려 침대 밑에 고개를 박고 아무리 최첨단 청소기를 동원해도 계속 쌓이는 것만 같은 머리털 뭉치와 말라 죽은 벌레를 뒤지는 동안 지니아는 방 한가운데 떡하니 서 있을지 모른다. 눈에 보이는 게 진실이야. 그녀가 로즈에게 말한다. 아니면 네가 제대로 보지 못한 거지. 그녀는 이런 식으로 콕 집어 말하는 것을 좋아한다.

　로즈는 창가에서 발걸음을 멈춘다. 그녀의 사무실은 당연히 꼭대기 층 구석 자리다. 로즈 같은 잔챙이라도 토론토의 회사 사장이면 꼭대기 층 구석 자리를 차지하게 되어 있다. 그것이 지위의 상징이다. 이 도시의 계급 구도에서 가장 으뜸으로 쳐 주는 것이 전망 좋은 사무실이다. 전망이래 봐야 대부분 놀고 있는 크레인과 건설 현장의 비계와 자동차들이 딱정벌레만 하게 보이는 고속도로와 스파게티처럼 구불구불한 철로에 불과하다 하더라도 말이다. 하지만 로즈의 사무실에 들어선 사람은 누구라도 당장 이 사무실에 담긴 의미를 간파한다. 모두들 경의를 표하시오! 에헴! 에헴! 사방을 개관할 수 있는 군주랄까.

군주 좋아하시네. 이제는 누구도 군주가 될 수 없다. 그 어떤 것도 통제가 불가능하다.

이 앞에 서면 호수와 흰개미가 우글거리는 매립지에 건설 중인 미래의 요트 정박지와 허물어져 가는 캐리스의 조그마한 보금자리가 있는 섬이 보인다. 그리고 다른 창가로 다가가면 세계에서 가장 높은 피뢰침이라는 CN 타워와 그 옆 스카이 돔 경기장이 보인다. CN 타워가 상징하는 것은 코와 눈 아니면 당근과 양파 아니면 남근과 난자다. 소문에 따르면 투자자들이 빈털터리가 됐다고 하니 로즈가 거기 투자하지 않은 게 얼마나 다행인지 모른다. 두 창문이 만나는 귀퉁이에 서서 북쪽을 바라보면 나무가 황금빛으로 물드는 이 무렵의 대학 교정이 보이고, 빨간 벽돌을 가지고 고딕식으로 지은 실패작이라 할 수 있는 토니의 연구실 건물이 그 나무 뒤에 숨어 있다. 하지만 탑까지 달려 있으니 토니에게는 그 이상 어울릴 수 없는 곳이다. 그녀는 그 속에 틀어박혀 천하무적인 척할 수 있다.

다른 두 친구가 지금 뭘 하고 있을지 궁금하다. 그녀처럼 불안해하며 서성이고 있을까? 하늘에서 내려다보면 그들 셋이 삼각형 대형을 이루고 있고 로즈가 정점에 있을 것이다. 소녀 탐정 낸시 드류가 그랬던 것처럼 손전등으로 서로에게 신호를 보낼 수 있다. 물론 24시간 대기 중인 전화가 있기는 하지만.

로즈는 수화기를 들고 번호를 누르다 내려놓는다. 친구들에게 무슨 이야기를 들을 수 있을까? 그들은 그녀만큼 지니아에 대해 잘 알지 못한다. 그녀보다 아는 게 없을 것이다.

로즈의 손에서 땀이 난다. 겨드랑이에서도 난다. 몸에서 녹슨 못 같은 냄새가 난다. 폐경기 특유의 열감일까, 아니면 해묵은 분노가 되살아난 걸까? 그 여자, 질투가 나서 그랬을 거야. 사람들은 그렇게 말한다. 질투 같은 건 매우 하찮은 문제라는 양. 하지만 그렇지 않다. 질투는 이 세상에 존재하는 최악의 감정이다. 일관성 없고 혼란스러우며 수치스러운 동시에 망원경 너머로 바라본 풍경처럼 독선적이고 집중적이며 유리처럼 단단하다. 고도의 집중감과 고도의 무력감이 혼재한다. 질투로 인한 살인이 그렇게 많은 이유도 그 때문이다. 죽이는 것보다 궁극적인 지배는 없을 테니 말이다.

로즈는 지니아가 죽었다고 상상해 본다. 육신은 죽었다고. 죽어서 썩어 가고 있다고.

그다지 만족스럽지 않다. 죽으면 그걸로 끝이다. 못생겼다고 상상하는 게 낫겠다. 로즈는 반죽을 잡아당기듯 지니아의 얼굴을 밑으로 잡아당긴다. 두툼한 이중 턱에 항상 찌푸리고 있는 얼굴. 아이들이 그린 마녀처럼 이도 몇 개 까맣게 칠하자. 이쪽이 훨씬 낫다.

거울아, 거울아, 우리 중에서 누가 제일 예쁘니?

경우에 따라 다릅니다. 미모는 거죽 한 꺼풀에 불과하니까요.

그렇긴 하지. 그건 내가 알아서 해석할 테니까 이제 내 질문에 대답해 주겠니?

당신은 아주 훌륭한 분입니다. 따뜻하고 너그럽고. 다른 남자를 찾는 데 아무 문제 없을 겁니다.

다른 남자는 필요 없어. 로즈는 눈물을 참으며 말한다. 미치만 있으면 돼.

죄송합니다. 그건 불가능한 일입니다.

거울과의 대화는 항상 이렇게 끝이 난다.

로즈는 코를 풀고 재킷과 핸드백을 챙겨 들고 사무실 문을 잠근다. 보이스가 야근을 하는지 사무실 밑으로 불빛이 새어 나온다. 그가 신은 그 번잡한 아가일 무늬 양말에 축복을. 노크를 하고 술이나 한잔하자고 할까? 성격상 거절하지 못할 테니 킹 에디 바에 데리고 가서 지겹도록 달달 볶는 것이다.

아니다. 집에 가서 애들이나 볶는 게 낫겠다. 그녀는 주황색 목욕 가운만 입고 베이 가를 질주하며 삼베 자루에 든 지폐를 한 움큼씩 집어 뿌리는 자신의 모습을 상상해 본다. 그런 식으로 자산을 양도하는 것이다. 그런 식으로 더러운 돈을 없애는 것이다. 그런 다음 사이비 종교 단체 같은 곳에 들어가면 어떨까? 수도승이 되는 거다. 아니, 수도 여승이라고 해야 하나? 말린 콩으로 연명하면서 지금보다 훨씬 심하게 사람들을 난처하게 만드는 거다. 그런데 그런 곳에 전동 칫솔이 있을까? 경건한 삶을 살려면 치석쯤은 감수해야 하는 걸까?

쌍둥이들은 거실에서 텔레비전을 보고 있다. 거실은 누보 푸에블로 양식에 따라 모래 색, 샐비어 색, 황토색으로 인테리어가 되어 있고, 창가에 놓인 진짜 선인장은 물을 너무 많이 주어서 곰보버섯처럼 쭈글쭈글 죽어 가고 있다. 마리아한테 주의를 주어야겠다. 마리아는 화분이 보이면 무조건 물을 준다. 아니면 먼지를 닦는다. 한번은 마리아가 선인장에 청소기를 들이대다 로즈에게 딱 걸린 적도 있는데, 그런 게 선인장에 좋을 리 없었다.

"안녕, 엄마."

에린이 말한다.

"안녕, 엄마."

폴라가 말한다. 둘 다 고개를 돌리지는 않는다. 리모컨으로 왔다 갔다 채널을 돌리느라 정신이 없다.

에린이 큰 소리로 외친다.

"바보! 완전 떨떨하다! 저 병신 좀 봐."

"머리에 똥만 들었나 봐! C'est con, ça!* 야, 내 차례야!"

폴라가 말한다.

"안녕, 애들아."

로즈는 발을 조이던 구두를 벗어던지고 의자에 털썩 주저앉는다. 칙칙한 자주색 의자인데, 인테리어 전문가의 표현에 따르면 일몰 직후 뉴멕시코의 암벽이 이런 색이라고 한다. 로즈야 정말 그런지 알 길이 없다. 보이스가 여기 있었으면 좋겠다는 생각이 든다. 그가 술을 한 잔 만들어 주었으면 좋겠다. 아니, 만들 것도 없이 그냥 따라

---

* 프랑스어로, "멍청이 같으니라고!"라는 뜻.

주기만이라도 했으면 좋겠다. 싱글 몰트 위스키를 스트레이트로 마시고 싶은데, 문득 피곤이 몰려와 따를 기운이 없다.

"뭐 보고 있니?"

그녀는 아리따운 두 아이에게 묻는다.

"엄마, 요즘 누가 텔레비전을 본다 그래?"

폴라가 말한다.

"샴푸 광고 찾는 중이야. 풀풀 날리는 비듬 좀 없애 보려고."

에린이 말한다.

폴라가 모델처럼 머리카락을 끌어다 한쪽 눈을 덮는다.

"혹시 풀풀 날리는 사타구니 비듬 때문에 고민하고 계신가요?"

그녀는 번드르르한 광고 목소리를 흉내 낸다. 쌍둥이들은 이런 농담이 미치도록 재미있는 모양이다. 하지만 또 한편으로는 흘끔흘끔 곁눈질하며 그녀의 눈치를 보기도 한다. 위험한 분위기인지 확인하는 것이다.

"오빠는 어디 있니?"

로즈는 피곤한 목소리로 묻는다.

"내 차례야."

에린이 리모컨을 잡아챈다.

"나갔을걸? 아마도."

폴라가 대답한다.

"X 행성으로."

"춤도 추고 연애도 하고."

두 아이는 이구동성으로 말하고 키득거린다.

쌍둥이들이 좀 차분하게 앉아서 이중창이 나오는 근사한 영화라

14

도 빌려다 보면 로즈가 팝콘을 만들고 그 위에 녹인 버터를 뿌린 다음 아이들과 나란히 앉아서 훈훈한 가족의 정을 나눌 수 있으련만. 옛날에는 그랬다. 한때는 「메리 포핀스」가 두 아이가 제일 좋아하는 영화였다. 면플란넬 잠옷을 입던 시절에는. 하지만 이제 아이들이 음악 채널로 돌리자 찢어진 속옷을 입은 남자가 펄쩍펄쩍 뛰면서 그러면 섹시한 줄 아는지 뼈만 앙상한 엉덩이를 흔들고 혀를 내민다. 하지만 로즈 눈에는 구강 질환을 설명하는 그림처럼 보일 뿐이다. 소리가 안 들리더라도 이런 걸 보고 앉아 있을 기운은 없다. 신발도 없이 2층으로 올라가 목욕 가운을 입고 털이 눌린 하숙집 주인용 슬리퍼를 신은 다음 부엌으로 어슬렁어슬렁 내려가 보니 냉장고 안에 반쯤 먹다 만 너나이모 바*가 있다. 그녀는 다시 야만인으로 돌아가면 안 된다, 포크를 써야 한다 생각하며 너나이모 바를 접시에 담고, 아이들 점심용으로 사다 놓은 개별 포장된 삼각형 모양의 래핑 카우 치즈와 토멕스 피클을 몇 개 같이 담는다. 피클은 폴란드 정통 방식으로 만들어진 것인데, 국물이 숙취에 효과 만점이다. 아이들에게 저녁 같이 먹겠느냐고 물어봐야 괜히 입만 아프다. 먹었건 안 먹었건 자기들은 먹었다고 할 것이다. 이렇게 양식을 구한 로즈는 이 방, 저 방 돌아다니며 피클을 씹는 한편, 벽 색깔을 머릿속에서 바꿔 본다. 파이오니어 블루. 나한테 필요한 건 그 색이야. 뿌리로의 귀환. 잡초가 우거지고 수상한, 얼기설기 얽힌 뿌리로의 귀환. 수많은 무형의 자산이 그랬던 것처럼 미치에 비하면 형편없는 뿌리. 미치는 뿌리 위에 뿌리가 있었다.

---

* 빵 조각 위에 버터 아이싱과 초콜릿을 켜켜이 얹은 캐나다 디저트.

잠시 후 정신을 차리고 보니 그녀는 빈 접시를 들고 왜 접시가 비었나 생각하고 있다. 그녀가 서 있는 곳은 단 한 번도 개조한 적 없는 지하실이다. 바닥은 시멘트고 거미줄이 있는 창고다. 미치가 모아 놓은 와인들이 한쪽 구석을 차지하고 있다. 최고급은 없다. 최고급은 도망치면서 그가 들고 갔다. 아마 지니아와 함께 마셨을 것이다. 로즈는 남은 와인을 한 병도 건드리지 않았다. 차마 건드릴 수가 없었다. 그렇다고 버릴 수도 없었다.

미치가 보던 책도 있다. 오래된 법과대학 교과서, 조지프 콘래드의 작품, 요트 안내서. 그는 요트를 끔찍이 사랑했다. 스스로 마음만큼은 뱃사람이라고 생각했다. 하지만 사실은 요트를 타고 나갈 때마다 뭔가 문제가 생겼다. 모터가 어떻게 됐더라? 나무토막이 어떻게 됐더라? 알 게 뭐람. 로즈는 앞과 뒤가 아니라 이물과 고물이라는 그 말이 입에 잘 붙지 않았다. 요트를 타고 나갔던 때가 생각난다. 그녀의 이름을 딴 첫 번째 요트 로절린드였을 것이다. 그때 그녀는 코는 햇볕에 타서 껍질이 벗겨지고 어깨에는 주근깨가 생긴 가운데 미치의 모자를 삐딱하게 쓰고 렌치인가 뭔가를 휘두르며 여보, 이거 말이야 하고 물었고, 요트는 돌투성이 호숫가를 향해 표류하는데(슈피리어 호였던가?) 미치는 모터 위로 몸을 숙인 채 들릴락 말락 하게 욕을 했다. 재미있었느냐고? 천만의 말씀. 하지만 지금보다는 그때가 나았다.

그녀는 미치의 물건들을 보지 않으려고 등을 돌린다. 너무 처량하다. 쌍둥이들이 예전에 쓰던 물건과 래리가 쓰던 물건들도 여기 있다. 야구 글러브, 이런 걸 좋아할 거라고 생각한 토니가 억지로 떠맡긴 여러 보드게임들. 로즈는 언젠가 손자가 생기면 똑같은 책을 읽어 주고 싶은 마음에 아이들이 어렸을 때 보았던 책들도 모아 두었다. 우리 예쁜이, 그거 아니? 이 책, 너희 엄마가 읽었던 거란다. 어렸을 때 말이야.(아니면 너희 아빠가. 하지만 로즈가 아무리 노력해도 아빠가 된 래리의 모습은 그려지지 않는다.)

책을 읽어 주면 래리는 심각한 표정으로 말없이 앉아서 듣곤 했다. 그는 말하는 열차가 나와서 성공하거나 서로 다른 동물들 간의 협동을 다룬 모범적인 책들을 좋아했다. 곰 아주머니가 둑을 쌓는 비버 아저씨를 돕고 있어요. 래리는 가타부타 말이 없었다. 하지만 쌍둥이들의 경우에는 그녀가 끼어들 틈이 없었다. 쌍둥이들은 이야기의 주도권을 놓고 그녀와 싸웠다. 결말을 바꿔 줘, 엄마! 그 사람들을 다시 돌아오게 해! 이 부분은 싫어!『피터 팬』은 웬디가 어른이 되기 전에 끝나야 된다고 했고,『빨간 머리 앤』에서는 매튜가 끝까지 죽지 말아야 된다고 했다.

문득 예전 일이 생각난다. 아이들이 네 살인가, 다섯 살인가, 여섯 살인가, 일곱 살이었을 때였고 한동안 이어졌다. 그 시절에 아이들은 모든 이야기의 주인공을 여자로 바꾸었다. 곰돌이 푸우도 여자였고, 피글릿도 여자였고, 피터 래빗도 여자였다. 로즈가 실수로 "그는"이라고 하면 아이들이 고쳐 주었다. 그녀는이라고 해야지, 하며 바득바득 우겼다. 동물 인형들도 모두 여자였다. 로즈는 아직도 아이들이 왜 그랬는지 모르겠다. 이유를 물으면 쌍둥이들은 아주 한심하다는 듯이 쳐다보며 "정말 모르겠어?"라고 했다.

예전에는 미치가 없어서 그런가, 그의 존재를 부정하려는 건가 싶어 걱정스러웠다. 하지만 동물 인형에는 고추가 안 달려 있다는 단순한 이유 때문이었을 수도 있다. 아마 그래서였을 것이다. 아무튼 지금은 그런 시기에서 벗어났다.

로즈는 시멘트 먼지와 좀과 거미줄은 상관 않고 주황색 목욕 가운을 입은 채 지하실 바닥에 앉아 책꽂이에서 아무 책이나 꺼낸다. 폴라와 에린에게, 토니 이모가. 표지에 시커먼 숲이 그려져 있다. 길을 잃은 아이들이 배회하고 여우들이 숨어 있고 무슨 일이든 일어날 수 있는, 어둡고 굶주린 숲이다. 빼죽빼죽한 나무 위로 성탑이 솟아 있다. 『아기 돼지 3형제』. 그녀는 제목을 읽는다. 첫째 돼지는 지푸라기로 그의 집을 지었어요. 그녀의 집이라고 해야지, 그녀의 집이라고 해야지. 그녀의 머릿속에서 조그맣게 외치는 소리가 들린다. 굴뚝으로 들어온 못된 늑대가 물이 펄펄 끓는 가마솥 속으로 떨어지자 그의 털이 모두 타고 말았어요. 그녀의 털이라고 해야지! 대명사만 바꿔도 느낌이 이렇게 달라지다니 신기할 따름이다.

어느 시점에 이르자 쌍둥이들은 늑대가 아니라 아기 돼지 3형제가 물이 펄펄 끓는 가마솥에 빠져야 된다고 주장했다. 아기 돼지들이 멍청하기 때문이란다. 로즈가 끓는 물은 잊어버리고 늑대와 돼지들이 친구가 되면 되지 않느냐고 했더니 쌍둥이들은 콧방귀를 뀌었다. 누구든 한 명은 끓는 물에 빠져야 한다나.

그때 로즈는 아이들이 어쩌면 이렇게 잔인할까 싶어 놀랐다. 래리는 그렇지 않았다. 래리는 잔인한 이야기를 싫어했다. 그런 이야기를 읽으면 악몽을 꾸었다. 그는 토니가 즐겨 선물했던 종류의 책들을 좋아하지 않았다. 토니가 즐겨 선물했던 책은 눈을 쪼아 먹고, 몸을 삶아 먹고, 시체를 매달고, 뜨겁게 달군 못질을 하고 어쩌고 하는 것을 토씨 하나 안 바꾸고 배배 꼬인 나무 그림까지 그대로 옮긴 정본이었다. 토니 말로는 그쪽이 훨씬 현실에 가깝다고 했다.

"『도둑 신랑』."

오래전에 토니가 쌍둥이를 양쪽에 거느리고 읽어 준 책이다. 숲 속의 성으로 순진한 아가씨들을 데리고 가서 몸을 토막 내 먹어 치우는 돈 많고 잘생긴 남자가, 신랑감을 찾는 예쁜 처녀 앞에 나타나는 내용이다.

"어느 날 구혼자가 나타났어요. 그는…….

"그녀라고 해야지! 그녀라고 해야지!"

쌍둥이들이 떠들어 댄다.

"좋았어, 토니. 너는 여기서 어떻게 빠져나가는지 보자."

로즈가 문가에 서서 말한다.

"제목을 『도둑 신부』로 바꾸면 어떨까? 그래도 되겠니?"

토니가 의견을 묻는다.

쌍둥이들은 잠깐 생각해 보더니 좋다고 한다. 쌍둥이들은 신부 드레스를 좋아해서 바비 인형에 그런 옷을 입힌다. 그런 다음 계단 밑으로 떨어뜨리거나 욕조에 빠뜨린다.

"그럼 도둑 신부가 누굴 죽이면 좋겠어? 남자? 여자? 아니면 섞어서?"

쌍둥이들은 일말의 망설임도 없이 원칙을 고수한다. 여자가 모든 역할을 맡아야 한다.

토니는 절대 아이들을 무시하지 않았다. 껴안거나 볼을 꼬집거나 귀엽다고 칭찬하지도 않았다. 말을 할 때도 성인의 축소판을 대하듯 했다. 그래서일까, 쌍둥이들도 그녀를 자기들과 동급으로 여겼다. 로즈한테는 절대 비밀인 다양한 계획과 음모와 못된 생각들을 토니한테는 공개했다. 여섯 살인가 일곱 살 때는 토니의 구두를 한 짝씩 신고 집 안을 행진한 적도 있었다. 아이들은 그 구두에 홀딱 빠졌다. 어른 구두가 자기들한테 맞았으니!

도둑 신부라……. 로즈는 생각한다. 뭐, 안 될 것도 없지. 신랑들도 어디 한번 혼 좀 나 보라지. 어두컴컴한 숲 속 대저택에 숨어서 순진한 사람들을 잡아먹고, 젊은이들을 꼬드겨 그 사악한 가마솥에 빠뜨리는 도둑 신부. 지니아 같은 종족.

아니다. 지니아에 비하면 너무 멜로드라마 같다. 지니아는 고급 창녀에 불과하다. 그녀와 그 바람 빵빵하게 들어간 젖퉁이에는 도둑 신부보다 도둑 갈보라는 단어가 더 어울린다.

로즈는 다시 눈물을 흘린다. 그녀가 슬퍼하는 이유는 사라져 버린 그녀의 선한 마음씨 때문이다. 다정하고 푸근한 사람이 되려고, 최선을 다하려고 그렇게 열심히 노력했건만. 하지만 토니와 쌍둥이들의 생각이 맞았다. 뭘 하든 아무라도 한 명은 끓는 물에 빠져야 한다.

로즈와 지니아의 이야기는 1983년 5월 어느 화창한 날에 시작됐다. 태양은 빛나고 새들은 노래하고 로즈의 기분은 끝내주던 그런 날이었다.

음. 끝내주지는 않았다. 솔직히 말하면 축 늘어진 기분이었다. 눈 밑이, 팔 밑이. 그래도 마흔 살이 되었을 때 느낀 기분보다는 나았다. 마흔 살은 정말 우울했다. 절망감에 머리를 까맣게 염색한 것도 비극적인 실수였다. 하지만 이후 자기 자신과 화해하면서 머리색도 다시 갈색으로 돌아왔다.

그런데 로즈와 지니아의 이야기는 훨씬 이전에 시작됐다. 로즈는 전혀 모르는 사이 지니아의 머릿속에서.

이것도 꼭 그렇다고 볼 수만은 없었다. 그녀도 짐작은 했지만, 전혀 엉뚱한 짐작이었을 뿐. 정확히 말하면 짐작이라고 할 수도 없고, 아무 대사도 없는 하얀 말풍선과 같았다. 그녀도 무슨 일이 벌어질 것 같다고 짐작은 했다. 무슨 일인 것까지도 알겠는데, 누군지는 알

수가 없었다. 그녀는 상관없다고 속으로 중얼거렸다. 그런 데 연연
할 단계는 지났다고. 그녀를 혼란에 빠뜨리지 않는 한, 그녀를 방해
하지 않는 한, 갈비뼈 몇 대 부러지는 정도로 끝나기만 하면 상관없
었다. 사소한 탈선이 필요한 남자들도 있는 법이었다. 탈선이 그들
에게는 활력소였다. 중독이라 쳐도 알코올이나 골프보다는 나았다.
미치의 그것들은(그녀는 인간과 구분하기 위해 그들을 그것이라고 불
렀다.) 오래가는 법이 없었다.

어쨌든 5월의 화창한 날이었다. 그것만큼은 사실이었다.

로즈는 동이 트자마자 눈을 뜬다. 종종 하는 짓이다. 눈을 뜨고
살금살금 일어나 아직 잠들어 있는 미치를 바라보는 것. 그에게 들
키지 않고, 그 불투명한 파란 눈과 마주치지 않고 그를 볼 수 있는
귀한 시간이다. 그는 관찰당하는 것을 좋아하지 않는다. 관찰은 곧
평가를 의미하고, 평가는 곧 심판을 의미하기 때문이다. 꼭 심판이
필요하다면 그는 심판하는 쪽이 되고 싶어 한다.

그는 최대한 많은 공간을 차지하겠다는 듯 팔다리를 대자로 뻗고
똑바로 누워서 잔다. 로즈가 어느 잡지에서 읽은 바에 따르면 그걸
왕의 자세라고 부른단다. 구두끈을 어떤 식으로 묶느냐에 따라 그
사람의 모든 것을 알 수 있다고 주장하는, 심리학을 빙자한 사기성
기사에서 한 말이었다. 이런 자세로 누우면 그의 우뚝한 콧날이 도
드라지고, 살짝 두 개로 겹치는 턱과 그 주변의 두툼한 살들이 보이
지 않는다. 눈가에는 하얀 주름이 있다. 선탠이 되지 않은 주름살이
다. 밤새 뭉툭하게 자란 턱수염은 희끗희끗하다.

과연 출중해. 로즈는 생각한다. 기가 막히게 출중한 위인이다. 못

생긴 남자하고 결혼을 했어야 하는 건가 싶다. 자신에게 날아든 행운에 놀라워하고, 그녀의 훌륭한 성격을 고마워할 줄 알며, 그녀의 새끼손가락까지 떠받드는 두꺼비처럼 못생긴 남자하고. 그런데 그녀는 남다른 위인을 선택하고 말았다. 미치는 진짜 진주 목걸이를 두 겹으로 목에 두르고, 왼쪽 젖가슴 안쪽에 통장을 넣는 주머니가 달려 있고, 눈매는 살인범을 닮은 차가운 금발과 결혼했어야 한다. 그런 여자라면 그를 감당할 수 있었을 것이다. 그런 여자라면 로즈처럼 쓰레기 같은 일들을 감수하지 않았을 것이다.

그녀는 다시 잠을 청해 석탄 아니면 뭔가 탄 물질로 이루어진 시커먼 산 위에 아버지가 서 있는 꿈을 꾸다 미치의 알람이 울리는 소리를 듣고, 알람이 두 번째로 울리는 소리가 들렸을 때 결국 일어난다. 그녀는 짙은 자주색 시트와 깃털 이불이 아르누보식으로 곡선 설계된 황동 프레임을 덮고 있는 킹사이즈 침대에서 기어 나와 가지색 카펫 위로 내려선다. 연어 살색으로 벽을 칠한 침실에는 값을 매길 수 없는 1920년대 화장대와 이집트 스타일을 모방한 거울이 있다. 그녀는 크림색 새틴 가운을 걸치고 맨발로 터벅터벅 욕실에 간다. 그녀가 얼마나 끔찍이 아끼는 욕실인지! 이 안에는 없는 게 없다. 샤워 부스, 자쿠지, 비데, 열선이 깔린 수건걸이, 로즈의 머리카락과 미치의 턱수염이 서로 섞이지 않게 따로 마련된 두 세면대. 그녀는 이 욕실에서 살라면 살 수도 있었다. 그런데 이 정도 면적이면 동남아시아에서는 몇 가족이 살 수 있다는 데 생각이 미치자 우울해진다. 죄책감이 엄습한다.

미치는 벌써 안에서 샤워를 하고 있다. 그의 분홍색 실루엣이 수증기와 자갈돌 무늬 유리 칸막이 너머에서 희미하게 어른거린다.

몇 년 전인지 모르겠지만, 오래전 같았으면 로즈는 장난스럽게 샤워기 밑으로 뛰어들었을 것이다. 그의 몸에 비누칠을 하고, 그 미끈미끈한 몸에 자기 몸을 대고 비비고, 타일이 깔린 욕실 바닥으로 그를 쓰러뜨렸을 것이다. 그의 살이 늘어지지도 불룩하지도 않게 그의 몸에 딱 맞았을 때, 그리고 그녀의 살도 그랬을 때라면. 그에게서 헤이즐넛 같은 맛이 나고, 뭘 굽는 맛있는 냄새가 났을 때라면. 하지만 지금은 그러지 않는다. 훤한 대낮에 모습을 드러내기가 점점 꺼려지는 지금은.

아무튼 그녀의 짐작이 맞다면 지금은 그녀의 벗은 몸을 보여 줄때가 아니다. 미치의 우주론에서 로즈의 몸은 소유, 안정감, 행복한 가정, 난로와 집, 오랜 습관을 의미한다. 아이들의 엄마. 둥지. 현재 그의 시야를 독점하고 있는 그것에게는 다른 단어들이 부여될 것이다. 모험, 젊음, 자유, 미지의 세계, 부담 없는 섹스. 추가 뒤로 넘어가면, 그러니까 그 다른 몸뚱이가 골칫거리, 결단, 요구, 토라짐, 청승을 의미하기 시작하면 다시 로즈에게 차례가 돌아올 것이다. 늘 그래 왔다.

로즈는 직감이 발달한 편이 아니지만 그래도 미치의 습격이 도래했을 때는 직감으로 알 수 있다. 그녀는 그것을 말라리아의 습격이나, 그런 비슷한 것의 연장선에서 생각한다. 아니면 다른 종의 습격이라고 생각한다. 나이를 먹을수록 점점 젊은 여자들을 노리는 미치야말로 가엾은 여자들을 이용하는 포식자이고, 그 여자들은 곰이나 상어한테 습격을 당한 것처럼 그에 의해 만신창이가 되니 말이다. 지금까지 로즈가 눈물로 얼룩진 몇 건의 전화를 잘 처리하고, 몇 명의 어깨를 어머니인 양 가식적으로 토닥여 주며 판단한 바에 따르면 그 여자들은 만신창이가 된 게 맞다.

미치가 그 여자들을 얼마나 간단하게 정리하는지 보면 놀랍기 그지없다. 그는 그들을 이빨로 물어뜯어 갈기갈기 찢어 놓고 뒤처리는 로즈에게 맡긴다. 허리를 미친 듯이 움직이고 나서 칠판 지우듯 지워 버리고 나면 그 여자들의 이름조차 기억하지 못한다. 기억하는 쪽은 로즈다. 그들의 이름과 그들에 대한 모든 것을.

미치는 단 한 번도 빤하게 난봉을 시작한 적이 없다. 오늘 사무실에서 야근을 한다든지 하는 빤한 거짓말을 하지 않는다. 그가 야근을 한다고 하면 정말로 야근을 하는 것이다. 그런 식이 아니라 습관이 미묘하게 달라진다. 참석하는 회의 횟수, 샤워를 하는 빈도, 샤워를 하면서 휘파람을 부는 횟수, 쓰는 애프터셰이브의 양과 종류, 애프터셰이브를 바르는 부위(그곳이 사타구니면 백발백중이다.), 이런 사소한 부분들이 겉으로는 기분 좋게, 너그럽게 받아들이는 척하지만 속으로는 병 씻는 솔처럼 털을 곤두세운 로즈에게 포착된다. 그는 평소보다 허리를 좀 더 꼿꼿이 세우고 배를 좀 더 들이민다. 복도 거울이나 상점 쇼윈도를 지날 때면 사냥감을 덮치려는 사자처럼 눈을 가늘게 뜨고 자기 옆모습을 훔쳐본다.

그런가 하면 그녀에게 더 잘해 주고 자상해진다. 그녀를 예의 주시하면서 그녀가 자기를 관찰하고 있는지 확인한다. 그녀의 목덜미나 손끝에 살짝 입을 맞추기도 한다. 의례적인 키스, 용서를 구하는 키스일 뿐, 전희로 해석할 수 있는 키스는 아니다. 침대에 들어가면 그는 축 늘어져 등을 돌리면서 여기가 아프다, 저기가 아프다 하고, 그녀가 손가락으로 쓰다듬기라도 할라치면 방어 차원에서 잭

나이프 자세를 취한다. 그의 페니스는 일부일처주의다. 로즈의 기준에 따르면 철저한 낭만주의자라는 증거다. 냉소적인 일부다처주의는 싫다는 거다! 그 녀석은 한 여자만 더, 딱 한 여자만 더, 라고 외치며 능력의 한계를 넘어서고자 한다. 게다가 미치는 죽는 걸 두려워한다. 만약 한 번이라도 그 짓을 멈추고 스스로 로즈와 결혼한, 로즈하고만 결혼한, 로즈와 영원히 결혼한 남자임을 자각하면 바로 그 순간 머리카락이 빠지고 얼굴이 천 년을 산 미라처럼 쭈글쭈글해지면서 심장이 멈출 것이다. 아무튼 로즈는 그를 그런 식으로 이해한다.

그녀는 그에게 만나는 여자가 있느냐고 묻는다.

그는 없다고 한다. 그냥 피곤해서 그렇다고 한다. 압박감과 스트레스가 엄청나다며. 그는 그 사실을 입증하기 위해 한밤중에 일어나 서재로 들어가 문을 잠그고 동틀 무렵까지 일을 한다. 가끔은 중얼거리는 소리가 들릴 때도 있다. 그럴 때면 편지를 큰 소리로 읽느라 그랬다고, 아침을 먹으면서 묻지도 않은 해명을 한다.

누굴 만나건 이런 식이다. 그러다 싫증이 나면 일부러 단서를 흘리기 시작한다. 로즈와 같이 간 적 없는 레스토랑의 성냥갑을 보이게 두고, 집 전화로 모르는 전화번호와 장거리 통화를 해 통화 내역서에 남게 만든다. 이제 나서서 따져 달라고 로즈에게 신호를 보내는 것이다. 그러면 그녀는 고함을 지르며 악을 쓰고, 울부짖으며 비난하고 엎드려 빌고, 아직 나를 사랑하느냐고, 아이들은 아무것도 아니냐고 물어 주어야 한다. 맨 처음에 그랬던 것처럼 그리고 두 번째, 다섯 번째에도 그랬던 것처럼 해 주어야 한다. 그가 올가미에서 벗어나 눈가에 초췌한 주름살이 생기기 시작한 상대 여자에게, 사랑

몇 조각을 뜯어먹힌 그 여자에게 그녀를 영원히 사랑하겠지만 아이들은 도저히 버릴 수가 없다고 말할 수 있게. 로즈에게 자신을 희생하는 영웅이라도 된 것처럼 배포 있게 당신이야말로 내 인생에 가장 중요한 여자이고, 가끔 못되고 바보 같은 짓을 하기는 하지만 당신을 위해 다른 여자를 포기했으니 용서해 주어야 하는 것 아니냐고 말할 수 있게. 그는 다른 여자들은 대수롭지 않은 사건이고, 자기가 절실하게 아끼는 여자는 그녀라는 식으로 말할 것이다. 그런 다음 따뜻한 욕조나 두툼한 깃털 침대에 들어오듯이 그녀의 품 안으로 파고들어 기운을 소진하고 다시 결혼 생활이라는 휴면기로 침잠할 것이다. 다음 여자가 등장할 때까지.

하지만 요즘 들어 로즈는 아무런 대응을 하지 않는다. 주책 맞은 입을 다물고 있다. 전화요금 고지서와 성냥갑도 못 본 척하고, 한밤중에 통화하는 소리가 들린 다음 날이면 남편에게 다정한 목소리로 너무 무리하지 않았으면 좋겠다고 말한다. 그가 회의 참석차 집을 비울 때도 할 일이 많다. 면담에 참석해야 하고, 연극도 관람해야 하고, 나이트크림을 바르고 침대에 편안하게 누워서 추리소설도 읽어야 한다. 친구들도 있고 회사에도 신경을 써야 한다. 그가 없어도 스케줄이 꽉 차 있다. 그녀는 딴 데 정신이 팔려 있는 척한다. 셔츠를 세탁소에 맡기는 걸 잊어버리고, 그가 무슨 말을 하면 "응? 뭐라고 했어요?" 하고 되묻는다. 새 옷과 새 향수를 사고, 남편이 그녀를 안 보는 척하면서 보고 있을 때 거울 속에 비친 자기 모습을 보며 빙그레 미소를 짓는다. 그러면 미치가 진땀을 흘리기 시작한다.

로즈는 그가 진땀 흘리는 이유를 안다. 솜사탕 같던 여자가 발톱을 세우며 그에게 도대체 왜 이러는 거냐고, 이해가 안 된다고 징징거리고, 나를 책임지겠다고, 이혼하겠다고 하더니 어떻게 된 거냐고 종알거리고 있을 테니 그럴 수밖에. 올가미는 점점 조여 오는데 아직 탈출하지 못한 것이다. 그는 트로이카*를 타고 가다 늑대들 틈바구니로 내동댕이쳐졌다. 굶주린 녀석들이 그의 발치를 향해 달려든다.

그는 필사적인 심정으로 점점 더 노골적인 수단을 동원한다. 사적인 편지를 아무 데나 놓고 다니는 것인데, 여자들이 그에게 보낸 편지일 때도 있고 더 심한 경우에는 그가 여자들에게 보낸 편지일 때도 있다. 이런 편지들을 복사까지 해 놓다니! 로즈는 편지를 읽고 씩씩대며 헬스클럽에 가서 운동을 하고 초콜릿 머드 케이크까지 먹은 다음 편지들을 원래 있던 자리에 얌전히 되돌려 놓고 아무 말도 하지 않는다. 그가 자기도 느긋하게 좀 쉬어야겠다고, 혼자 요트를 끌고 조지아 만을 짧게 돌아보며 휴가를 따로 보내고 싶다고 선언하면, 로즈는 수다스러운 갈보가 로절린드 2호 갑판 위에 널브러져 있는 모습이 떠오르지만 머릿속으로 그 사진을 갈기갈기 찢어 버리면서 좋은 생각이라고, 그럼 각자 혼자만의 시간을 즐길 수 있겠다고 대답한다.

그러려면 얼마나 입술을 깨물어야 하는지 아무도 모를 것이다. 그녀는 마지막 순간이 닥칠 때까지 기다리고 있다. 그가 로즈를 도발하려고 정말로 집을 나가거나 아니면 짙은 자주색 시트가 깔린 로즈의 침대에서 그 물건과 붙어먹다 딱 걸리는 그 순간까지. 그쯤

---

* 러시아의 삼두마차, 썰매.

되어야 그녀는 도움의 손길을 내밀 것이다. 그쯤 되어야 그를 낭떠러지에서 끌어올리고, 그의 기대에 부응해 분통을 터뜨릴 것이다. 그러면 미치는 참회의 눈물이 아니라 안도의 눈물을 흘릴 것이다.

로즈가 속으로는 이런 과정을 즐기고 있을까? 처음에는 그렇지 않았다. 이런 일이 맨 처음 벌어졌을 때는 속에 구멍이 생긴 것 같았고, 혼란스러웠고, 무시당하고 배신당한 기분이었고, 불도저가 그녀를 박살 내고 지나간 듯한 느낌이었다. 하찮고 쓸모없고 매력 없는 존재로 전락한 듯했다. 죽어 버릴까 하는 생각도 했다. 하지만 요령이 생겼고, 이윽고 취미가 붙었다. 사업 협상이나 포커 게임과 비슷했던 것이다. 그녀는 예전부터 포커의 귀재였다. 포커는 언제 승부를 걸고, 언제 허풍을 치고, 언제 접어야 할지를 아는 것이 관건이다. 그러니까 그녀도 어느 정도는 즐기고 있다고 볼 수 있다. 잘하는 분야의 일이니 즐길 수밖에.

하지만 그녀가 즐기는 것이 과연 합당한 일이 되는 걸까? 절대 그렇지는 않다. 즐기기 때문에 오히려 부당한 일이 된다. 늙은 수녀라면 누구나 그렇게 말할 테고, 실제로 로즈도 한때 수많은 수녀들에게 그런 가르침을 들었다. 그녀가 자기 자신을 채찍질하고 눈물을 흘리며 남편의 습격을 순교자처럼 견디는 것이, 동참하거나 공모하거나 거짓말하거나 감추거나 웃거나 큼지막한 잉어를 갖고 놀듯 남편을 가지고 놀지 않고 그것을 온전히 짊어지는 것이 합당한 일이라고 했다. 싸우지 말고 사랑을 위해 묵묵히 고통을 감수하라고 했다. 자신을 지키겠답시고, 스스로 생각하는 자신의 본질을 지키겠답시고 싸우지 말라고. 뭐니 뭐니 해도 여자들의 경우에는 자아를 버려야 올바른 사랑을 할 수 있다고 수녀님들은 말했다. 마룻바닥을 닦듯 자아를 닦아야 된다고 했다. 무릎을 꿇고 뻣뻣한 철 수세미를 들고 아무것도 남지 않을 때까지.

로즈는 그럴 수 없다. 그녀는 자아를 버릴 수가 없다. 예전부터 그랬다. 어차피 그녀의 방식이 더 훌륭하다. 미치 입장에서는 더 힘들겠지만, 그녀 입장에서는 더 쉽다. 물론 사랑을 어느 정도 포기해야 하는 단점이 있기는 하다. 한때는 끝이 없었던 미치에 대한 사랑을. 사랑에 빠져 허우적거리면 냉정해질 수 없다. 팔다리를 허우적거리고 비명을 지르다 그만 기운을 소진해 버린다.

5월의 햇살이 창문을 통해 비치고, 미치는 휘파람으로 「그건 내가 아니에요, 귀여운 아가씨」를 불고, 로즈는 미치가 샤워를 마치고 나왔을 때 보이지 않게 얼른 치실로 치간 청소를 한다. 로즈가 생각하기에 치실만큼 성욕에 찬물을 끼얹는 물건도 없다. 입을 쩍 벌리고 끈적끈적한 실로 이리저리 왔다 갔다 해야 하니 말이다. 그녀는 예전부터 이가 깨끗했다. 건치가 자랑이었다. 그런데 요즘 들어 이녀석들을 지금 이 자리에 온전히 간수할 수 있을까 하는 생각이 들기 시작했다.

샤워를 마치고 나온 미치가 뒤에서 그녀를 꼭 끌어안더니 머리카락을 옆으로 밀치고 목에 입을 맞춘다. 간밤에 사랑을 나누지 않았다면 그녀는 이 입맞춤을 결정적 증거로 해석했을 것이다. 순수한 의도로 받아들이기엔 너무 낯간지럽지 않은가! 하지만 지금 같은 초기 단계에는 알 수 없는 법이다.

"샤워 잘 했어요?"

미치는 로즈가 대답할 가치도 없는 쓸데없는 질문을 한다고 생각할 때 내는 소리를 낸다. 그녀가 사실은 질문을 하는 게 아니라 전도된 소망을 이런 식으로 표현하는 것임을 모르고서 내는 소리다. 즉, 샤워 잘 했느냐는 질문은 이렇게 해석할 수 있다. 샤워 잘 했길 바라요. 자, 이제 여기가 아프고, 저기가 아프다고 투덜거려 봐요. 내가 동정할 수 있게.

"당신이랑 점심이나 같이할까 하고."

로즈는 이 표현에 주목한다. "점심 같이할래?"도 아니고 "점심 같이하자."도 아니다. 좋든 싫든 거부할 여지가 없다. 미치는 매사가 명령조다. 하지만 또 한편으로 그녀는 가슴이 설렌다. 이런 식의 초대가 자주 있는 일이 아니기 때문이다. 그녀가 거울에 비친 그의 얼굴을 쳐다보자 그가 미소를 짓는다. 거울에 비친 그의 모습은 볼 때마다 당황스럽다. 이런 각도로 보는 게 익숙지 않아서 그런지 한쪽으로 기우뚱하게 보인다. 그가 거꾸로 뒤집힌 것 같다. 하지만 좌우가 완벽하게 대칭을 이루는 사람은 없는 법.

하이고, 살다 보니 내가 이런 대접을 다 받고 내일은 해가 서쪽에서 뜨려는 모양이죠? 이렇게 말하고 싶은 걸 꾹 참고 대신 그녀는 말한다.

"어머, 신나라! 좋아요!"

로즈는 빅토리아풍의 변기를 개조한 욕실 의자에 걸터앉아 면도하는 미치를 바라본다. 그녀는 그가 면도하는 모습을 바라보는 게 정말 좋다. 덕지덕지 묻은 하얀 거품, 원시인 비슷한 턱수염, 숨어 있는 수염을 깎느라 찡그린 그의 얼굴. 얼굴이 점점 벌게지고 파란 눈이 점점 옅어지고는 있지만, 솔직히 그는 출중한 정도가 아니라 잘생겼다. 남성복 광고에 나오는 야성미의 소유자다. 물론 광고에서는 양가죽 외투를 가리켜 그런 표현을 쓰지만. 양가죽 외투, 양가죽 장갑, 송아지 가죽 서류 가방. 그런 게 미치의 스타일이다. 그에게는 고급스럽고 값비싼 가죽 제품이 많다. 다행히 머리는 아직 벗겨지지 않았다. 로즈는 상관없지만 남자들은 그런 데 신경이 쓰이는 모양이다. 머리카락이 빠지기 시작했을 때 겨드랑이 털을 정수리로 이식하는 수술을 받는 일이 없기만을 바랄 따름이다. 관자놀이 부분이 희끗희끗해지기는 했다. 로즈는 그를 보며 자동차 점검을 하듯 녹이 슨 부분이 없는지 꼼꼼히 체크한다.

하지만 그녀가 정말로 손꼽아 기다리는 단계는 애프터셰이브다. 어느 걸 어떤 식으로 바를까? 흠! 남성미를 물씬 풍기는 게 아니라 영국산 헤더인가 뭔가 하는 평범한 제품이다. 야외용이다. 게다가 목 아래는 바르지 않는다. 로즈는 안도의 한숨을 내쉰다.

로즈는 그를 사랑한다. 아직도 사랑한다. 다만 넋을 잃고 빠져 있지 않을 따름이다.

하지만 속을 파헤쳐 보면 그를 너무 사랑하고 있는 건지 모른다. 그녀의 지나친 사랑이 그를 밀어내고 있는 건지 모른다.

미치가 욕실에서 나가자 로즈는 마저 준비를 한다. 미치한테 절대 보여 주면 안 되는 크림과 로션을 바르고 향수를 뿌린다. 이런 것들은 연극에서 흔히 말하는 무대 뒤 소품이다. 로즈는 남들이 우표를 수집하듯 향수를 수집한다. 새로 출시된 게 있으면 뭐든 사들인다. 그녀가 가지고 있는 향수는 모두 세 줄이다. 세 줄로 정리가 되어 있는 귀엽고 깜찍한 이 녀석들은 각각 꽃꽂이, 활기 넘치는 사장님, 진한 애무로 분류된다. 오늘은 미치와의 점심 식사를 기념하는 의미에서 '진한 애무'에 속하는 샬리마를 선택한다. 하지만 대낮에 풍기는 향치고 너무 관능적이기 때문에 '꽃꽂이' 중에서 하나를 골라 중화시킨다. 그런 다음 정장을 입고 화장을 하지만, 하이힐은 손에 든 채 침실용 슬리퍼를 신고 어머니로서의 임무를 다하기 위해 부엌으로 내려간다. 두말하면 잔소리지만 미치는 벌써 나가고 없다. 조찬 회의가 있기 때문이다.

"안녕, 얘들아."

세 아이가 모여서 라이스 크리스피에 갈색 설탕과 바나나를 얹어 우적우적 먹고 있다. 영양 과잉이면서도 걸신들린 이 아이들에게 축복을. 필리핀에서 건너와 바라건대 이제 슬슬 문화 충격을 극복하기 시작한 돌로레스가 아이들을 감독하고 있다.

"안녕, 돌로레스."

로즈는 돌로레스를 보면 걱정스럽고 불안하다. 돌로레스가 꼭 여기서 지내야 하는 걸까? 서양 문물로 인해 타락하는 건 아닐까? 내가 주는 월급이 충분한 걸까? 돌로레스가 속으로 우리 가족을 미워하는 건 아닐까? 행복할까? 행복하지 않다면 로즈의 잘못일까? 로즈는 입주 가정부를 두면 안 된다는 생각을 한 게 한두 번이 아니다. 하지만 입주 가정부를 쓰지 않으면 아이들 점심을 챙기고, 로즈가 없을 때 아프거나 응급 상황이 터져도 처리할 사람이 없다. 게다가 로즈가 그런 데 신경 쓰느라 너무 바빠져서 충분히 관심을 기울여 주지 않으면 미치의 짜증이 심해진다.

로즈는 식탁을 한 바퀴 돌며 뽀뽀 의식을 거행한다. 조만간 열네 살이 되는 래리는 창피하지만 꾹 참는다. 쌍둥이들은 우유가 묻은 입술을 살짝 그녀에게 갖다 댄다. 에린이 말한다.

"엄마, 엄마한테서 방향제 냄새가 나."

이 얼마나 놀라운 표현인가! 이 얼마나 꼭 맞는 표현인가! 로즈는 따뜻한 느낌을 주는 나무로 벽을 마감한 부엌을 한 바퀴 둘러본다. 도마가 달린 조리대에 세 아이의 점심 도시락이 놓여 있다. 에린은 파란색, 폴라는 초록색, 래리는 검은색. 그녀는 가슴속이 환하게 벅차오른다. 이래서 그녀가 견디는 것이다. 이 맛에 사는 것이다. 오늘 아침처럼 부엌에 들어와 아이들에게 "안녕, 얘들아." 인사하고, 엄마를 투명인간 취급하며 계속 우적우적 아침을 먹어 대는 아이들을 볼 수만 있다면 미치 때문에 겪는 생지옥 같은 일들도 참을 만하다. 그녀는 보이지 않는 날개를, 따뜻한 깃털이 달린 천사의 날개를, 야단스러운 암탉 같은 날개를, 무시당하고 있지만 없어서는 안 될 그 날개를 펼쳐 아이들을 감싼다. 아이들이 불안해하지 않았으면 좋겠다. 아이들은 정말로 불안해하지 않는다. 이 집에 있으면 걱정 없다는 것을, 엄마가 이 집에서 굳건하게 두 발을 버티고 있고 아빠도 자기만의 방식으로 이 집에 존재한다는 것을 안다. 아무 문제 없으니 하던 일을 계속할 수 있다는 것을, 걱정할 필요 없다는 것을 안다.

이번에는 그녀가 잘못 짚었을지 모른다. 아무 일도 없는 건지 모른다. 미치가 드디어 정신을 차렸을지 모른다.

41

점심을 먹기로 한 곳은 네레이즈라는 레스토랑이다. 퀸 가의 가정집을 개조한 조그마한 공간인데, 잘생긴 남자 석상이 알몸으로 문밖에 서 있다. 로즈는 이곳이 처음이지만 미치는 아니다. 웨이트리스들이 그를 어떤 식으로 맞이하는지, 주인이라도 되는 양 그가 흥겨운 눈빛을 하고 어떤 식으로 주위를 두리번거리는지를 보면 알 수 있다. 그가 여길 좋아하는 이유도 알 것 같다. 온 사방이 20년 전만해도 구속감이었을 여자들의 누드화로 뒤덮여 있었던 것이다. 어마어마한 크기의 탱탱한 젖가슴을 자랑하는 벌거벗은 여자와 인어들. 가슴이 처진 여자는 한 명도 없다. 양념처럼 남자들도 끼어 있으니 벌거벗은 여자들이 아니라 벌거벗은 사람들이라고 해야 맞겠지만. 로즈는 테이블로 걸어가다 남근을 딱 맞닥뜨리고 시선을 돌린다.

"여기 정체가 뭐예요?"

그녀는 호기심과 오싹한 쾌감, 미치와 점심을 함께한다는 즐거움 때문에 발갛게 달아오른 얼굴을 하고 나지막이 묻는다.

"내 생각이 맞아요? 포르노 숍이에요?"

미치는 쿡쿡거린다. 그는 로즈에게 충격을 주는 것을 좋아한다. 자신이 어떤 식으로 그녀의 선입견을 뛰어넘을 수 있는지 과시하는 것을 좋아한다.(그녀도 요조숙녀는 아니지만, 그래도 공과 사가 있는 법이고 여기는 공적 영역이 아닌가. 아니면, 공적이면서도 사적인 영역인가?) 그는 이곳이 해산물, 그중에서도 지중해 해산물 전문점이고, 자기 생각으로는 토론토에서 손꼽히는 곳인데, 주인장이 화가라 그의 작품과 그와 관심사가 비슷해 보이는 친구들의 작품이 전시된 거라고 설명한다. 전시된 작품들의 주인공은 비너스다. 이러니저러니 해도 바다의 여신이니 그럴 만하다. 인어들이 등장하는 것도 어류에서 모티프를 따왔기 때문이다. 로즈는 이들이 그냥 벌거벗은 사람들이 아니라 신화에 등장하는 벌거벗은 사람들일 거라고 미루어짐작한다. 그런 거라면 그녀도 감당할 수 있다. 대학교 때 수업도 들은 적 있으니까. 고둥을 부는 프로테우스. 혹은 펠라티오를 받는 프로테우스.*

로즈는 순진한 척 외친다.

"어머, 그러니까 진정한 예술이네! 이렇게 당당하게 보여 준다는 거죠?"

그러자 미치는 어색하게 웃음을 터뜨리며 사람들 기분 나쁘지 않게 목소리를 좀 낮추는 게 어떻겠느냐고 한다.

다른 사람이 그렇게 말했다면 로즈는 더 큰 소리로 고함을 지르며 자기만의 방식으로 대응했을 것이다. 하지만 미치 옆에 있으면

---

* '불다'라는 뜻의 blow는 '펠라티오'라는 뜻도 있다.

항상 머리에 숄을 두르고 배에서 막 내려 소맷부리로 콧물을 닦는데, 소맷부리라도 있는 게 다행인 것 같은 기분이 든다. 그런데 어떤 배일까? 그녀의 집안에는 대대로 수많은 배가 등장한다. 그녀의 조상들은 하나같이 너무 가난하거나 정치적으로 너무 튀거나 생김새나 억양이나 머리색이 잘못됐다는 이유로 어딘가에서 쫓겨났다.

가장 최근에 배를 탄 사람이 그녀의 아버지였는데, 그나마도 1930년대와 제2차 세계대전 때 캐나다 정부에서 유대인의 이주를 차단하기 전이었으니 오래전 일이다. 그녀의 아버지는 심지어 온전한 유대인도 아니었다. 유대인들은 왜 어머니가 유대인이라야 진짜라고 해? 토니가 한번은 이렇게 물은 적이 있었다. 카자크족이랑 기타 등등한테 하도 겁탈을 당해서 아버지가 누구인지 알 수 없는 경우가 허다했거든. 하지만 혼혈을 무엇보다 증오했던 히틀러가 보기에 그녀의 아버지는 반론의 여지가 없는 유대인이었다.

어머니 쪽 조상들이 배를 타고 바다를 건넌 것은 훨씬 오래전 일이었다. 아일랜드 사람들도 그렇고 스코틀랜드 사람들도 그렇고, 150년 전에 전쟁으로 땅을 빼앗기고 그로 인해 굶주림에 시달리자 배를 탔다. 그렇게 배를 탄 사람들 중에 다섯 아이를 바다에서 모두 잃은 가족이 있었는데, 아버지마저 몬트리올에서 콜레라로 세상을 떠나자 어머니가 서둘러 재혼을 했다. 상대는 아내를 먼저 떠나보내고 새로운 상대를 찾던 아일랜드 남자였다. 그 당시 남자들은 하는 일이 워낙 많다 보니 아내가 꼭 필요했다. 두 사람은 개간도 덜 된 오지로 들어가 과도한 세금에 시달려 가며 아이를 낳고, 감자를 심고, 한 번도 써 본 적 없는 도구들을 가지고 나무를 벴다. 아일랜드에서는 나무가 남아나지 않았으니 그런 도구를 쓸 일이 없었는데,

그러다 다리를 찍힌 사람이 한둘이 아니었다. 이런 세부적인 부분에 대해 로즈보다 더 관심이 많았던 토니가 옛날 사진을 보여 준 적이 있었다. 도끼에 다리가 찍히지 않게 쇠 빨래통 속에 들어가 서 있는 남자들 사진이었다. 고국에 남아서 혜택을 누리며 살고 있던 잉글랜드 중산층이 보기에는 저질 코미디 같았을 것이다. 멍청한 아일랜드 촌뜨기들 같으니! 그 당시에 아일랜드 사람들은 늘 비웃음의 대상이었다.

물론 그들은 하나같이 삼등칸을 타고 왔다. 반면에 미치의 조상들은 토론토의 신성한 흙을 가지고 하느님이 빚은 작품은 못 되지만 일등칸을 타고 건너왔을 것이다. 그러니까 바다를 건너는 동안 멀미가 나면 다른 사람 발치가 아니라 사기 대야에 대고 속을 게웠을 거라는 뜻이다.

그게 대수냐 싶겠지만 로즈는 주눅이 든다. 그녀는 인어로 장식된 메뉴판을 열고 메뉴를 읽어 보다 뭘 먹으면 좋을지 결정하지 못하겠다는 듯 미치에게 조언을 구한다. 그러면서 속으로 중얼거린다. 로즈, 이 아부의 여왕.

그녀는 미치와의 첫 데이트를 기억한다. 그때 그녀는 스물둘에 가까웠으니 한창때가 지난 노처녀였다. 고등학교와 대학교 때 친구들은 대부분 이미 결혼을 했는데 그녀는 왜 못 한 걸까? 점점 더 초조해지는 눈빛으로 그녀를 쳐다보던 어머니가 속으로 궁금해하던 것이 그것이었다.

로즈가 연애 경험이 없는 건 아니었다. 아니, 섹스 경험이라고 해야 맞겠지만 아무튼 만난 남자가 한 명 그리고 또 한 명 있었다. 거기에 대해 딱히 죄책감을 느끼지도 않았다. 섹스가 얼마나 엄청난 죄인지 수녀님들에게 귀에 못이 박이도록 들었지만, 로즈는 이제 가톨릭교도가 아니었다. 하지만 한때 가톨릭교도였으니 어머니 말로는 한 번 가톨릭교도는 영원한 가톨릭교도라고 했다. 그래서인가, 처음으로 선을 넘었을 때의 짜릿함이 희미해지자 양심의 가책이 조금 느껴지기는 했다. 이상하게도 가책의 진원지는 섹스 그 자체가 아니라 콘돔이었다. 남자들 일이라 그녀는 한 번도 사 본 적이 없지만 암암리에 거래되는 콘돔. 그녀가 생각하기에 콘돔은 본질적으로 사악한 물건이었다. 그런가 하면 본질적으로 웃긴 물건이기도 했다. 손가락이 하나만 달린 고무장갑 같아서 콘돔을 볼 때마다 철저하게 단속하지 않으면 키득키득 웃음이 터질 것 같다. 키득거리면 남자가 자기를 보고, 자기 물건과 그 크기를 보고 웃는 걸로 오해할 테고 그러면 그길로 끝장일 테니 생각만 해도 끔찍한 일이다.

섹스 자체는 황홀했고, 그녀가 잘하는 일이기도 했다. 그런데 목 위로도 만족을 주는 남자가 없었다. 한 명은 귀가 크고 불룩 튀어나왔고, 또 한 명은 키가 그녀보다 5센티미터 작았는데 그녀는 평생 납작 구두만 신고 살 생각이 없었다. 아이를 낳더라도 항아리 같은 귀가 달린 난쟁이는 싫었다.

그래서 그녀는 그 둘을 진지한 상대로 생각하지 않았다. 다행히 그들도 그녀를 진지한 상대로 생각하지 않았다. 그 무렵 꾸준히 짓고 다니던 피에로 같은 표정 때문이었을 것이다. 그녀는 혼기를 넘긴 상태에서 아직도 부모님과 함께 살며 아버지 회사에서 일을 하고 있었으니 아무 생각 없는 행복한 사람인 척할 수밖에 없었다. 네가 내 오른팔이 될 거다. 아버지는 이렇게 말했다. 아들로 태어나지 못한 것을 자책할 필요가 없다는 칭찬의 표현이었다. 그런데 로즈는 아들이 되고 싶지 않았다. 오른팔이건 왼팔이건 남자가 되고 싶지 않았다. 남자로 살면 중압감이 너무 심했다. 점잖은 척 무게를 잡고 있어야 하는 때가 너무 많았다. 남자가 되면 그렇게 아무 생각 없이 까불까불 살 수 없었다. 그런데 문득 생각해 보면 남자들은 아무 생각 없이 까불까불할 필요가 없었다.

그녀가 회사에서 하는 일은 상당히 기본적인 업무였다. 돌대가리라도 할 수 있는 일이었다. 말만 그럴듯하지 사실은 심부름꾼이었다. 아버지는 누구라도, 심지어 사장의 딸이라도 밑바닥부터 꼭 대기까지 차근차근 밟고 올라와야 한다고 생각했다. 그래야 실무를 한 단계씩 익힐 수 있다고 생각했다. 비서가 일을 잘못해서 서류 정리가 잘못되면 모든 게 잘못되는 법이다. 그런데 이 일에 대해 알면 남들이 제대로 하는지 아닌지 파악할 수 있다. 로즈는 이때 배운 교훈을 오랫동안 유용하게 활용하고 있다.

아무튼 배우는 게 많기는 했다. 그녀는 아버지의 스타일을 유심히 관찰했다. 거칠지만 효율적이고, 부드럽지만 단단하고, 왁자지껄하지만 속으로는 더없이 진지한. 아버지는 잔디밭의 고양이처럼 때를 기다리다 와락 덮쳤다. 흥정을 좋아하고, 할인을 좋아했다. 밀어붙이다, 깎다, 이런 단어에 매력을 느꼈다. 아버지는 모험을 좋아했고, 아슬아슬한 길을 걷는 것을 좋아했다. 땅 몇 뼘이 아버지의 주머니 속으로 들어갔다 나오면 마술처럼 빌딩으로 변했다. 개조할 수 있는 경우, 즉 살릴 만한 가치가 있는 물건인 경우에는 살렸다. 그렇지 않으면 철퇴를 날렸다. 사람들이 크레용으로 우리 동네를 살립시다라고 쓴 종이를 갈퀴 손잡이에 호치키스로 고정시킨 피켓을 들고 행진을 해도 꿈쩍하지 않았다.

로즈에게도 자기만의 아이디어가 있었다. 아버지가 기회를 주면 잘할 자신이 있었다. 하지만 기회는 아버지가 주는 게 아니라 스스로 얻어 내야 하는 것이기 때문에 기다리고 있었다.

그러는 동안 연애 생활은 어땠을까? 아무도, 마음에 드는 사람이 아무도 없었다. 이상형에 근접한 사람조차 없었다. 다들 꼴통 아니면 기본적으로 그녀의 돈을 노렸다. 더 정확히 말하면 유산을 노렸다고 해야겠다. 그 당시는 그녀도 남들과 똑같은 월급쟁이인 데다 그 월급이라는 것도 박봉에 불과했으니 말이다. 아버지는 박봉이 어느 정도 박봉인지 알아야 연봉 협상의 노하우를 알 수 있다고 했다. 감자가 얼마인지까지 알아야 된다고 생각했다. 박봉 때문에 계속 부모님과 함께 살고 있었던 로즈로서는 감자가 얼마인지 알 도리가 없었다. 그녀도 손바닥만 한 부엌이 딸려 있고 창문 너머로 옆집 화장실이 보이는 원룸을 알아보았지만 너무 궁상맞았다. 자유를 사는 데 드는 돈이 얼마인지 몰라도 그 당시 그녀가 받는 월급보다는 많았다. 지금처럼 차 세 대가 들어가는 차고 위에 지은, 예전에 하인들이 쓰던 공간에 살면서 박봉으로는 옷을 사고 전용 전화비를 내는게 차라리 나았다.

혼자 유럽 여행도 하고 싶었지만 아버지가 보내 주지 않았다. 너무 위험하다는 것이었다. "네가 거기서 어떤 일들이 벌어지는지까지 알 필요는 없다."라고 했다. 아버지는 그녀를 자신의 돈 안에 가둬 두고 싶어 했다. 그녀를 안전하게 지켜 주고 싶어 했다.

그 당시 미치는 아버지의 계약서 작성을 맡은 회사에 근무하는 신참 변호사였다. 로즈가 그를 처음 본 것은, 그녀가 책상에 코를 박고 일하던 바깥쪽 사무실 앞을 그가 지나가던 때였다. 그는 양복에 서류 가방을 들고, 거의 날마다 아버지를 꼬리처럼 따라다니는 양복과 서류 가방 행렬의 말단을 장식하고 있었다. 그들이 로즈의 자리에서 행렬을 멈추었고, 돌아가면서 악수를 했다. 아버지는 누가 됐든 서로 소개시키는 것을 좋아했다. 미치가 로즈의 손을 잡는 순간, 로즈의 손이 떨렸다. 그녀는 그를 흘끗 본 순간 '이 세상에는 못난이와 꽃미남과 그 중간이 있는데 이 사람은 꽃미남이로구나.' 하는 생각이 들었다. 그런 다음에는 '얘야, 꿈에서나 만나라. 베개에 침 질질 흘리면서. 너한테 맞는 상대가 아니잖니.' 하는 생각이 들었다.

그런데 이럴 수가, 그가 전화를 한 것이다! 아인슈타인 정도 되어야 전화번호를 알아낼 수 있는 건 아니지만, 그래도 한 방에 되는 일은 아니었다. 아버지와 성이 같다는 이유로 걸려 오는 항의 전화에 질려서 로즈가 로지 오그레이디라는 이름으로 번호를 등록했기 때문이다. 철거 현장에 쳐 놓은 널판장에도 30센티미터 높이에 '그룬월드 개발'이라고 적혀 있으니 본명으로 전화번호부에 등록하는 것은 여기 침을 뱉으라는 뜻에서 이마에 빨간 X 표를 칠하고 돌아다니는 것이나 마찬가지였다.

이런 상황에서 느닷없이 미치가 전화를 해서 침착하지만 보험 영업이라도 하듯 설득 조로 둘이 어디에서 만났는지 설명을 하는데, 처음에는 어찌나 뻣뻣하던지 이것 보세요, 내가 그쪽 할머니도 아니고, 몸속에 부지깽이라도 박힌 거예요라고 소리를 지르고 싶을 정도였다. 꽃미남이고 뭐고 기운 다 빠진 친척들과 브리지 게임을 하든지 일요일에 공동묘지를 산책하는 것을 낙으로 삼는, 따분하고 답답하고 전형적인 WASP 스타일의 꼴통 같았다. 로즈가 리드하는 입장이었다면 그 정도로 오래 걸리지는 않았을 텐데, 아무튼 그는 같이 저녁을 먹고 나서 영화를 보자는 이야기를 꺼내는 데 성공했다. 로즈는 속으로 "할렐루야, 성모마리아님 감사합니다!"를 외쳤다. 이 세상은 놀라운 선물로 가득한 곳이었다.

그런데 나갈 준비를 하는 동안 김이 빠져 버렸다. 처음에는 하늘로 둥실 올라가 날고 싶더니 화장대 앞에 앉아서 맥이 뛰는 곳에 아르페주 향수를 톡톡 바르며 어떤 귀고리를 하면 좋을지 고민을 하는 사이 기분이 점점 가라앉기 시작했다. 귀고리는 얼굴이 좀 갸름해 보이는 것으로 골라야 했다. 그녀에게 보조개가 있는 건 사실이지만, 무릎에서나 볼 수 있는 그런 보조개였다. 주름에 가까웠다. 그녀는 골격이 굵은 체형이었다. 어머니의 표현에 따르면 뼈만 남았고, 아버지의 표현에 따르면 기골이 장대하고, 옷가게 점원의 표현에 따르면 풍만하고 성숙한 몸매였다. 가냘픈 것과는 거리가 멀었다. 하느님, 발 크기만 좀 줄여 주시면 뭐든 할게요. 230 정도면 딱 좋겠어요. 그리고 하는 김에 머리도 금발로 바꿔 주세요.

문제는 미치가 너무 잘생겼다는 것이었다. 어깨하며 파란 눈하며 체격하며, 영화 잡지에 소개되는 기대주인가 싶을 만큼 현실감이 없었다. 그렇게 생긴 사람은 교통사고 유발의 가능성이 있기 때문에 함부로 나다니면 안 되는 거였다. 로즈는 그의 외모와 단정한 분위기와 냉동 생선살처럼 모서리가 반듯하고 꼿꼿한 자세에 넋을 잃었다. 이런 그와 함께 다니면서 농담을 하거나 장난을 치기란 불가능할 것이다. 이 사이에 뭐가 끼지는 않았는지 걱정만 하게 될 것이다.

게다가 욕구(탁 까놓고 말해서 7대 죄악 중에 으뜸이라는 성욕) 때문에 정신이 없어서 가만히 앉아 있지도 못할 것이다. 그녀는 원래 그렇게 감정을 조절하지 못하는 성격이 아니었는데, 미치로 말할 것 같으면 외모 부문에서 차트 상위권을 달렸다. 사람들이 고개를 돌리고 빤히 쳐다보며 저런 훈남이 어쩐 일로 미스 폴란드 순무 선발 대회 2위하고 같이 다니나 하며 의아해할 것이다. 한마디로 요약해서 지옥 같은 저녁이 될 것이다. 하느님, 오늘 저녁만 무사히 넘길 수 있게 해 주시면 하느님을 위해 화장실을 100만 개 청소할게요! 물론 하느님께서는 화장실 청소에 별 관심이 없으시겠죠. 천국에서는 똥을 싸는 사람이 없을 테니까.

로즈가 예상했던 대로 모든 면에서 끔찍한 출발이었다. 미치는 꽃다발을 들고 왔다. 크지는 않았지만 이 얼마나 구닥다리 선물인가! 로즈는 이 망할 놈의 물건을 어떻게 해야 하나, 꽃병 같은 데 꽂아야 하나, 초콜릿을 들고 왔으면 얼마나 좋았을까, 생각하며 부엌으로 들고 갔다. 어머니가 실내복 차림으로 머리에 롤을 말아서 헤어네트를 씌운 채 먹구름이 긴 얼굴로 차를 마시고 있었다. 좀 있다 아버지와 함께 사업상 필요한 연회인가 뭔가에 참석해야 하는데, 그런 자리가 딱 질색이었던 것이다. 어머니는 돈을 벌어서 어퍼캐나다 대학(이 대학으로 말할 것 같으면 미치와 같은 명문가의 자제를 받아 세뇌시키고, 앞으로 골반이 절대 움직이지 않도록 척추를 녹여서 딱 붙여 버리는 곳이었다.) 바로 옆에 있는 던베건의 이 휑뎅그렁하게 큰 집으로 이사 온 이래 줄곧 고수하고 있는 번민하는 듯한 표정으로 그녀를 보며 "어디 나가니?" 하고 묻는데 꼭 "죽으러 가니?" 하고 묻는 것 같았다.

로즈는 미치를 동굴 같은 거실 중에서도 600평에 달하는 카펫 한 가운데 혼자 남겨 두고 부엌으로 들어온 참이었다. 그를 사방에서 에워싸고 있는 트럭 세 대 분량의 가구는 형편없는 안목의 극치를 달리는 어머니가 고른 것인데, 돈은 수억 들었지만 장례식장 카탈로그를 보고 주문한 물건 같은 데다 한술 더 떠 온 사방이 레이스로 덮여 있었다. 어머니는 젊었을 때 못 써 봐서 그런지 레이스 중독자였다. 미치가 로즈를 따라 부엌으로 들어왔다 여기 앉아 있는 어머니와 마주쳐 종교적인 성향과 경제적인 전망 순서로 이어지는 심문이라도 당하면 큰일이었다. 그래서 로즈는 나중에 처리해야겠다는 생각을 하며 꽃다발을 개수대에 처박고, 좀 늦긴 했어도 탄력 크림을 바른 어머니의 얼굴에 입을 맞춘 다음 미치를 집 밖으로 끌고 나갔다. 자칫 잘못해서 아버지에게 잡히기라도 했다가는 지금까지 로즈의 데이트 상대를 붙들었을 때마다 그랬던 것처럼 어디 가냐, 뭘 할 거냐, 몇 시에 돌아오느냐, 그건 너무 늦지 않느냐, 이런 식으로 고문을 하고, 인생을 논하는 수수께끼 같은 비유를 들 게 뻔했다. 시커먼 눈썹 밑으로 의미심장한 눈빛을 발사하며 "절름발이 둘을 합쳐도 춤꾼 하나를 못 만드는 법이다."라고 하는데, 그 가엾은 바보들더러 뭘 어쩌라는 건가 싶다.

"아빠, 그런 소리 좀 안 했으면 좋겠어요."

나중에 그녀는 아버지에게 이렇게 투덜거리곤 했다. 아버지는 이상하게 아버지라고 부르면 대답을 하지 않고 꼭 아빠라고 부르게 했다.

"왜? 맞는 말이잖아?"

아버지는 씩 웃으며 되물었다.

문을 나서고 보니 미치가 차를 안 가지고 왔다는데, 어떻게 하는 게 에티켓에 맞는 건지 알 수가 없었다. 그녀의 차를 타고 가자고 해야 하는 걸까? 꿈에 그리던 이상형이 버스를 타다니 상상할 수 없는 일이었다. 그녀가 버스를 타는 건 더더욱 상상할 수 없는 일이었다. 아무리 돈을 많이 벌어도 버스를 타야 한다면 뭐하러 돈을 버나. 아끼는 것도 정도가 있지! 택시를 타자고 하려는 순간, 미치가 택시 비도 없을지 모른다는 생각이 퍼뜩 그녀의 뇌리를 스쳤다.

결국 두 사람은 로즈가 생일 선물로 받은 빨간색의 아담한 오스틴을 타고 나갔다. 그녀는 재규어를 받고 싶었는데, 아버지 말로는 그러면 눈만 높아진다고 했다. 로즈가 자동차 열쇠를 쥐어 주었을 때 미치는 사양하지 않았다. 자기도 모르는 사이에 남자를 주눅 들게 만드는 법을 다룬 여러 여성지에서 주장하길 남자들은 여자가 모는 차에 타면 주눅이 들 수 있다고, 남자들은 생각보다 쉽게 위축되는 존재라고 했다. 로즈는 보통 자기 차를 직접 모는 편이지만 미치를 위협하고 싶지 않았다. 그리고 운전을 맡겨야 느긋하게 앉아서 그의 옆모습을 감상할 수 있었다. 그는 운전 솜씨가 훌륭했다. 과감하고 공격적이지만 예의는 지키는 것이 마음에 들었다. 그녀로 말할 것 같으면 성격이 급한 편이었다. 난폭하게 끼어들고 빵빵거렸다. 그런데 미치의 운전을 보면서 좀 더 부드럽게 목적지에 도착하는 방법도 있다는 것을 깨달았다.

저녁 식사를 한 곳은 자그마한 엉터리 프랑스 레스토랑이었다. 20세기 초반의 유곽처럼 빨간색 플러시 천으로 안을 도배한 곳이었고 음식 맛도 그저 그랬다. 로즈는 양파 수프를 주문했는데, 먹을 때마다 실 같은 치즈가 숟가락을 따라 길게 이어졌으니 실수였다. 어찌어찌 먹기는 했지만, 아무래도 기품 테스트에서는 통과하지 못할 것 같은 예감이 들었다. 미치는 알아차리지 못하는 눈치였다. 그저 자기가 다니는 법률 회사 이야기를 하느라 여념이 없었다.

그녀는 '이 남자는 나를 좋아하지 않는구나. 오늘 데이트는 완전히 실패다.' 하는 생각에 화이트 와인을 한 잔 더 주문하고 '에라, 모르겠다.' 하며 재미있는 이야기를 시작했다. 그해 여름에 강간을 당했는데 여름 내내 강간, 강간, 강간이 이어졌다는 여자 이야기였다. 미치는 귀를 쓰다듬어 주면 고양이들이 그러는 것처럼 눈을 살짝 감더니 천천히 미소를 지었다. 어쩌면 자세는 양철 병정 같지만 그의 몸에도 호르몬이 흐르고 있고, WASP의 가면이 정말로 가면에 불과할지 모를 일이었다. 그렇다면 영원히 감사할 일이지만. 그런데 테이블 밑에서 그녀의 무릎에 얹힌 그의 손이 느껴지는 순간, 그녀의 자제심은 그길로 안녕이었다. 새빨간 플러시 천을 씌운 레스토랑 의자 위로 아이스 캔디처럼 녹아내릴 것만 같은 기분이었다.

저녁 식사를 마쳤을 때 두 사람은 영화관이 있는 쪽으로 걷기 시작했지만, 어찌 된 영문인지 로즈의 차 안에서 애정 행각을 벌이게 됐다. 그다음 행선지는 미치가 두 법대생들과 함께 쓰는 방 세 개짜리 아파트였다. 마침 법대생들이 외출을 했다니 이 사람이 사전에 계획한 게 아닐까 하는 생각이 잠깐 로즈의 뇌리를 스치고 지나갔다. 누가 누굴 유혹하는지 알 수 없는 상황이었다. 로즈는 미치가 그녀의 윗도리 벗기는 것을 거든 다음 팬티거들과 한판 승부에 본격적으로 돌입했다. 어머니도 그렇고 잡지에서도 그렇고 팬티거들은 요조숙녀의 필수품이라고, 팬티거들을 입어야 보기 흉하게 덜렁거리는 살을 잡아 줄 수 있다고, 남자들 눈에 엉덩이를 들썩이는 헤픈 여자로 보이면 안 되지 않겠느냐고 했는데, 문제는 이 망할 놈의 물건이 쥐덫처럼 생겨 먹었고 어찌나 탄력이 없는지 세 겹짜리 고무줄에서 빠져나오려고 용을 쓰는 거나 다름없다는 사실이었다. 그런데 바로 그때 미치가 그녀의 어깨를 잡고 눈을 그윽이 바라보더니 그녀를 진심으로 존중한다고 했다.

"나는 당신이랑 단순히 잠자리를 같이하고 싶은 게 아니에요. 결혼을 하고 싶어요."

로즈는 잠자리와 결혼이 서로 배타적인 항목은 아니지 않냐고 항변하고 싶었지만 그런 말을 했다가는 품위 없는 여자로 비쳐질 수 있었고, 이게 프러포즈인가 싶어 행복하다고 해야 할지, 두렵다고 해야 할지 주체할 수가 없었다.

"네?"

그는 결혼 어쩌고 하는 부분을 다시 한 번 반복했다.

"하지만 당신이 어떤 사람인지 잘 알지도 못하는데요."

로즈는 더듬더듬 대답했다.

"차차 알게 될 거예요."

미치는 차분한 목소리로 말했다. 그의 말은 과연 사실이었다.

그 뒤로도 계속 이런 식이었다. 평범한 저녁 식사, 진한 애정 행각, 뒤로 미루어지는 육체적인 만족. 만약 로즈가 마지막 단계를 해치우고 미치를 머릿속에서 떨쳐 버릴 수 있었다면 그와 결혼하지 않았을지 모른다. 아니, 그건 아니다. 그 첫 번째 데이트 이후 정신을 차릴 수 없었으니 로즈에게는 선택의 여지가 없었다. 그런데 그가 만날 때마다 그녀를 무릎이 와들와들 떨리는 젤리 같은 지경으로 만들어 놓으면서 지퍼라도 열라치면 그녀의 손을 잡으니 긴장감이 더욱 고조되었다. 말이 긴장감이지 사실은 좌절감이었다. 혹은 굴욕적인 모멸감이었다. 그녀는 몸을 주체하지 못하는 헤픈 여자, 바짓단을 잡고 올라가려다 신문지로 한 대 얻어맞은 강아지가 된 듯한 심정이었다.

기다리던 순간이 찾아왔을 때(장소는 교회나 유대인 예배당이 아니라 양가의 절충안이라 할 수 있는 파크 플라자 호텔의 연회실이었다.) 로즈는 저 끝까지 걸어갈 자신이 없었다. 볼썽사나운 사고가 벌어질 것 같았다. 하지만 사람들 앞에서 그에게 와락 달려들거나 신부에게 입을 맞추는 순간에 진한 키스라도 시도했다가는 미치에게 평생 용서받지 못할 것이다. 그는 이 세상에는 달려드는 사람과 달려드는 걸 받아 주는 사람이 있고 키스를 하는 사람과 키스를 받는 사람이 있는데, 그가 전자이고 그녀는 후자가 되어야 한다고 분명히 못을 박았다.

그동안 한두 가지 깨달음을 얻은 로즈가 생각해 보면 성 역할을 정형화하려는 수작이었다. 약아빠진 자식. 그 인간은 계속 거부하면서 나를 지치게 만들었어. 어떻게 하면 되는지 제대로 알았던 거야. 곁들이는 요리 삼아 타이피스트를 하나 꿰차 놓았겠지. 거시기가 썩지 않게. 어쨌든 훌륭하게 성공했잖아? 나랑 결혼했으니까. 물주를 잡았으니까. 그녀는 그가 노린 것이 돈이었음을 이제는 안다.

아버지는 처음부터 의심스러워하며 로즈에게 물었다.

"그 녀석, 벌이는 얼마나 되냐?"

"아빠, 그건 중요한 문제가 아니잖아요!"

로즈는 지나치게 반물질주의적인 반응을 보이며 버럭 고함을 질렀다. 누가 뭐라 해도 미치는 촉망받는 인물이었다. 탄탄대로가 보장되어 있었다. 법률 회사에서도 비눗방울처럼 승진할 게 분명했다.

"내가 알고 싶은 건 그 녀석을 도와주어야 하느냐는 거다."

미치한테는 험상궂은 표정으로 노려보며 "절름발이 둘을 합쳐도 춤꾼 하나를 못 만드는 법이지."라고 했다.

"뭐라고 하셨습니까?"

미치는 정중하게, 너무 정중하게 되물었다. 짐짓 겸손한 척하는 것 같기도 하고, 한쪽은 이민자의 흔적이 남아 있고 또 한쪽은 삶은 감자와 레이스로 점철된 하숙집의 여운이 느껴지는 로즈의 부모님은 간단히 무시할 의향이 있다는 의미의 정중함이었다. 로즈가 신흥 부자라면 미치는 전통 부자였다. 돈이 없어서 부자는 되지 못했지만. 그의 아버지는 너무 일찍 그리고 너무 찜찜하게 돌아가셨다. 전쟁 미망인과 달아나 가산을 탕진하고 다리에서 투신자살한 것을 그 당시 로즈가 무슨 수로 알 수 있었을까. 그녀는 독심술사가 아니었고 미치는 오랫동안, 아주 오랫동안 그 사실을 비밀로 했다. 살아 있었지만 차라리 죽어 버렸으면 좋겠다 싶을 만큼(로즈가 지하실에서 생각해 보니 그렇다.) 지긋지긋하던 그의 어머니도 마찬가지였다. 로즈는 갓 결혼한 그녀에게 좀 얌전한 옷을 입고 다니라는 등, 저녁 식탁은 이렇게 차려야 한다는 등 빈정거리며 까다롭게 굴던 그의 어머니를 절대 용서할 수 없다.

"아빠, 내가 절름발이예요? 그런 말은 너무 모욕적이잖아!"

나중에 로즈는 아버지에게 따지고 들었다.

"절름발이 하나와 절름발이 아닌 이 하나를 합쳐도 춤꾼 하나를 못 만드는 법이지."

아버지는 무슨 뜻에서 그런 말씀을 하신 걸까? 로즈는 이제 와 생각해 본다. 아버지의 눈에는 어떤 결함과 단점, 어떤 절름발이의 조짐이 보였던 걸까?

하지만 로즈는 듣지 않고 손으로 귀를 막았다. 듣고 싶지 않았다. 아버지는 근심 어린 눈빛으로 그녀를 한참 동안 바라보았다.

"네가 지금 무슨 짓을 하고 있는지 제대로 알기는 하는 거냐?"

로즈는 안다고 생각했다. 아니, 드디어 자신이 제짝을 만나 골격이 이렇게 우람해도 깃털처럼 가볍게 둥둥 떠다니며 행복의 절정을 만끽하고 있으니 알건 모르건 상관없다고 생각했다. 어머니는 그녀의 편이었다. 로즈의 나이가 벌써 스물세 살로 접어들고 있었으니 어머니로서는 어떤 남자가 됐건 딸이 노처녀로 늙는 것보다 나았다. 막상 정말로 웨딩마치를 올리게 되자 얼씨구, 자기가 뭐나 되는 줄 아는 모양이네라며 미치의 깍듯한 매너를 비웃었고, 성공회 신자보다는 가톨릭 신자가 더 좋다고 밝히기는 했지만, 어머니도 로마 교황이랄 수 없는 아버지와 결혼했으니 길게 가타부타 할 입장이 아니었다.

미치가 오로지 돈을 노리고 로즈와 결혼한 것은 아니었다. 그것만큼은 확실하다. 그녀는 멕시코로 떠난 실질적인 신혼여행을 기억한다. 죽은 자의 날을 기념해 시장에 쌓여 있던 설탕으로 만든 해골들, 꽃, 온갖 깃발들, 좋아서 잔뜩 들떠 있던 그녀, '봐, 내가 해냈잖아. 이제는 노처녀가 아니라 새신부야. 유부녀라고.' 하는 데서 오는 신기함과 해방감. 무더운 밤, 바닷가로 난 창문을 열어 놓고 있으면 나부끼던 커튼, 모슬린처럼 그녀의 살갗을 스치던 바람, 이목구비는 보이지 않지만 그녀의 위에서 열정을 불사르던 미치의 어두컴컴한 모습. 연애를 할 때와는 달랐다. 이제는 게임이 아니었다. 걸려 있는 게 더 많았다. 첫날밤을 보낸 뒤 그녀는 행복에 겨워 울음을 터뜨렸고 미치도 분명 똑같은 기분이었을 것이다. 그런 열정은 거짓으로 꾸밀 수 없는 것이다. 그렇지 않을까?

그러니까 순전히 돈 때문에 결혼한 건 아니었다. 하지만 이런 식으로 표현할 수는 있겠다. 돈이 아니었다면 그녀와 결혼하지는 않았을 거라고. 그는 어쩌면 그 때문에 그녀 곁에 닻을 내리고 머무는 것일 수도 있다. 그녀로서는 돈이 전부는 아니기만을 바랄 따름이지만.

미치가 그녀를 향해 화이트 와인 잔을 들어 보이며 "우리를 위해."라고 하더니 테이블 너머로 손을 내밀어 그녀의 왼손을 잡는다. 수수한 결혼반지를 끼고 있는 손이다. 그 당시에 그는 이 정도밖에 여력이 안 됐고, 아버지의 도움을 받아 더 큼직한 반지를 사는 건 싫다고 했다. 그가 웃으며 말한다.

"그동안 나쁘지 않았어, 그렇지? 우리 둘 사이, 제법 괜찮잖아."

그는 지금 남몰래 실망감을 달래는 중이다. 계속 흘러가는 시간, 이제는 절대 정복하지 못할 모든 세상, 묘령의 아가씨들이 수천 명, 수백만 명이고 시시각각으로 추가되고 있는데 예술은 길고 인생은 짧고 죽음이 기다리고 있으니 무슨 수를 써도 그들 모두를 안을 수 없다는 사실에서 오는 실망감을.

그렇다. 그들 둘 사이는 제법 괜찮다. 가끔은. 아직까지도. 때문에 그녀는 환하게 웃으며 그의 손을 꼭 잡아 주고, 그들이 지금 더할 나위 없이 행복하다는 생각을 한다. 맞는 말이다. 그들의 가치관을 감안했을 때 더할 나위 없이 행복하다고 할 수 있다. 다른 사람들이 라면 더 행복했겠지만.

가슴이 푹 파인 저지 스웨터를 입은 예쁘장한 아가씨가 죽은 생선이 담긴 접시를 들고 오자 미치가 그중에서 선택을 한다. 그는 오늘의 특선을, 로즈는 오징어 먹물 파스타를 먹기로 한다. 그런 파스타는 먹어 본 적이 없거니와 이름이 특이하기 때문이다. 먹물을 넣은 스파게티라니. 샐러드가 먼저 나오고, 로즈는 적절한 틈을 타서 특별히 의논하고 싶은 일이 있느냐고 조심스럽게 물어본다. 지금까지는 점심을 같이 먹을 때마다 보통 사업상의 문제를 의논하곤 했다. 현재 대표로 있는 《와이즈우먼월드》의 이사회를 좀 더 장악하는 문제였다.

하지만 미치는 아니라고, 요즘 들어 아이들 없이 단둘이 그녀와 시간을 보낸 적이 없는 것 같아서 그러는 거라고 하고, 항상 애정 부스러기에 굶주려 있던 로즈는 모르는 척 넘어가기로 한다. 그녀는 용서할 것이다. 잊을 것이다. 아무튼 용서는 할 것이다. 잊거나 잊지 못하는 것은 자기 마음대로 되는 일이 아니니까. 어쩌면 미치는 그동안 중년의 위기를 겪었던 것일지 모른다. 스물여덟 살에 중년의 위기가 시작되다니 조금 이르기는 했지만.

이번에는 긴 머리에 가슴이 푹 파인 옷을 입은 또 다른 귀여운 아가씨가 큼지막한 샐러드 접시를 들고 오고, 로즈는 그림과 어울리는 웨이트리스만 골라서 채용을 하는지 궁금하다. 사방에서 젖꼭지가 난무하니 무수히 많은 외계인의 눈동자가 그녀를 쳐다보는 듯한 느낌이다. 그것도 분홍색 눈동자가. 그녀는 채용을 거부당한 가슴이 납작한 여자가 이 레스토랑을 상대로 차별 대우 소송을 제기하는 광경을 잠깐 상상해 본다. 가슴이 납작한 남자가 소송하면 더 제격이겠다. 얼마나 재미있는 구경거리일까.

웨이트리스가 허리를 숙여 깊은 가슴골을 보이며 샐러드 접시를 내려놓고, 로즈가 한 입 먹을 때까지 웃으며 기다린다.

"훌륭하네요."

로즈가 말한다. 샐러드를 두고 한 말이다.

"그렇지?"

미치는 웨이트리스를 올려다보며 미소를 짓는다. 맙소사. 로즈는 속으로 생각한다. 웨이트리스한테까지 수작을 걸다니. 웨이트리스가 뭐라고 생각할까? 추잡한 늙다리? 얼마나 지나면 저 사람이 정말로 추잡한 늙다리가 될까?

미치는 예전부터 웨이트리스들에게 점잖게 수작을 걸었다. 아흔 살 먹은 캉캉 댄서를 가리켜 젊었을 때부터 캉캉을 춘 사람이라고 하는 것만큼이나 두말하면 입 아픈 일이다. 언제면 그만둘지 언제쯤 알 수 있을까?

샐러드에 이어 메인 코스가 나온다. 이번에도 또 다른 아가씨다. 아니, 나이가 있으니 다른 여자라고 해야겠다. 하지만 까만 머리가 구름처럼 매혹적이고, 젖가슴은 환상적이고, 허리는 로즈가 목숨과도 바꿀 수 있겠다 싶을 만큼 가늘다. 한참 들여다보니 로즈가 아는 여자다. 아주 오래전에, 다른 사람으로 살았을 때 알던 여자다.

"지니아!"

그녀는 자기도 모르게 불쑥 외친다.

"네?"

이번에는 여자가 로즈를 한참 들여다보더니 웃는다.

"로즈? 로즈 그룬월드? 맞아? 사진이랑 전혀 딴판이다!"

로즈는 아니라고 말하고 싶은 충동에 사로잡힌다. 애초에 말을 걸면 안 되는 거였다. 핸드백을 바닥에 떨어뜨리고 줍는 척하며 지니아의 시선을 피했어야 했다. 재수 없는 그 눈빛을 환영할 사람이 누가 있을까?

하지만 지니아가 이 네레이즈에서 웨이트리스로 일하고 있다는 것이 그 모든 것을 능가할 만큼 충격적이다.

"여기서 뭐하는 거야?"

로즈는 불쑥 묻는다.

"자료 조사 중이야. 프리랜서 기자로 주로 영국에서 몇 년 동안 일하고 있거든. 그런데 귀국해서 여기 분위기는 어떤지 알아보고 싶더라고. 그래서 사내 성희롱 관련 취재를 자청해서 맡았어."

그런 기사를 쓰다니 지니아도 변한 모양이다. 외모도 전과 달랐다. 처음에는 어디가 달라졌는지 모르겠더니 지금은 알 것 같다. 가슴이다. 그리고 코도. 가슴은 풍만해졌고 코는 작아졌다. 예전에는 코가 로즈하고 비슷했는데.

"그래?"

로즈는 직업적인 흥미를 느낀다.

"어디랑 일하는데?"

"《새터데이 나이트》. 대부분 인터뷰 형식으로 이루어지지만, 현장을 직접 둘러보면 좋을 것 같아서."

그녀는 미치가 아니라 로즈를 향해 웃어 보인다.

"지난주에는 공장에 갔고 지지난주에는 병원에 갔어. 환자들한테 당하는 간호사들이 얼마나 많은지 아니? 어딜 더듬는 정도가 아니라 변기랑 뭐 그런 물건들을 막 집어던지더라. 정말 힘든 직업이야. 하지만 실제 간호사 일은 맡지 못했어. 여기에서는 좀 더 실전을 접하고 있지."

미치가 없는 사람 취급당하는 데 언짢아하는 기미를 보이자 로즈가 그에게 지니아를 소개한다. '옛날 친구'라고 하기 싫어서 그냥 '동창생'이라고 한다. 절친한 친구라고 할 만한 사이도 아니었잖아? 그녀는 그 당시 지니아를 잘 알지도 못했다. 요란하고 선정적인 소문의 주인공으로만 알았을 뿐이다.

미치는 로즈의 대화를 전혀 거들지 않는다. 뭐라고 중얼거리면서 자기 접시만 쳐다본다. 방해를 받고 있다고 생각하는 게 분명하다.

"그래, 여기는 직업상 위험도가 어때? 너더러 '자기'라고 부르면서 엉덩이를 꼬집는 사람이 있니?"

로즈가 그를 감싸려고 묻는다.

지니아는 웃음을 터뜨린다.

"로즈, 여전하네요. 예전부터 파티 인생이었거든요."

미치를 보고 하는 말이다.

로즈는 자신이 참석한 파티에 지니아도 참석한 적이 있던가 기억을 더듬어 본다. 그녀가 기억하기로는 없지만, 그 당시에는 술을 자주, 많이 마시고 다녔으니 잊어버렸을 수도 있다. 그런데 이때 지니아가 로즈의 어깨에 손을 얹더니 전과는 다르게 좀 더 낮고 진지한 목소리로 말한다.

"로즈, 예전부터 너한테 하고 싶었던 이야기가 있는데, 기회가 없었어.

"뭔데?"

"너희 아버지 얘기야."

"어머나."

로즈는 지금까지 까마득하게 몰랐던 사기극이나 스캔들 이야기인가 싶어 겁이 난다. 지니아가 오래전에 잃어버린 배 다른 자매일까? 말도 안 되는 소리지만, 아버지는 교활하고 여우 같은 늙은이였다.

"우리 아버지가 어쨌는데?"

"내 목숨을 구해 주셨어. 전쟁 때."

"네 목숨을 구해 주셨다고? 전쟁 때?"

잠깐. 지니아가 전쟁 때 태어났던가? 로즈는 믿어지지가 않아 머뭇거린다. 하지만 이것이야말로 그녀가 예전부터 바라던 것이다. 아버지가 소문처럼 진짜 영웅이었음을, 당사자의 입장에서 객관적으로 보장할 수 있는 증인. 영웅 비슷한 거였다고 해도 상관없다. 수상한 장사꾼만 아니면 된다. 예를 들어 삼촌 등 여러 사람들에게 증언을 들었지만 두 삼촌은 믿을 만한 위인이 아니었다. 그래서 확신할 수가 없었다.

그런데 이제 드디어 그 머나먼 나라, 과거의 나라, 전쟁의 나라에서 소식을 들고 전령이 도착했다. 그런데 그 전령이 왜 하필이면 지니아일까? 지니아가 아는 소식을 자기는 모르다니 불쾌하다. 마치 아버지의 유언장을 열어 보니 술집에서 만난 떠돌이한테 보물을 남기고 당신 딸한테는 아무것도 안 남긴 것 같은 기분이다. 아버지는 그녀가 얼마나 알고 싶어 했는지 몰랐던 걸까?

어쩌면 아무것도 아닐지 모른다. 하지만 뭐가 있으면 어떡한다? 들어 볼 만한 일이다. 적어도 심장이 두근거릴 만한 일이다.

"이야기가 길어. 시간 있으면 들려줄게. 네가 듣고 싶다면."

그녀는 미소를 짓고 미치를 향해 목례를 한 다음 저쪽으로 걸어 간다. 로즈가 거부할 수 없는 제안이라는 것을 안다는 듯이 자신만 만하고 여유롭게 걸어간다.

로즈의 아버지, 미지의 위인. 남들에게는 위인이었으나, 그녀에게는 미지의 인물이었던 사람. 로즈는 주황색 목욕 가운을 입은 채 지하실에서 나나이모 바 부스러기를 해치우고 접시를 게걸스럽게 핥으며, 아버지는 아홉 가지 인생을 살았는데 그녀가 아는 인생은 서너 개뿐이었다고 해 두기로 한다. 아버지의 과거를 함께했던 사람이 언제 다시 등장할지는 아무도 모르는 일이다.

예전에 로즈는 로즈가 아니었다. 로즈가 아니라 로절린드였고, 중간 이름은 성 아그네스와 어머니의 이름을 따서 아그네스였지만, 학교 친구들한테는 그 이름을 밝히지 않았다. 하숙하는 사람들이 뒤에서 어머니를 부르듯 애기라는 별명으로 불리는 게 싫었기 때문이다. 누구도 감히 어머니의 면전에 대고 애기라고 부르지는 못했다. 그러기에는 어머니가 너무 반듯했다. 그들에게 어머니는 그린우드 부인이었다.

그래서 로즈는 로즈 그룬월드가 아니라 로절린드 그린우드였고 어머니와 함께 휴런 가에 있는 하숙집에서 같이 살았다. 높고 좁은 빨간 벽돌집이었고, 주저앉은 현관은 아버지가 언젠가 고칠 예정이었다. 아버지는 없었다. 로즈가 기억하는 한 아버지는 항상 없었다. 전쟁 때문이었다.

아주 자세히는 아니지만 로즈에게도 전쟁의 기억이 남아 있었다. 학교에 들어가기 전부터 들었던 공습 사이렌을 기억하는 이유는 사이렌 소리가 들리면 어머니가 침대 밑으로 들어가게 했는데, 거기에 거미가 있었기 때문이다. 군인들이 그걸 가져다 어디에 쓴다는 건지 알 수 없었지만 어머니는 베이컨 기름과 양철 깡통을 모았고, 나중에 학교에서는 고아들을 위해 적십자 모금 운동을 벌였다. 고아들은 너덜너덜한 옷을 입고 크고 웃음기 없는 눈으로, 애원하는 듯한 눈으로, 비난하는 듯한 눈으로 돌 부스러기 더미에 서 있었다. 폭격에 부모를 잃었기 때문이었다. 1학년 수업 시간에 메리 폴 수녀님이 그런 아이들 사진을 보여 주었을 때 로즈는 너무 가엾어서 울음을 터뜨렸다 그치라는 소리를 들었고, 점심이 넘어가질 않는데 고아들을 생각해서 다 먹어야 된다는 소리를 들었고, 이유는 모르겠지만 두 그릇을 먹으면 그 아이들을 더 많이 도울 수 있다는 소리를 들었다. 하느님에게는 그런 일들을 처리하는 나름의 방식이 있는 모양이었다. 로즈가 눈에 보이는 실제 음식을 먹으면 눈에 안 보이는 영혼의 음식으로 변해서 하늘로 날아올라 성찬식처럼 그 아이들의 입 속으로 쏙 들어가는 걸까? 동그란 소다 크래커처럼 생긴 호스티아*가

* 성찬식 때 먹는 빵.

사실은 예수님인 것처럼 말이다. 아무튼 로즈는 도울 준비가 되어 있었다.

돌 부스러기 더미 뒤, 저 멀리 어두컴컴한 덤불에 가려 잘 보이지 않는 곳에 그녀의 아버지가 있었다. 그녀는 자신이 먹는 음식이 고아들을 지나 아버지에게 전해지길 바랐다. 1학년 때 로즈는 그렇게 생각했다.

하지만 전쟁이 끝났는데 아버지는 어디 계신 걸까? 어머니는 "돌아오고 계시는 중"이라고 했다. 식탁에는 항상 아버지가 앉을 의자가 마련되어 있었다. 로즈는 기다리느라 좀이 쑤실 지경이었다.

아버지가 안 계셨기 때문에 어머니는 혼자 하숙집을 꾸려야 했다. 그 때문에 피곤하다고, 어머니는 거의 날마다 로즈에게 말했다. 로즈의 눈에도 보였다. 어머니는 말랑말랑한 부분이 닦여 나가기라도 한 것처럼, 뼈들이 점점 더 살갗으로 올라오기라도 하는 것처럼 심줄이 울퉁불퉁했다. 어머니는 우울한 얼굴을 하고 희끗희끗한 갈색 머리를 뒤로 묶어 핀으로 고정시키고 앞치마를 입고 다녔다. 말이 별로 없었고, 하더라도 짧고 함축적으로 했다. 예를 들면 이런 식이었다.

"말은 적을수록 좋다. 호미로 막을 일을 가래로 막는다. 암탉의 이빨만큼 보기 힘들다. 피는 물보다 진하다. 행동이 멋져야 멋진 사람이다. 집처럼 안전하다. 땅 파면 돈이 나오니? 아이들은 귀가 밝다."

그러면서 로즈더러 수다스럽다고, 혓바닥을 너무 놀린다고 했다.

어머니의 손은 마디가 굵고 거칠었고, 빨래를 하느라 시뻘겠다. 어머니는 손이 무슨 증거라도 되는 것처럼 내밀며 "내 손을 봐라."

라고 했다. 로즈가 어머니를 좀 더 도와야 한다는 증거였다. 3층에 사는 하인스 양은 "너희 어머니는 천사야."라고 했다. 하지만 로즈는 그런 천사라면 별로 되고 싶지 않았다.

아버지가 돌아오면 도와줄 것이다. 로즈가 착하게 굴면 아버지가 금방 돌아올 것이다. 하느님이 그녀를 보고 기뻐서 기도에 응답을 해 줄 테니까. 하지만 가끔은 잊어버릴 때도 있었다. 그런 일이 있고 나면, 잘못을 저지르고 나면 그녀는 두려움에 떨었다. 아버지가 배를 타고 바다를 건너는데 집채만 한 파도가 아버지를 덮치거나 번개가 아버지 위로 떨어지는 이미지가 눈앞에 떠올랐다. 하느님이 그런 식으로 그녀를 벌한 것이다. 그러면 그녀는 고해성사를 할 수 있는 일요일이 돌아올 때까지 더 열심히 기도했다. 침대 옆에 무릎을 꿇고 눈물을 줄줄 흘리며. 아주 나쁜 잘못을 했을 때는 방금 청소한 변기를 다시 닦았다. 하느님은 깨끗하게 닦은 변기를 좋아했다.

로즈는 아버지가 어떤 사람일지 궁금했다. 아버지에 대한 기억은 전혀 없었고, 반질반질하고 새까만 금단의 책상 위에 어머니가 놓아둔 남자의 사진만 있을 뿐이었다. 까만 외투를 입은 거구의 남자인데, 그늘이 져서 얼굴 생김새는 잘 보이지 않았다. 이 사진은 로즈가 아버지를 상상하면서 떠올리는 신비한 능력과 전혀 부합되지 않았다. 아버지는 함부로 말하면 안 되는 중요한 일을 하는 중요한 인물이었다. 전쟁은 이미 끝났지만 전쟁에 관련된 일을 하고 있었다.

"목숨을 걸고 계시지."

어머니가 말했다.

"어떤 식으로요?"

로즈가 물었다.

"저녁이나 먹어라. 유럽에서는 아이들이 굶어 죽고 있다더라."

아버지는 하도 중요한 일을 하다 보니 편지를 쓸 시간도 별로 없었지만, 가끔 머나먼 곳에서 편지가 날아들곤 했다. 스페인, 스위스, 아르헨티나. 어머니는 이 편지를 혼자 읽었는데 그때마다 얼굴이 얼룩덜룩 묘한 분홍색으로 물들곤 했다. 로즈는 우표를 모았다.

어머니가 주로 하는 일은 청소였다. 하숙하는 사람이 뭔가 잘못을 저지르면, 예를 들어 복도를 난장판으로 만들어 놓거나 욕조에 묻은 땟자국을 닦지 않으면 호통을 치면서 "여기는 깨끗하고 반듯한 집"이라고 했다. 어머니는 계단에 난 발자국을 쓸고, 2층 복도에 깔린 카펫을 청소기로 밀고, 현관에 깔린 리놀륨은 닦아서 왁스 칠하고, 부엌 바닥도 그렇게 했다. 화장실 설비는 올드 더치로, 변기는 새니플러시로, 유리창은 윈덱스로 청소하고, 레이스 커튼은 선라이트 소프를 묻혀 빨래판에 대고 조심스럽게 손으로 빨았다. 하지만 시트와 수건은 부엌 옆 뒤 창고에 있는 탈수 겸 세탁기로 빨았다. 하숙하는 사람들 때문에 시트와 수건이 워낙 많았다. 일주일에 두 번씩 먼지를 털었고, 수챗구멍마다 뚫는 세제를 넣었다. 안 그러면 하숙하는 사람들 머리카락 때문에 수챗구멍이 막혔다. 어머니는 머리카락에 집착했다. 하숙하는 사람들이 일부러 한 움큼씩 쥐어뜯어 수챗구멍을 막는 거라고 생각했다. 가끔 어머니는 2층 세면대 수챗구멍에 코바늘을 쑤셔 넣어 비누를 뒤집어쓰고 썩어 가는 질척한 머리카락을 한 뭉치 끌어올리고는 로즈를 향해 묻곤 했다.

"보이지? 세균이 덕지덕지 묻은 거."

어머니는 로즈가 이 끝도 없는 청소를 전부 도와줄 거라고 믿었다.

"나는 뼈가 부서져라 일하고 있어. 너를 위해서 말이다. 내 손을 보렴."

로즈 자신은 2층 변기를 쓰지 않으니 깨끗하건 말건 상관없다고 해 봐야 소용없었다. 어머니는 아버지가 돌아왔을 때 이 집이 깔끔한 곳이기 바랐다. 그런데 아버지가 언제 돌아올지 알 수 없었으니 언제나 깔끔하게 관리해야 했다.

하숙하는 사람은 모두 세 명이었다. 어머니가 2층의 앞방을 쓰고 로즈는 3층에 있는 두 방 중에서 하나를 썼다. 어머니가 다락방이라고 부르는 곳이었다. 또 다른 다락방을 쓰는 하인스 양은 목욕을 하려면 양털 슬리퍼를 신고 비옐라 격자무늬 목욕 가운을 입고 아래층으로 내려가야 했다. 3층 화장실에는 세면대와 변기밖에 없었기 때문이다. 하인스 양은 그다지 젊지 않았다. 낮에는 신발 가게에서 일했고 밤이면 자기 방에서 나지막이 라디오를 들으며(주로 댄스음악이었다.) 싸구려 추리소설을 주구장창 읽었다.

"훌륭한 살인 사건만 한 게 없거든."

그녀가 로즈에게 한 말이었다. 이런 책을 읽으면 위로가 되는지 침대에서도 읽고 욕조에서도 읽었다. 뒤집어서 바닥에 펼쳐 놓는 바람에 책장이 살짝 축축해질 때도 있었다. 로즈는 이런 책이 보이면 표지를 구경하면서 하인스 양에게 가져다주었다. 표지에는 먹구름과 번개가 드리워진 대저택, 중절모를 푹 눌러써 얼굴을 가린 남자들, 칼을 몸에 꽂고 죽은 사람들, 나이트 가운을 입은 가슴 큰 아가씨들이 등장하는데, 색깔이 어두컴컴하면서도 섬뜩했고, 바닥에는 당밀처럼 걸쭉하게 반짝이는 피 웅덩이가 있었다.

로즈는 하인스 양이 방에 없으면 옷장을 훔쳐보곤 했는데, 하인스 양은 옷이 많지 않았고 그나마 있는 것도 감색이나 갈색, 아니면 회색뿐이었다. 그녀는 가톨릭교도였지만 성화가 하나뿐이었다. 아기 예수를 무릎에 안고 있는 성모마리아와 나중에 사막에서 살게 될 테니 털가죽을 입고 있는 세례요한의 그림이었다. 그림에 등장하는 성모마리아는 예수가 아기일 때만 빼고 항상 슬퍼 보였다. 성모마리아에게는 아이가 삶의 활력소였다. 예수님도 로즈처럼 외동이었다. 예수님도 누이가 있었으면 좋았을 텐데. 로즈는 나중에 어른이 되면 아들과 딸을 모두 낳을 생각이었다.

1층에는 원래 식당이었던 방이 하나 있었다. 그 방의 주인은 캐루서스 씨였다. 그는 연금을 받는 노인이었다. 참전 용사라는데 이번이 아니라 다른 전쟁이었다. 그는 다리에 부상을 입어서 지팡이를 짚고 걸어 다녔고, 몸속에 아직 총알이 몇 개 박혀 있다고 했다.

"이 다리 보이지? 파편이 잔뜩 박혀 있단다. 쇠가 동나거든 이 다리에 박힌 파편을 파서 쓰면 될 거다."

그가 로즈에게 한 말이었다. 할 줄 아는 유일한 농담이랄까. 그는 신문을 많이 읽었다. 외출하면 재향군인회를 찾아가 친구들을 만났다. 어머니의 말에 따르면 그러다 가끔 곤드레만드레 취해서 돌아왔다. 어머니가 그것까지 막을 도리는 없지만 방 안에서 술을 마시지 못하게 막을 수는 있었다.

하숙하는 사람들은 방 안에서 뭘 먹거나 마실 수가 없었다. 물만 예외였다. 집에 불이 날 수도 있기 때문에 방 안에 요리용 전열 기구도 두지 못했다. 그리고 또 한 가지 추가 사항이 금연이었다. 하지만 캐루서스 씨는 담배를 피웠다. 창문을 열어 연기를 내보내고 꽁

초는 변기에 버렸다. 로즈도 그 사실을 알았지만 고자질하지는 않았다. 그 불룩한 얼굴과 뻣뻣한 회색 콧수염과 쿵쿵 소리가 나는 신발과 맥주 냄새를 풍기는 입 냄새가 무서웠기 때문이다. 하지만 고자질은 비열한 짓이고 학교에서도 고자질을 하면 경멸의 대상이 되기 때문이기도 했다.

캐루서스 씨는 신교도였을까, 가톨릭교도였을까? 알 수 없었다. 어머니 말에 따르면 남자에게는 종교가 별로 중요하지 않다고 했다. 물론 성직자는 예외였다. 성직자에게는 종교가 중요했다.

하인스 양와 캐루서스 씨는 로즈의 기억이 닿는 먼 옛날부터 그 집에서 살았지만, 세 번째 하숙인인 몰리 부인은 좀 더 나중에 등장한 인물이었다. 그녀는 어머니가 쓰는 방에서 복도를 조금 걸어가면 나오는 2층의 또 다른 방에서 지냈다. 몰리 부인의 나이는 자기 말로 서른이었다. 가슴은 축 처졌고, 얼굴에는 까무잡잡한 분을 발랐고, 검은 속눈썹에 머리는 빨간색이었다. 이튼의 화장품 코너에서 엘리자베스 아덴 점원으로 근무했는데, 매니큐어를 발랐고 이혼녀였다. 수녀님들은 이혼이 죄악이라고 했는데.

로즈는 몰리 부인에게 마음이 끌렸다. 마지못한 듯 방으로 끌려들어가면 부인은 오드콜로뉴 샘플과 블루 그래스 핸드 로션을 주면서 머리를 핀컬로 마는 법을 가르쳐 주었고, 남편이 얼마나 역겨운 인간이었는지 들려주었다.

"예쁜아, 그 인간이 날 두고 바람을 피웠지 뭐니. 내일은 없는 사람처럼 말이다."

부인은 어머니와 다르게 로즈를 '귀염둥이'나 '예쁜이'라고 불렀다. 그녀가 "너 같은 딸 하나 있으면 좋겠다."라고 하면 로즈는 좋아서 씩 웃었다.

몰리 부인에게는 은제 손거울이 있었다. 뒷면에 장미가 달려 있고 이니셜 G. M.이 새겨진 거울이었다. 그녀의 이름은 글래디스였다. 결혼 1주년 기념으로 남편에게 받은 선물이었다. 부인은 거울을 보고 눈썹을 뽑으며 "진심은 눈곱만큼도 안 담긴 선물이었지."라고 했다. 그녀는 족집게로 눈썹을 하나씩 잡고 홱 뽑았다. 그러면서 재채기를 했다. 초승달처럼 완벽하고 얇은 곡선 하나만 남겨 놓고 눈썹을 거의 그렇게 뽑아 버렸다. 그래서일까, 놀라거나 의심 많은 사람처럼 보였다. 로즈는 거울에 비친 자기 눈썹을 빤히 들여다보곤 했다. 너무 짙고 숱이 많지만 뽑기에는 아직 어린 나이였다.

몰리 부인은 지금도 결혼반지와 약혼반지를 끼고 다녔지만, 가끔 빼서 보석 상자에 넣을 때도 있었다.

"팔아야 하는데 모르겠다. 어떨 땐 그 모든 우여곡절이 있었는데도 내가 아직도 그 사람이랑 살고 있는 것 같거든. 무슨 말인지 알겠니? 뭔가 붙들 만한 게 필요한 거야."

부인은 주말에 가끔 데이트도 했다. 남자가 찾아와 초인종을 누르면 어머니가 마지못한 듯 열어 주었고, 그러면 남자는 현관에서 몰리 부인을 기다려야 했다. 달리 갈 데가 없었기 때문이다.

어머니는 그런 식으로 찾아온 남자들을 부엌으로 들이지 않았다. 어머니는 그 남자들과 몰리 부인을 대체로 못마땅하게 생각했다. 그래도 로즈가 가끔 부인과 영화를 보러 가는 것은 허락해 주었다. 몰리 부인은 여자들이 다른 사람을 위해 희생하거나 사랑을 받고 나서 버림받는 유의 영화를 좋아했다. 팝콘을 먹고 눈물을 찍어 가며 줄거리를 음미했다.

"나는 눈물 짜는 영화가 정말 좋더라."

로즈는 영화가 왜 그렇게 전개되는지 이해를 할 수가 없었고 「로빈 후드」나 애봇과 코스텔로*가 더 좋았지만, 어머니는 아이들끼리 영화를 보러 가는 것을 허락하지 않았다. 조명이 깜빡이고 달콤한 냄새가 나는 어두컴컴한 극장에서 무슨 일이 생길지 알 수 없다는 것이었다. 남자들이 못된 짓을 할 수도 있었다. 이 부분에 있어서만큼은 몰리 부인과 로즈 어머니의 의견이 전적으로 일치했다. 남자들의 못된 짓에 대해서는 말이다.

로즈는 부인이 없으면 티가 나지 않게 조심스레 부인의 보석 상자를 뒤졌다. 그러면 기분이 좋았다. 보석들이 예쁘기도 했지만(대부분 모조 다이아몬드나 유리로 만든 가짜였다.) 그 행위 자체가 짜릿했다. 그런데 부인이 있을 때나 없을 때나 브로치와 귀고리들은 똑같은데, 부인이 없으면 한결 더 황홀하고 매혹적으로 보였다. 로즈는 옷장도 들여다보았다. 몰리 부인은 밝은색 원피스와 그에 어울리는 하이힐을 많이 갖고 있었다. 로즈는 평소보다 좀 더 용기가 나면 구두를 신고 옷장 문에 달린 거울 앞을 비틀비틀 걸어 보았다. 그녀가 가장 좋아했던 것은 다이아몬드로 만든 것처럼 반짝이는 클립이 앞코에 달린 구두였다. 그것이야말로 황홀의 극치였다.

가끔은 빨래 주머니에 넣지도 않고 그냥 내동댕이친 지저분한 속옷이 옷장 한구석에 쌓여 있을 때도 있었다. 브래지어, 스타킹, 새틴 슬립. 몰리 부인이 욕실 세면대에서 손빨래를 해서 라디에이터에 널

---

* 1940년대 미국을 풍미했던 코미디언 콤비.

어 말리는 속옷이었다. 하지만 빨래를 하려면 로즈가 그런 것처럼 내동댕이친 속옷들을 먼저 줍는 게 순서였다. 하긴 몰리 부인 같은 신교도에게 뭘 기대할 수 있겠는가마는. 어머니는 하인스 양처럼 성격 좋고 깔끔하고 행실이 단정한 가톨릭교도만 들이고 싶어 했지만 거지 주제에 찬밥, 더운밥 가릴 수는 없는 일이었다. 그런 시절에는 아무거나 주는 대로 먹어야 하는 법이었다.

로즈는 얼굴이 동그랬고, 까만 생머리가 이마를 덮고 있었고, 나이에 비해 덩치가 컸다. 다니는 학교 이름은 구원과 성령이었다. 원래는 두 학교였는데 지금은 이름만 남은 곳이었다. 수녀님들은 흑백의 수녀복을 입고 까만 칠판에 하얀 분필로 적어 가며 읽고 쓰고 노래하고 기도하는 것을 가르쳤고, 선 밖으로 나가면 자로 손마디를 때렸다.

죽으면 천국에 갈 수 있기 때문에 가톨릭이 최고였다. 어머니도 가톨릭교도였지만, 교회에 가지는 않았다. 로즈를 데리고 가서 안으로 들여보낼 뿐 어머니는 발을 들여놓지 않았다. 어머니의 표정으로 미루어 보건대 이유는 묻지 않는 게 상책이었다.

한 골목에 사는 아이들 중에는 신교도도 있었고 유대인도 있었다. 종교가 뭐가 됐건 학교에서 집으로 돌아올 때는 서로의 꽁무니를 좇았다. 하지만 가끔 남자아이들끼리 야구를 할 때도 있었다. 남자아이들은 늘 여자아이의 꽁무니를 따라다녔다. 그건 종교와 상관없는 문제였다. 중국 아이들도 몇 명 있었고, 그 아이들 역시 DP였다.

DP가 가장 고생을 많이 했다. 로즈의 학교에도 DP 여자아이가 있었는데, 영어를 거의 하지 못했다. 다른 여자아이들은 귓속말을 하다 그 아이가 자기들을 보면 못된 말을 했고, 그 아이가 "뭐라고?" 하고 되물으면 깔깔대고 웃었다.

DP는 난민이라는 뜻이었다. 동쪽에서 바다를 건너온 사람들이었다. 그들이 난민이 된 것은 전쟁 때문이었다. 어머니는 이 나라에서 살 수 있는 게 그나마 다행인 줄 알아야 된다고 했다. DP 어른들은 옷차림이 형편없이 후줄근했고, 억양이 이상했고, 발을 질질 끌며 패배자의 얼굴을 하고 다녔다. 여기가 어디인지, 무슨 일인지 모르겠다는 듯 어리둥절한 표정을 짓고 다녔다. 아이들은 길거리에서 그들이 보이면 소리를 질렀다.

"DP! DP! 너희 나라로 돌아가!"

나이가 좀 더 많은 남자아이들은 "개똥아!"* 하고 외치기도 했다.

DP들은 무슨 말인지 알아듣지는 못해도 아이들이 자기들을 향해 고함을 지르고 있다는 것은 알아차렸다. 그러면 고개를 숙여 외투 깃에 얼굴을 묻고 걸음을 재촉하거나 고개를 돌려 노려보곤 했다. 로즈도 소리를 지르는 아이들 틈에 끼곤 했지만, 집 근처가 아닌 경우에 한해서였다. 어머니는 부랑아처럼 길거리를 뛰어다니며 깡패처럼 와자지껄하게 떠드는 것을 싫어했다. 그러고 나면 로즈는 DP들에게 그런 식으로 고함을 지른 게 부끄러워졌다. 하지만 모두들 그러는데 자기 혼자 빠지기도 어려운 일이었다.

가끔 로즈도 까무잡잡한 피부 때문에 DP라고 불릴 때가 있었다. 하지만 그건 '병신', 더 심하게는 '개새끼' 비슷한 욕에 불과했지 실제로 로즈가 DP라는 뜻은 아니었다. 로즈는 자기를 그렇게 부른 아

---

* Dog Poop.

이들을 붙잡아서 자기보다 덩치가 작다 싶으면 중국식 불 고문을 가했다. 두 손으로 팔을 잡고 빨래 짜듯이 짜는 게 중국식 불 고문이었다. 그러면 팔이 정말 화끈거렸고 벌건 자국이 남았다. 아니면 발로 걷어차거나 덩달아 고함을 질렀다. 수녀님들 표현대로라면 그녀는 성질이 있는 아이였다.

그런데 DP는 아니었어도 로즈에게는 뭔가가 있었다. 그녀를 갈라놓는 눈에 보이지 않는 장벽이 있었다. 수면처럼 희미해서 거의 없는 것 같지만 강력한 장벽이었다. 로즈는 그게 뭔지 알 수 없었지만 그래도 느낄 수는 있었다. 그녀는 다른 아이들과 달랐고, 같이 어울려 있더라도 일원이 되지 못했다. 그래서 그녀는 어떻게든 안으로 들어가려고 밀치고 떠밀었다.

학교에 갈 때 로즈는 감색 튜닉*에 하얀 블라우스를 입었다. 튜닉 앞면에는 산마루에 앉은 비둘기가 그려져 있었다. 비둘기는 성령이었다. 예배당에도 그런 그림이 있었다. 천국에서 내려온 비둘기가 날개를 펼친 채 성모마리아의 머리로 날아들고, 성모마리아는 눈을 위로 치켜뜬 그림이었다. 로즈가 눈을 그렇게 뜨고 있으면 어머니는 그러지 말라고, 그러면 사팔뜨기처럼 그 모양으로 굳어진다고 혼을 냈다. 그것 말고 또 다른 그림도 있었다. 예수님의 제자들이 오순절 때 성령을 영접하는 그림이었다. 이 그림에서는 빨간 불길이 비둘기를 에워싸고 있었다.

이 비둘기를 보고 성모마리아는 잉태를 했지만, 모두들 알다시피

---

* 허리 밑까지 내려오는 여성용 코트.

남자는 아이를 가질 수 없으니 제자들은 임신 대신 방언과 예언의 능력만 얻게 되었다. 로즈는 방언이 뭔지 알 수가 없었는데, 그게 뭐냐고 물었을 때 쓸데없는 질문 하지 말라고 한 것을 보면 콘셉션 수녀님도 모르는 것 같았다.

오순절 그림이 걸려 있는 곳은 학교의 기다란 복도였다. 나무 바닥이 삐걱거리는 그곳에서는 미끌미끌한 바닥 광택제와 석고 가루와 예배실의 향이 섞인, 선행을 상징하는 냄새가 났다. 그 냄새를 맡을 때마다 죄책감으로 인한 두려움이 작은 웅덩이처럼 서늘하게 로즈의 배 속을 채웠다. 하느님은 인간의 모든 소행과 생각을 알고 계신데, 그걸 보면 짜증이 나는 모양이었다. 콘셉션 수녀님처럼 늘 화를 내는 것 같았다.

하지만 십자가에 못 박힌 예수님이 곧 하느님이었다. 누가 예수님의 몸에 못을 박았을까? 갑옷을 입은 로마 병사들이었다. 파란 옷을 입은 성모마리아와 빨간 옷을 입은 막달라 마리아가 뒤에서 눈물을 흘리고 있는데, 세 명의 로마 병사들은 잔인한 표정으로 농담을 주고받았다.

사실 로마 병사들의 잘못은 아니었다. 그들은 할 일을 하고 있을 뿐이었다. 사실은 유대인들의 잘못이었다. 예배 때 올리는 기도 중에 유대인들의 개종을 바라는 기도도 있었다. 그러니까 유대인들이 가톨릭으로 개종해 용서를 받아야 한다는 뜻이었다. 안 그러면 하느님이 노여움을 풀 수 없으니 계속 벌을 받아야 된다고 했다. 콘셉션 수녀님의 말로는 그랬다.

로즈가 생각하기에는 그렇게 간단한 문제가 아니었다. 예수님은 일부러 십자가에서 죽었다. 희생을 한 것인데, 다른 사람들을 위해 자기 목숨을 포기하는 게 희생이었다. 로즈로서는 십자가에 못 박히는 게 왜 다른 사람을 위한 일인지 모르겠지만 아무튼 그렇다고 했다. 그러니까 예수님이 일부러 그런 건데 왜 유대인들의 잘못이라는 걸까? 예수님을 도와주지 않아서? 콘셉션 수녀님은 로즈의 궁금증을 해결해 주지 않았지만, 훨씬 더 예쁘고 대체적으로 로즈에게 잘해 주었던 세실리아 수녀님은 아무리 결과가 좋아도 나쁜 행동은 나쁜 거라는 식으로 설명해 주었다. 하느님은 워낙 신묘한 능력의 소유자라 나쁜 행동이 좋은 결과를 낳도록 바꿀 수 있지만, 그런 능력이 없는 인간이 다스릴 수 있는 것은 자기 마음뿐이었다. 중요한 것은 심장에 담긴 마음이었다.

로즈는 심장이 어떻게 생겼는지 알았다. 예수님의 찢긴 가슴속에 들어 있는 심장을 여러 그림에서 본 적이 있었다. 발렌타인 카드에 그려진 하트하고는 달랐다. 그런 하트는 정육점에 가면 볼 수 있는 거무스름하고 얼룩덜룩하고 고무 느낌이 나는 소 염통하고 비슷했다. 예수님의 심장은 성스럽기 때문에 빛이 났다. 성스러운 것들은 대개 빛이 났다.

인간들은 죄를 저지를 때마다 십자가에 못을 하나 더 박는 것이나 다름없었다. 특히 부활절이 되면 수녀님들이 그렇게 말했다. 로즈는 멀쩡하게 되살아날 예수님보다 두 강도가 더 걱정됐다. 그중 한 명은 예수님이 하느님인 걸 당장 믿었으니 천국에서 예수님 오른편에 앉겠지만 나머지 한 명은 어떻게 될까? 로즈는 그 나머지 한 명을 남몰래 동정했다. 예수님이나 첫 번째 강도만큼 고생은 고생대로 했지만, 일부러 십자가에 못 박힌 게 아니라서 희생은 될 수 없으니…… 원하지도 않는데 십자가에 못 박히는 것이 더 잔인한 일이었다. 게다가 강도는 무엇을 훔쳤을까? 그 부분에 대해서는 아무런 언급이 없었지만, 분명히 사소한 물건이었을 것이다.

로즈는 이 강도도 천국에 앉을 자격이 있다고 생각했다. 그녀는 좌석이 어떻게 배치될지 알았다. 하느님이 한가운데 앉고, 예수님이 그 오른쪽에, 착한 강도가 예수님의 오른쪽에. 오른손이 옳은 손이기 때문에 왼손잡이라도 성호를 그을 때는 오른손을 써야 했다. 그런데 하느님 왼쪽에는 누가 앉을까? 하느님처럼 완벽한 분에게 결함이 있을 리 없으니 하느님에게도 오른손과 더불어 왼손이 있을 테고, 이쪽에도 누군가가 앉아야 할 것이다. 그 자리를 비워 놓을 리는 없었다. 그러니까 나쁜 강도가 거기 앉아서 다른 사람들과 함께 연회를 즐길 것이다.(성모마리아는 어디 앉았을까? 길쭉한 식탁이라 하나님은 이쪽에, 성모마리아는 저쪽에 앉았을까? 로즈는 아무에게도 물어보지 않았다. 그랬다가는 사악하고 불경스러운 아이라는 소리를 들을 게 뻔했다. 하지만 알고 싶었다.)

가끔 로즈가 질문을 하면 수녀님들은 이상한 표정을 지었다. 아니면 입을 오므리고 이상한 표정으로 서로를 바라보며 고개를 저었다. 콘셉션 수녀님은 "뭘 바라겠어요?"라고 했다. 로즈가 나쁜 짓을 저지른 죄로 방과 후에 남아 속죄를 할 때면 세실리아 수녀님은 함께 기도했다. 그러면서 콘셉션 수녀님에게 "천국에서는 잃어버린 양 한 마리를 더 기뻐하잖아요."라고 했다.

로즈는 천국 그림에 양을 더 보탰다. 물론 양들은 창밖에서 지내겠지만, 천국에 양이 있다니 기뻤다. 그렇다면 개와 고양이에게도 기회가 있다는 뜻이었다. 그녀는 개나 고양이를 기를 수 없었다. 안그래도 할 일 많은 어머니를 더욱 번거롭게 할 수는 없었다.

43

로즈는 학교를 마치고 뒤늦게 집으로 돌아간다. 혼자 걸어가는데, 많지는 않지만 눈이 내린다. 조그맣고 하얀 비누 가루처럼 눈송이가 흩날린다. 그녀는 크리스마스 때까지 눈이 남아 있었으면 좋겠다고 생각한다.

늦은 이유는 예수 성탄극 연습 때문이다. 그녀는 연극에서 천사장을 맡았다. 원래를 성모마리아를 하고 싶었는데 키가 너무 크고 대사를 전부 외우고 있어서 천사장 역할이 주어졌다. 그녀는 옷걸이로 만든 반짝이는 황금색 후광을 단 하얀 옷과, 하얀색 뻣뻣한 마분지로 만들어 황금색 사인펜으로 칠하고 끈을 단 날개를 입는다.

오늘이 옷을 입고 연습한 첫날이었다. 날개가 자꾸 흘러내리기 때문에 조심조심 걸어야 하고, 후광 때문에 고개를 들고 앞을 똑바로 쳐다보아야 한다. 크고 반짝이는 베들레헴의 별이 하늘에 대롱대롱 매달린 가운데, 밤이 돼서 양 떼를 지키고 있는 목동들에게 다가가 겁에 질린 그들을 향해 오른손을 들고 무서워 말라, 보라, 내가 온

백성에게 미칠 큰 기쁨의 좋은 소식을 너희에게 전하노라*라고 해야 한다. 그러고 나서 강보에 싸여 구유에 누워 있는 아기를 보라고 한 다음 지극히 높은 곳에서는 하나님께 영광이요, 땅에서는 기뻐하심을 입은 사람들 중에 평화로다**라고 하고, 뒤에서 학교 성가대가 노래하는 가운데 팔을 쭉 뻗어 가리키며 목동들을 구유가 있는 곳으로 안내해야 한다.

로즈는 목동 역할을 하는 여자아이들이 불쌍하다. 그 아이들은 후줄근한 옷을 입고 철사가 달린 수염을 안경처럼 귀에 걸쳐야 한다. 해마다 쓴 거라 수염도 지저분한데. 양을 맡은 꼬맹이들은 더 불쌍하다. 예전에는 의상이 흰색이었을 텐데 지금은 회색이고 또 무척 더울 것이다.

구유 앞에는 파란색 커튼이 달려 있다. 목동들은 성가대의 노래가 끝날 때까지 그 앞에서 기다려야 한다. 로즈는 커튼 뒤로 가서 계단을 올라가 두 팔을 벌리고 그 위에 서 있어야 한다. 이때 그녀의 오른쪽에서는 앤마리 로이가, 왼쪽에서는 아일린 시어가 나팔을 분다. 물론 실제로 부는 건 아니지만 세 사람은 연극 내내 그렇게 서 있어야 한다. 천사 날개를 단 두 꼬마 아이가 커튼을 열면 성모 마리아 옷을 입고 로즈보다 더 큰 후광을 단 금발의 줄리아 워든이 장미 봉오리 같은 입술로 바보 같은 억지웃음을 지으며 예수에 해당되는 도자기 인형을 안고 등장하고, 그 뒤로 지팡이를 짚고 서 있는 성 요셉과 건초 더미가 보인다. 목동들이 저쪽에 무릎을 꿇고 앉으면 반짝이는 옷을 입고 터번을 두른 동방박사들이 나타나고(동방

* 누가복음 2장 10절.
** 누가복음 2장 14절.

76

박사 한 명이 흑인이기 때문에 한 명은 얼굴을 새까맣게 칠한다.), 이들이 이쪽에 무릎을 꿇고 앉으면 성가대가 「천사들의 노래가」를 부르기 시작하고, 이때 커튼이 닫히면 로즈가 팔을 내릴 수 있다. 그렇게 한참 동안 들고 있노라면 팔이 떨어져 나갈 것처럼 아프니 다행스러운 일이다.

오늘 연습을 마쳤을 때 세실리아 수녀님은 로즈에게 아주 잘했다고 했다. 연극 전체를 통틀어 대사가 있는 역할이 로즈 한 명이기 때문에 크고 낭랑한 목소리로 또박또박 말해야 한다. 그녀는 훌륭하게 소화하고 있었고, 학교의 자랑이 될 것이다. 목청이 큰 게 좋을 때도 있다니 기뻤다. 소란스럽다고 수녀님들에게 한소리 듣는 게 일이었는데. 그런데 다들 무대의상을 벗고 있을 때 줄리아 워든이 말했다.

"천사가 까만 머리라니 웃겨."

로즈가 말했다.

"까만색 아니야. 갈색이거든."

그러자 줄리아 워든이 말했다.

"까만색이야. 그리고 너는 진짜 가톨릭도 아니잖아. 우리 엄마가 그랬어."

로즈는 그 말을 듣고 입 다물지 않으면 입을 다물게 만들어 주겠다고 했다. 그러자 줄리아 워든이 말했다.

"그리고 너희 아버지는 어디 있니? 우리 엄마 말로는 DP라던데."

로즈는 줄리아 워든의 팔을 잡고 중국식 불 고문을 가했고, 줄리아 워든은 비명을 질렀다. 세실리아 수녀님이 허둥지둥 달려와 왜 이렇게 소란스럽냐고 묻자 줄리아 워든이 고자질을 했다. 세실리아 수녀님은 로즈에게 크리스마스 정신에 어긋나게 자기보다 작은 아이를 괴롭히면 되겠냐고, 콘셉션 수녀님이 안 계신 걸 다행으로 알라고, 계셨더라면 로즈는 매를 맞았을 거라고 했다. 그러면서 수녀님은 슬픈 목소리로 말했다.

"로절린드 그린우드, 너는 달라지는 게 없구나."

로즈는 학교에서 집까지 걸어가는 내내 내일 줄리아 워든에게 어떤 식으로 복수를 할까 고민한다. 그런데 마지막 블록에 도착했을 때 길 모퉁이에 사는 신교도 남자아이 둘이 그녀를 보더니 "교황은 밥맛!"이라고 소리를 지르며 쫓아온다. 집에 거의 도착했을 때 아이들이 그녀를 잡더니 얼굴에 눈을 문지른다. 로즈는 다리를 걸어찬다. 아이들은 붙잡았던 손을 놓고 깔깔 웃으며 아픈 척하는 건지, 진짜 아픈 건지 "아야, 아야, 저게 나를 찼어."라고 한다. 로즈는 눈 묻은 책을 줍고 눈물을 꾹 참으며 나머지 길을 달려 그녀의 집 현관으로 향하는 계단을 올라간다.

"여긴 우리 땅이야! 들어오지 마!"

그녀는 소리를 지른다. 눈 뭉치 하나가 그녀의 옆으로 휙 날아간다. 어머니가 계셨더라면 아이들을 쫓아냈을 것이다. 어머니가 "이 거지들아!" 하고 고함을 지르면 다들 도망쳤을 것이다. 어머니는 가끔 로즈에게 손찌검을 하면서도 남들은 그녀에게 손가락 하나 대지 못하게 했다. 물론 수녀님들은 예외였지만.

로즈는 집 안에 눈 발자국을 남길 수는 없으니 눈을 털어 내고 안으로 들어가 복도를 따라 부엌으로 향한다. 남자 둘이 식탁에 앉아 있다. 둘 다 DP 옷을 입고 있는데, 후줄근하거나 나달나달하지는 않지만 DP 옷은 DP 옷이다. 모양만 봐도 알 수 있다. 식탁 위에 병이 하나 놓여 있다. 로즈는 술병임을 한눈에 알아차린다. 길거리에서 뒹구는 것을 몇 번 본 적 있기 때문이다. 남자들 앞에 각각 잔이 하나씩 놓여 있는데, 어머니는 보이지 않는다.

"우리 어머니 어디 있어요?"

그녀가 묻는다.

"식료품 사러 나가셨다. 먹을 게 아무것도 없다고."

한 남자가 대답한다. 그러자 이번에는 또 다른 남자가 말한다.

"우리는 너의 새로운 삼촌이란다. 조지 삼촌하고 조 삼촌."

로즈가 "나는 삼촌 없는데요."라고 하자 조지 삼촌이 "이제 생긴 거야."라고 한다. 그러더니 둘이서 웃음을 터뜨린다. 두 사람의 목소리는 시끄럽고 이상하다. DP 특유의 목소리이긴 한데 다른 곳 억양이 섞여 있다. 영화에서 들은 듯한 억양이.

"앉아."

조지 삼촌이 제 집인 양, 로즈가 애완견이라도 되는 양 선심을 쓴다. 뭔가 불안한 상황이지만 로즈는 자리에 앉는다. 지금까지는 남자가 둘씩이나 부엌에 발을 들여놓은 적이 한 번도 없었다.

조지 삼촌 쪽이 덩치가 더 크다. 그는 이마가 불룩하고 곱슬곱슬한 머리를 뒤로 매끈하게 넘겼다. 머리에 바르는 달짝지근한 끈끈이 냄새가 난다. 영화관에서 맡았던 냄새다. 그는 까만 담뱃대에 갈색 담배를 꽂아서 피우고 있다. 그가 로즈에게 말했다.

"흑단이라고 하지. 흑단이 뭔지 아니? 나무야."

"얘도 알지. 똑똑한 아이인데."

조 삼촌은 그보다 키가 작고, 어깨는 구부정하며, 손은 가늘고, 머리는 거의 까만색에 가까우며, 눈은 커다랗고 까맣다. 그리고 한쪽 이가 하나 없다. 그는 로즈가 말똥말똥 쳐다보는 것을 보더니 "예전에는 이 자리에 금니가 있었는데 지금은 주머니에 넣고 다니지." 라고 한다. 정말로 그렇다. 그가 빨간색 바탕에 조그마한 초록색 꽃들이 그려진 작은 나무 상자를 꺼내 열자 그 안에 금니 하나가 있는 게 보인다.

"왜요?"

로즈가 묻는다.

"금니를 입안에 넣고 다니면 사람들이 음흉한 생각을 하거든."

조 삼촌이 대답한다.

이때 로즈의 어머니가 갈색 종이봉투를 두 개 들고 들어와 조리대 위에 내려놓는다. 얼굴이 발그스름하고 즐거워 보인다. 남자들이 술을 마시는 것에 대해서도, 담배를 피우는 것에 대해서도 아무 말 하지 않는다.

"아버지 친구 분들이야. 전쟁에 같이 참전하셨던. 아빠가 오신대. 조만간 오실 거래."

그러더니 어머니는 다시 부산스럽게 밖으로 나간다. 오늘은 특별한 날이니 정육점에 가야 한다는 것이다. 고기를 먹어야 하는 날이라는 것이다.

"전쟁 때 뭐하셨어요?"

로즈는 아버지에 대해 좀 더 알고 싶다.

두 삼촌은 웃으며 서로를 바라본다. 조지 삼촌이 대답한다.

"우리는 말 도둑이었단다."

이번에는 조 삼촌이 말한다.

"세상에서 둘째가라면 서러울 말 도둑이었지. 아니다. 최고는 너희 아버지였지. 어떤 식이었느냐면."

"사람이 타고 있는 말을 훔쳐 가도 모를 정도였어. 거짓말도 어찌나 잘하는지."

"하느님 뺨칠 정도였지."

"그런 소리 함부로 하지 마세요! 하느님은 거짓말 안 해요."

"맞다. 하느님은 아무 말도 안 하지. 하지만 너희 아버지는 눈 하나 깜짝 안 했다. 아예 국경이 없는 사람처럼 드나들었거든."

"국경이 뭐예요?"

"지도에 그려진 선 말이다."

"가까이 가면 위험한 곳이야. 지나려면 여권이 필요하고."

"여권. 이런 거 말이야."

조 삼촌이 자기 사진이 붙어 있는 여권을 보여 준다. 그러더니 사진은 같지만 이름은 다른, 또 다른 여권을 보여 준다. 다 합해서 세 개다. 그걸 카드처럼 부채꼴 모양으로 펼친다. 조지 삼촌은 네 개다.

"여권이 하나밖에 없는 사람은 손이 하나밖에 없는 거나 마찬가지야."

그가 엄숙한 목소리로 선언한다.

"너희 아버지는 남들보다 여권도 많아. 아까 말했듯이 최고니까."

그러더니 두 사람은 술잔을 들고 로즈의 아버지를 위해 건배한다.

로즈의 어머니는 닭고기 요리와 그레이비 소스를 뿌린 으깬 감자, 삶은 당근을 준비한다. 지금까지 로즈가 본 중에서 가장 명랑한 얼굴로 삼촌들에게 더 먹으라고 권한다. 어쩌면 명랑한 게 아니라 긴장이 되는지 계속 시계를 쳐다본다. 긴장이 되기는 로즈도 마찬가지다. 아버지는 언제쯤 오실까?

"오실 때 되면 오시겠지."

삼촌들은 이렇게 말한다.

로즈의 아버지는 한밤중에 돌아온다. 어머니가 그녀를 깨우더니 미안해하는 목소리로 "아버지가 돌아오셨어."라고 나지막이 속삭이고, 로즈에게 나이트 가운을 입혀 아래층으로 데리고 간다. 내려가 보니 과연 아버지를 위해 늘 준비해 두었던 세 번째 의자에 아버지가 앉아 있다. 예전부터 늘 이 집에 있었던 사람처럼 그 자리를 채우고 편안하게 앉아 있다. 몸집이 크고 우람하며 턱수염을 길렀고 머리는 곰 같다. 아버지가 미소를 지으며 팔을 내민다.

"자, 와서 아빠한테 뽀뽀해 줘야지!"

로즈는 주변을 두리번거린다. 아빠라니? 그러다 그게 아버지를 뜻하는 말임을 깨닫는다. 줄리아 워든이 한 말이 맞았다. 그녀의 아버지는 DP다. 말투를 보면 알 수 있다.

이제 로즈의 인생은 둘로 나뉜다. 한쪽에는 로즈와 어머니, 하숙집, 수녀님과 학교의 다른 친구들이 있다. 이쪽 인생은 여전히 현재 진행형이지만 과거의 일처럼 느껴진다. 이쪽은 구성원들이 대부분 여자고 권력을 쥔 사람, 그러니까 로즈를 좌우하는 사람도 여자들이다. 하느님과 예수님은 남자지만, 최종 결정권자는 어머니와 수녀님들이다. 물론 신부님은 예외지만 그것도 일요일에나 해당되는 이야기다. 다른 한쪽에는 큼지막한 체구와 시끄러운 목소리와 다양한 냄새로 부엌을 채우는 아버지가 있다. 그것으로 집 안을 채우고, 어머니의 모든 시선을 채워 로즈를 한쪽 옆으로 밀쳐 버리는 아버지. 그렇게 고집이 세던 어머니가 고집을 꺾는다. 뒷전으로 물러나 "아버지한테 여쭤 보렴." 하면서 말없이 로즈의 아버지를 쳐다본다. 그림에서 예수님이나 성령을 바라보던 성모마리아처럼 촉촉하게 젖은 암소 같은 눈빛으로. 그런가 하면 아버지의 음식을 접시에 담아 제물이라도 되는 듯 앞에 차려 놓는다.

어머니의 일은 덜어진 게 아니라 더 많아졌다. 이제는 접시만 해도 두 개가 아니라 세 개를 씻어야 하고 뭐든 세 개가 됐을 뿐 아니라 아버지는 절대 청소 같은 것은 하지 않기 때문이다.

"어머니 도와 드려라. 가족끼리는 서로 도와야 해."

아버지는 이렇게 말하지만, 로즈는 아버지가 어머니를 돕는 것을 본 적이 없다. 아버지가 돌아오고 이틀이 지났을 때 두 분이 부엌에서 서로 끌어안고 입을 맞추는 것은 본 적이 있다. 아버지가 곰처럼 큼지막한 팔로 마르고 뼈만 앙상한 어머니를 안고 있었다. 어머니가 그렇게 부드러워지다니 구역질이 났고, 슬프고 질투가 나고 따돌려진 것 같아 분노가 치밀었다.

로즈는 배신한 어머니를 응징할 생각에 어머니를 외면한다. 삼촌들이 있으면 그들에게 기대고, 특히 아버지에게 기댄다.

"와서 아빠 무릎에 앉으렴."

아버지가 말하면 가서 무릎에 앉고 그 안전한 자리에서 부엌 조리대 위로 허리를 구부리거나 오븐 앞에 무릎을 꿇고 앉거나 접시에 남은 뼈를 긁어모아 육수거리를 넣어 둔 냄비에 넣거나 바닥을 닦으며 예전처럼 열심히 일하는 어머니를 쳐다본다.

"너도 밥값 좀 해라."

어머니가 쏘아붙일 때 예전의 로즈 같으면 고분고분 말을 들었을 것이다. 하지만 지금은 아버지가 두 팔로 그녀를 꼭 안는다.

"내가 얘를 오랫동안 못 봤잖소."

그러면 어머니는 입술을 깨물고 아무 말도 하지 않는다. 로즈는 흐뭇한 승리감을 만끽하며 고소해한다.

하지만 아버지가 안 계실 때는 평소처럼 일을 해야 한다. 바닥을 닦고 광을 내야 한다. 안 그러면 어머니가 버르장머리 없는 년이라고 한다.

"내가 네 몸종인 줄 아니? 내 손 좀 봐라!"

삼촌들이 이사를 온다. 지금까지 매일 저녁을 같이 먹었는데, 이제는 아예 이 집으로 들어온 것이다. 삼촌들이 지내는 곳은 지하실이다. 지하실에 침대 두 개, 군수용품점에서 사 온 간이침대 두 개, 침낭 두 개를 가져다 놓았다. 아버지가 말한다.

"다시 일어설 때까지, 운이 트일 때까지만 봐줘."

"운은 무슨. 운이 트이길 기다렸다가 날 새겠어요."

말은 이렇게 하지만 어머니의 말투는 너그럽다. 두 삼촌에게 밥을 차려 주며 더 먹겠느냐고 하고, 시트를 빨아 주고, 담배 피우는 것과 술 마시는 것에 대해서도 아무 소리 하지 않는다. 지하실에서 터져 나와 계단까지 들리는 왁자지껄한 웃음소리에 대해서도 마찬가지다. 삼촌들도 청소를 도울 필요가 없다. 로즈가 이유를 물으면 어머니는 두 삼촌이 전쟁 때 아버지를 살렸다는 말만 한다. 조지 삼촌이 말한다.

"서로 돌아가며 살려 준 셈이지. 내가 조를 살렸고, 조가 너희 아버지를 살렸고, 너희 아버지가 나를 살렸고."

조 삼촌이 말한다.

"우리는 절대 잡히지 않았어. 단 한 번도."

"멍청이. 잡혔으면 우리가 지금 여기 있겠냐?"

조지 삼촌이 말한다.

모든 사람들에게 똑같은 규칙이 적용되지 않으니 애기가 하숙하는 사람들을 장악하는 능력도 떨어진다. 엎친 데 덮친 격으로 삼촌들은 하숙비도 내지 않고, 현관문을 쾅쾅 닫으며 분주하게 들락거린다. 갈 데가 있다고 하고 할 일이 있다고 한다. 어디인지 모를 곳과 뭔지 모를 일들이다. 뉴욕에서 온 친구, 스위스에서 온 친구, 독일에서 온 친구도 만나야 된다고 한다. 삼촌들은 뉴욕과 런던과 파리에서 살아 봤다고 한다. 다른 곳에서도 살아 봤다고 한다. 수많은 도시의 술집과 호텔과 경마장을 이야기하며 그리워한다.

하인스 양은 시끄럽다고 투덜거린다. 꼭 그렇게 소리를 질러야 되느냐고 한다. 그것도 외국어로. 하지만 몰리 부인은 옆에서 농담도 주고받고, 가끔 삼촌들이 아버지와 함께 다 같이 부엌에 앉아 있으면 옆에 껴서 술도 마신다. 하이힐을 신고 팔찌를 짤랑거리며 계단을 으쓱으쓱 내려와 가끔 한 잔씩 마시는 건 괜찮다고 말한다.

"술 좀 하던데."

조 삼촌이 말한다.

"귀염이라니까?"

조지 삼촌이 말한다.

"그게 뭐예요?"

로즈가 묻는다.

"이 세상에는 숙녀, 여자, 귀염이가 있는데, 너희 어머니는 숙녀고 저 여자는 귀염이지."

조지 삼촌이 말한다.

캐루서스 씨는 지하실과 부엌에서 술판이 벌어진다는 것을 안다. 담배 냄새가 나는 것도 안다. 여전히 금기사항인데도 그는 전보다 자주 방에서 술을 마시고 담배를 피우기 시작한다. 어느 날 오후에는 그가 문을 열더니 로즈를 복도 한쪽 구석으로 끌고 간다.

"저 인간들은 유대인이야. 우리는 이 나라를 위해 목숨을 바쳤는데, 이런 나라를 유대인들에게 내주다니!"

맥주 냄새가 사방에 진동한다.

로즈는 퍼뜩 좋은 생각을 떠올린다. 그녀는 삼촌들을 찾아가 당장 묻는다. 그들이 정말 유대인이라면 개종시켜 콘셉션 수녀님을 깜짝 놀라게 만들 수 있을지 모른다.

"나는 미국 시민이야. 여권이 있으니까 증명할 수 있어. 조는 유대인이고."

조지 삼촌이 살짝 웃으며 대답한다.

"나는 헝가리, 저 친구는 폴란드. 나는 유고슬라비아, 저 친구는 네덜란드. 이 여권에는 내가 스페인 사람이라고 되어 있고. 너희 아버지로 말하자면 절반은 독일인이고 나머지 절반은 유대인이지."

조 삼촌은 이렇게 말한다.

충격적이고 실망스럽다. 아버지를 개종시킬 가망성은 전혀 없으니 종교적 위업을 달성할 기회도 날아가 버린 것이다. 그 뒤로 죄책감이 밀려든다. 수녀님들이 알면 어쩌지? 수녀님들이 처음부터 알았는데 그녀에게 아무 말도 하지 않은 거라면 문제가 더 심각하다. 고거 쌤통이라는 듯 좋아할 줄리아 워든과 그녀의 등 뒤에서 수군거릴 아이들이 뇌리를 스치고 지나간다.

그녀가 풀죽은 표정을 지었는지 조지 삼촌이 말한다.

"살인범보다야 유대인이 낫지. 저기 어떤 나라에서는 600만 명을 죽였잖아."

그러자 조 삼촌이 말한다.

"500만 명이야. 나머지는 다른 사람들이었어. 집시 아니면 호모."

"500만 명이건 600만 명이건. 정확히 센 것도 아니잖아."

"600만 명이라뇨?"

로즈가 묻는다.

"유대인 말이야. 화덕에 넣고 태워서 시체를 산더미처럼 쌓아 놓았다잖아. 우리 꼬마 아가씨는 모르는 게 좋을걸? 놈들이 그 나라에서 너를 붙잡았으면 전등갓으로 만들어 버렸을 거다."

조지 삼촌이 말한다.

그는 껍질만 벗겨서 쓰는 거라는 설명은 하지 않는다. 로즈는 자기 몸 전체가 전등갓으로 변하고 눈과 콧구멍과 귀와 입을 통해 몸속에 들어 있는 전구의 빛이 새어 나오는 광경을 상상해 본다. 그녀가 오싹한 표정을 지었는지 조 삼촌이 말한다.

"애한테 겁을 주고 그러냐. 아무튼 다 끝난 일이야."

"왜요? 왜 그런 짓을 해요?"

하지만 둘 다 대답이 없다.

"끝나야 끝난 거지."

조지 삼촌이 우울한 목소리로 말한다.

로즈는 지금까지 거짓말을 듣고 살았던 것 같은 기분이 든다. 아버지에 대해서뿐만 아니라 전쟁과 하느님에 대해서까지. 굶어 죽어가는 고아들만 해도 처참한데, 그게 전부가 아니었다. 화덕과 시체 더미와 전등갓을 놓고 어떤 일들이 벌어졌을까? 그리고 하느님은 왜 그런 일을 허용할까?

너무 슬프고 혼란스러워서 더 이상 생각하고 싶지 않다. 그래서 그녀는 대신 추리소설들을 읽기 시작한다. 하인스 양에게 빌려 밤마다 다락방 창문 너머로 들어오는 가로등 불빛에 비춰 읽는다. 그 속에 등장하는 가구와 사람들 옷차림과 집사와 하녀들이 마음에 든다. 하지만 가장 마음에 드는 부분은 모든 죽음에 이유가 있고, 범인이 한 번에 한 명씩만 등장하며, 결국은 모든 게 해결되고, 범인은 항상 잡힌다는 것이다.

44

로즈는 기대감에 부푼 가슴을 안고 학교에서 집으로 돌아간다. 무슨 일인가가 벌어지고 있다. 뭔지는 모르겠지만, 무슨 일이 벌어지고 있는 것만큼은 분명하다. 무슨 일이 벌어지려 하고 있다.

지난주에 어머니가 아침을 먹는 자리에서 말했다. 몰리 부인이 해고당했다. 그게 무슨 뜻일까? 회사에서 잘렸다는 뜻인데, 초창기 순교자처럼 화염에 휩싸인 몰리 부인의 모습이 로즈의 뇌리를 잠깐 스치고 지나간다.* 몰리 부인이 불에 탔으면 좋겠다는 것은 아니었다. 그녀는 부인을 좋아했고 부인의 장신구도 좋아했다. 얼굴 크림 샘플, 모조 액세서리, 특히 구두.

그날 이후로 몰리 부인은 솜을 넣은 분홍색 새틴 실내복을 입고 집 안을 돌아다닌다. 눈은 퉁퉁 부었고, 얼굴에는 화장기가 없다. 항상 짤랑거리던 목걸이와 팔찌도 잠잠하다. 방 안에서는 아무것도 먹

---

* '해고당하다'라는 뜻의 fire는 '불에 타다'라는 뜻도 있다.

으면 안 되는데, 캐루서스 씨가 사다 주는 갈색 종이봉투에 든 음식들을 먹는다. 부인의 쓰레기통을 보면 샌드위치 부스러기와 사과 속이 들어 있다. 어머니는 이걸 눈치 챘을 텐데도 부인의 방문을 두드리며 예전에 즐겨하던 것처럼 주의사항을 전달하지 않는다. 가끔 종이봉투에 납작하고 조그마한 병이 들어 있을 때도 있는데, 이건 쓰레기통으로 들어가지 않는다. 늦은 오후 무렵이 되면 부인은 여전히 실내복을 걸친 채 부엌으로 내려와 로즈의 어머니와 잠깐 간절한 이야기를 나눈다. 앞으로 어떻게 하면 좋을까요? 부인이 물으면 어머니는 입술을 오므리며 모르겠다고 한다.

돈 이야기다. 회사에서 잘렸으니 하숙비를 낼 수 없는 것이다. 로즈는 부인이 안됐다 싶으면서도 전보다 거리감을 느낀다. 징징거리는 부인의 모습이 한심해 보이기 때문이다. 학교에서는 징징거리는 아이가 있으면 친구들이 손가락으로 찌르거나 한 대 때리거나 아니면 수녀님들이 교실 한구석에 세워 놓는다.

"부인이 정신을 차려야 할 텐데 말이에요."

저녁을 먹는 자리에서 어머니가 아버지에게 말한다. 예전 같으면 로즈가 어머니의 이야기 상대였을 텐데, 지금은 귀만 쫑긋 세우는 신세다.

"애기, 마음을 곱게 써야지."

어머니를 면전에서 애기라고 부를 수 있는 사람은 아버지뿐이다.

"마음을 곱게 쓰는 것도 좋다 이거예요. 하지만 그런다고 먹을 게 나오지는 않잖아요."

어머니가 말한다.

하지만 식탁에는 먹을 게 차려져 있다. 비프스튜, 그레이비 소스를 뿌린 으깬 감자, 양배추 요리. 로즈가 먹는 것들이다.

몰리 부인이 해고를 당한 것으로도 모자라 하인스 양까지 감기로 누워 있다.

"하인스 양이 폐렴에 걸리지 않게 기도해라. 폐렴이라도 걸리면 아무짝에도 쓸모없는 여자 둘을 떠맡게 되는 거니까."

어머니가 말한다.

로즈는 몰리 부인의 방에 들어가 본다. 부인은 침대에서 샌드위치를 먹다가 얼른 커버 밑으로 넣더니 로즈인 것을 보고 미소를 짓는다.

"예쁜아, 숙녀의 방에 들어올 때는 항상 노크를 해야지."

"좋은 생각이 있어요. 구두를 팔면 되잖아요."

로즈가 말한 건 반짝이는 클립이 달린 빨간 새틴 구두다. 분명 엄청 비쌀 것이다.

몰리 부인의 미소가 흔들리는가 싶더니 사라진다.

"예쁜아, 그럴 수라도 있으면 얼마나 좋겠니."

집으로 가는 마지막 모퉁이를 돌았을 때 이상한 광경이 로즈의 눈앞에 펼쳐진다. 앞마당이 다른 집 앞마당처럼 눈으로 덮여 있는데, 알록달록한 물건들이 여기저기 흩어져 있다. 가까이 다가가 보니 뭔지 알겠다. 몰리 부인의 옷, 몰리 부인의 스타킹, 몰리 부인의 핸드백, 몰리 부인의 브래지어와 팬티. 몰리 부인의 구두. 그 주변에서 현란한 빛줄기가 춤을 춘다.

로즈는 집 안으로 들어가 부엌으로 향한다. 어머니가 새하얗게 질린 얼굴로 식탁 앞에 꼿꼿하게 앉아 있다. 눈빛이 돌처럼 굳어 있다. 앞에는 건드리지도 않은 차가 한 잔 놓여 있다. 하인스 양이 로즈의 의자에 앉아 어머니의 손을 토닥이고 있다. 양쪽 볼이 발그스름하다. 걱정하면서도 신이 난 얼굴이다. 그녀가 로즈에게 묻는다.

"어머니가 충격을 많이 받으셨어. 우유 한 잔 줄까?"

"몰리 부인 물건들이 왜 앞마당에 나와 있어요?"

로즈가 묻는다.

"어쩔 수가 없었어. 두 사람이 딱 눈에 들어와 버렸는걸. 문도 안 잠그고 그러고 있더라고."

하인스 양이 거의 혼잣말처럼 중얼거린다.

"어디 있어요? 몰리 부인은 어디 있어요?"

로즈가 묻는다. 몰리 부인이 월세도 안 내고 도망간 모양이다. 어머니는 이럴 때 '튀었다'라는 표현을 쓴다. 예전에도 이런 식으로 소지품을 놔두고 튄 사람들이 있었지만, 소지품이 앞마당에 나뒹굴지는 않았다.

"두 번 다시 이 집에 얼굴 내밀지 못할 거다."

어머니가 말한다.

"그럼 구두 내가 가져도 돼요?"

두 번 다시 몰리 부인을 못 보는 건 아쉽지만, 구두까지 버릴 필요는 없지 않은가.

"그 더러운 물건 건드리지 마. 손가락 하나 대지 마! 그년하고 똑같이 쓰레기통에 처박아야 할 물건들이니까. 갈보 같은 것! 그 쓰레기들이 내일까지 남아 있으면 소각로에 넣어서 태워 버려야지!"

하인스 양은 어머니의 험한 소리에 충격을 받은 얼굴이다.

"몰리 부인을 위해 기도해야겠어요."

"나는 안 할 거예요."

어머니가 말한다.

로즈는 전혀 생각도 못 하다 아버지가 저녁 먹을 시간에 딱 맞춰 등장하자 수상한 기미를 감지한다. 아버지가 제시간에 맞춰 나타나다니 이례적인 일이다. 아버지는 차분하게 가라앉은 태도로 어머니에게 예의를 갖출 뿐, 끌어안거나 입을 맞추지 않는다. 집으로 돌아온 이래 처음으로 어머니를 무서워하는 것처럼 보인다.

"월세 여기 있소."

아버지가 작은 돈뭉치를 식탁 위로 던진다.

"돈으로 날 매수할 생각은 마세요. 당신하고 그 갈보가 그 돈으로 입을 막으려는 거죠? 더러운 돈은 단 한 푼도 건드리지 않겠어요."

어머니가 말한다.

"그 여자 돈 아니야. 내가 포커에서 딴 돈이지."

"어떻게 이럴 수가 있어요? 내가 당신 때문에 그 많은 걸 포기했는데! 내 손을 좀 보라고요!"

"그 여자가 울고 있었어."

아버지는 그거면 모든 게 설명이 된다는 투다.

"울고 있었다고요! 악어의 눈물이었겠죠. 남자를 잡아먹는 년이니까."

어머니는 콧방귀를 뀐다. 자신은 그런 꼴사나운 짓은 절대 하지 않는다는 식이다.

"가엾더라고. 나한테 몸을 던지다시피 하는데 어쩌겠소?"

아버지가 말한다.

어머니는 등을 돌린다. 어머니는 스토브 위로 허리를 숙이고 숟가락으로 시끄럽게 바닥을 긁어 가며 접시에 스튜를 뜨고 저녁을 먹는 내내 한마디도 하지 않는다. 처음에 아버지는 저녁을 거의 건드리지도 않는다. 로즈도 불안하고 죄책감이 드는 그 심정을 안다. 하지만 어머니가 혐오감으로 똘똘 뭉친 눈빛으로 쏘아보며 접시를 손가락으로 가리킨다. 어머니가 평생을 바쳐 준비한 음식을 먹지 않으면 더 큰일 날 줄 알라는 뜻이다. 어머니가 등을 돌리자 아버지가 로즈를 보고 살짝 웃으며 윙크를 한다. 그제야 그녀는 모든 것을 알아차린다. 아버지가 괴로워하며 비굴하게 굴었던 것은 연극이었을 뿐이다. 사실 아버지는 아무렇지도 않은 것이다.

돈뭉치는 그대로 식탁 위에 놓여 있다. 로즈는 빤히 쳐다본다. 이만한 돈뭉치를 구경하는 건 난생처음이다. 두 분 다 안 가지겠다고 하는 것 같으니 자기가 가져도 되느냐고 물어보고 싶다. 그런데 그녀가 어머니를 도와 드리라는 아버지의 말을 듣고 접시를 치우는 사이 돈뭉치가 사라진다. 누군가의 주머니로 들어갔을 텐데, 누구 주머니일까? 아무래도 어머니의 앞치마 주머니 속으로 들어간 것 같다. 그 뒤로 며칠에 걸쳐 어머니가 누그러들고 말도 많아지고, 생활이 일상으로 되돌아온 것을 보면 말이다.

하지만 몰리 부인은 영영 자취를 감춘다. 부인의 옷과 구두도 마찬가지다. 로즈는 부인이 그립다. 부인이 불러 주던 애칭과 핸드 로션이 그립다. 하지만 그런 소리를 입 밖에 내면 안 되는 것쯤은 안다. 조지 삼촌이 말한다.

"내가 말했잖아, 귀염이라고. 너희 아버지는 아주 막강한 약점이 있거든."

"문을 닫았어야지."

조 삼촌이 말한다.

몇 년 뒤, 10대가 돼서 여자 친구라는 새로운 세계를 알게 되었을 때 로즈는 뒤늦게 깨달았다. 몰리 부인은 아버지의 정부였던 것이다. 정부라면 추리소설에서 여러 번 접한 바 있었다. 그녀는 정부라는 표현을 좋아했다. 화냥년이라든지 갈보라든지 걸레라든지 하는 다른 단어들에 비해 훨씬 고급스러웠다. 이런 단어를 들으면 떠오르는 게 벌린 다리, 그것도 헤프고 축 늘어진 다리, 힘없는 다리, 그저 누워만 있는 다리, 돈을 받고 벌린 다리와 냄새, 문란한 성생활, 분비물밖에 없었다. 반면에 정부라는 말은 고상하게 들렸고, 비싼 옷과 좋은 가구가 있는 집과 정부가 되는 데 필요한 능력과 머리와 미모가 떠올랐다.

몰리 부인은 집도 없고 고상하지도 않았고 미모도 보기 나름이었지만 적어도 옷은 있었다. 로즈는 아버지에게 조금은 점수를 주고 싶었다. 아버지가 나이 많은 걸레에게 덤벼들지는 않았을 것이다. 그녀는 아버지를 자랑스럽게 생각하고 싶었다. 어머니가 옳고 아버지가 틀렸다는 것은 알았다. 어머니가 정숙한 여자고, 뼈가 부서지도록 일을 하느라 손까지 다 상했는데 배은망덕한 대접을 받았다는 것도 알았다. 하지만 배은망덕하기는 로즈도 마찬가지였다. 설령 망나니였다 해도 그녀가 사랑한 사람은 아버지였다.

정부는 몰리 부인 한 명만이 아니었다. 그 뒤로 해를 거듭하면서 여러 명으로 늘었다. 다들 상냥하고 감상적이며 몸이 둥글둥글하고 술과 눈물 나는 영화를 좋아하는 여자들이었다. 나중에 로즈는 아버지가 주기적으로 멋을 부리고 집에서 사라지는 것을 보며 그들의 존재를 알아차렸다. 나이가 들었지만 여전히 근사한 아버지의 팔에 매달려 있는 그들을 가끔 시내에서 마주치기도 했다. 하지만 그들은 왔다가 사라지는 존재였고, 어머니는 한결같이 한자리를 지켰다.

어머니와 아버지는 어떤 관계였을까? 서로 사랑하기는 했을까? 물론 그들에게는 역사가 있었다. 사연이 있었다. 어머니와 아버지는 전쟁이 막 시작됐을 때 만났다. 아버지가 어머니에게 한눈에 반했을까? 그건 아니었다. 어머니는 그 당시에도 하숙집을 소유하고 있었다. 어머니의 아버지가 스물다섯에 두 살 난 딸을 남겨 두고 소아마비로 세상을 떠나자 어머니의 어머니가 그때부터 운영하던 곳이었다.

어머니는 아버지보다 연상이었다. 아버지를 만났을 때 이미 노처녀였을 것이다. 이미 무뚝뚝하고 쌀쌀맞고 까다로웠을 것이다.

어머니는 식료품이 담긴 봉지를 들고 집으로 걸어가고 있었다. 집으로 가려면 어느 술집 앞을 지나야 했다. 때는 늦은 오후였고, 술집이 문을 닫을 시간이라 저녁을 먹으려고 손님들을 내쫓고 있었다. 어머니는 평소 같으면 이 술집을 피하느라 반대편으로 길을 건넜을 텐데 싸움이 벌어지고 있는 것을 목격했다. 4 대 1이었다. 어머니의 표현에 따르면 폭력배들에게 맞선 한 명이 로즈의 아버지였다. 아버지는 곰처럼 으르렁거렸지만, 폭력배 중에서 한 명이 뒤로 돌아가 병으로 머리를 내리쳤고, 아버지가 쓰러지자 다 같이 발길질을 하기 시작했다.

거리에는 사람들이 있었지만, 다들 서서 구경만 했다. 로즈의 어머니는 길바닥에 쓰러진 사람이 죽을지 모른다는 생각이 들었다. 그녀는 천성적으로 말이 없었지만, 그 당시만 해도 내성적인 성격은 아니었다. 여자라는 점을 악용하려는 하숙인들을 상대하는 데 이골이 나 있었기 때문에 남자들을 야단치는 것쯤은 일도 아니었다. 하지만 평소에는 자기 일에만 신경 쓰고, 남의 일에는 참견하지 않았다. 평소에는 취객들끼리 싸움이 붙으면 다른 쪽을 보며 외면했다. 그런데 그날은 달랐다. 한 남자가 죽게 생겼는데 가만히 서서 보고 있을 수가 없었다. 그녀는 비명을 지르다(로즈가 생각하기에는 이 부분이 가장 압권이었다. 말수도 없는 어머니가 사람들 앞에서 귀청이 떨어져라 비명을 지르다니.) 식료품이 든 봉지를 휘둘러 사과와 당근을 사방으로 날리며 싸움판에 끼어들었다. 잠시 후 경찰이 등장하자 폭력배들은 달아났다.

로즈의 어머니는 떨어진 과일과 채소를 주웠다. 몸이 부들부들 떨렸지만, 사 놓은 걸 그대로 버릴 수는 없었다. 그러고 나서 로즈의 아버지를 부축해 일으켜 세웠다.

"온몸이 피투성이였지. 고양이한테 끌려다닌 쥐새끼 같은 몰골이었어."

어머니의 집이 그 근처였다. 어머니는 독실한 기독교도이자 선한 사마리아인 이야기를 잘 아는 사람답게 아버지를 집으로 데리고 가서 씻겨 주어야 할 것만 같았다.

어떻게 된 일인지 로즈도 알 것 같았다. 어느 누가 감사의 마음을 거부할 수 있을까?(하지만 감사의 마음이라는 것은 복잡한 감정이다. 로즈도 이렇게 말할 만한 이유가 있다.) 어떤 여자가 자기 손으로 구한 남자를 거부할 수 있을까? 붕대에는 어딘가 선정적인 구석이 있고, 씻기려면 옷도 벗겨야 했다. 재킷, 셔츠 그리고 속옷. 그다음은? 어머니는 빨래에 돌입했을 것이다. 그런데 이 딱한 남자가 어디에서 하룻밤을 보낸단 말인가? 그는 조만간 군에 입대한다고 했다.(아직은 공식적으로 입대 전이었지만.) 집은 머나먼 위니펙이었고, 돈은 하나도 없었다. 폭력배들이 가져간 것이다.

병든 어머니를 돌보느라 20대를 보냈고 셔츠를 벗은 남자라고는 본 적이 없었던 그녀의 어머니에게 그렇게 로맨틱한 경험은 평생 처음이었을 것이다. 아니, 로맨틱한 경험이라고는 그때까지 해본 적이 없었을 것이다. 반면에 아버지 입장에서는 하나의 에피소드에 불과했다. 아니, 그게 아니었을까? 어쩌면 그렇게 비명을 지르더니 말없이 자기를 간호해 주는 이 여자를 보고 사랑을 느꼈을지 모른다. 어쩌면 하숙집을 보고 조금 사랑을 느꼈을지 모른다. 어쩌면 그녀가 안식처처럼 보였을지 모른다. 이 사건을 아버지한테 들으면 항상 감탄하는 말투로 비명 부분을 언급했다. 반면에 어머니는 피를 언급했다.

어찌 됐건 두 사람은 결혼하기에 이르렀지만 가톨릭식 결혼은 아니었다. 그러니까 교회 입장에서 보자면 두 사람은 결혼한 사이가 아니었다. 어머니는 아버지를 위해 평생 벗어날 수 없는 죄의 길로 들어섰다. 그러니 아버지가 자기한테 빚을 졌다고 생각하는 것도 무리는 아니었다.

로즈는 주황색 목욕 가운을 입고 지하실에 앉아서 생각한다. 이 늙은 여우 같은 하느님, 장난도 잘 치시는군요. 규칙도 멋대로 바꾸고, 서로 어긋나는 지시를 내리고. 사람들을 구하고 돕고 사랑하면서 건드리지는 말라니. 하느님은 말을 잘 들어준다. 중간에 끼어들지 않는다. 어쩌면 그래서 로즈가 하느님에게 말하는 것을 좋아하는지 모른다.

몰리 부인이 쫓겨나고 얼마 안 있어 캐루서스 씨도 방 안을 난장판으로 만들어 놓고 한 달치 월세를 꿀꺽한 채 여행 가방 하나만 덜렁 들고 사라져 버린다. 조지 삼촌이 그 방을 차지하고 조 삼촌이 몰리 부인이 쓰던 방을 차지하자 하인스 양이 방을 빼겠다고 한다. 이 집이 이제는 반듯한 곳이 아니기 때문이다.

"이제 어디서 돈을 벌어요?"

로즈의 어머니가 묻는다.

"걱정 마, 애기."

아버지가 장담한 것처럼 정말로 어디에선가 많지는 않지만 충분한 돈이 생긴다. 아버지도 직업이 없고, 조지 삼촌과 조 삼촌도 직업이 없는데 영문을 알 수 없는 일이다. 그들은 일을 하기는커녕 경마장에 드나든다. 학교 수업이 없는 토요일이면 로즈도 데리고 가서 그녀의 이름으로 1달러를 걸어 준다. 로즈의 어머니는 그런 데 가지 않는다. 로즈가 경마장에서 주위를 둘러보면 다른 집 어머니들도 마찬가지인 것 같다. 여기 온 여자들은 모두 귀염이다.

저녁 때가 되면 삼촌들은 조지 삼촌의 새 방에 있는 카드 테이블에 모여 앉아 술을 마시고 담배를 피우며 포커를 친다. 어머니가 집에 없으면 아버지까지 가끔 낀다. 로즈가 주변에서 어슬렁거리며 어깨 너머로 들여다보자 결국 치는 법을 가르쳐 준다.

"네가 무슨 생각을 하는지 보여 주면 안 돼. 카드를 가슴 쪽에 바짝 붙여서 들어. 접을 때가 언제인지도 파악하고."

포커 공부를 마치자 이번에는 노름을 가르쳐 준다. 처음에는 포커 칩을 가지고 하지만 하루는 조지 삼촌이 5달러를 준다.

"이게 네 밑천이야. 밑천보다 많이 걸면 안 돼."

하지만 정작 자기는 그 충고를 따르지 않는다.

로즈는 점점 솜씨가 좋아진다. 그녀는 기다리는 법을 배운다. 그들이 마시는 술병의 개수를 세고, 취기가 얼마나 올랐는지 지켜본다. 그러다 발동을 건다.

"이 꼬마 아가씨, 보통내기가 아니네."

조지 삼촌이 감탄하는 목소리로 말한다. 로즈는 환하게 웃는다.

그녀는 진지하게 임하지만, 삼촌들이나 아버지는 그렇지 않은 것도 있다. 그들은 무슨 전화를 기다리는 듯한 분위기다. 시간을 때우는 듯한 분위기다.

느닷없이 돈이 쏟아져 들어왔다. 아버지는 "경마에서 딴 돈"이라고 했지만 로즈는 거짓말인 걸 알았다. 경마에서 딴 돈이라고 하기에는 너무 많았다. 어머니까지 다 같이 식당에서 저녁을 먹고 후식으로 아이스크림까지 먹을 수 있는 금액이었다. 어머니는 새로 산, 제일 좋은 원피스를 입었다. 연두색에 하얀색 데이지 무늬 칼라가 달린 원피스였다. 그런 원피스도 살 수 있는 금액이었다. 차도 살 수 있었다. 파란색 다지였다. 온 골목길 남자아이들이 로즈네 집 앞에 30분씩 서서 차를 구경하면 로즈는 현관에서 말없이 그 아이들을 구경했다. 워낙 압도적인 승리라 비웃음을 흘릴 필요조차 없었다.

그런 돈이 어디에서 났을까? 허공에서 등장했다. 마술처럼. 아버지가 손을 흔들자 짜잔, 하고 돈이 생겼다. 아버지는 "이제 배가 들어왔다."*고 했다. 삼촌들에게도 돈이 생겼다. 아버지 말로는 세 사람 모두의 몫이라고 했다. 배가 세 사람의 것이니 공평하게 나누어야 된다는 것이다.

로즈도 진짜 배를 말하는 게 아닌 줄은 알았지만, 그래도 머릿속에서는 그림이 그려졌다. 갈레온선 비슷한 옛날 배, 돛은 햇빛을 받아 황금색으로 물들고, 돛대에서 삼각 깃발들이 나부끼는 보물선. 아니면 그 비슷한 배. 그렇게 분위기가 웅장한 배.

부모님은 하숙집을 팔고 앞마당이 손바닥만 한 좁은 집들이 다닥다닥 붙어 있는 골목길을 벗어나 북쪽으로 집을 옮겼다. 앞에 반원 모양의 진입로가 있고 차 세 대가 들어가는 차고가 딸린 대저택이었다. 로즈는 이제 우리 집이 부자가 된 모양이라고 결론을 내리지만, 어머니는 그런 말을 쓰지 말라고 했다. "좀 편안해진 것"이라고 했다.

하지만 어머니는 전혀 편안해 보이지 않았다. 오히려 두려워하는 것처럼 보였다. 어머니는 그 집을 두려워했고, 아버지가 부득부득 우겨서 쓰는 청소부를 두려워했고, 최고로 고르라는 아버지의 말에 따라 직접 사들인 가구를 두려워했고, 새 옷들을 두려워했다. 어머니는 실내복에 슬리퍼 차림으로 뭘 찾는 사람처럼 이 방, 저 방을 돌아다녔다. 길을 잃어버린 사람처럼 그랬다. 어머니는 모든 게 알맞은 크기였고 어디가 어디인지 알 수 있었던 예전 동네를 더 편안히 여겼다.

어머니는 이야기 상대가 아무도 없다고 했다. 하지만 어머니가

---

* '운이 트였다'라는 뜻.

예전에 그렇게 말이 많았던가? 그건 아니었다. 이야기 상대라 봐야 로즈, 로즈의 아버지, 삼촌들이 고작이었다. 삼촌들에게는 이제 각자의 집이 있었다. 하숙인들도 없으니 불평을 늘어놓고 이래라저래라 할 상대도 없어진 셈이었다. 주문한 물건을 배달하러 온 사람들은 어머니를 보면 집주인과 이야기하겠다고 했다. 하지만 어머니는 아버지 때문에 행복한 척해야 했다. 아버지는 "이야말로 우리가 기다려온 순간"이라고 했으니까.

로즈에게도 새 옷이 생기고 새 이름이 생겼다. 그녀는 이제 로절린드 그린우드가 아니라 로즈 그룬월드다. 부모님의 설명에 따르면 진짜 이름이 그거였다고 한다.

"그럼 전에는 왜 다른 이름으로 불렀어요?"

그녀가 물으면 부모님은 이렇게 대답한다.

"전쟁 때문이었지. 너무 유대인 같잖아. 안전하지가 않았어."

"지금은 안전한가요?"

완전히 안전하지는 않다. 지금 그들이 사는 곳은 전과 다른 부분들이 안전하다. 같은 의미에서, 전과 다른 부분들이 위험하다.

로즈는 다른 학교에 다닌다. 이제 고등학생이라 포리스트 힐 대학 부속학교에 다닌다. 그녀는 이제 가톨릭교도가 아니다. 꺼림칙하고 찜찜하기는 하지만, 유대인이 되기 위해 모든 걸 포기한다. 분명하게 편이 나뉜 세상에서 그쪽 편을 선택한다. 기왕이면 제대로 하고 싶은 마음에 책도 읽는다. 아버지에게 그릇을 두 벌 사 달라고 하고, 베이컨을 일절 거부한다. 아버지는 그녀의 뜻에 따라 그릇을 사 주지만, 어머니는 고기용 그릇과 유제품용 그릇을 구분하지 않고 그녀가 그 이야기를 꺼내면 상처를 받은 듯한 표정을 짓는다. 아버지는 예배당에 가지 않는다.

"나는 예전부터 독실한 신자가 못 됐다. 내가 입버릇처럼 말하잖니. 하느님이 누구 것이냐고. 세상에 종교가 없었다면 그렇게 시끄러울 일은 없었을 거다."

로즈가 옮긴 학교에는 유대인 아이들이 많다. 사실 이 학교에서는 유대인이 대접을 받는다. 하지만 예전에도 완벽한 가톨릭교도가 될 수 없었던 로즈는 지금도 완벽한 유대인이 되지 못한다. 그녀는 괴짜이고 잡종이며 이상한 반쪽이다. 그녀는 비싼 옷을 입고 다니지만 묘하게도 걸맞지가 않다. 말투도 마찬가지다. 그녀의 열성도, 재주도 마찬가지다. 중국식 불 고문이나 정강이 걷어차는 기술이나 신통방통한 포커 솜씨가 여기에서는 아무짝에도 쓸모가 없다. 그뿐 아니라 그녀는 덩치가 너무 크다. 목소리도 너무 크고 너무 서툴고 너무 사람들 비위를 맞추려고 한다. 그녀는 세련미도 없고 권태감도 없고 품격도 없다.

로즈는 낯선 나라에 와 있다. 그녀는 이민자이자 난민이다. 아버지의 배가 들어왔지만, 그녀는 보트에서 이제 막 내린 참이다. 아니, 어쩌면 그게 아니라 돈 때문일지 모른다. 돈은 많지만, 고급 와인이나 치즈처럼 숙성이 되어야 하는 것이다. 지금은 너무 노골적이고 너무 반짝이고 너무 눈에 띈다. 너무 거슬린다.

로즈는 유대인 여름 캠프에 간다. 아버지가 이 나라, 이 도시, 이 동네에서는 여름이 되면 아이들을 그런 캠프에 보내야 한다는 것을 알게 되었기 때문이다. 아버지는 로즈가 행복하게 지내길, 잘 적응하길 바란다. 아버지 기준에서 이 두 가지는 서로 같은 것이다. 하지만 거기서 로즈는 더욱 심한 훼방꾼이자 침입자로 전락한다. 그녀는 테니스를 쳐 본 적도 없고, 말을 타 본 적도 없고, 이스라엘의 귀여운 민속무용도 전혀 모르고, 단조로 진행되는 구슬픈 이디시어* 노래도 전혀 모른다. 요트를 타면 한 번도 타 본 적이 없기 때문에 조지아 만 북쪽의 얼음장처럼 차갑고 새파란 물속에 빠진다. 수상스키를 시도할 때는 시동을 거는 마지막 순간에 질겁하고 손을 떼 맥주병 신세를 면치 못한다. 수영복을 입고 처음 등장할 때는 제대로 헤엄치는 법을 몰라서 평소 스타일대로 보기 흉하게 팔다리를 마구 휘젓다 겨드랑이 털을 깎아야 했다는 사실을 깨닫는다. 그런 건 누가 알려 주었어야 하는 걸까? 분명 어머니는 아니다. 어머니는 몸에 대해서라면 단 한마디도 하지 않는다. 평생 이 도시에서 벗어난 적도 없다. 다른 아이들은 태어날 때부터 카누를 젓고 냄새나는 텐트에서 잤던 것처럼 굴지만, 로즈는 벌레들한테 익숙해지지가 않는다.

그녀는 아침마다 통나무집 식당의 식탁에 앉아서 다른 여자아이들이 심드렁하게 쏟아 내는 어머니에 대한 불만을 잠자코 듣는다. 로즈도 어머니에 대한 불만을 이야기하고 싶지만 어머니가 유대인이 아니기 때문에 해당 사항이 없다. 그녀가 하숙집 시절과 변기 청소 이야기를 시작하면 아이들은 눈을 굴리고 고양이처럼 우아하게 하품을 하며 화제를 자기들 어머니 이야기로 돌린다. 로즈는 모를 거라는 뜻이다. 이해 못할 거라는 뜻이다.

---

* 중부 유럽과 동유럽 출신 유대인이 사용하는 언어.

오후가 되면 그들은 머리에 롤러를 말고 손톱을 칠한다. 민속무용과 노래 부르기, 마시멜로 구워 먹기, 비트족* 분위기의 정장 파티 시간이 끝나면 각양각색의 남자아이들이 숙소까지 천천히 바래다준다. 그들이 부엉이 소리가 들리고 모기가 날아다니며 솔잎 냄새가 나는 향긋하면서도 불쾌한 어둠을 뚫고 걷는 동안, 반딧불처럼 흔들리는 손전등이 나른하게 중얼거린다. 로즈에게 어슬렁어슬렁 다가와 농담을 던지거나 그녀의 머리 위로 팔을 뻗어 나무에 기대는 남자아이는 없다. 그렇게 할 수 있을 만큼 키가 큰 아이도 별로 없는데다 이방인의 피가 흐르고 엉덩이가 하마만 한 바보와 함께 있는 장면을 남에게 보이고 싶은 아이가 어디 있을까. 그래서 로즈는 뒤에 남아 청소를 돕는다. 그녀가 청소 전문가인 것은 하느님도 안다.

미술 시간이지만 로즈는 이런 데 전혀 소질이 없다. 점토로 빚은 재떨이는 소똥을 닮았고, 초기 잉카제국 스타일의 수동 베틀로 짠 허리띠는 고양이가 헤집어 놓은 것 같다. 그녀는 화장실에 다녀오겠다고 하고 오후 간식을 슬쩍하러 부엌으로 간다. 그녀는 제빵사와 친구가 되었다. 그는 버터크림이 든 짤주머니를 중간에 한 번 들지도 않고, 일필휘지로 오리를 줄줄이 만들어 케이크에 얹을 줄 아는 노인이다. 그는 로즈에게 오리뿐 아니라 버터크림으로 장미꽃 만드는 법까지 가르쳐 주는데, 이 장미에는 줄기와 이파리까지 달려 있다.

"이파리가 없는 장미는 순결을 잃은 여자와 같지."

그는 이렇게 말하고, 유럽식으로 정중하게 고개를 숙여 인사하며

* 1950년대 미국의 경제적 풍요 속에서 일어난 획일화, 동질화의 양상에 대항하여 전원 생활, 낙천주의 사고 등을 추구했던 사람들.

한번 해 보라는 의미로 짤주머니를 그녀에게 넘긴다. 그러면서 그녀가 사발을 혀로 핥아먹어도 뭐라 하지 않고, 여기 있는 말라깽이들보다는 그녀의 몸매가 여자로서 적당하며, 그녀가 좋은 음식을 음미할 줄 아는 여자임을 한눈에 알겠다고 말한다. 그는 삼촌들처럼 특유의 억양이 있고, 팔에 희미한 파란색으로 숫자가 새겨져 있다. 전쟁의 흔적인데, 로즈는 그것에 대해 묻지 않는다. 이곳에서는 어느 누구도 아직까지는 전쟁에 대해 이야기하지 않는다. 아직은 전쟁을 입에 담을 수 없다.

로즈는 그녀가 여기 있는 여자아이들보다 예뻐지거나 우아해지거나 날씬해지거나 섹시해지거나 까다로워질 수 없다는 사실을 깨닫는다. 그래서 더 똑똑하고 재미있고 돈이 많은 여자가 되기로 결심한다. 그러면 모두들 그녀에게 알랑거릴 것이다. 그녀는 습관적으로 우스꽝스러운 표정을 짓고 다닌다. 휴런 가 시절의 거친 말투와 행동으로 주목을 받는다. 얼마 안 있어 그녀는 그룹 안에서 한자리를 꿰찬다. 광대가 그녀의 역할이다. 그와 동시에 모방을 시작한다. 그들의 발음과 억양과 어휘를 익힌다. 울타리에 붙이는 포스터처럼 한 장 위에 또 한 장을 붙여 휑한 널빤지를 덮듯이 몇 겹의 언어를 습득한다. 옷이나 액세서리도 연구하면 되는 것들이다.

로즈는 그렇게 고등학교를 마쳤는데, 지극히 행복한 경험은 아니었다고 하면 너무 부족한 표현이었다. 그런데 나중에 동창회에 참석하여 알고 보니(멋진 옷이 있고 그걸 과시하고 싶은 마음이 있으니 동창회의 유혹을 떨칠 수가 없었다.) 그녀처럼 불행하게 보낸 아이들이 대부분이었다. 그들은 그녀가 괴로워했다는 것도 믿지 못했다.

"너는 항상 명랑했잖아."

로즈는 고등학교를 마친 뒤 대학에 들어갔다. 미술과 고고학을 전공으로 선택했는데, 아버지는 쓸데없는 공부라고 생각했지만 나중에 개조 공사를 할 때 쓸모가 있었다. 과거에 쌓은 자질구레한 경험들 중에서 뭘 재활용할 수 있는지는 아무도 모르는 법이었다. 어머니가 지적했듯이 완벽하게 훌륭한 집이 있는데도 그녀는 기숙사를 선택했다. 부모님의 그늘에서 벗어나고 싶었기 때문인데, 유럽이나 어디 100만 킬로미터쯤 떨어진 학교로 도망치겠다는 협박을 동원해 아버지의 허락을 받아냈다. 매클렁 홀을 선택한 이유는 특정 종파의 입김이 없는 곳이었기 때문이다. 그 무렵 그녀는 과도한 유대인 행세와 과도한 가톨릭교도 행세를 모두 집어던졌다. 스스로 생각하기에는 그랬다. 그녀는 홀가분하게 여행하고 싶었고, 뒤범벅 속에 섞여 있을 때 가장 행복했다.

로즈가 학위를 받던 날, 아버지는 축하하는 자리를 마련했다. 어머니와 점점 초라해지는 삼촌들도 참석했다. 그들이 간 근사한 레스토랑의 메뉴판에는 메뉴가 프랑스어로 되어 있고 영어는 그 밑에 자그마하게 적혀 있었다. 디저트로 준비된 아이스크림 종류도 프랑스어로 적혀 있었다. cassis, fraise, citron, pistache.* 조 삼촌이 말했다.

"내 여권 중에 프랑스 여권은 없는데. 나는 패스티시**로 해야지."

그게 나였지. 로즈는 그런 생각이 든다. 내가 바로 잡탕이었지.

---

* 까막까치밥나무, 딸기, 레몬, 피스타치오.

** pastiche, 피스타치오를 뜻하는 pistache를 잘못 읽었다. '모방작', '잡동사니'라는 뜻.

45

그 뒤로 오랜 세월이 흘러 결혼을 하고, 어머니가 돌아가시고(죽음이라는 게 워낙 염치도 없고 남자 의사들이 몸속을 뒤지다니 죄를 짓는 것과 다름없는 일이므로 천천히, 못마땅해하며 돌아가셨다.), 아버지도 선로를 바꾸는 기차처럼 움찔움찔 고통스러운 단계를 거쳐 잇따라 돌아가시고, 이 모든 과정이 지나 고아가 된 다음에야 로즈는 돈의 정체를 알 수 있었다. 나중에 번 돈이 아니라(그 돈에 대해서는 이미 알았다.) 뿌리가 되고 종자가 되었던 첫 번째 목돈에 대해서 말이다.

병원으로 조지 삼촌의 병문안을 갔을 때 일이었다. 조지 삼촌도 죽을 날을 앞두고 있었는데, 1인실이나 2인실이 아니라 다인실에 입원해 있었다. 두 삼촌 모두 말년이 좋지 못했다. 둘 다 하숙집에서 생을 마감했다. 자기들 돈을 날린 뒤에 로즈의 아버지 돈까지 일부 날렸다. 노름을 하면서 돈을 빌려 갔던 것이다. 삼촌들 말로는 빌리는 거라고 했지만, 누구라도 알다시피 갚을 리가 없었다. 하지만 아버지는 두 삼촌이 하는 부탁은 무엇이건 자르는 법이 없었다.

조 삼촌은 전화로 이렇게 이야기했다.

"신경쇠약이야. 하지만 그런 이야기는 하지 마라."

그래서 로즈는 아무 말도 하지 않았다. 삼촌들도 쉬쉬하는 부분이 있었다. 그녀는 꽃을 사고 꽃병도 준비했다. 꽃병이 비치된 병원은 없었기 때문이다. 그녀는 환한 미소를 지으며 부산스럽고 당당하게 들어섰지만, 조지 삼촌의 처참한 얼굴을 본 순간 꽃다발과 꽃병을 떨어뜨리고 말았다. 그 정도로 쪼그라들고 기운이 없어 보였다. 머리는 이미 해골이었다. 로즈는 속으로 슬퍼하며 옆에 앉았다. 옆 침대에 누운 남자는 코를 골며 자고 있었다.

"저 친구는 아무래도 틀린 것 같아."

조지 삼촌은 무슨 계획이라도 있는 것처럼 말했다.

"1인실에 있고 싶으세요?"

로즈가 물었다. 그 정도 배려는 아무것도 아니었다.

"아니. 친구가 있는 게 좋아. 사람들이 옆에 있는 게. 그리고 돈도 많이 들잖아. 나는 재주가 없었어."

"무슨 재주요?"

"너희 아버지 같은 재주. 너희 아버지는 1달러로 하루를 시작하면 그걸 하루 만에 5달러로 불릴 수 있는 사람이었잖냐. 나는 돈만 생겼다 하면 경마에 처박았고. 나는 호시절에나 어울리는 사람이었어."

"그 돈은 어디에서 났던 거예요?"

조지 삼촌은 쭈글쭈글 주름이 잡힌 누런 눈으로 그녀를 쳐다보며 "무슨 돈?" 하고 아무것도 모르는 척, 약삭빠르게 물었다.

"처음 1달러 말이에요. 전쟁 때 세 분이 실은 어떤 일을 하셨던 거예요?"

"알고 싶지 않을 텐데."

"알고 싶어요. 말씀하셔도 돼요. 아버지도 이제 돌아가셨잖아요. 무슨 말씀을 하시더라도 제가 맘 상하거나 하는 일은 없을 거예요."

조지 삼촌은 한숨을 지었다.

"그래, 그렇겠지. 오래전 일이니까."

"제가 부탁하잖아요."

로즈는 삼촌들이 서로 이야기를 나눌 때 이런 식으로 애원하면 효과가 있었던 것을 기억했다.

"너희 아버지는 밀수꾼이었어. 이런저런 물건들을 밀수했지. 전쟁 전에도 그랬고, 전쟁 중에도 그랬고, 전쟁이 끝난 뒤에도 마찬가지였지."

"어떤 걸 밀수하셨는데요?"

고장 난 냉장고나 그런 걸 고쳤다는 뜻은 아닐 것이다.* 조지 삼촌은 느릿느릿 대답했다.

"솔직히 말하면 너희 아버지는 도둑이었어. 내 말 오해하지 마라. 영웅이기도 했으니까. 하지만 도둑이 아니었다면 영웅도 될 수 없었을 거다. 그런 시절이었거든."

"도둑요?"

삼촌은 참을성 있게 말을 이었다.

"다들 도둑이었어. 너나 할 것 없이 모두. 어떤 물건들을 훔쳤는지 너는 상상도 못 할 거다. 그림, 금, 숨겨 놨다 나중에 팔 수 있는

---

* '밀수하다'라는 뜻의 fix는 '고치다'라는 뜻도 있다.

온갖 물건들. 나중에 이게 어떻게 되는지 다들 아니까 막판에는 뭐든 닥치는 대로 낚아챘지. 전쟁이 터질 때마다 사람들은 도둑이 돼. 뭐든 닥치는 대로 훔치지. 전쟁이 그런 거야. 전쟁이 곧 도둑질이야. 우리라고 안 그럴 이유가 뭐겠니? 조가 스파이였고, 내가 운전을 했고, 너희 아버지가 계획을 세웠지. 언제 움직일 건지, 누굴 믿을 건지. 너희 아버지 없이는 아무것도 할 수 없었어.

아무튼 우리가 놈들을 대신해 물건을 빼 왔는데, 놈들의 법이 그 따위로 생겨 먹었으니 입 아프게 말할 필요도 없겠다만 불법이었다. 경비들을 매수했지. 모두들 콩고물을 받아먹으려고 혈안이 되어 있었거든. 그렇게 빼 온 물건을 전쟁이 끝날 때까지 안전한 데다 숨겨 놓은 거야. 그런데 놈들이 뭐가 뭔지, 우리가 그걸 어디다 숨겼는지 어떻게 알겠냐? 그래서 일부분을 우리 몫으로 슬쩍해 다른 데로 옮겨 놓고 나중에 찾았지. 놈들 중에서 죽은 몇 명 몫도 우리가 꿀꺽했고."

"아버지가 그랬어요? 나치를 도운 거예요?"

"얼마나 위험한 일이었는지 아냐?"

조지 삼촌은 그 말 한마디면 변명이 된다는 듯 나무라는 투로 말했다.

"가끔 그러면 안 되는 것들까지 빼돌리기도 했지. 유대인들을 빼냈거든. 잘 아는 사람들을 통해 얼마나 조심스럽게 진행시켰는지 모른다. 놈들도 우리를 그냥 내버려 둘 수밖에 없었지. 우리가 잡히면 자기들도 목이 날아가거든. 하지만 너희 아버지는 절대 무리하는 법이 없었다. 너무 위험해진다 싶으면 당장 알아차렸지. 멈춰야 할 때를 안 거야."

"말씀해 주셔서 고마워요."

"고마워할 거 없다. 아까도 말했던 것처럼 너희 아버지는 영웅이었어. 이해 못 할 사람도 있겠다만."

그는 피곤한지 눈을 감았다. 눈꺼풀이 주름 종이처럼 얇고 쭈글쭈글했다. 그는 가느다랗고 바짝 마른 손가락 둘을 들어 그녀에게 이제 그만 나가 보라고 손짓했다.

로즈는 하얀 타일이 깔린 병원의 미궁 같은 복도를 지나 집으로 향했다. 독한 술을 한 잔 마시고 싶었다. 진위가 의심스러운 이 새로운 정보를 바탕으로 어떤 결론을 내려야 할까? 그녀의 돈이 더러운 돈이라고 결론 내려야 할까? 아니면 모든 돈은 더러운 법이라고? 그녀의 잘못은 아니었다. 그녀가 저지른 일도 아니었고, 그녀는 그때 어린아이에 불과했다. 그녀가 이 세상을 만든 것도 아니었다. 하지만 뼈만 앙상한 손가락이 땅속에서 솟아올라 그녀의 발목을 잡아당기며 원래 자기들 몫이었던 것을 달라고 하는 듯한 기분이 들었다. 몇 년 동안 묵혀 있던 손가락일까? 20년? 30년? 아니면 1000년? 2000년? 그게 원래 어디 있던 돈인지 누가 알 수 있을까? 돈을 만진 다음에는 손을 씻어라. 세균투성이니까. 어머니는 그렇게 말했다.

미치에게는 입도 벙긋하지 않았다. 미치한테는 절대 말하지 않았다. 안 그래도 전통 부자인 양 까다롭게 굴고 양심적인 척하는데, 이런 이야기를 해서 한술 더 뜨게 만들 수는 없었다. 쿠폰을 오리는 건 괜찮지만, 유대인들을 빼돌리는 건 안 된다는 식이었다. 적어도 로즈가 생각하기에는 그랬다. 그는 그녀의 돈을 보고 혼자 비웃으면서 그 돈을 쓰는 데에는 아무 거리낌이 없어 보였다. 하지만 세습된 재산도 인간의 절망감을 이용해 벌어들인 돈이기는 마찬가지였다. 돈을 벌어들이는 데 쓰인 절망감과 피와 살이 몇 다리 건너에 있다는 것만 다를 뿐이다. 미치 같은 사람들은 자기한테 돌아오는 몫이 도대체 어디에서 나온다고 생각하는 걸까? 그러면서 그녀에게 남아프리카의 금을 사라고 하는 건 또 뭔가 말이다. 두 사람이 나누는 대화에는 항상 제삼자가 끼어 있다. 그녀의 돈이 무슨 난쟁이나 일말의 지각이 있는 채소라도 되는 양 두 사람 사이 소파에 앉아 있었다.

가끔은 돈이 등에 난 혹처럼 그녀의 일부분인 듯, 신체 일부인 듯 느껴질 때도 있었다. 그녀는 돈과 연을 끊고 남들에게 다 주어 버리고 싶은 욕구와 더 많이 불리고 싶은 욕구 사이에서 갈등을 겪었다. 돈이 보호막 역할을 하고 있었으니 말이다. 어쩌면 그 둘은 근본적으로 동일한 욕구였을지 모른다. 아버지도 이야기했던 것처럼 먼저 가지기 전에는 베풀 수 없는 법이었다.

로즈는 왼손으로 벌고 오른손으로 베풀었다. 어쩌면 그 반대였을지도 모른다. 처음에는 장기 쪽을 후원했다. 아버지를 위해 심장을, 어머니를 위해 암을. 세계기아협회도 후원했고, 유나이티드 웨이도 후원했고, 적십자도 후원했다. 그게 1960년대의 일이었다. 그러다 1970년대 초반에 여성운동이 유행하기 시작하자 로즈는 먼지 뭉치가 진공청소기 속으로 빨려 들어가듯 그 속으로 빠져들었다. 그녀는 눈에 띄는 존재였다. 그래서 그랬다. 영화배우나 영국 여왕을 제외하면 그녀처럼 이름만 대면 알 수 있는 여자는 많지 않았다. 미치와 그의 그것들에게 두 번에 걸쳐 두들겨 맞은 뒤라 여성운동의 메시지를 받아들일 준비가 되어 있었기 때문이기도 했다. 그런 일이 처음 벌어진 때가, 미치가 그녀에게 처음으로 들통 난 때가 배 속에 래리가 있을 때였으니 인간으로서 그보다 야비할 수는 없었다.

로즈는 의식을 향상시키는 단체들을 사랑해 마지않았고, 온갖 주제를 망라하는 대화도 사랑해 마지않았다. 그들을 만나면 한 번도 가져 보지 못한 수많은 자매를 만나 밀린 이야기를 나누는 듯한 기분이 들었고, 공통점이 있는 대가족처럼 느껴졌다. 지금까지 끼어들지 못했던 온갖 집단과 파벌에 이제 비로소 가입을 허락받은 느낌이었다. 듣기 좋은 소리만 늘어놓고, 내 남편이 네 남편보다 잘났다고 과시하고, 빙빙 돌려 말하던 시절은 이제 안녕! 이제 너는 뭐든지 얘기해도 돼!

그녀는 동그랗게 둘러앉는 것도 사랑해 마지않았는데, 얼마 지나고 나서 깨닫고 보니 동그라미가 진짜 동그라미가 아니었다. 한 여자가 자기 문제를 이야기하고 괴로움을 토로하면 다른 여자가 배턴을 이어받는데, 로즈의 차례가 되면 다들 못 믿겠다는 눈빛으로 그녀를 바라보다 누군가 화제를 바꿨던 것이다.

왜 그랬을까? 왜 로즈의 괴로움은 2등급으로 간주됐을까? 이유를 파악하는 데 시간이 좀 걸리기는 했지만 돈 때문이었다. 로즈처럼 돈이 많은 사람이 무슨 괴로움이 있을까 생각한 것이었다. 그녀는 예전에 삼촌들이 썼던 표현이 생각났다. 아이고, 안쓰러워서 가슴이 찢어지겠네. 삼촌들은 땡잡은 사람, 부자가 된 사람을 이야기할 때 신랄하게 빈정거리면서 그런 소리를 했다. 로즈 혼자 남을 위해 가슴 찢어지게 아파할 뿐, 그녀를 위해 가슴 찢어지게 아파해 주는 사람은 없었다.

그래도 로즈를 필요로 하는 분야가 있었다. 끊임없이 돈에 쪼들리는 곳에서 그녀는 없어서는 안 될 존재였다. 그러니《와이즈우먼월드》측에서 번쩍번쩍한 립스틱과 주류 광고를 충분히 유치하지 못해 파산할 지경에 이르렀을 때 찾은 사람도 그녀일 수밖에 없었다. 그 당시《와이즈우먼월드》는 잡지라기보다 친구였다. 높은 이상과 희망, 적나라하고 지저분한 비밀을 공유하는 친구. 자위행위에 대한 진실! 가끔 아이들의 머리를 벽에 처박고 싶은 심정의 진실! 지하철에서 치한이 뒤에서 몸을 부빌 때, 상사가 치근덕거릴 때, 생리 전날 약장에 있는 알약을 모조리 먹어 버리고 싶은 충동이 느껴질 때 대처방법!《와이즈우먼월드》는 로즈가 끼지 못한 모든 파자마 파티를 대신하던 존재였으니 그녀가 구하러 나서는 수밖에 없었다.

다른 사람들은《와이즈우먼월드》가 기존의 협동조합 체제를 그대로 유지하기 바랐다. 로즈가 돈만 주고 깨끗이 물러나 주길 바랐고, 너무 정치적이라는 이유에서 세금 공제도 반대했다. 하지만 푼돈으로 끝날 일이 아니었다. 찔끔찔끔 도와주는 것은 아무 의미가 없었다. 충분한 금액이 아니면 아예 돕지 않느니만 못했고, 차라리 돈뭉치를 변기에 넣어서 물을 내려 버리는 쪽이 나았다.

그녀는《와이즈우먼월드》측에 말했다.

"나는 내가 개입할 수 없는 일에는 투자하지 않아요. 주식을 발행하세요. 그러면 내가 과반수 이상 매입할 테니까."

《와이즈우먼월드》에서는 펄쩍 뛰었지만, 그녀는 이렇게 말했다.

"다리가 부러지면 병원에 가잖아요. 돈 문제가 생기면 날 찾아오고요. 솔직히 당신들 방법대로 했는데 잘 안 돼서 재정 상태가 엉망인 거 아니에요. 이건 내가 좀 아는 분야인데, 내가 해결해 주길 바라는 거잖아요, 안 그래요?"

그녀는 그래 봐야 손해 보는 장사인 걸 알았지만, 그렇다 하더라도 최소한 사업상의 손실이길 바랐다.

로즈가 미치를 이사회에 앉히고 그의 법조계 친구들을 몇 명 붙여 주었을 때도 《와이즈우먼월드》 측에서는 달가워하지 않았지만, 달리 방법이 없었다. 그녀의 도움을 받고 싶으면 그녀가 어떤 식으로 사는지 분위기를 파악해야 했다. 미치를 참여시키지 않으면 그가 방해 공작을 펼칠 게 분명한데, 그러면 그녀의 가정생활이 지금보다 함정과 부비트랩*이 한층 더 복잡하게 얽힌 미로로 둔갑할 것이다. 그녀는 《와이즈우먼월드》 측에 통보했다.

"1년에 회의 세 번. 이 정도 대가는 감수하셔야죠."

세계 역사에 존재하는 이런저런 대가들을 감안하면 그 정도는 아무것도 아니었다.

"지니아를 집으로 초대해서 한잔하려고 해요."

로즈가 미치에게 말한다. 미리 이야기하지 않으면 퇴근하고 집에 왔을 때 두 사람이 있는 걸 보고 자기만 빼놓았다고 토라질 게 분명하다. 권력이 있는 여자라고 미치 앞에서 함부로 할 수 있는 것은 아니다. 무엇을 하든 더 확대돼서 보일 테니 더 조심스럽게 행동하고, 자신을 낮추고, 실제보다 별것 아닌 존재인 척하고, 성공한 것에 대해 미안해해야 한다.

"지니아라니?"

미치가 묻는다.

"식당에서 우연히 만났던 친구 말이에요."

---

* 건드리면 폭발하도록 만든 장치.

미치가 기억하지 못하다니 기쁘다.

"아, 당신 친구들하고는 분위기가 좀 다르던데?"

미치는 로즈의 친구들을 별로 좋아하지 않는다. 남자를 증오하고 다리에 난 털을 자랑하며 채찍을 들고 다니는 페미니스트라고 생각한다. 그가 《와이즈우먼월드》 이사로 근무하던 초창기 시절에는 정말 그랬다. 그때는 너나 할 것 없이 그랬다고, 유행이었다고, 오버올은 일종의 패션 선언이었다고 설명해도 소용이 없다. 물론 로즈는 트럭 운전수처럼 보일 게 뻔하니 입지 않았지만 그는 속아 넘어가지 않는다. 그것이 단순한 오버올이 아니었다는 사실을 알았다. 《와이즈우먼월드》의 여자들은 로즈 때문에 그를 받아들였지만, 즐거운 마음으로 견디지는 않았다. 그가 남자들이 지레 겁을 먹지 않게 유머와 매력을 동원해야 한다는 등 아무리 열심히 훌륭한 페미니스트가 되는 법을 설명해도 듣지 않았다. 적어도 그 당시만큼은 그 앞에서 매력적인 여자가 될 생각이 없었기 때문인지 모른다. 그는 심한 충격을 받은 모양이었다. 자기도 복수 차원에서 몇 건의 음모와 계략을 꾸몄으면서 말이다.

로즈는 《와이즈우먼월드》의 구조 개혁을 자축하는 의미에서 열었던 디너파티를 아직도 기억한다. 미치는 그때 편집장인 앨마 옆에 앉았는데, 디자이너인 에디스와 열띠게 이론 공방을 벌이면서 테이블 밑으로 그녀의 다리를 쓰다듬는 실수를 저질렀다. 딱하게도 로즈가 모를 줄 알았던 것이다. 하지만 미치의 팔이 놓인 위치와, 냄비에 넣고 뭉근하게 끓인 듯 축축하게 달아오른 얼굴과, 앨마가 험악하게 인상을 찡그리며 입가를 일그러뜨린 것만 보아도 알 수 있는 일이었다. 로즈는 앨마가 진퇴양난의 상황에서 빠져나오려고 하는 광경을 아주 유심히 관찰했다. 미치가 로즈의 남편이고 회사 생활이 위태로워질 수 있으니(예전에도 미치는 이걸 믿고 여러 번 다른 여자들을 건드렸다.) 참아야 할 것인가 아니면 따지고 들 것인가. 원칙과 분노가 승리를 거두었고, 앨마는 낮은 목소리로나마 그에게 쏘아붙였다.

"제가 피콜로*인 줄 아세요?"

"뭐라고요?"

미치는 테이블 밑에서 손을 거두지 않은 채 모르는 척 쌀쌀맞은 목소리로 점잖게 되물었다. 여자들이 정말로 바뀐 것을 모르는 딱한 인간이었다. 옛날 같으면 앨마 자신이 이런 식의 관심을 유도한 걸 괴로워했겠지만 이제는 그렇지가 않았다.

"내 우라질 다리에 얹어 놓은 그 빌어먹을 손 떼지 않으면 포크로 찔러 버리겠어요."

앨마는 씩씩거렸다.

로즈는 그 소리가 들리지 않게 헛기침을 했고, 미치는 데인 듯 손을 번쩍 올리더니 그 뒤로 앨마 이야기가 나오면 길을 잃은 영혼이라는 양, 약물중독자라도 되는 양 동정하고 걱정했다. 슬픈 목소리로 이런 소리를 늘어놓았다.

"참 안타까운 여자야. 능력은 아주 뛰어난데 태도에 문제가 있단 말이지. 그렇게 인상만 쓰지 않으면 예쁜 얼굴인데."

그러면서 그녀가 레즈비언일지 모른다는 뉘앙스를 풍겼다. 이제는 레즈비언이라는 소리가 더 이상 모욕적인 단어가 아닌 줄 모르

---

* 작은 플루트.

는 것이었다. 로즈는 어느 정도 시간을 두었다가 슬쩍 그녀의 월급을 올려 주었다.

아무튼 미치는 로즈의 친구들을 그런 식으로 생각한다. 인상파. 요즘 들어서는 한물간 여자들이라고 생각한다. 얼굴 처진 것 봤느냐고 꼭 한마디씩 하고 지나간다. 물론 남자들은 나이가 들어 보여도 괜찮지만, 자기 얼굴은 안 그런 것처럼 말이다. 어쩌면 그런 식으로 복수를 하는 건지 모른다. 로즈와 친구들이 뒤에서 그의 이야기를 하고 분석하고 그를 위장병 취급하며 처방책을 강구하는 건 아닌지 의심하고 있는 것이다. 솔직히 예전에는 그랬다. 로즈가 그를 바꿀 수 있다고 생각했을 때 혹은 친구들이 로즈 자신이 달라질 수 있을 거라고 생각했을 때는. 그가 하나의 프로젝트였을 때는. 친구들은 그의 곁을 떠나라고 했다. 그 자식 내쫓아 버려! 너는 그럴 수 있잖아! 왜 계속 같이 사니?

하지만 그러는 데에는 여러 이유가 있었고, 아이들이 그중 하나였다. 게다가 그녀는 한때 가톨릭교도였던 사람답게 이혼에 거부감을 느꼈다. 게다가 스스로 실수를 인정하기도 싫었다. 게다가 미치를 여전히 사랑했다. 때문에 그녀는 얼마 후부터 친구들과 미치 문제를 더 이상 의논하지 않았다. 새로운 이야깃거리도 없었다. 절대 실행할 리 없는 해결책을 놓고 곱씹어 봐야 죄책감만 들 따름이었다.

그리고 얼마 안 있어 친구들이 오버올을 벗어 던졌고, 잡지사를 떠났고, 성공을 부르는 옷차림이라는 맞춤복으로 갈아입었고, 미치에 대해 흥미를 잃고 그 대신 신경쇠약에 대해 이야기하기 시작했다. 로즈도 예를 들면 그들보다 훨씬 원기 왕성한 자신의 체력과 같은 쪽으로 죄책감을 발산할 수 있게 됐다. 그런데도 그 시절에 사건

친구 이야기가 나오면 미치는 계속 그 한물간 남성 혐오증 환자들
이랑 점심을 먹는 거냐고 묻는다. 그러면 그녀가 짜증스러워한다는
걸 알기 때문이다.

캐리스와 토니한테는 비교적 너그럽다. 아마 로즈와 하도 오래전
부터 알고 지낸 사이인 데다 쌍둥이들의 대모이기 때문일 것이다.
하지만 그래도 토니는 별종이고 캐리스는 정신병자라고 생각한다.
그런 식으로 그들을 중성화시킨다. 로즈가 아는 한 그가 이 둘한테
만큼은 집적거린 적이 없다. 여자가 아니라 뭐라 할 수 없는 다른 범
주의 인간으로 간주하기 때문일까? 남녀 구분이 없는 난쟁이, 뭐 이
런 식으로 말이다.

로즈는 토니가 있는 역사학과로 전화를 건다.

"내가 깜짝 놀랄 만한 소식 알려 줄까?"

토니가 깜짝 놀랄 만한 소식이 뭔지 열심히 고민하는 동안 잠시
정적이 흐른다.

"뭔데?"

"지니아가 돌아왔어."

또다시 정적이 흐른다.

"얘기도 해 봤고?"

"식당에서 우연히 만났어."

"지니아를 우연히 만난다는 건 있을 수 없는 일이야. 조심해. 무
슨 꿍꿍이가 있을 거야. 분명 그럴 거야."

"변한 것 같아. 전하고 달라졌어."

"표범이 달라진다고 그 무늬가 어디 가겠니? 어떤 식으로 달라졌

는데?"

"토니, 너 왜 이렇게 비관적이니? 음…… 글쎄? 좀 더 착해진 것 같더라. 좀 더 인간다워지고. 지금 프리랜서 기자로 일하고 있고, 여자들 문제를 취재 중이래. 그리고……."

이쯤에서 로즈는 목소리를 낮춘다.

"가슴이 커졌더라."

"가슴이 자라지는 않을 텐데."

이 문제를 연구해 본 적이 있는 토니가 의심스러운 듯 말한다.

"저절로 자랐겠니? 요즘은 인위적으로 많이 만들잖아. 수술을 받았을 거야."

"그러고도 남을 애지. 공격 능력을 높인 거야. 아무튼 가슴이 커졌건 작아졌건 뒤를 조심해."

"술이나 한잔하자고 초대하려는 참이야. 어쩔 수 없어. 전쟁 때 우리 아버지하고 알고 지낸 사이였대."

여기 담긴 심오한 의미를 토니가 이해할 리 없었다.

그러니 왜 로즈한테 아무도 경고하지 않았느냐고, 나중에 그렇게 말할 수 있는 사람은 없었다. 실제로 그렇게 말한 사람은 없었지만, 로즈에게 그러게 내가 경고하지 않았느냐고 말한 사람도 없었다. 토니는 그것 참 고소하다는 식으로 약을 올리는 친구가 아니었고, 자기가 조심하라고 했던 것을 굳이 상기시키지도 않았다. 하지만 엎질러진 물이 되고 난 뒤에 로즈 스스로 깨달았다. 두 눈 똑바로 뜬 채 그 속으로 걸어 들어간 셈이라고 자기 자신을 책망했다. 멍청한 것! 도대체 뭐에 홀렸던 거지?

로즈는 그녀가 뭐에 넘어갔는지 안다. 7대 죄악 중에서 가장 치명적인 교만에 넘어갔던 것이다. 루시퍼가 저지른 죄, 모든 죄악의 근원. 허영심, 만용, 허세. 그녀는 자기가 사자 조련사나 투우사쯤 되는 줄 알았다. 두 친구는 실패했지만 자기는 성공할 줄 알았다. 그럴 수밖에 없었다. 그녀는 두 친구의 사연을 알았으니 두 친구보다 아는 게 많은 셈이었다. 미리 알면 적절하게 대처할 수 있는 법이었다. 게다가 그녀는 지나치게 자신감이 넘쳤다. 스스로 신중하고 빈틈없다고 생각했다. 지니아를 다룰 수 있다고 생각했다. 이제 와 돌이켜 보면 한때 미치를 대할 때도 그와 비슷한 마음가짐이었던 것 같다.

그 당시 그녀는 이것이 교만에서 나온 것임을 알지 못했다. 전혀 몰랐다. 죄악이 원래 그런 거다. 워낙 완벽하게 변장을 하기 때문에 거의 간파할 수가 없다. 그녀는 스스로 교만하게 군다고 생각하지 않았다. 호의를 베풀고 있다고만 생각했다. 지니아가 아버지 일로 감사의 뜻을 전하고 싶다는데 그걸 거부하면 아주 못된 인간이 되는 거였다.

그리고 또 다른 종류의 교만도 있었다. 그녀는 아버지에 대해 자부심을 느끼고 싶었다. 허점 많고 교활한 도둑이자 사기꾼이었던 아버지에 대해. 로즈는 비즈니스의 귀재라는 미명 아래 잡지와 인터뷰하면서 아버지의 전쟁담을 살짝 공개한 적도 있었다. 어떤 식으로 첫 단추를 꿰셨나요? 공사다망한 날들을 어떤 식으로 꾸려 나가시죠? 아이들은 어떻게 키우십니까? 남편 분께서는 어떤 반응을 보이시나요? 집안일은 어떻게 하시나요? 하지만 영웅인 아버지, 해방군인 아버지에 대해서 아무리 이야기해 봐야 사실은 아름답게 포장하고, 윤색하고, 사후 훈장을 가슴에 달아 주는 일에 불과하다는 것을 알았다. 아버지는 그늘이 드리워진 부분에 대해서는 공개를 거부했다. 그건 알아서 뭐할래? 이미 지나간 일인데. 여럿이 다칠 수도 있단다. 그녀는 지니아를 기다리는 동안 어떤 이야기를 듣게 될까 싶어 적잖이 조바심이 났다.

46

지니아가 한참 뜸을 들이다 드디어 술이나 한잔하자며 찾아온 날은 금요일, 로즈는 기진맥진한 상태다. 평소보다 일거리가 열 배쯤 쏟아져 들어와 회사에서 악 소리 나는 한 주를 보냈고, 이제 일곱 살밖에 안 된 쌍둥이들이 펑크 로커가 되겠다며 하필이면 이날을 골라 서로 머리를 잘라 준 것이다. 로즈는 지니아에게 쌍둥이들을 자랑스럽게 보여 줄 생각이었는데 쌍둥이들은 피부병에 걸린 아이들처럼 보일 뿐 아니라 반성의 기미도 없다. 어쨌든 로즈도 부글거리는 속을 드러내 보여서는 안 된다고, 여자아이들에게 외모에만 신경 쓰면 되고, 몸을 단장할 때 자신의 의견보다 다른 사람들의 의견이 더 중요하다는 선입견을 심어 주어서는 안 된다고 생각한다.

그래서 로즈는 놀라움과 당혹감에 외마디 비명을 지른 뒤 모든 게 평소와 똑같다는 듯 태연하게 보이려고 애를 쓴다. 어떻게 보면 그것도 사실이지만, 하도 세게 깨물어서 혀가 동강 날 지경이고 아이들을 2층으로 올려 보내 목욕을 시키거나 놀이방에서 놀게 하고 싶은 강렬한 욕구를 의무감으로 참고 있을 때 지니아가 현관에 등장한다. 신고 있는 근사한 도마뱀 가죽 구두는 최소 300달러는 되는 것 같은 데다 굽 높이가 엄청나서 다리가 1킬로미터는 되어 보인다. 자홍색과 검은색이 섞인 생사 정장은 허리가 손으로 집은 듯 쑥 들어갔고 꽉 끼는 스커트는 무릎 한참 위에서 잘려 있다. 로즈는 돌아온 미니스커트를 보자 속이 울렁거린다. 허벅지 굵기가 심각한 사람은 어쩌란 말인가. 생각해 보면 이런 스커트가 마지막으로 유행했던 1960년대, 여자들은 다리를 풀로 붙인 것처럼 하고 앉지 않으면 속이 훤히 들여다보였다. 한때는 감히 입에 담을 수 없었던 중심부의 그곳, 더럽고 수치스러우면서도 소중한 보물, 수녀님들이 항상 경고했던 것처럼 남자들로 하여금 뚫어져라 쳐다보게 만들고, 음흉한 손길과 추파를 유도하며, 입에 거품이 생기게 하고 강간과 약탈을 유발하는 그곳이. 하필이면 이때 쌍둥이들은 옷 갈아입기 놀이 함에 들어 있던 로즈의 헌 슬립을 입고 미치의 전기면도기를 들고 펑크록을 상징하는 마스코트로 만들겠다며 고양이를 쫓아 뛰어다니고 있다. 로즈가 면도기는 절대 만지지 말라고, 그 안에 고양이 털이 걸렸다가 미치의 눈에 띄기라도 하는 날에는 큰일 난다고 해도 아무 소용이 없다. 로즈가 자기 면도기를 찾지 못해 미치의 면도기로 다리와 겨드랑이 털을 밀고 제대로 씻어 놓지 않아도 난리가 나는데, 쌍둥이들은 그녀의 말을 한 귀로 듣고 한 귀로 흘려 보낸다. 그녀가 자기들을 감싸 주고, 새빨간 거짓말을 하고, 총알받이가 되어 줄 줄 알기 때문이다. 사실 그러기야 하겠지만.

지니아는 쌍둥이들을 보더니 "너희 아이들이니? 블렌더 속에 얼굴을 빠뜨린 거야?"라고 묻는다. 로즈 쪽에서 먼저 꺼냈음 직한 대사인데 웃어야 할지, 웃어야 할지 모르겠다.

로즈는 웃음을 터뜨리고, 지니아와 일광욕실에서 술을 마신다. 그녀는 예전부터 온실을 갖고 싶어 했지만, 이곳을 온실이라고 부르는 것은 거부한다. 작은 오렌지나무나 난초가 있고, 1920년대 추리소설에서 보면 시신이 발견된 지점이라고 해서 지도에 X자로 표시가 되는 영국 대저택의 한 공간이 그녀가 꿈꾸는 온실이다. 하지만 유리로 되어 있고 빅토리아 양식의 둥근 천장이 달려 있기는 해도 이 일광욕실은 너무 작다. 게다가 로즈의 머릿속에서 간헐적으로 되살아나 빈정거리는 어머니가 말하길 온실이라는 단어 자체가 너무 거창하다고 한다. 이곳을 가득 메운 식물들이 어느 정도 살다 죽어 버리는 것은 누구의 책임일까? 미치는 이 초목들을 자기가 주문해 놓고 돌볼 시간이 없다고 한다. 로즈의 엄지손톱은 초록색이 아니라 갈색이다. 말라죽은 사초에 물든 갈색이다. 그녀가 이 식물들을 일부러 죽이는 것은 아니다. 뭐가 베고니아고 뭐가 진달래인지도 구분하지 못하지만 그녀는 이 식물들을 좋아한다. 하지만 이런 일은 전문가의 도움을 받아야 하는 법이다. 원예 서비스 업체에 신청하면 찾아와 점검하고, 물도 주고, 죽어 가는 녀석들을 치우고, 새로운 녀석들을 가지고 온다.

사무실에서도 그런 서비스를 받는데, 집이라고 안 될 이유가 없다. 하지만 미치는 낯선 사람들이 집 안을 헤집고 다니는 게 싫다고 한다. 인테리어 디자이너라면 지긋지긋하기 때문이다. 어쩌면 앞치마를 두르고 프라이팬을 든 로즈, 앞치마를 두르고 총채를 든 로즈의 이미지를 좋아하는 것처럼 앞치마를 두르고 물뿌리개를 든 로즈의 이미지를 좋아하는 것일지 모른다. 그런데 사실 로즈는 요리의 이웅자도 모른다. 하느님께서 그녀가 요리를 하길 바랐다면 식당 같은 것들을 만들었을 리 없다고 생각한다. 게다가 어렸을 때 하도 억지로 청소를 하다 보니 총채 공포증이 있다. 미치가 상상하는 이미지에서 빠짐없이 등장하는 앞치마는 미치가 언제 퇴근하든 로즈가 집에서 기다리고 있을 거라는, 훌륭한 주부의 보증서와 같은 물건이다.

아니면 다른 꿍꿍이가 있을지 모른다. 결딴난 꽃밭을 보고 로즈가 죄책감을 느끼길 바라는 것이다. 사실 미치는 일광욕실 대신 수영장을 만들고 싶어 했다. 염소로 소독된 물속에 풍덩 뛰어들어 가슴 털을 살균하고, 터질 듯이 무르익은 화냥년들을 따먹느라 생겼을지 모르는 무좀이나 사타구니 습진이나 입병을 없애고 싶었던 것이다. 하지만 1년 중에 2개월은 쪄 죽고 나머지 10개월은 귀가 떨어져 나갈 정도로 추운 캐나다에서 야외 수영장이라니 웃기는 발상이었다. 실내 수영장도 안 된다. 이유는 날이 무더워지면 온갖 화학약품 때문에 집 안에서 정유소 냄새가 나고, 그 복잡한 장치가 고장이라도 나면 그녀가 책임지고 고쳐야 할 게 뻔하기 때문이다. 로즈가 생각하기에 수영장의 가장 큰 단점은 대자연과 너무 흡사하다는 것이다. 온갖 야생동물들이 그 안으로 뛰어든다. 개미, 나방, 기타 등등. 여름 캠프 장소였던 호수에서 그랬던 것처럼 팔다리를 허우적거리다 정신을 차리면 벌레 한 마리가 느닷없이 눈앞으로 들이닥칠 것이다. 로즈가 생각하기에 수영은 건강에 아주 해로운 활동이다.

지니아는 웃음을 터뜨리며 십분 공감한다고 하고, 로즈는 그 많은 세월이 지난 뒤에 지니아를 다시 만나 불안한 마음에 계속 주절주절 이야기를 늘어놓는다. 그녀는 떠돌던 소문과 지니아를 감쌌던 초록색의 유독한 영기와 건드리면 화상을 입히는 투명한 백열을 기억한다. 과거의 역사와 토니와 캐리스의 사연도 기억한다. 그러다 보니 신중하게 접근해야 한다는 생각에 불안해질 수밖에 없다. 그녀는 불안하면 지껄인다. 지껄이고 먹고 마신다. 지니아는 올리브를 하나 집어 우아하게 씹는다. 로즈는 올리브를 게걸스럽게 씹으며 지니아의 잔에 마티니를 채우고, 자기 잔도 따르고, 지니아에게 담배를 한 대 권하는 중에도 오징어가 먹물을 뿜어내듯 쉴 새 없이 조잘거린다. 일종의 위장 전술이다. 그녀는 지니아가 담배를 피우는 것을 보고 마음을 놓는다. 이렇게 날씬하고 옷도 잘 입고 주름살 하나 없이 근사한데, 담배까지 피우지 않는다면 견디기 힘들었을 것이다.

로즈는 어색한 분위기를 깨뜨릴 수 있을 만큼 충분히 바보짓을 했다 싶을 때 이야기를 꺼낸다.

"그래서, 우리 아버지는?"

이것이 그녀가 듣고 싶은 이야기고, 지니아를 부른 목적이 아니던가.

"응."

지니아는 몸을 앞으로 기울이며 술잔을 내려놓고, 뭔가 생각하는 듯 한 손으로 턱을 고이며 살짝 얼굴을 찡그린다.

"두말하면 잔소리겠지만 나는 그때 아기였기 때문에 실제로 기억하는 건 없어. 하지만 우리 고모가 돌아가시는 그날까지 너희 아버지 이야기를 하셨거든. 너희 아버지가 어떤 식으로 우리를 구출했는지 말이야. 너희 아버지가 없었더라면 나는 지금쯤 유골밖에 안 남았을 거야.

베를린에서 있었던 일이야. 우리 부모님은 베를린에서도 번듯한 동네에 있는 괜찮은 아파트에서 살았어. 현관에는 모자이크 타일이 깔려 있고, 길게 늘어진 계단에는 나무 난간이 달려 있고, 하녀가 쓰는 방이 있고, 빨래를 너는 뒤 발코니에 나가면 마당이 내려다보이는 오래된 아파트였지. 나도 직접 가서 봤기 때문에 알아. 1970년대 후반에 어떤 여행 잡지에서 베를린의 밤 문화 취재 요청을 받고 다녀왔거든. 어떤 건지 너도 알지? 섹시한 카바레, 변태 스트립 클럽, 전화 방. 그래서 오후 반나절 시간을 내서 찾아가 봤어. 고모가 남긴 오래된 서류에 주소가 적혀 있었거든. 그 일대가 폭격으로 쑥대밭이 된 터라 새로 지은 건물들이 사방을 덮고 있었는데, 신기하게도 그 아파트는 여전하더라.

아무 집이나 닥치는 대로 초인종을 눌렀더니 누가 문을 열어 주었어. 나는 안으로 들어가서 우리 부모님이 수도 없이 왔다 갔다 했을 계단을 올라갔지. 내가 만진 난간도 그때 그 난간이고, 내가 돈 모퉁이도 그때 그 모퉁이일 거 아냐. 노크를 했더니 문을 열어 주기에 우리 친척이 예전에 여기 살았는데 좀 둘러볼 수 있겠느냐고 물어봤어. 우리 고모 억양이 구식이기는 했지만 덕분에 내가 독일어를 조금 할 줄 알았거든. 아이가 있는 젊은 부부였는데, 아주 친절하게 대해 주는데도 오래 있질 못하겠더라. 그 방이며 창문 너머로 들어오는 햇빛이며 견딜 수가 없더라고. 우리 부모님도 그런 방에서 살았고, 그런 햇빛을 보았을 거 아냐. 우리 부모님이 난생처음 현실로 다가오더라. 모든 게 말이야. 그전까지는 그냥 괴로운 이야기일 뿐이었거든."

지니아는 하던 이야기를 멈춘다. 사람들은 감당하기 힘든 부분에 이르렀을 때 종종 이런 식으로 뜸을 들인다.

"괴로운 이야기였다고?"

로즈가 옆에서 슬쩍 거든다.

"응. 벌써 전쟁이 시작돼서 물자가 모자란 때였거든. 우리 고모는 미혼으로 돌아가셨어. 제1차 세계대전이 끝났을 때 남자들이 워낙 부족해서 결혼을 못한 여자들이 많았다고 하더라. 그래서 고모는 우리 가족을 자기 가족처럼 생각했고, 여러 모로 우리 가족을 챙겼어. 고모 표현에 따르면 엄마 노릇을 대신했지. 그날도 고모가 직접 만든 빵을 들고 우리 부모님 집을 찾아가서 평소처럼 계단을 올라갔대. 쇠창살이 달린 엘리베이터가 있는 걸 나도 봤는데, 그날따라 고장이 났더래. 그런데 고모가 문을 막 두드리려는 찰나, 맞은편 집에 살고 있던 여자가 문을 홱 열고 나오더니(고모도 얼굴은 아는 여자였대.) 고모 팔을 붙잡고 안으로 끌고 들어가더라는 거야. '들어가지 마세요. 들어갈 생각도 하지 마세요. 그 사람들 끌려갔어요.'

'끌려가다니, 어디로요?'

고모는 그렇게 물었지. 누가 끌고 갔느냐고는 묻지 않았어. 물을 필요가 없었으니까.

'알려고 하지 마세요. 차라리 모르는 게 나아요.'

여자는 나를 데리고 있었대. 어머니가 마침 창밖을 내다보다 저쪽에서 그들이 걸어오는 것을 보았는데, 그 아파트 정문으로 들어와 계단을 올라오니까 어느 집을 찾아온 건지 예감하고는 하인들이 드나드는 뒷문으로 달려 나가 숄로 둘둘 감싼 나를 안고 뒤 발코니를 건너(발코니끼리 서로 연결이 되어 있었거든.) 이 여자네 집 부엌문을 두드려 나를 맡긴 거야. 워낙 순식간에 일어난 일이라 그 여자도 정신이 없었을 거야. 생각할 겨를이 있었다면 그렇게 위험한 일을 맡지는 않았겠지. 얌전하고 평범한 여자였다니까. 하지만 누가 아이를 떠맡기는데 뒷걸음질쳐서 아이를 땅바닥으로 떨어뜨릴 사람은 없겠지.

살아남은 아이는 나 혼자였고, 나머지는 다 끌려갔어. 오빠도 있고 언니도 있었는데. 나는 한참 어린 늦둥이였거든. 사진도 있어. 고모가 가지고 있던 거야. 볼래?"

지니아는 핸드백과 지갑을 차례로 열어 사진을 한 장 꺼낸다. 넓고 하얀 테두리가 달린 정사각형 사진인데, 인물들이 작고 희미하다. 아버지, 어머니, 두 아이가 있고, 한쪽 옆에 좀 나이가 들어 보이는 여자가 있다. 로즈는 이 여자가 고모인 모양이라고 미루어 짐작한다. 두 아이 모두 금발이다.

그런데 현대적인 분위기인 게 좀 의아하긴 하다. 여자들이 무릎까지 오는 스커트를 입고 있다니 이게 1920년대 후반, 1930년대 초반의 복장이란 말인가. 깜찍한 모자하며 화장이 어느 패션 잡지에 실린 복고풍 화보라 해도 믿을 수 있을 정도다. 아이들이 입은 옷과 헤어스타일만 옛날식이다. 남자아이는 양복에 넥타이를 매고 뒷머리와 옆머리를 짧게 쳤고, 여자아이는 장식이 요란한 원피스에 고수머리다. 미소가 조금 어색하지만 그때는 다들 그랬다. 예쁘게 차려입었을 때 짓는 미소다. 특별한 날이었을 것이다. 휴가나 종교적 의미가 담긴 축일, 아니면 누군가의 생일. 지니아가 말한다.

"전쟁 전에 찍은 사진이야. 사태가 진짜 심각해지기 전에. 그때나는 없었어. 나는 전쟁이 시작된 직후에 태어났거든. 그러니까 전쟁둥이였지. 아무튼 나한테 남은 건 이 사진뿐이야. 전쟁이 끝난 뒤에 고모가 찾아봤는데 아무것도 없더래."

그녀는 사진을 조심스럽게 다시 지갑에 넣는다. 로즈가 묻는다.

"고모는 어떻게 된 거야? 고모는 왜 안 끌려갔어?"

"고모는 유대인이 아니었거든. 우리 아버지의 누나였으니까. 우리 아버지도 유대인이 아니었는데 뉘른베르크법이 통과된 뒤부터 유대인으로 간주됐어. 유대인이랑 결혼을 했다고. 젠장, 우리 어머니도 실은 유대인이 아니었어! 유대교를 믿지는 않았단 말이야. 가톨릭교도였거든. 하지만 네 명의 조부모 중에서 둘이 유대인이었으니 1급 미슐링이었지. 혼혈 말이야. 혼혈에도 급수가 있었던 거 너 아니?"

"응."

로즈가 대답한다. 그러니까 지니아도 그녀처럼 혼혈인 것이다! 지니아가 말한다.

"이런 미슐링 중 일부는 진짜배기 유대인보다 훨씬 늦게까지 살아남았지. 우리 부모님처럼 말이야. 우리 부모님은 그런 일이 자기들한테는 닥치지 않을 줄 알았던 모양이야. 스스로 훌륭한 독일인이라고 생각했으니까. 유대인 사회와 전혀 교류가 없었으니 소문도 듣지 못했지. 소문을 들었다 해도 믿지 않았을 거야. 사람들이 어쩌면 그렇게 진실을 부정하는지 보면 신기하다니까."

"고모는? 고모는 왜 탈출하신 거야? 유대인이 아니면 안전한 거 아니야?"

생각해 보면 그런 상황에서 안전을 운운하다니 바보 같은 말이기는 하다.

"나 때문이었지. 우리 부모님 밑에서 태어난 아이가 둘이 아니라 셋이라는·게 조만간 들통이 날 거 아냐. 고모가 사는 동네 사람들이 나를 보거나 내 소리를 들으면 고발할 수도 있고. 얼마 전까지만 해도 아기가 없었던 처녀의 집에 갑자기 아이가 생겼으니 이상할 거 아냐. 사람들이 원래 남 손가락질은 아주 열심히 하잖아. 그러면서 도덕적인 우월감을 느끼는 거지. 그렇게 저 잘났다고 하는 인간들을 보면 정말이지 구역질이 나. 사람을 죽여 놓고 잘했다고 등을 두드려 주는 꼴이잖아.

그래서 고모는 나를 데리고 탈출할 방법을 찾다 전혀 새로운 세계를 알게 된 거야. 지하 세계, 암시장의 세계를 말이야. 항상 양지 바른 곳에서 살았던 분이지만 나를 보호하려면 지하로 숨는 수밖에 없었어. 지구상에 그런 세계가 없는 곳은 없어. 몇 발자국만 옆으로 걷거나 몇 계단만 내려가면 사람들이 정상이라고 생각하는 세계와 나란히 존재하지. 1950년대에 사람들이 어떻게 낙태 수술을 받았는지 기억하지? 전화 세 통이면 끝났잖아. 물론 돈이 있어야 가능한 얘기였지만, 누굴 안다는 누구한테 연결이 됐지. 그 당시 독일에서도 여권을 구하거나 할 때 마찬가지였어. 찾아갈 대상만 신중하게 고르면 됐지.

고모한테 필요했던 것은 내가 프랑스에서 전사한 남편 사이에서 태어난 아이라는 가짜 서류였는데, 어찌어찌 구하기는 했지만 조금만 살펴보면 금세 들통이 날 만한 서류였어. 나를 좀 봐! 아리아인처럼 생기지도 않았잖아. 우리 오빠하고 언니는 머리가 금발이었고 우리 아버지도 머리 색이 밝았다는데. 어머니도 그랬고. 그런데 나는 그 윗대에서 머리 색을 물려받았나 봐. 그러니 우리 고모는 나를 당장 탈출시켜야 했지. 들키기라도 하는 날에는 나를 도왔다는 이유로 고모가 반역죄로 처단당할 테니까. 반역죄가 말이 되냐고! 겨우 생후 6개월짜리한테!"

로즈는 뭐라고 하면 좋을지 알 수가 없었다. 친구들한테 회사에서 겪은 위기 상황이나 개인적으로 겪은 참담한 사건이나 파국으로 끝난 연애 이야기를 들으면 "아유, 어쩌면 좋니."라고 중얼거리는데, 그 정도로는 부족할 것 같다.

"아유, 끔찍해라."

결국 그녀는 이렇게 중얼거린다. 지니아가 말한다.

"동정할 건 없어. 나는 그때 아무것도 몰랐으니까. 뭐가 어떻게 되고 있는지 몰랐으니 스트레스도 못 느꼈을 거야. 뭔가 달라졌고 어머니가 옆에 없다는 건 알아차렸겠지만. 아무튼 고모는 너희 아버지하고 연줄이 닿았어. 아니, 정확히 말하면 너희 아버지의 친구들이라고 해야겠지. 서류를 준비해 준 사람을 통해 몇 다리 건너서 알게 된 거야. 그쪽에서 신원을 확인하고 돈을 좀 뜯어낸 뒤 다음 사람한테 넘기는 과정을 거쳐서 말이야. 암시장이 원래 그런 식으로 돌아가거든. 마약을 사려고 해도 마찬가지야. 신원을 확인한 뒤 다음 사람한테 넘기지. 다행히 고모는 돈이 좀 있었고, 절박하게 매달린 게 설득력이 있었나 봐. 좀 전에도 이야기했던 것처럼 고모는 미혼이었으니 나 때문에 그랬던 거지. 나를 위해 목숨을 건 거야. 동생을 위한 길이기도 했지. 그 당시만 해도 우리 아버지가 죽음을 당한 줄 몰랐고, 돌아올 거라고 생각했으니까. 혹시라도 동생이 돌아왔는데 나를 지켜 주지 못했다면 뭐라고 하겠니?

그래서 너희 아버지와 친구들이 덴마크와 스웨덴을 거쳐 고모를 탈출시켜 준 거야. 비교적 쉬운 편이라고 했다더라. 고모가 외국 억양도 없고 독일인처럼 생겨서.

고모는 어머니처럼 나한테 잘해 줬어. 최선을 다해서 나를 키워 주셨고. 하지만 행복하게 살지는 못하셨지. 전쟁 때문에 모든 게 엉망이 됐으니까. 아니, 모든 걸 짓밟혔으니까. 남동생 가족을 떠나보낸 데다 그걸 막지 못했다는, 거기에 동참했다는 죄책감. 고모는 너희 아버지 이야기를 자주 하셨어. 정말 대단한 분이었다고 말이야. 덕분에 고모는 인간에 대한 믿음을 조금이나마 되찾을 수 있었지. 그래서 나는 너희 아버지를 우리 아버지라고 상상하면서 언젠가는 나를 찾으러 올 거라고, 나를 자기 집으로 데리고 갈 거라고 상상하곤 했어. 너희 아버지가 어디 사는지도 모르면서 말이야."

로즈는 눈물을 쏟아 내다시피 하며 아버지를 떠올린다. 악당이었던 노인네를 떠올린다. 수상쩍은 아버지의 재능이 좋은 데 쓰였다니 기쁘다. 그녀는 여전히 어머니보다 아버지를 더 좋아하기 때문에 아버지를 미화할 수 있는 기회라면 언제든 환영이다. 두 잔이나 마신 마티니도 북받치는 감정을 한층 부채질한다. 세 아이와 남편과 돈과 직장과 집이 있는 그녀는 얼마나 운이 좋은 사람인가. 인생이 이렇게 불공평하다니! 이런 불법행위와 잔인한 만행과 고통이 더러운 유럽에서 자행될 때 하느님은 뭘 하고 있었을까? 회의를 하고 있었겠지. 전화도 받지 않으면서. 그녀의 두 눈에서 죄책감의 눈물이 흘러내린다. 무심했던 하느님을 보상하는 의미에서 지니아에게 작으나마 뭐라도 주고 싶은데, 무엇을 주면 알맞을지 모르겠다.

그때 얼음물처럼 쟁한 목소리가 머릿속에서 들려온다. 경험자의 목소리다. 토니의 목소리다. 거짓말이야. 그 목소리는 이렇게 말한다.

"토니라고 기억하니? 매클링 홀에서 살았던 토니 프레몬트."

미처 손쓸 겨를도 없이 이런 말이 로즈의 입에서 불쑥 튀어나온다. 지니아의 이야기를 의심하다니 뭐 이런 바보가 다 있을까. 뭐 이런 개 같은 인간이 다 있을까. 이런 얘기를 거짓으로 할 사람은 없다. 만약 그렇다면 너무도 비열하고 냉소적이며 사실상 신을 모독하는 행위 아니겠는가!

"그럼."

지니아는 웃음을 터뜨린다.

"정말 오래전 일이다! 토니도 그렇고 그 희한했던 전쟁 컬렉션도 그렇고! 책도 몇 권 쓴 거 봤어. 예전부터 작달막하니 똑똑한 애였잖아."

작달막하니 똑똑한 애라고 하니 로즈는 왠지 상대적으로 덩치 좋고 멍청한 애가 된 듯한 기분이 든다. 하지만 그래도 아랑곳하지 않고 밀어붙인다.

"토니 말로는 네가 백계러시아인이었다던데? 어렸을 때 파리에서 매춘부 일을 했다 하고. 그리고 캐리스는 너희 어머니가 루마니아에서 농민들이 던진 돌멩이에 맞아 죽은 집시였다고 했고."

"캐리스?"

지니아가 묻는다.

"캐런이 캐리스로 이름을 바꿨어. 예전에 섬에서 같이 살았지? 암에 걸렸다고 했다며."

그녀는 잔인하게 몰아붙인다.

지니아는 일광욕실 창밖을 내다보며 마티니를 홀짝인다.

"아, 캐리스? 내가 워낙…… 지금보다 어렸을 때 항상 참말만 하지는 않았지. 정신적으로 문제가 있었던 것 같아. 고모가 돌아가시고 좀 힘들었거든. 고모는 돈도 없고 아무것도 없었어. 우리 둘이 상가 건물에서 살고 그랬거든. 그러다 고모가 돌아가시니까 도움을 받을 데가 없는 거야. 1950년대였고 워털루에서 살았는데, 아무 데도 끼지 못하는 고아가 살기엔 좋은 시대도, 장소도 아니었지.

토니한테 한 이야기 중에 일부분은 사실이야. 정말 매춘부로 일을 했거든. 그리고 나는 유대인으로 살고 싶지 않았어. 그 모든 것과의 연결 고리를 끊고 싶었어. 그런 식으로 과거에서부터 벗어나려고 했던 거 아닐까? 하지만 그때는 그때고 지금은 지금 아니니? 나는 심지어 영국으로 건너가서 잡지 기자로 일을 하고 여유가 생겼을 때 코 수술까지 받았어. 부끄러워서 말이야. 그런 일을 당하면 내가 남들한테 그런 일을 저질렀을 때보다 수치심이 더 커. 나는 그런 일을 당해도 싸다는 생각이 들거든. 아니면 더 강력하게 나를 보호하거나 뭐 그랬어야 했다는 생각이 들거든. 뭐랄까…… 두들겨 맞은 듯한 기분이랄까?

그래서 과거를 지어낸 거야. 백계러시아인인 게 더 좋으니까. 그런 걸 부정이라고 하지? 열여섯 살 때 백계러시아인하고 같이 산 적이 있어서 그 사람들에 대해 아는 것도 조금 있었거든.

캐런, 아니 캐리스하고 같이 지냈을 때는 신경쇠약증 비슷한 것에 걸려 있었을 거야. 어머니처럼 보살펴 줄 사람이 필요했던 때였지. 정신과 의사 말로는 어머니를 빼앗겨서 그런 거라고 하더라. 암에 걸린 건 아니었으니까 그런 소리는 하지 말았어야 했는데. 하지만 종류가 달라서 그렇지 아팠던 건 사실이야. 캐런한테 얼마나 도움을 받았는지 몰라.

잘했다고 할 수는 없지. 그런 이야기를 늘어놓다니 끔찍한 짓이었어. 두 친구한테 마음의 빚을 진 셈이야. 하지만 실제로 내가 어떤 일을 겪었는지는 들려줄 수가 없었어. 걔네들은 이해하지 못할 게 분명했거든."

지니아가 짙은 감색 눈으로 한참 동안 똑바로 바라보자 로즈는 감동을 받는다. 로즈 혼자 그녀를 이해할 수 있는 사람으로 선택받은 것이다. 실제로 그녀는 이해할 수 있다. 충분히 이해할 수 있다. 지니아는 하던 이야기를 계속한다.

"캐나다를 떠난 뒤에는 사정이 더 안 좋아졌어. 근사한 아이디어들이 많았는데, 아무도 알아주질 않더라. 내가 이렇게 생긴 것도 안 좋은 쪽으로 한몫 거들었지. 남자들이 나를 인간으로 대하지 않고 그저 몸뚱이에만 관심을 보이더라고. 그러면 나도 나를 그런 식으로 보게 돼. 내 몸뚱이를 도구로 생각하게 되는 거야. 아, 남자라면 이제 지긋지긋해! 남자들 어르기야 쉽지. 관심을 받고 싶을 때는 옷만 벗으면 되거든. 하지만 그런 식으로 하다 보면 좀 더 어려운 일에 도전하고 싶어지는 거 아니?

스트리퍼로 1년 정도 일을 하면서 그때 가슴 수술을 받았어. 같이 살던 남자가 돈을 대 줬거든. 그때 나쁜 습관도 좀 들었지. 처음에는 코카인, 그러다 헤로인까지. 죽지 않은 게 신기할 정도야. 가족들 때문에 죽으려고 했던 걸지도 모르는데. 사람들은 내가 가족들에 대해서 아는 게 없으니까 괴로워할 일도 없을 거라고 생각하겠지. 하지만 그건 다리 한쪽 없이 태어나는 것과 같은 거야. 그 빈자리가 얼마나 끔찍한지 아니?

오랜 시간이 걸리기는 했지만, 이제 드디어 나를 받아들일 수 있게 됐어. 마침내 성공한 거지. 한참 동안 상담도 받았어. 힘들었지만, 이제는 내가 누구인지 알아."

로즈는 감동을 받는다. 지니아는 적당히 얼버무리거나 요리조리 빠져나가거나 우물쭈물하지 않는다. 깨끗이 인정하고 고백한다. 솔직하다고 해야 할까? 심보가 바르다고 해야 할까? 성숙하다고 해야 할까? 아무튼 존경할 만한 부분이다. 예전에 수녀님들은 고백하는 것을 아주 중요하게 생각했다. 로즈는 그걸 보고, 로커 룸에 개똥을 가져다 놓은 사람이 자기였다고 거짓말을 할 정도로 중요하게 생각했다. 고백을 했다고 벌을 면하는 건 아니지만(그날도 로즈는 매를 맞았다. 신부님에게 고백하면 속죄를 해야 하니까.) 그러면 더 훌륭한 사람으로 평가를 받을 수 있다고 했다.

게다가 지니아는 바깥세상을 경험했다. 토론토보다 훨씬 넓은 세상을. 로즈가 커다란 개구리처럼 안주하고 있는 작은 연못보다 더 깊은 세상을. 로즈는 지니아를 보면서 스스로 보호받고 있었을 뿐 아니라 나태했다는 생각을 한다. 그녀가 치른 전투는 너무 사소한 것들이었다.

"너 참 잘 견뎠다. 정말 감동적인 이야기야. 훌륭한 기삿거리가 되겠어."

로즈는 잡지를 염두에 두고 이렇게 말한다. 《와이즈우먼월드》에서 소개하고 싶은 기사가 이렇게 감동적인 성공담이다. 두려움과 장애물을 극복한 이야기, 자기 자신을 인정하고 완전한 인간으로 거듭난 이야기. 두 달 전에 폭식증이 소강상태로 접어들 때까지 싸운 여자를 소개한 적이 있는데, 그와 비슷한 이야기다. 로즈는 천국에서 보면 더 기뻐한다는 길 잃은 한 마리 어린양 이야기를 보면 참지 못한다. 게다가 여기에는 고모의 사연까지 곁들여져 있다. 《와이즈우먼월드》에서는 현실 속의 영웅들, 남들보다 용감한 평범한 여자들을 소중하게 생각한다.

놀랍게도 그리고 오싹하게도 지니아가 굵은 눈물방울을 흘리며 두 눈을 동그랗게 뜨고 로즈를 똑바로 바라본다.

"그래, 내 이야기가 그것밖에 안 되겠지. 단순한 사연이자 쓸 만한 기삿거리겠지."

로즈, 꿀 먹은 벙어리처럼 있지 말고 뭐라고 말 좀 해 봐. 1983년 센스의 여왕감이네.

"어머, 얘. 나는 그런 뜻에서 한 말이 아니야."

"그래, 나도 알아. 일부러 그러는 사람이 어디 있겠니. 그냥 너무 피곤해서 그래. 너무 오랫동안 시달렸더니 신경이 날카로워져서. 혼자 감당해야 했으니까. 남자들하고는 해결이 안 돼. 나한테 원하는 게 다들 똑같거든. 더 이상은 그런 식으로 타협하면서 못 살겠어. 너는 모든 걸 다 가지고 있잖아. 집도 있고, 남편도 있고, 아이들도 있고. 가족이 있고, 믿고 설 수 있는 든든한 발판이 있잖아. 나는 그런 걸 누려 본 적이 없어. 어디든 소속돼 본 적이 없어. 평생 트렁크를 끌고 다니면서 살았지. 지금도 하루 벌어서 하루 먹고사는 인생이야. 프리랜서란 게 원래 그렇잖아. 그러다 보니 진이 다 빠져. 나한테는 밑바탕도 없고, 영원한 것도 없어!"

지금까지 로즈가 지니아를 얼마나 오해하고 있었던가! 이제는 지니아가 새롭게 보인다. 사나운 비바람이 몰아치고 비가 내리는 을씨년스럽고 외로운 곳을 지니아가 힘겹게 헤쳐 나가고 있다. 남자들에게 시달리고 운명이라는 폭풍에 휘말려 가며. 겉보기에는 미모의 잘 나가는 커리어우먼이지만 속을 들여다보면 그렇지가 않다. 집도 없이 떠돌아다니며 길가에서 비틀거리고 쓰러지는 방랑자다. 로즈는 마음을 열고 마분지로 만든 천사의 날개를, 보이지 않는 비둘기의 날개를, 따뜻하고 편안한 날개를 펼쳐 그녀를 품고, 이 세상에서 가장 위로가 되는 목소리로 말한다.

"걱정 마. 좋은 방법을 한번 생각해 보자."

47

지니아가 막 가려고 할 때 미치가 퇴근을 하면서 둘이 잠시 현관에서 마주친다. 지니아는 미치를 보고도 아주 짤막하고 냉랭하게 고개만 까딱인다.

"당신 친구, 아주 쌀쌀맞네?"

미치가 로즈에게 말한다.

"그럴 리가요. 피곤해서 그럴 거예요."

그녀는 지니아의 심란한 인생사를 미치와 공유할 생각이 없다. 그것은 로즈를 위한, 로즈만을 위한 이야기다. 한 아웃사이더가 또 다른 아웃사이더에게 들려준 이야기다. 로즈만 이해할 수 있는 이야기다. 아웃사이더 인생에 대해 아는 게 없는 미치는 이해 못 할 이야기다.

"피곤해? 그렇게 피곤해 보이지 않던데?"

미치가 말한다.

"집적대는 남자들 때문에 피곤하대요."

"말도 안 되는 소리. 게다가 난 집적대지도 않았는데? 하지만 내가 집적대면 그 여자, 좋아할 거야. 여류 모험가처럼 생겼거든."

"여류 시인, 여류 가수, 여류 모험가."

로즈는 태연하게 받아친다. 미치는 여자 엉덩이 모양만 봐도 무슨 생각을 하는지 간파하는 그 분야의 권위자다.

"그냥 모험가라고 하면 되지 꼭 왜 앞에다 여류라는 소리를 붙이는 거예요?"

로즈가 짓궂게 묻는다. 페미니스트 전문용어 이야기가 나오면 미치가 못 견뎌 하는 것을 알고서 하는 소리다. 하지만 그녀는 스스로 모험가라고 생각한다. 적어도 인생의 몇몇 분야에 있어서는 그렇다. 경제적인 분야에 있어서는. 한때는 신사 모험가라는 용어가 쓰이기도 했다.

"다르거든. 모험가는 기지로 먹고사는 사람들이야."

"그럼 여류 모험가들은 뭘로 먹고사는데요?"

"젖가슴으로 먹고살지."

"인정."

로즈는 웃음을 터뜨린다. 그가 파 놓은 함정에 빠진 셈이다.

하지만 속으로는 틀렸다고 생각한다. 지니아도 기지로 먹고살아 왔으니까.

그때는 몰랐지만 그것이 결혼 생활에 닥친 종말의 시작이었다. 어쩌면 종말의 종말이었을 수도 있다. 아무도 모르는 일이다. 종말은 오랜 시간에 걸쳐 다가온다. 느닷없이 찾아오는 게 아니다.

하지만 로즈는 미치에게서 그런 낌새를 느끼지 못했다. 그는 그 날 밤, 아주 오랜만에 허겁지겁 그녀에게 달려들었다. 관능적인 여유를 즐기며 거만한 바다코끼리처럼 탐닉하는 게 아니라, 홱 낚아채는 식이었다. 그녀에게 달라는 것은 없었다. 빼앗으려는 것만 있었다. 로즈는 몸에 깨문 자국이 남은 것을 보고 좋아한다. 자기가 아직까지 그 정도로 뇌쇄적인지 몰랐던 것이다.

일주일 뒤에 그녀는 지니아와 현재 《와이즈우먼월드》의 편집장을 맡고 있는 베스앤과 스카라무슈에서 이른 저녁 식사를 한다. 세 사람은 라디키오 샐러드와 살짝 데친 이국적인 야채와 끝내주는 파스타를 먹으며 지니아의 이력과 기존에 작성한 잡지 기사들을 점검한다. 먼저 영국의 최첨단 패션 잡지사에 근무하면서 쓴 기사들이 있다. 하지만 그녀는 너무 숨이 막히는 것 같고 좀 더 정치적인 내용을 다루고 싶어서 그 잡지사를 그만두었다고 한다. 리비아, 모잠비크, 베이루트, 팔레스타인 난민 캠프, 베를린, 북아일랜드, 콜롬비아, 방글라데시, 엘살바도르. 지니아는 로즈가 아는 분쟁 지대를 모조리 다녀왔고, 그중에는 로즈가 잘 모르는 곳도 있다. 지니아는 돌멩이와 총탄이 머리 옆을 스치고 지나가고, 경찰들 손에 카메라가 박살이 나고, 지프를 타고 아슬아슬하게 탈출한 사건들을 아주 재미있게 소개한다. 이런저런 호텔 이름도 주워섬긴다.

하지만 기사들은 대부분 남자 이름으로 게재됐다. 지니아의 설명에 따르면 논란의 여지가 다분하고 심지어 자극적인 내용이라 한밤중에 문을 열고 집 안으로 들어갔을 때 성난 아랍인이나 아일랜드 암살자나 이스라엘인이나 마약계의 거물이 기다리고 있는 상황은 맞이하기 싫었기 때문이라고 한다.

"이런 이야기가 새어 나가면 안 되는데, 캐나다로 돌아온 가장 큰 이유가 그 때문이에요. 이곳은 나한테 안전한 피난처나 다름없거든요. 그쪽에서는 일이 너무 흥미진진해지려는 양상을 보여서요. 거기 비하면 캐나다는 정말이지…… 조용한 곳이에요."

로즈와 베스앤은 테이블 너머로 시선을 교환한다. 둘 다 흥분이 돼서 오싹할 지경이다. 전 세계 분쟁 지역을 섭렵한 정치부 기자가, 그것도 여성 정치부 기자가 바로 옆에 있다니! 그들은 그녀를 지켜 주어야 한다. 그런 게 안식처의 역할 아니겠는가? 로즈는 흥미진진하다의 반대말은 조용하다가 아니라 따분하다임을 간과하지 않는다. 하지만 요즘 같은 때에는 따분함도 나름 장점이 있다. 어쩌면 이제는 따분함을 해외로 수출해야 할지도 모른다. 총을 맞고 머리가 날아가는 것보다는 나으니까.

"저희 잡지에 실을 기사도 하나 써 주시면 좋겠어요."

베스앤이 말한다.

"솔직히 말씀드려서 제가 지금 기사 쪽으로는 소진된 상태예요. 하지만 더 좋은 아이디어가 있어요."

지니아가 말하는 더 좋은 아이디어란 광고 쪽 일을 돕겠다는 것이다.

"《와이즈우먼월드》를 훑어봤는데 광고가 별로 없더라고요. 손실이 이만저만이 아니겠어요."

"맞아."

로즈가 말한다. 《와이즈우먼월드》의 손실이 곧 그녀의 손실이니 손실액이 어느 정도인지 로즈만큼 잘 아는 사람도 없다.

"한두 달이면 광고를 두 배로 늘릴 수 있을 것 같은데. 제가 경험
이 있거든요."

지니아는 약속을 지킨다. 어쩌다 그렇게 됐는지 모르겠지만 지
니아는 어느새 편집 회의에 참석하기 시작하고, 베스앤이 다시 출
산 휴직을 하면서 권력의 공백이 생기자 편집장 역할을 맡는다. 솔
직히 그만한 적임자도 없었다. 어쩌면 로즈가 뒤에서 손을 썼던 것
일지도 모른다. 아마 그랬을 것이다. 로즈는 그 당시에 그런 식으로
나중에 후회할 일들을 저지르곤 했으니까. 그것은 가엾은 지니아
구하기 프로젝트의 일환이었다. 자세한 부분들은 떠올리고 싶지도
않다.

지니아는 브이넥 옷을 입고 근사한 사진도 찍어 편집장 사설란에
실는다. 여자들은 그녀가 몇 살인지, 어떻게 하면 그렇게 환상적인
미모를 유지할 수 있는지 궁금해한다. 판매 부수가 늘기 시작한다.

지니아는 이제 수많은 파티에 참석한다. 당연한 일이다. 사연도
있고, 연줄도 있고, 이사회 남자들이 즐겨 말하듯 배짱*도 있으니.
게다가 예리하고 똑똑하고 남자들이 꼭 덧붙이는 것처럼 몸매까지
훌륭하지 않은가. 로즈는 집에 가서 자몽 껍질처럼 울퉁불퉁한 자기
다리를 거울에 비춰 보며 얼굴을 찡그리다 이런 식으로 끔찍하게
대조되는 자기 자신을 나무랄 수밖에 없다.

지니아가 참석하는 파티 중에는 로즈가 주최한 파티도 있다. 로

---

* '배짱'이라는 뜻의 balls는 '불알'이라는 뜻도 있다.

즈는 필로 번들*과 버섯 속을 채운 술안주가 떨어지지 않았는지 감독하고 찾아온 친구들을 포옹과 소리뿐인 입맞춤으로 맞이하며, 이리저리 왔다 갔다 하는 지니아를 지켜본다. 그녀는 아주 진지하고 철저하게 파티를 활용한다. 누굴 만나면 어느 정도 시간을 할애할 사람인지 본능적으로 아는 것 같다. 그 소중한 시간을 로즈에게 할애하기도 한다. 로즈를 한쪽으로 데리고 가서 뭐라고 중얼거리면 로즈도 중얼중얼 대답을 한다. 누가 보면 두 사람이 무슨 공모라도 하는 줄 알 것이다.

로즈가 지니아에게 말한다.

"너는 참 재주도 용하다. 나는 파티만 갔다 하면 붙잡혀서 신세타령이나 몇 시간씩 듣게 되는데, 너는 발목 잡히는 법이 없네?"

지니아는 미소를 짓는다.

"여우들은 뒷문을 파 놓는 법이거든. 나도 비상구가 어디인지 파악해 놓는 편이야."

로즈는 생사를 넘나들며 늘 탈출 경로를 파악해야 했던 지니아의 과거를 떠올리며 딱하다는 생각을 한다. 지니아는 늘 혼자 나타나서 혼자 파티장을 나선다. 슬픈 일이다.

미치도 이리저리 분주하게 왔다 갔다 하는데, 놀랍게도 지니아가 있는 쪽은 피한다. 평소 같으면 아무한테나 집적거릴 사람인데. 아무도 없으면 살루키**한테라도 집적거릴 사람인데. 그는 방 안의 모든 여자들에게 매력을 발산하고 싶어 한다. 덤불 속의 개처럼 이 여자에서 저 여자에게로 옮겨 다닌다. 그런데 지니아하고는 거리를 두

---

* 밀가루를 종이처럼 얇게 밀어서 만든 페이스트리에 속을 넣어 싼 음식.
** 그레이하운드 비슷한 사냥개.

고, 지니아가 보고 있다 싶으면 로즈에게 각별한 관심을 쏟는다. 기회가 닿을 때마다 로즈의 몸에 손을 댄다. 그런 식으로 마음을 가라앉혔던 거지. 로즈가 나중에 생각해 보니 그렇다.

로즈는 점점 더 불안해진다. 일이 흘러가는 방향이 이상한데, 뭐가 이상한지 모르겠다. 그녀는 지니아를 도우려고 나섰고, 실제로 도움을 주었고, 지니아도 고마워하며 훌륭한 능력을 발휘하고 있다. 두 사람은 상황을 점검하는 차원에서 일주일에 한 번씩 점심을 같이 먹는데, 이 자리에서 지니아는 훨씬 오래전부터 잡지계에 발을 담그고 있는 로즈에게 이런저런 충고를 구한다. 로즈는 자신의 반응을 단순한 시기심으로 간주하고 떨쳐 버린다. 평소 같으면 지금처럼 심란한 일이 있는데 그게 정확히 뭣 때문인지 모를 때 토니나 캐리스와 의논을 했을 것이다. 하지만 이번만큼은 그럴 수가 없다. 두 친구는 그녀가 지니아와 친하게 지내는 것을 이해하지 못할 것이다. 어떻게 자기들의 원수와 친하게 지내는지 이해하지 못할 것이다. 어쩌면 배신으로 받아들일지도 모른다.

지니아가 다음번 이사회 회의에서 말한다.
"제가 요즘 생각해 봤는데, 광고를 추가해도 여전히 적자예요. 향수나 화장품이나 하이패션 같은 대형 광고주를 잡지 못하고 있기 때문이죠. 솔직히 저는 이름을 바꿀 필요가 있다고 생각합니다. 우리가 지향하는 콘셉트 자체가 너무 1970년대풍이에요. 지금은 1980년대잖아요. 옛날 명제들은 예전에 한물갔어요."
"이름을 바꾸자고?"

로즈가 묻는다. 그녀는 초창기 시절에 얽힌 기분 좋은 추억을 간직하고 있다. 그 여자들은 어떻게 됐을까? 다들 어디 갔을까? 왜 연락이 끊겼을까? 어쩌다 죄다 정장을 차려입게 된 걸까?

"네. 간단하게 설문 조사를 해봤는데《우먼월드》라고 하는 게 더 좋겠어요. 단순하게《우먼》이라고 하면 더 좋고요."

어떤 부분을 없애자는 건지 로즈 눈에도 빤히 보인다. 지혜 어쩌고 하는 부분을 없애자는 것이다. 그리고 세상 어쩌고 하는 부분도 없애자는 것이다. 하지만 그녀가《우먼》이라는 이름에 반대하면 여자로 태어난 것을 유감스럽게 여긴다는 인상을 풍길 수밖에 없다.

이렇게 해서 지니아의 의견대로 이름이 바뀌고 얼마 안 있어 잡지 자체도 바뀐다. 하도 많이 달라져서 로즈조차 이게 자기 잡지가 맞는지 잘 모를 지경이다. 성차별과 불리한 조건들을 극복하려고 노력하는 성숙한 여자들의 이야기는 사라져 버렸다. 큼지막하게 다루어졌던 건강 관련 이야기도 사라져 버렸다. 이제는 봄 패션과 새로운 다이어트 비법과 머릿결 관리법과 주름살 완화 크림을 다룬 기사와 일생일대의 남자에 대해, 남자와의 관계를 잘 이끌어 나가고 있는지에 대해 알아보는 퀴즈가 다섯 면씩 안을 채운다. 이런 것들이 전혀 중요하지 않다고 생각하는 것은 아니다. 하지만 뭔가 빠진 것만은 분명하다.

그녀는 이제 일주일에 한 번씩 지니아와 같이 점심을 먹지 않는다. 지니아가 너무 바쁘다. 신경 써야 할 일들이 너무 많아서 정신이 없다. 그래서 로즈는 다음번 이사회 회의가 열렸을 때 내용이 달라진 부분에 대해 추궁한다.

"원래는 그러자는 게 아니었잖아."

지니아는 부드럽게 미소를 짓는다.

"여자들은 대부분 다른 여자들의 성공담을 읽고 싶어 하지 않아요. 그러면 자기가 초라해지거든요."

로즈는 울컥한다. 이건 분명 그녀를 겨냥해서 하는 말이다. 하지만 마음을 가라앉힌다.

"그럼 어떤 걸 읽고 싶어 한다는 거지?"

"저는 지금 지식인 계층을 이야기하는 게 아니에요. 평범한 여자들을 이야기하는 거죠. 잡지를 사서 보는 평범한 여자들요. 인구통계 조사에 따르면 평범한 여자들은 외모를 다룬 기사를 읽고 싶어해요. 아, 물론 섹스도 포함되고요. 알맞은 액세서리를 갖춘 섹스."

"알맞은 액세서리?"

로즈는 상냥한 목소리로 묻는다. 숨이 막힐 것 같은 기분이다.

"남자들을 말하는 거죠."

이 말에 이사회 남자들이 웃음을 터뜨린다. 미치도 마찬가지다. 로즈는 그만 할 말을 잊는다. 지니아가 까만 술이 달린 장갑을 끼고 6연발 권총에서 흘러나오는 연기를 분 다음 다시 케이스 안에 집어넣는 광경이 뇌리를 스치고 지나간다.

로즈는 대주주다. 마음만 먹으면 배후에서 조종하고 손발을 맞춰 지니아를 쫓아낼 수 있다. 하지만 그랬다가는 복수심을 주체하지 못하는 사나운 여자처럼 보일 것이다.

게다가 솔직히 인정하건대 이제 드디어 돈이 들어오기 시작하고 있다. 돈이면 다 되는 법이다.

어느 날 미치가 사라진다. 손가락 한 번 퉁긴 순간, 눈 한 번 깜빡인 순간 그냥 자취를 감춘다. 전조도 없이, 힌트도 없이, 남겨 둔 편지도 없이. 하지만 돌이켜 보면 그는 한참 전부터 떠난 상태였다.

어디로 사라졌느냐고? 지니아와 함께 살러 갔다. 두 사람이 만나고 연애하는 모든 과정이 바로 눈앞에서 진행됐는데 로즈는 전혀 몰랐다. 분명 몇 개월에 걸쳐 펼쳐졌을 텐데.

하지만 아니라고, 그렇지 않다고 한다. 미치는 갑작스러운 일이었다고 말한다. 생각지도 못했던 일이었다고. 지니아가 어느 날 저녁, 일을 마치고 재정적인 문제로 의논할 일이 있다며 그의 사무실을 찾아왔는데…….

"그런 이야기는 듣고 싶지 않아요."

로즈는 말한다. 이야기를 들려주는 쾌감이라면 그녀도 잘 안다. 그에게 그런 만족감을 선물할 생각은 없다.

"당신이 이해해 줬으면 싶어서."

"왜요? 그게 왜 중요한데요? 내가 이해하건 안 하건 누가 상관이나 한데요?"

"나한테는 상관 있어. 왜냐하면 아직도 당신을 사랑하니까. 나는 두 사람 다 사랑해. 그래서 얼마나 힘든지 알아?"

"이제 그만 꺼져 주시죠."

로즈가 없을 때 미치가 다녀갔다. 그녀를 볼 면목이 없으니 몰래 다녀간 것이다. 도둑처럼 슬쩍 왔다 가면서 몇 가지 물건들을 챙겨 갔다. 문에 거울이 달린 침실 옷장에 걸려 있던 양복, 배를 탈 때 입는 옷, 최고급 와인 몇 병, 사진들. 퇴근해서 돌아와 보면 미치의 물건이 있던 곳에 생긴 공간이, 눈에 확 띄는 빈자리들이 가슴을 후벼

파곤 했다. 하지만 두고 간 물건들도 있다. 외투, 방한용 파카, 책 몇 권, 예전에 신던 부츠, 지하실 창고에 넣어 둔 이런저런 상자들. 그건 어떤 의미였을까? 마음이 왔다 갔다 한다는 뜻이었을까? 아직도 한쪽 다리를 이 집에 걸치고 있다는 뜻이었을까? 로즈는 모든 것을 깨끗하게 한 방에 가지고 가 버렸으면 좋겠다 싶으면서, 또 한편으로는 부츠가 있는 곳에 희망이 있다고도 생각했다. 하지만 가장 고약한 게 희망이었다. 희망을 버리지 않고 어떻게 살아갈 수 있을까? 그녀와 비슷한 상황에 놓인 여자들이 끊임없이 듣는 말이 그래도 살아야 한다는 것인데.

미치는 자기 물건이 아닌 것은 가져가지 않았다. 로즈가 이 집을 위해 산 것이나 둘이서 같이 쓰려고 산 것은 하나도 가져가지 않았다. 로즈는 그가 그 많은 쇼핑에 관여한 부분이 얼마나 적었는지, 그의 도움 아래 선택한 물건들이 얼마나 없었는지 깨달은 순간 깜짝 놀랐다. 달리 해석하면 그가 기여한 부분도 그만큼 적었다는 뜻이다. 그녀가 항상 선수를 쳤으니 그는 도울 틈이 없었다. 그녀는 누구라도 필요로 하거나 원하는 부분이 있으면 마법의 수표책을 흔들어 당장 충족시켰다. 어느 정도 시간이 지나자 그녀의 후한 인심과 큰 손과 쌓아 놓은 진주와 아낌없는 선물 공세가 그의 신경을 건드리기 시작했을 것이다. 구하라, 그리하면 얻을 것이니. 젠장, 심지어 미치는 구하지도 않았다! 잔디밭에 누워서 입만 벌리고 있으면 로즈가 나무 위로 올라가 황금 사과를 흔들어 떨어뜨려 주었다.

어쩌면 그게 지니아의 수법이었을지 모른다. 결핍과 굶주림과 텅 빈 동냥 그릇의 이미지로 다가갔을지 모른다. 무릎을 꿇고 자비를 바라며 두 손을 위로 내밀었을지 모른다. 어쩌면 미치는 동전을 몇 개 던져 주고 싶었을지 모른다. 로즈 옆에서는 그럴 기회가 없었으니 말이다. 그는 베풂과 용서와 구원을 받기만 하는 데 질려 자기도 조금 베풀고 누군가를 구원하고 싶었을지 모른다. 무릎 꿇은 미녀보다 더 좋은 게 무릎 꿇고 고마워할 줄 아는 미녀였다. 로즈도 충분히 고마워했던 것 같은데.

아니었던 모양이다.

로즈는 비열한 수단을 동원한다. 뒤를 캐고 싶은 욕망에 괴로워하다 결국 무릎을 꿇고 해리엇이라는 이름의 여자 사설탐정을 고용한 것이다. 해리엇은 헝가리 쪽으로 연줄이 있는 조 삼촌을 통해 오래전에 소개받은 여자다.

"두 사람이 어떻게 지내는지 알고 싶어."

그녀는 해리엇에게 말한다.

"이를테면 어떤 거요?"

해리엇이 묻는다.

"어디에 사는지, 뭘 하는지. 그 여자가 진짜인지."

"진짜라니요?"

"어디에서 굴러 들어왔는지 말이야."

해리엇은 충분한 정보를 제공한다. 로즈를 한층 더 비참하게 만들기에 충분할 만큼. 두 사람은 미치가 배를 매어 두는 항구가 내려다보이는 그 근처 펜트하우스 아파트에 산다. 시간이 날 때 둘이서 잠깐 배를 타고 바람이라도 쏘이려는 모양인데, 지니아가 그런 생활을 견딜 수 있을까? 옷이 젖고 손톱이 부러질 텐데. 로즈만큼 잘 견디지는 못하겠지. 그리고 외식도 하고 집에서 끼니를 해결하기도 한다. 지니아는 쇼핑도 한다. 어떤 걸 구경하는 걸까?

지니아가 진짜인지 아닌지 하는 문제는 해결하기가 쉽지 않다. 적어도 이름은 본명이 아닌 듯한데, 베를린이 대부분 잿더미로 변했으니 확인할 방법이 없다. 워털루에 문의해도 별 소득이 없다. 적어도 지니아라는 이름으로 그곳에서 학교를 다닌 아이는 없다. 유대인이기는 한 걸까? 해리엇은 아무도 모를 일이라고 한다.

"그럼 그 사진은 뭘까? 가족사진 말이야."

"어휴, 사장님. 그런 사진은 10센트면 열댓 장씩 살 수 있어요. 사진 속의 사람들이 그 여자의 가족이라는 걸 누가 증명하겠어요?"

"하지만 우리 아버지에 대해 알던데."

로즈는 이대로 마음을 접지 못한다.

"사장님의 아버님이라면 저도 아는걸요. 사장님이 잡지 인터뷰 때마다 이런저런 단서들을 흘렸잖아요. 그 여자가 사장님의 아버님을 놓고 한 이야기는 열두 살짜리라도 상상력만 풍부하면 얼마든지 지어낼 수 있는 이야기였어요."

"그건 그래. 하지만 아주 자세한 부분까지 알았거든."

로즈는 한숨을 쉰다.

"솜씨가 좋은 거죠."

해리엇도 그 점은 인정한다.

런던 쪽은 약간 더 성과가 있다. 지니아는 정말로 런던의 어느 잡지사에서 일한 적이 있다. 자기가 썼다고 주장하는 기사들도 전부는 아니지만 몇 개는 그녀의 작품인 것 같다. 패션 쪽 기사는 맞지만, 분쟁 지역을 다룬 정치적인 기사는 아니다. 남자들 이름으로 내보냈다는 기사들도 정말 그 남자들이 쓴 것 같다. 다섯 명 중 세 명이 세상을 떠나기는 했지만. 그녀의 이름이 어느 각료와 얽혀서 가십난을 잠깐 장식한 적도 있다. '좋은 친구'라는 단어가 쓰이다 조만간 결혼이라도 할 것 같은 분위기였는데, 실제 결혼 이야기는 없었다. 그러다 그 당시 지니아가 소련 대사관의 문화 담당관과 동시에 만났던 것이 밝혀지면서 추문이 일었다. '만났다'는 완곡한 표현이었다. 정치적인 비난이 난무했고, 영국 타블로이드 특유의 여우 사냥과 폭로성 기사가 이어졌다. 그 사건 이후 지니아는 완전히 자취를 감추었다.

"걔가 그 많은 나라들을 정말 다 가 봤을까?"

로즈가 묻는다.

"비용을 어느 정도까지 생각하세요?"

해리엇이 묻는다.

지니아가 얼마나 얄팍한 허울을 뒤집어쓰고 있는지 파헤쳐 봐야 로즈한테 도움이 될 건 아무것도 없다. 그녀는 이러지도 저러지도 못한다. 미치에게 거짓말이라고 알려 주어 봐야 질투로 비칠 게 뻔하다.

질투가 맞기는 하다. 너무 질투가 나서 정신을 차릴 수가 없을 지경이다. 어느 날 밤에는 화가 나서 울고 어느 날 밤에는 슬퍼서 운다. 분노라는 빨간 안개와 자기 연민이라는 잿빛 안개 속을 걸어 다니는데, 분노도 싫고 자기 연민도 싫다. 그녀 특유의 의지를 동원하고 전의를 불태우지만, 적이 누구인지 모르겠다. 미치하고 싸울 수는 없다. 그녀는 미치가 돌아와 주길 바란다. 그녀 쪽에서 한참 동안 공격을 자제하면 모든 게 지난 일이 될지 모른다. 비를 맞은 바비큐처럼 열정이 식은 미치가 예전에 그랬던 것처럼 집으로 돌아와 지니아로부터 해방시켜 주기를, 그를 구원해 주기를 바랄지 모른다. 그러면 로즈는 기꺼이 나서겠지만, 이번만큼은 그렇게 간단히 끝낼 수 없을 것이다. 그는 암묵적인 계약을, 일종의 신뢰를 깨뜨렸다. 집을 나간 건 이번이 처음이었다. 그에게 다른 여자들은 게임이었던 데 반해 지니아는 심각한 사안이었던 것이다.

일이 다른 식으로 진행될 수도 있다. 지니아가 미치를 버리는 것이다. 그가 지금까지 숱한 여자들한테 그래 왔던 것처럼 이번에는 지니아가 그를 창밖으로 집어 던지는 것이다. 미치는 그런 식으로 응당 치러야 할 대가를 치를 것이다. 로즈는 그런 식으로 그에게 복수를 할 수 있을 것이다.

사람들 앞에서 로즈는 계속 이를 활짝 보이며 웃고 다닌다. 웃느라 턱이 아플 지경이다. 그런 식으로 품위를 유지하고, 겉으로는 당찬 모습을 보이고 싶다. 하지만 가슴이 찢어져 심장이 만천하에 드러났으니 쉽지 않은 일이다. 그녀의 심장은 이글이글 타오르며 피를 뚝뚝 흘린다.

미치를 버리라고 했던 친구들에게도 동정을 바랄 수 없다. 이제 친구들이 어떤 의미에서 그런 말을 했는지 알 것 같다. 버림받기 전에 네가 선수를 쳐야지!

하지만 그녀는 듣지 않았다. 저쪽에서 날아온 칼이 그녀의 실루엣을 따라 벽에 꽂히는데 반짝이는 의상을 입고 팔다리를 쫙 벌린 채 꼼짝 않고 서서 계속 웃고 있는, 칼 던지기 묘기의 조수 역할을 고집했다. 꼼짝하면 죽는다. 그러니 어느 날, 실수로든 고의로든 칼에 맞을 수밖에 없었다.

토니가 전화를 한다. 캐리스도 전화를 한다. 두 친구의 목소리에서 걱정하는 기미가 느껴진다. 소문을 들어서 아는 것이다. 하지만 그녀는 두 친구를 밀쳐 내고 어느 정도 거리를 유지한다. 그들의 연민에 손이 닿으면 그 순간 와르르 무너질 것이다.

3개월이 지난다. 로즈는 허리를 꼿꼿하게 펴고, 입술을 굳게 다물고, 이러다 이가 다 갈려서 뿌리밖에 안 남겠다 싶을 만큼 턱에 힘을 주고, 머리를 밤색으로 염색하고, 강렬한 주홍색 이탈리아제 가죽옷을 산다. 몇몇 남자들과 놀아도 보지만 만족스럽지는 않다. 그들과 띄엄띄엄 뒹굴기는 해도 침실을 도청당하는 사람처럼 남들의 이목을 의식한다. 자기가 연극을 하고 있다는 사실을 스스로도 잘 알기 때문이다. 그녀가 아무하고나 불륜을 저지르고 있다는 소식이 미치의 귀에 들어가 몸부림치게 만들고 싶기 때문인데, 몸부림을 치더라도 집 안에서 혼자 치는 모양이다. 독사가 사는 그 소굴을 집이라 부를 수 있을지 모르겠지만. 최악의 경우, 아예 몸부림을 치지 않는 것일 수도 있다. 어쩌면 어떤 재수 없는 녀석이 걸려들어 그녀를 데리고 갈지 모른다고 기뻐하고 있을지 모른다.

해리엇이 전화를 한다. 미치가 오후에 외출을 하면 지니아가 다른 남자를 만나는데, 로즈도 그 사실을 알고 싶어 할 것 같아서 전화를 했다고 한다.

"어떤 남자인데?"

로즈의 머릿속으로 아드레날린이 솟구친다.

"검은 가죽 재킷을 입고 할리데이비슨을 몰고 다니고, 두 번 체포된 전적이 있지만 유죄판결을 받은 적은 없어요. 증인으로 나서는 사람이 없었거든요."

"무슨 명목으로 체포됐는데?"

"코카인 매매요."

로즈는 서면 보고서를 부탁하고 그걸 봉투에 넣어 익명으로 미치한테 부친 다음 또 다른 일이 벌어지길 기다린다. 정말로 무슨 일이 벌어졌는지 어느 월요일 점심시간 직전에 해리엇이 그녀의 사무실로 전화를 한다.

"여자가 비행기를 탔어요. 큼직한 트렁크를 세 개 들고요."

"어디로 가는데? 미치도 같이 떠났어?"

로즈는 온몸이 근질거린다.

"아뇨. 런던으로요."

"나중에 거기서 만나려는 모양이지."

이런, 이런. 로즈는 속으로 생각한다. 말썽꾸러기야, 잘 가라. 트렁크 세 개 들고.

"아닌 것 같아요. 그런 얼굴이 아니었거든요."

"어떤 얼굴이었는데?"

"까만 선글라스를 쓰고 스카프를 목에 둘렀더라고요. 눈에 시커먼 멍이 들었다는 데 내기를 걸어도 좋아요. 그리고 사장님 부군한테 십중팔구 목이 졸렸을 거예요. 아니면 다른 사람한테든지. 아무튼 도망치는 분위기였어요."

"그이가 쫓아갈 거야. 걔한테 푹 빠졌거든."

로즈는 희망의 수위를 높이고 싶지 않다.

하지만 그날 저녁에 퇴근을 하고 집으로 들어가, 분홍색과 옅은 자주색 바탕에 회색이 도는 초록색으로 악센트를 주고 1940년대를 포스트모던한 분위기로 재해석한 카펫이 깔려 있는 거실로 들어서니, 미치가 떠난 적 없는 사람처럼 자기가 가장 좋아했던 안락의자에 앉아 있다.

가장 좋아했던 안락의자에 앉아 있는 것까지는 좋다 치자. 하지만 그가 집을 떠나 있었던 것은 부인할 수 없는 사실이다. 아주 멀리. 머나먼 은하의 어느 행성으로. 그는 춥고 공허하며 촉수 달린 생물들이 살고 있는 깊은 우주 속을 헤매다 방금 전에 가까스로 돌아온 사람처럼 보인다. 머리를 한 대 얻어맞은 것처럼 얼떨떨한 표정이다. 벽돌 담벼락에 얼굴을 처박힌 채 강도를 당하고 트렁크에 갇혀 있다 반쯤 벌거벗겨져 돌투성이 길가로 내동댕이쳐졌는데 범인의 얼굴조차 보지 못한 사람 같은 표정이다.

로즈는 가슴속에서 환희가 샘솟지만 애써 누르고, 최대한 엄마닭 같은 목소리로 묻는다.

"여보, 무슨 일이에요?"

"떠났어."

"누가요?"

로즈는 이 시점에서 살 한 덩어리까지는 아니더라도 피 한두 방울 정도는 맛보고 싶다. 목이 말랐던 것이다.

"알잖아."

미치는 목멘 소리로 대답한다. 슬퍼서 그런 걸까, 화가 나서 그런 걸까? 로즈로서는 알 방법이 없다.

"술 한 잔 가져올게요."

그녀는 술을 한 잔씩 따라서 들고, 이런 대화를 나눌 때 보통 그랬던 것처럼 똑같은 안락의자에 마주 앉는다. 허심탄회한 대화의 순간이라고나 할까. 그는 설명을 하고 그녀는 상처를 받을 것이다. 그는 뉘우치고 그녀는 믿는 척할 것이다. 두 사람은 마주 앉은 전문 도박꾼이다. 포커 선수다.

로즈가 먼저 이야기를 꺼낸다.

"어디로 떠났는데요?"

그녀는 정답을 알지만, 그도 아는지 궁금하다. 모른다 해도 가르쳐 주지는 않을 것이다. 알아내고 싶으면 그도 탐정을 고용해야 할 것이다.

"옷까지 챙겨 가지고 갔어."

미치는 신음하듯이 대답하고, 머리가 아픈지 한 손으로 이마를 짚는다. 그러니까 어디로 갔는지 모르는 것이다.

로즈는 어떻게 해야 할지 모르겠다. 남편이 그녀 대신 선택한 여자가 도망을 친 상황에서 동정을 해야 하는 걸까? 위로를 해 주어야 하는 걸까? 따뜻하게 입을 맞춰 주어야 하는 걸까? 그래, 그래야겠다. 그녀는 미치가 너무 안쓰러워서 입을 맞추어 주려다 주춤한다. 좀 뜸을 들여야지.

미치가 그녀를 쳐다본다. 그녀는 입술을 깨문다. 이윽고 그가 다시 입을 연다.

"할 이야기가 하나 더 있어."

알고 보니 지니아가 《우먼》 운영 계좌로 수표를 위조한 모양이다. 당좌대월 최대 한도까지 수표를 끊어서 달아났다고 한다. 금액은 5만 달러 정도 되는데, 1000달러 이하로 수표를 끊어 여러 은행에서 현금으로 바꿨다. 시스템을 아는 것이다.

로즈는 계산기를 두드린다. 그 정도는 감당할 수 있다. 지니아를 치운 대가로 그 정도면 저렴한 편이다.

"누구 이름으로 끊었는데요?"

그녀는 수표를 발행할 수 있는 위치에 있는 사람이 누구누구인지 안다. 그 정도 금액이면 지니아와 세 명의 이사로 압축된다.

"내 이름으로."

미치가 대답한다.

이보다 더 분명할 수 있을까? 지니아는 냉정하고 배은망덕한 년이었다. 그녀는 미치를 사랑한 적이 없었다. 로즈에게서 그를 빼앗아 승리의 기쁨을 만끽하고 싶었을 뿐이다. 그리고 돈을 노렸을 뿐이다. 로즈가 보기에는 이렇게 빤한 일인데, 미치는 그렇게 생각하지 않는다.

"골치 아픈 일에 휘말렸나 봐. 그녀를 찾아야 해."

코카인 업자를 염두에 두고 있는 모양이다.

로즈는 참지 못하고 폭발한다.

"제발 그만 좀 해요."

"당신한테 뭘 부탁할 생각은 없어. 그 봉투 누가 보냈는지 다 안다고."

로즈처럼 비열한 인간한테는 도움을 청할 생각이 없다는 투다.

"진짜로 쫓아가려는 건 아니겠죠? 이게 무슨 뜻인지 모르겠어요? 걔가 당신을 이용한 거예요. 당신을 바보로 만든 거예요. 거짓말하고 속이고 돈까지 훔치고 당신을 버린 거라고요. 걔 인생에 단물 다 빼먹은 남자가 차지할 자리는 없을걸요?"

미치는 혐오감이 가득 담긴 눈으로 그녀를 노려본다. 너무 받아들이기 힘든 진실인 것이다. 그는 한 번도 차이거나 배신당한 적이 없기 때문에 그런 데 익숙하지가 않다. 내가 따끔하게 혼 좀 내야 할지 모르겠는데? 로즈는 이런 생각이 든다.

"당신은 이해 못 해."

미치가 말한다. 하지만 로즈도 이해한다. 지금까지 무슨 일이 있어도 미치에게 그녀보다 더 소중한 사람은 없었는데 이제는 그렇지 않다는 사실을.

해리엇이 전화를 한다. 미치가 수요일 밤 비행기로 런던에 간다는 것이다. 로즈의 심장이 딱딱하게 굳는다. 이제는 이글이글 타오르며 피를 뚝뚝 흘리지 않는다. 찢어졌던 가슴이 그 위를 덮는다. 보이지 않는 손이 붕대처럼 단단하게 그녀의 몸을 감싸는 게 느껴진다. 이제 됐다고 그녀는 생각한다. 이것으로 끝이라고. 그녀는 추리 소설을 다섯 권 사고 일주일 휴가를 내서 플로리다로 날아가 햇볕 아래 누워 눈물을 흘린다.

48

미치가 돌아온다. 미치가 사냥을 마치고 돌아온다. 2월 중순에 돌아오기 전에 먼저 전화를 한다. 여느 고객이나 청탁인처럼 전화로 약속을 잡는다. 그는 양가죽 외투를 입고 빈 자루 같은 모습으로 로즈의 집 앞에 나타난다. 손에는 애처로운 꽃다발이 들려 있다.

자기를 그런 싸구려 데이트 상대로 간주하다니 한 대 걷어차고 싶지만, 로즈는 그의 모습을 보고 충격을 받는다. 공원 벤치에 앉아 있는 술주정뱅이처럼 머리는 산발이고, 여행에 지친 피부는 잿빛이고, 눈은 시커멓게 움푹 꺼져 있다. 체중이 줄면서 살이 처졌고 틀니를 뺀 늙은이처럼, 핼러윈이 며칠 지나서 안에 넣었던 초가 다 타버린 호박처럼 얼굴이 쭈그러들기 시작했다. 눅눅하고 아무것도 없는 한가운데를 향해 그런 식으로 연약하게 움츠러들고 있다.

로즈는 그가 몰고 온 바깥의 찬바람이 따뜻한 집 안으로 들어오지 못하게 문지방에 서서 막아야 할 것 같은 기분을 느낀다. 축 처진 껍데기와 그림자만 남아서 수챗구멍 같은 눈으로 쭈글쭈글한 종이처럼 웃고 있는 아버지를 아이들한테 보여 주어서는 안 된다. 하지만 그에게 최소한 발언의 기회는 주어야겠지. 그녀는 말없이 꽃다발을 받는다. 장미, 그것도 빨간색이다. 비웃음이 담긴 꽃다발이다. 그녀는 현혹되지 않는다. 그가 품고 있는 감정은 열정이 아니다. 적어도 그녀를 향한 감정은 열정이 아니다. 그녀는 그를 안으로 들인다.

"돌아오고 싶었어."

그는 높고 넓은 거실과 한때 그의 것이기도 했던, 로즈가 건설한 널찍한 영토를 둘러보며 말한다. 돌아와도 될까도 아니고, 당신을 되찾고 싶어도 아니다. 로즈하고는 상관없는 감정이다. 로즈에 대해서는 일말의 언급도 없다. 그가 요구하는 것은 이 방, 이 영토다. 그는 단단히 착각하고 있다. 자기에게 그럴 권리가 있다고 생각하다니.

"못 찾은 모양이네요?"

로즈는 옛날처럼 술을 따라서 건네며 묻는다. 얼음을 넣지 않은 싱글 몰트 위스키. 아주아주 오래전에 그가 좋아했던 술이다. 요즘 그녀가 지나치게 즐겨 마시는 술이기도 하다. 술잔을 건네면서 그녀는 누그러진다. 둘만의 오래된 습관이기 때문이다. 그에 대한 그리움으로 목이 멘다. 그녀는 그러지 않으려고 애를 쓴다. 그는 처음 보는 넥타이를 매고 있다. 보기 싫은 파스텔 색 튤립 무늬다. 지니아의 손자국이 눈에 보이지 않는 그을음처럼 그의 온몸을 덮고 있다.

"응."

미치는 그녀를 쳐다보지도 않는다.

로즈는 다시 마음을 다잡으며 담배에 불을 붙인다. 그에게 피우겠느냐고 묻지는 않는다. 그렇게 불쑥 애정을 표현할 단계는 지났고, 미치도 두 팔을 벌리고 펄쩍 달려들지 않는다.

"찾았으면 어떻게 했을 것 같아요? 죽도록 패 주었을까요, 아니면 변호사들을 선동해서 덮쳤을까요, 아니면 질펀하게 입을 맞추었을까요?"

미치가 그녀 쪽으로 고개를 돌린다. 하지만 그녀가 허공에서 흐릿하게 맴도는 반투명한 존재라도 되는 것처럼 그녀의 눈을 똑바로 쳐다보지 못한다.

"모르겠어."

"적어도 솔직하기는 하군요. 거짓말은 하지 않으니 다행이네요."

로즈는 신랄하고 날카로운 분위기는 배제하고 최대한 부드러운 목소리를 내려고 애를 쓴다. 그는 거짓말을 하지 않는다. 그녀에게 아무 짓도 하지 않는다. 그에게 그녀는 없는 존재다. 무슨 짓을 하건 자기 자신을 상대로 벌이는 짓이다. 이렇게 없는 사람이 된 듯한 기분은 난생처음이다.

"그래, 원하는 게 뭐예요?"

물어봐서 안 될 건 없다. 그녀에게 뭘 바라는지 알아서 안 될 건 없다.

하지만 미치는 고개를 젓는다. 그것도 모르겠다는 뜻이다. 심지어 그녀가 따라 준 술도 마시지 않는다. 그녀에게서 아무것도 받을 수 없다는 뜻이다. 그러니까 이제 그녀는 아무것도 줄 수가 없다.

"생각나면 알려 줘요."

그제야 비로소 그가 그녀를 쳐다본다. 그의 눈에 그녀가 어떻게 보이는지는 아무도 모를 일이다. 복수에 나선 천사일지, 맨팔을 드러내고 칼을 든 거인일지. 부드럽고 깃털 같은 로즈가 보여야 할 텐데, 그의 눈빛으로 미루어 보건대 그렇지는 않은 모양이다. 그는 겁에 질린 눈빛이다. 그녀나 다른 사람, 아니면 무언가를 잔뜩 무서워하는 눈빛이다. 그녀는 차마 보고 있을 수가 없다. 그는 이년 저년 건드리며 다니고 그녀는 노발대발하며 눈물을 흘렸던 그 오랜 세월 동안 수많은 일들이 있었지만, 그래도 그가 주눅은 들지 않을 거라는 믿음이 있었건만. 그는 이제 거울에 금이 가듯 금이 가 버렸다. 조금만 열을 받으면 산산이 부서질 것이다. 그런데 그 조각들을 왜 로즈가 치워야 하는 거지?

"여기 있게 해 줘. 이 집에 있게 해 줘. 1층 거실에서 자도 좋아. 성가시게 하지 않을게."

애원하는 목소리인 걸 로즈는 나중에야 깨닫는다. 미치가 놀러 와서 하룻밤 자고 가는 쌍둥이들의 친구처럼 바닥에 침낭을 깔고 지내다니. 뜨내기손님으로, 사춘기 아이로 전락하다니. 지금 당장은 생각만으로도 견딜 수 없다. 그녀의 침실에는 발을 들여놓지 않겠다는 것이다. 더 심각하게는 그럴 생각조차 없는 것이다. 그는 그녀를 거부하고 있다. 큼지막하고 열성적이고 볼품없고 뜨겁고 든든한 그녀의 몸을 거부하고 있다. 그녀의 몸은 깃털 침대나 기댈 언덕의 기능조차 상실해 버렸다. 그만큼 그녀가 혐오스러운 모양이다.

하지만 그녀에게도 약간의 자존심은 남아 있다. 어떻게 그걸 붙잡고 있었는지 모르겠지만, 아무튼 돌아오려거든 완벽하게 돌아와야 한다는 사실을 분명히 해 두기로 한다.

"날 휴게소 취급할 생각은 하지 마요. 더 이상은 안 돼요."

그는 그럴 게 뻔하다. 그가 들어오면 그녀는 영양이 풍부한 점심을 차려 주고 먹여 주며 체력을 비축하게 할 것이다. 그는 다시 기운이 생기면 커다란 배를 타고, 갤리온선을 타고 성배를, 트로이의 헬레나를, 지니아를 찾아 나설 것이다. 그녀가 탄 해적선의 깃발이 보이는지 망원경을 뚫어져라 들여다보며 7대양을 누빌 것이다. 로즈가 아니라 수평선에 고정된 그의 시선을 보면 알 수 있다. 그녀의 침실로, 짙은 자주색 시트 사이로, 그녀의 몸속으로 돌아오더라도 그의 밑이나 위나 주변에 있는 사람은 그녀가 아닐 것이다. 그는 지금까지 다른 여자들한테는 물론이고 심지어 로즈한테도 주지 않고 단단히 쥐고 있던 것을 지니아에게 빼앗겼다. 영혼이라고 할까. 지니아는 그가 다른 곳을 보고 있을 때 가슴 주머니에 들어 있던 그것을 땅 짚고 헤엄치듯 간단하게 꺼내 들여다보고, 진짜가 맞는지 한번 깨물어 보고, 정말 작다고 비웃고는 내동댕이쳤다. 그녀는 갖지 못한 것을 원하고, 원하는 것은 어떻게든 손에 넣고, 그런 다음 손에 넣은 것을 경멸하는 그런 여자다.

비법이 뭘까? 무슨 수로 그러는 걸까? 남자들을 마음대로 주무르는 그 놀라운 능력은 어디에서 나는 걸까? 무슨 수로 남자들을 붙잡고, 걸음을 멈추게 하고, 발을 헛디뎌 넘어지게 만든 다음 그 속을 그렇게 쉽게 까뒤집는 걸까? 분명히 아주 단순하고 빤한 수법일 것이다. 남자들에게 특별한 존재라고 부추겨 놓고 나중에 가서 사실은 특별한 존재가 못 된다고 빵 터뜨려 버린다. 비밀 주머니가 달린 망토의 안쪽을 보여 주며 마술이 어떤 속임수로 진행됐는지 알려 준다. 하지만 이쯤 됐을 때 남자들은 보려 하지 않는다. 그녀가 그들이 보는 앞에서 젊음의 샘물을 따라 버리고 수돗물로 채워도 그게 진짜 젊음의 샘물이라고 생각한다. 그렇게 믿고 싶어 한다.

"그렇게는 안 돼요."

로즈는 복수심을 불태우는 게 아니다. 진실을 말할 뿐이다.

애걸복걸 매달리지 않는 것을 보면 미치도 알았던 모양이다. 그가 쭈글쭈글한 옷 속으로 몸을 숨기자 무거운 무언가가 그의 정수리를 꾸준히, 하지만 가차 없이 누르는 양 목이 짧아진다.

"그렇겠지."

"아파트 아직 있지 않아요? 지금 거기 사는 거 아니에요?"

"거기 있을 수가 없어서."

미치의 목소리는 그런 이야기를 꺼내다니 어쩌면 그렇게 멍청하냐고, 심지어 어쩌면 그렇게 잔인하냐고 그녀를 나무라는 투다. 달아난 애인과 함께 살았던 공간, 모퉁이를 돌 때마다 떠난 사람이 생각나는 공간, 한때 그를 너무나도 행복하게 했던 공간에 있는 것이 얼마나 괴로운 일인지 어떻게 모르겠는가.

로즈도 안다. 그녀는 지금 그런 공간에서 살고 있다. 하지만 그는 그런 생각을 하지 못하는 모양이다. 아파하는 사람들은 자기 때문에 아파하는 사람들을 살필 겨를이 없다.

로즈는 현관까지 배웅을 하다 외투를 입는 미치를 보면서 하마터면 무너질 뻔한다. 그 외투는 그녀가 골라 주었고, 그가 그 외투를 입고 보낸 시간을 그녀도 함께했는데. 한때 파렴치한 늑대를 감쌌던 그 멋진 양가죽 외투. 하지만 지금은 아니다. 그에게는 이제 이빨이 없다. 딱한 사람. 로즈는 이런 생각을 하며 주먹을 불끈 쥔다. 두 번 다시 그런 식으로 속을 수는 없기 때문이다.

미치는 귀가 떨어져 나갈 것처럼 추운 2월의 어스름 속으로, 미지의 세계 속으로 떠난다. 로즈는 주차해 둔 차 쪽으로 그가 걸어가는 모습을 바라본다. 술은 입에 대지도 않았는데 살짝 비틀거린다. 길이 얼어서 그렇다. 아니면 안정제라든지, 뭐 그런 약을 먹고 있는지도 모르겠다. 운전을 하면 안 되는 상태인 것 같지만, 운전을 하거나 말거나 이제는 그녀와 상관없는 일이다. 로즈는 양심의 가책을 느낄 필요는 없다고 속으로 중얼거린다. 호텔에 묵으면 된다. 돈이 없는 것도 아닐 테니까.

빨간 장미는 꽃무늬 포장지째 식기 선반 위에 방치한다. 시들게 내버려 둔다. 돌로레스가 내일 보면 생각이 없다고, 돈 많은 사람들은 뭐가 얼마인지 모른다고 욕을 하며 치울 것이다. 그녀는 스카치를 또 한 잔 따르고 담배에 또다시 불을 붙인 다음 낡은 사진첩을 꺼낸다. 뒤뜰에서 열린 생일 파티 때, 졸업식 때, 휴가 여행 때, 겨울이면 눈밭에서, 여름이면 배 위에서, 그들이 한 가족임을 증명하기 위해 찍고 또 찍은 사진들이 담긴 사진첩을 들고 부엌에 앉아 한 장씩 넘겨 본다. 색깔마저 죽어 버린 미치의 사진들. 미치와 로즈의 결혼식, 미치와 로즈와 래리, 미치와 로즈와 래리와 쌍둥이들. 그녀는 그의 얼굴을 들여다보며 단서를 찾는다. 그들에게 들이닥친 대단원의 전조를 찾는다. 하지만 어디에도 보이지 않는다.

그녀와 비슷한 입장에 놓인 여자들은 손톱가위를 꺼내 문제의 남자들 머리를 잘라 버리고 몸통만 남겨 놓기도 한다. 몸통까지 싹둑싹둑 잘라 버리는 여자들도 있다. 하지만 로즈는 아이들을 생각해서 그러지 않을 생각이다. 아이들이 머리가 없는 아버지를 보고 불안해하는 일은 없을 것이다. 지금보다 더 불안해하는 일은 없을 것이다. 게다가 소용없는 일이다. 잘라 봐야 윤곽으로, 뻥 뚫린 구멍으로 똑같은 면적을 차지하며 사진 속에 남을 테니. 침대에 누우면 그는 아직도 그런 식으로 그녀 곁에 존재한다. 그녀는 절대 침대 한가운데서

자지 않고, 지금도 한쪽에 눕는다. 전면을 독차지하지 못하는 것이다.

냉장고에는 학교에서 쌍둥이들이 그녀를 위해 만든 밸런타인데이 카드가 웃는 돼지와 고양이 모양의 자석으로 붙어 있다. 쌍둥이들은 요즘 들어 그녀에게 들러붙으며 옆에 붙잡아 놓으려고 한다. 밤에 나가는 것도 싫어한다. 이 카드만 해도 밸런타인데이까지 기다리지도 않고 무슨 급한 일이라도 되는 양 당장 집으로 들고 와 그녀에게 주었다. 그녀는 앞으로 이런 밸런타인데이 카드만 받을 수 있을 것이다. 이것이 마지막 밸런타인데이 카드일지도 모른다. 이 정도에 만족해야 한다. 이 나이에 이글거리는 심장과 반짝이는 입술과 가쁜 호흡이 무슨 소용일까.

정신 차려, 로즈. 그녀는 속으로 중얼거린다. 너 아직 그렇게 늙지 않았어. 네 인생 아직 끝난 거 아니야.

다만 그렇게 느껴지는 것일 뿐이다.

미치는 이 도시에 살고 있다. 주변에 있다. 그가 아이들을 보러 찾아오면 로즈는 일부러 외출을 하는데, 그 시간 내내 그를 의식하느라 온몸이 따끔거린다. 그가 떠난 뒤 집으로 돌아가면 그의 체취가 남아 있다. 영국산 헤더 어쩌고 하는 그 애프터셰이브다. 혹시 그녀를 흔들기 위해 여기저기 뿌리고 간 걸까? 식당이나 요트 클럽에서 그와 언뜻 만날 때도 있다. 그런 곳에는 두 번 다시 가지 않는다. 수화기를 들었는데 그가 아이와 통화 중인 경우도 있다. 온 세상에 부비트랩이 깔려 있다. 그녀가 바로 부비*다.

---

* booby, '멍청이'라는 뜻.

변호사들끼리 서로 의논을 한다. 협의이혼 이야기가 나오지만 미치가 거부한다. 로즈를 원하지도 않으면서(로즈를 원한다면 다시 찾아와서 물어보기라도 하지 않았을까?) 헤어지지도 않겠다는 것이다. 어쩌면 몸값을 높이려고 흥정을 하는 것일 수도 있다. 로즈는 이를 앙 다물고 물러서지 않는다. 돈이 들겠지만, 그녀를 밑에서 잡아당기는 끈인지 줄인지 쇠사슬인지 모를 그 무거운 것을 자를 수만 있다면 그만한 가치가 있다. 사람은 접을 때를 알아야 하는 법이다. 좌우간 그녀는 제 역할을 한다. 어느 정도는 그렇다고 볼 수 있다. 물론 전보다야 못하지만.

그녀는 자신을 개선할 수 있는지, 더 이상 연연하지 않는 새로운 여자로 거듭날 수 있는지 알아보기 위해 정신과를 찾는다. 그렇게만 된다면 얼마나 좋을까. 정신과 의사는 좋은 사람이다. 로즈도 마음에 든다. 두 사람은 로즈의 인생이 직소 퍼즐이라도 되는 것처럼, 끝에 가면 해결되는 미스터리물이라도 되는 것처럼 머리를 맞대고 열심히 고민한다. 더 나은 모습을 위해 조각들을 이리 맞추고 저리 맞춘다. 그들은 희망을 품는다. 로즈가 어떤 이야기의 주인공인지 파악하면 어디에서 방향을 잘못 꺾었는지 알 수 있을 테고, 발자국을 거슬러 올라가 결말을 바꿀 수 있을 것이다. 그들은 가설을 만들어낸다. 로즈가 미치와 결혼한 이유는 그 당시 미치가 겉보기에는 아버지와 전혀 다르지만 밑바탕은 비슷하다는 것을 감지했기 때문이었을지 모른다. 그는 아버지가 어머니한테 그랬던 것처럼 그녀를 두고 계속 바람을 피울 테고, 그러면 그녀는 어머니가 그랬던 것처럼 계속 용서하고 받아들일 것이다. 몇 번이고 구원할 것이다. 그녀는 성녀, 그는 죄인 역할을 맡을 것이다.

그런데 부모님은 해로하신 반면, 로즈와 미치는 그러지 못했다. 어디에서 잘못된 걸까? 지니아에서부터 잘못된 거였다. 지니아가 구원하는 쪽에서 도망치는 쪽으로 줄거리를 바꾸어 버렸고, 미치가 다시 구원받기를 원했을 때 로즈는 더 이상 그럴 마음이 없었다. 누구의 잘못일까? 누구의 책임일까? 아. 로즈가 책임을 배분하는 데 너무 연연하는 건 아닐까? 자기 탓이라고 생각하는 걸까? 한마디로 말하면, 그렇다. 어쩌면 그녀는 하느님의 이미지와 자신이 벌을 받고 있다는 생각을 지워 버리지 못하는 것일지 모른다.

정신과 의사는 어느 누구의 잘못도 아닐 거라고 말한다. 비행기 사고처럼 그냥 벌어지는 일일 거라고.

둘의 관계를 심층적으로 들여다볼 수 있는 능력이 생기면서 곰 곰이 생각해 보니 아무래도 그녀는 미치가 돌아오길 간절히 원하는 것 같다. 그렇다면 미치에게 같이 상담을 받아 보자고 권하는 건 어떨까? 그 정도까지는 용서해 주어야 하는 것 아닐까?

매우 일리 있는 말이다. 로즈는 전화를 할까 생각해 본다. 이제 조금만 더 용기를 내면 수화기를 들 수 있을 것 같다. 그런데 가랑비가 내리는 3월의 어느 날, 지니아가 세상을 떠난다. 레바논에서 폭탄을 맞고 죽었다며 양철 함에 담긴 채 이곳으로 돌아와 묻힌다. 로즈는 울지 않는다. 오히려 뛸 듯이 기뻐한다. 모닥불이라도 있었다면 탬버린을 흔들며 그 주위를 빙글빙글 돌았을 것이다. 하지만 이내 겁이 난다. 지니아는 앙심을 빼면 아무것도 남지 않는 위인이다. 죽었다고 달라지지는 않을 것이다. 다른 방법을 생각해 낼 것이다.

미치는 장례식에 참석하지 않는다. 로즈는 목을 길게 빼고 찾아보지만 모르는 남자들뿐이다. 물론 토니와 캐리스는 예외지만.

미치도 소식을 들었는지, 들었다면 어떤 식으로 감당하고 있는지 궁금하다. 지니아가 좀먹은 모피 코트처럼, 길바닥에 떨어진 나뭇가지처럼 치워졌다는 생각이 들어야 하는데 그렇지가 않다. 살아 있는 지니아보다 죽은 지니아가 더 엄청난 장애물이다. 정신과 의사에게도 말했지만 이유는 모르겠다. 죽길 바랐던 그 가증스러운 숙적 지니아는 죽고 자신은 살아 있다는 양심의 가책 때문일까? 그럴지도 모른다. 정신과 의사는 로즈더러 모든 일에 책임을 질 필요는 없다고 한다.

이제 미치도 달라지고 얼굴을 내밀고 반응을 보일 것이다. 최면에 걸렸던 사람처럼 깨어날 것이다. 하지만 전화가 없다. 4월 하고도 첫째 주, 둘째 주, 셋째 주인데 아무런 신호가 없다. 급기야 로즈가 그의 변호사에게 전화를 걸어 소재를 묻지만, 변호사는 대답을 하지 못한다. 여행을 운운했던 것 같다고만 한다. 어디로요? 변호사는 모르겠다고 한다.

미치가 떠난 곳은 온타리오 호수다. 그곳에서 지낸 지 한참이다. 돛이 휘감긴 채 표류 중이던 로절린드 2호를 경찰이 발견하고, 급기야 미치도 스카버러 절벽 인근 호숫가로 떠밀려 온다. 구명조끼를 입고 있었지만, 이 무렵에는 저체온증으로 금세 목숨을 잃을 수 있다. 경찰 측에서는 미끄러진 모양이라고 한다. 미끄러져서 호수에 빠졌는데 다시 요트로 올라오지 못했다는 것이다. 그가 출항하던 날, 바람이 불었다. 사고였다. 자살할 생각이었으면 구명조끼도 입지 않았을 것이다. 그렇지 않은가.

그건 아니라고, 그건 아니라고, 로즈는 생각한다. 그가 구명조끼를 입은 이유는 아이들을 생각해서였다. 아이들에게 나쁜 인상을 남기고 싶지 않아서였다. 아이들을 사랑하는 마음이 그 정도는 됐다. 하지만 그는 이 무렵의 수온이 어느 정도인지 알았다. 그녀에게 일장 연설을 늘어놓은 게 한두 번이 아니었다. 눈 깜빡할 사이에 체온이 떨어져. 몸에 감각이 없어지고 죽는 거야. 그렇게 그는 죽었다. 분명 계획적으로 저지른 일이었지만, 로즈는 아무 말을 하지 않는다. 아이들에게도 사고였다고 말한다. 사고는 항상 생기는 법이니까.

뒷정리는 당연히 로즈의 몫이다. 잡동사니를 치우고. 어지러운 것들을 정리하고. 아직은 명색이 부인이니까.

가장 감당하기 힘든 것은 그가 지니아와 함께 살았던 아파트다. 그는 떠난 그녀를 유럽까지 찾으러 다녀온 이래 그 아파트에서 살지 않았다. 옷장에 그의 옷들이 몇 벌 걸려 있다. 근사한 양복과 멋진 셔츠 그리고 넥타이. 로즈는 지금까지 숱하게 반복했던 것처럼 옷을 접어 포장한다. 공허함 이상으로 공허한 그의 구두. 어디에 있는지 몰라도 그는 지금 이곳에 없다.

더 강하게 느껴지는 것이 지니아의 존재다. 소지품이 대부분 보이지 않지만, 장미색 바탕에 용을 수놓은 중국제 실크 실내복이 침실 의자에 걸려 있다. 로즈는 냄새를 맡아 보고 오피엄이군, 하고 생각한다. 로즈를 가장 괴롭히는 게 그 향수 냄새다. 쭈글쭈글한 시트가 침대를 덮고 있고, 욕실에는 지저분한 수건들이 걸려 있다. 범죄 현장. 직접 오는 게 아니었는데, 이건 고문이다. 돌로레스를 보냈어야 하는 건데.

　로즈는 더 이상 정신과를 찾지 않는다. 무엇이든 고칠 수 있다는 낙관주의가 그녀의 신경을 건드리며 또 하나의 짐처럼 느껴진다. 지금 이런 상황에서도 희망을 잃지 말라고? 고맙지만 사양이다. 하느님, 대단했어요. 나를 완전히 골탕 먹이셨네요? 우쭐거리셔도 되겠어요. 또 무슨 일을 꾸미고 계신가요? 근사한 전쟁 한 판이나 대학살요? 아, 전염병은 어때요? 그녀는 아무리 혼잣말이라도 이런 식으로 이야기하면 안 된다는 것을 알지만, 그러면 불행을 자초할 수 있다는 것을 알지만, 그래야 하루를 견딜 수 있다.

　하루를 견디는 것이 관건이다. 그녀는 부동산 계약 두 건을 유보시킨다. 중요한 결정을 내릴 만한 상황이 아니다. 잡지사는 매각할 기회가 찾아올 때까지 저절로 굴러가게 내버려 두면 된다. 지니아가 전면 개조한 이래 수익을 창출하고 있으니 매각도 그다지 어렵지는 않을 것이다. 안 팔리면 접을 생각이다. 그녀가 체득하려고 아무리 애를 써도 비참하게 실패한, 얼토당토않은 주장들을 늘어놓는 잡지를 계속 출간할 생각은 없다. 그녀는 슈퍼우먼이 아니고, 여기서의 키워드는 실패다. 그녀는 수많은 분야에서 성공했지만, 한 가지 분야에서만큼은 성공하지 못했다. 자기 남자를 지키지 못했다. 미치가 호수에 투신한 거라면, 그 정도로 살 이유가 없었던 거라면 과연 누구의 잘못일까? 물론 지니아의 잘못이지만, 그녀의 잘못도 있다. 똑같이 어둠의 길을 걸었던 아버지를 생각했어야 하는 거였다. 그를 받아들였어야 하는 거였다.

하루를 견디는 것은 그렇다 치고, 밤을 견디는 것은 또 다른 차원의 문제다. 세면대 두 개가 나란히 놓인 으리으리한 욕실에서 이를 닦을 때마다 미치가 옆에 있는 것처럼 느껴지고, 샤워를 할 때마다 그의 축축한 발자국이 바닥에 남지 않았는지 살펴보게 된다. 짙은 자주색 시트가 깔린 침대 한복판에서 잠을 잘 수도 없다. 그전보다 훨씬 더, 그가 다른 데서 살고 있던 그때보다 훨씬 더 지금 이곳에 함께 있는 것처럼 느껴지기 때문이다. 하지만 그는 없다. 사라졌다. 그는 사라진 사람이다. 그녀가 찾으러 갈 수 없는 곳으로 떠난 사람이다.

결국 그녀는 짙은 자주색 시트가 깔린 침대에서 잠들지 못한다. 누웠다 일어나 목욕 가운을 걸치고 부엌으로 내려가 냉장고를 뒤진다. 아니면 까치발로 살금살금 2층 복도를 따라 걸으며 아이들의 숨소리를 듣는다. 그 어느 때보다 아이들이 걱정스러운데, 아이들은 그녀를 걱정한다. 아무리 안심시키려고 해도, 엄마는 괜찮다고, 모든 게 다 잘될 거라고 몇 번씩 말을 해도 아이들은 겁을 먹는다. 보면 느껴진다.

그녀의 생기 없는 목소리, 화장기 없는 얼굴 때문일 것이다. 그녀는 잠이 올 경우를 대비해 담요를 끌고 다닌다. 텔레비전을 벗 삼아 거실 바닥에서 잠이 들 때도 있다. 긴장이 풀리기를 바라며, 필름이 끊기기를 바라며 술을 마실 때도 있다. 이런 방법이 효과가 있을 때도 있다.

돌로레스가 그만둔다. 연금을 받을 수 있는 다른 일자리를 구했다는데, 정말 그래서 그만두는 건 아닐 것이다. 액운에 전염될까 봐 두려운 것이다. 그녀를 대신할 다른 사람을 알아보면 된다. 하지만 나중에, 제대로 생각할 수 있을 때 알아볼 것이다. 눈을 좀 붙인 다음에.

그녀는 아이들이 기침을 할 때면 가는 의원에 찾아가 수면제를 달라고 한다. 이 시기를 버틸 수 있을 만큼만 달라고. 의사는 이해한다며 처방전을 써 준다. 처음에는 조심하지만, 효과가 없어서 먹는 양을 늘린다. 어느 날 저녁에는 수면제를 한 움큼 먹고 스카치를 석 잔 마신다. 죽으려고 그런 건 아니다. 죽을 생각은 없다. 그냥 깨어 있는 게 짜증이 났을 뿐이다. 그녀는 결국 부엌에서 쓰러진다.

친구네 집에 놀러 갔다 온 래리가 그녀를 발견하고 전화로 구급차를 부른다. 래리는 이제 어른이다. 실제 나이보다 어른이다. 무거운 책임을 짊어지다 보니 그렇게 됐다.

로즈가 정신을 차리고 보니 덩치 좋은 간호사 둘이 그녀를 부축하고 있다. 여기 어디에요? 병원요. 이렇게 나약할 수가 있나, 이렇게 창피할 수가 있나. 이런 데까지 올 생각은 없었는데.

"집에 갈래요. 좀 쉬어야겠어요."

"이 여자, 정신이 드나 봐."

왼쪽 간호사가 말한다.

"괜찮아지실 거예요, 아주머니."

오른쪽 간호사가 말한다.

이 여자, 아주머니. 오랜만에 듣는 말이다. 모멸감이 반짝 고개를 드는가 싶더니 잦아든다.

로즈는 안개를 벗어나 둥실 떠오른다. 살갗처럼 얇은 머리뼈가 느껴진다. 그 안에 물컹물컹하고 퉁퉁 부은 뇌가 들어 있다. 그녀의 몸은 하늘처럼 넓고 까맣고, 신경은 환하게 반짝이며 콕콕 쑤신다. 길게 늘어선 별들이 해초처럼 너울거린다. 그녀는 둥둥 떠다닐 수도 있고, 밑으로 가라앉을 수도 있다. 미치가 거기 있을 것이다.

그런데 캐리스가 침대 옆에 앉아 그녀의 왼손을 잡고 있다.

"아직은 안 돼. 돌아와야지. 아직은 그럴 때가 아니야. 해야 할 일들이 남아 있잖아."

제정신이었을 때, 정상이었을 때 로즈는 캐리스를 사랑스러운 백치로 간주하고(솔직히 박학다식하다고 볼 수는 없으니까.), 그녀의 흐리멍덩하고 추상적인 이론을 귀담아듣지 않았다. 하지만 이제 캐리스가 다른 쪽 손을 밑으로 뻗어 로즈의 발을 잡자 로즈는 물결처럼 온몸을 관통한 슬픔이 팔과 손을 거쳐 캐리스의 손으로 빠져나가는 걸 느낀다. 그런 다음 무언가 그녀를 잡아당기는 듯한 기분을 느낀다. 캐리스가 저 먼 호숫가에서 밧줄 같은 것을 붙잡고, 거의 빠져 죽을 뻔한 그녀를 호수 밖으로 끌어내는 것 같다. 그곳에는 새로운 출발이 기다리고 있다. 호숫가, 태양, 조그맣게 보이는 사람들. 아이들이 손을 흔들며 소리를 지르는데, 뭐라고 하는지 들리지 않는다. 그녀는 숨을 쉬는 데, 허파 속으로 공기를 쑤셔넣는 데 집중한다. 그녀는 강하다. 이겨 낼 수 있을 것이다.

"그래, 그럴 거야."

캐리스가 말한다.

토니가 로즈의 집으로 들어가 아이들을 돌본다. 로즈가 퇴원을 하자 캐리스도 당분간 함께 지내기로 한다. 다시 일어설 수 있을 때까지.

"그럴 필요 없어."

로즈는 반항을 한다.

"누구든 옆에 있어야 하잖아. 우리 말고 다른 대안 있어?"

토니가 명랑한 목소리로 묻는다.

그녀는 이미 회사에 전화해 로즈가 기관지염에 걸렸다고 말해 놓은 상태다. 후두염까지 걸려서 전화 통화도 불가능하다고 해 놓았다. 꽃다발이 배달되는데, 캐리스가 꽃병에 꽂아 두기만 하고 물을 채우는 걸 깜빡한다. 그녀는 건강식품점에서 파는 다양한 캡슐과 추출액을 로즈에게 먹이거나 몸에 발라 주고, 한참 삶아야 하는 뭔지 모를 씨앗으로 만든 아침용 시리얼도 사 가지고 온다. 초콜릿을 먹고 싶어 하는 로즈를 보고 토니가 몰래 사다 준다. '좋은 징조'라면서.

캐리스가 데리고 온 오거스트까지 세 아이가 놀이방에서 바비 인형 놀이를 하는데, 전쟁에 나선 바비가 세계를 장악하고 주변의 모든 사람을 마구 휘두르는 폭력적인 내용이다. 다른 식으로 전개되더라도 결말이 고약하기는 마찬가지다. 로즈가 버린 슬립을 입고, 탐험에 나선 세 공주님이라며 집 안을 몰래 돌아다니기도 한다. 로즈는 서로 옥신각신하는 시끄러운 소리를 다시 들을 수 있다는 데 기뻐한다. 얼마 전까지만 해도 쌍둥이들이 너무 조용했던 것이다.

토니가 차를 끓이고 저녁으로 치즈와 감자칩을 얹은 옛날식 참치 캐서롤을 만들자 로즈는 아직도 세상에 이런 음식이 남아 있었나 하는 생각을 하고, 캐리스는 박하 에센스와 장미 오일로 로즈의 발을 주물러 준다. 그러면서 로즈는 정열적인 영혼의 소유자로 페루와 연관이 있다는 이야기를 한다. 지금까지 벌어진 비극처럼 보이는 일들은 전생을 처리하는 과정이란다. 로즈는 전생을 통해 깨달음을 얻어야 한다고 말한다. 깨달음을 얻는 것. 그것이야말로 우리가 이 땅으로 돌아온 이유란다.

"다음 생에 태어나더라도 지금 이 모습이 없어지는 게 아니라 거기에 몇 가지만 추가되는 거야."

로즈는 혀를 깨문다. 이제 다시 정신이 드는 터라 이 무슨 물똥 지리는 소리인가 하는 생각이 드는 것이다. 하지만 캐리스가 좋은 뜻에서 하는 말임을 알기에 꿈에라도 그런 소리는 하지 않는다. 캐리스는 로즈를 삶아서 육수라도 만들 생각인지 욕조에 계피 조각과 나뭇잎을 띄워 놓고 목욕을 하게 한다.

"너희들 때문에 내 버릇만 나빠지겠어."

건강을 회복하고 보니 이런 야단법석이 불편하게 느껴진다. 암탉처럼 이렇게 남을 챙기는 것은 원래 그녀가 하던 일이다. 보살핌을 받는 쪽이 되고 보니 익숙하지가 않다.

캐리스가 부드러운 목소리로 말한다.

"힘든 여행을 하느라 기운이 다 빠졌잖아. 이제 놓을 때도 됐지."

"그게 그렇게 쉽지가 않아."

로즈가 말한다.

"알아. 하지만 너는 예전부터 쉬운 일은 절대 좋아하지 않았어."

'예전부터'라는 단어 속에는 지난 4천 년 동안이란 의미가 들어 있다. 로즈가 느끼기에도 자기 나이가 그쯤 된 것 같다.

49

로즈는 천장에 달린 알전구의 불빛을 받으며 빈 접시를 옆에 놓고 지하실 바닥에 앉아 아이들이 읽던 이야기책을 무릎에 펼친다. 그런 채로 한때는 유부녀임을 알리는 수단이었고 지금은 무거운 짐이 되어 버린 결혼반지를 이리 돌리고 저리 돌린다. 그렇게 비틀어 대면 어디선가 반지의 요정이 나타나 모든 문제를 해결해 주리라는 듯. 흩어진 조각들을 모아 모든 걸 바로잡아 주리라는 듯. 2층으로 올라가면 미치가 되살아나 침대에 누워 있으리라는 듯. 애정 어린 거짓말, 빤히 들여다보이는 거짓말, 그녀가 감당할 수 있는 거짓말들을 잔뜩 늘어놓던 20년 전의 교활한 미치가 머리를 빗은 채로 그러리라는 듯. 또 한 번의 기회. 어떻게 하면 되는지 아니 이번에는 정말 잘할 수 있는데. 하느님, 도대체 왜 리허설은 없는 건가요?

꺼져 가는 침침한 불빛 아래 얼마나 앉아 있었던 걸까? 이제 위로 올라가 어떤 현실이 됐건 현실과 맞닥뜨려야 한다. 마음을 추슬러야 한다.

그녀는 마음을 추스르기 위해 목욕 가운에 달린 주머니를 더듬는다. 쌍둥이들이 금지시키기 전만 해도 거기에 항상 휴지를 넣어 두었는데, 이제는 없다. 그녀는 하는 수 없이 주황색 소맷부리로 눈가를 훔쳐 시커먼 마스카라 자국을 남기고, 다른 쪽 소맷부리로 코를 닦는다. 어차피 하느님 말고는 볼 사람도 없는데, 뭐. 수녀님들이 말하길 하느님은 면으로 된 손수건을 더 좋아한다고 했는데. 하느님, 저희가 소매로 코를 닦는 게 싫으면 애초에 소매를 주지 마셨어야죠. 아니면 콧물을 주지 마시든가. 아니면 아예 눈물을 주지 마시든가. 아니면 기억이나 아픔을 주지 마시든가.

그녀는 아이들이 읽던 책을 다시 책장에 꽂는다. 자선단체에 기부하든지 빌려 주어야겠다. 손자들이 태어나길 기다리는 동안 전 세계로 널리 퍼져 다른 꼬맹이들의 정신세계를 왜곡시킬 수 있게. 손자라니 무슨? 꿈 깨라, 로즈. 쌍둥이들은 아직 어리고 나중에 자라더라도 카 레이서가 되든지, 고릴라들과 함께 살든지, 아무튼 그렇게 대담무쌍하고 후손 양성과는 아무 상관없는 일을 할 것이다. 래리로 말할 것 같으면 서두르는 기미가 전혀 없다. 그 아이가 지금까지 만난 모조품 같은 여자들이 미래의 며느릿감을 보여 주는 일종의 견본이라면 로즈는 차라리 포기하는 쪽을 선택하겠다.

아직도 정략결혼이라는 게 있다면 인생살이가 훨씬 쉬울 텐데. 돈을 손에 쥐고 결혼 시장에 나서 믿을 만한 중매인을 통해 래리에게 알맞은 참한 아가씨를 점찍기만 하면 될 텐데. 똑똑하지만 거만하지는 않고, 다정하지만 영 맹탕은 아니고, 골반이 넓고 허리가 튼튼한 아가씨. 만약 그녀가 정략결혼을 했다면 그래도 지금처럼 상황이 안 좋았을까? 아무 경험 없는 젊은 아가씨들을 거친 숲 속으로 혼자 내보내는 게 과연 잘하는 일일까? 뼈대가 굵고 발이 그다지 작지 않은 아가씨들을. 사람들 마음속을 꿰뚫어볼 줄 아는 지혜로운 여자가, 쭈글쭈글한 할머니가 나무 뒤에서 걸어 나와 이런저런 조언을 해 준다면 얼마나 좋을까? 아니야, 이 녀석은 아니야. 혹은 남자나 여자나 미모는 가죽 한 꺼풀에 불과한 거란다. 남자들 가슴속에 어떤 악마가 숨어 있는지 어느 누가 알겠는가마는 나이가 많은 여자들은 알 수 있다. 하지만 얼마나 나이를 먹어야 그만큼 지혜로워질 수 있는 걸까? 로즈는 그런 지혜의 싹이 터서 검버섯처럼 온몸을 덮어 주길 계속 기다리고 있다. 하지만 아직까지는 조짐이 없다.

그녀는 바닥에서 일어나 책 먼지로 범벅이 된 손으로 엉덩이를 터는 실수를 저지른다. 그녀는 뒤늦게 아차 싶어 손을 내려다보다 벨벳으로 덮인 엉덩이에 짜부라진 좀벌레가 대롱대롱 매달려 있는 것을 발견한다. 양털을 줍는 동안* 어떤 녀석들이 기어서 지나갔을지 아무도 모를 일이다. 양털을 줍다. 어머니가 자주 쓰던, 아주 오래된 말. 모두들 뜻은 알지만, 어디에서 유래됐는지는 아무도 모른다. 왜 양털을 줍는 게 게으름을 피운다는 뜻으로 쓰이게 됐을까? 어머니는 책을 읽는 것과 생각하는 것, 두 가지 모두를 양털 줍는 일로 간주했다. 로절린드! 그렇게 앉아서 양털이나 줍지 말고 나가서 앞길이라도 쓸어라!

다리가 저리다. 발을 내디딜 때마다 핀과 바늘로 쿡쿡 쑤시는 것처럼 따끔거린다. 로즈는 간간히 걸음을 멈추고 움찔거려 가며 절뚝절뚝 계단까지 걸어간다. 부엌에 가서 먹을 게 있는지 냉장고를 열

---

* '부질없는 공상을 한다'는 뜻의 관용 표현.

어 봐야겠다. 그녀는 오늘 저녁을 제대로 먹지 못했다. 종종 그렇다. 그녀를 위해 뭘 만들어 주는 사람도 없고, 그녀가 뭘 만들어 줄 사람도 없다. 전부터 요리에 취미가 있는 것은 아니었지만. 배달을 시켜도 같이 먹을 사람이 없다. 음식은 나누어 먹어야 제맛이다. 혼자 밥을 먹는 것은 혼자 술을 마시는 것과 같다. 날을 무디게 만들고 빈자리를 채우는 하나의 수단이다. 빈자리. 미치가 남긴 사람 모양의 구멍.

하지만 냉장고 안에 그녀가 먹고 싶은 건 없을 것이다. 아니, 몇 가지 있더라도 비참한 짓은 하지 않을 것이다. 초콜릿럼 아이스크림 소스를 병째 숟가락으로 떠먹거나 상상 속의 특별한 순간을 위해 아껴 놓은 푸아그라 깡통을, 저 뒤쪽에 깊숙이 숨겨 놓은 샴페인과 함께 공격하지는 않을 것이다. 영양소 공급을 위해 사다 놓은 이런저런 야채들이 있기는 하지만, 지금은 당기지 않는다. 야채실 안에서 초록색과 주황색 곤죽으로 서서히 변해 갈 이 야채들의 미래가 그녀의 눈앞에 그려진다. 그러면 그녀는 새로 사다 놓을 테지.

캐리스나 토니, 아니면 두 친구 모두를 집으로 부르는 건 어떨까. 칼턴 가에 있는 인도 탄두리 테이크아웃 전문점에서 매운 닭 날개를 주문하거나 그녀가 가장 좋아하는 스패디나 가의 사천요리 전문점에서 새우 완자, 마늘과 함께 볶은 콩, 튀긴 만두를 주문하는 거다. 아니면 둘 다 주문하든지. 조금은 죄가 되는 다국적 파티를 여는 거다. 하지만 캐리스는 이미 섬으로 돌아갔을 테고, 벌써 어둑어둑한데 혼자 밤길에 나섰다 강도라도 당하면 큰일이다. 프린트 무늬를 겹겹이 입고 여기저기 부딪치며 걸어 다니는 긴 머리의 중년 여자이니 내 지갑 가지고 가세요라고 써 붙이고 다니는 것만큼이나 빤한 표적인데, 캐리스는 로즈가 돈을 주겠다고 해도 기름 낭비 어쩌고 하며 절대 택시를 타지 않는다. 그녀는 버스를 탈 것이다. 아니, 버스라도 타면 다행이지 조지 양식을 흉내 낸 저택이 즐비한 로즈데일의 을씨년스러운 길을 걷다 부랑자로 경찰에 잡혀갈 수도 있다.

토니로 말할 것 같으면 탑이 달린 요새에서 웨스트에게 저녁을 차려 준답시고 1967년판 『요리의 즐거움』에 실린 국수 캐서롤이나 뭐 그런 걸 만들고 있을 것이다. 셋 중에서 지금 남자하고 같이 사는 사람이 토니 하나뿐이라니 참 신기하다. 로즈로서는 잘 이해가 안 되는 일이다. 토니로 말할 것 같으면 새끼 새를 닮은 눈과 살짝 쌀쌀맞게 보이는 미소가 특징이고, 성적 매력이 소화전에 버금가며 몸매도 소화전과 비슷한데 말이다. 하지만 로즈도 경험을 통해 터득했다시피 사랑은 엉뚱한 데서 찾아오는 법이다. 어쩌면 웨스트가 젊었을 때 지니아에게 워낙 심하게 데여서 다른 여자는 감히 쳐다보지 못하는 것일 수도 있다.

로즈는 토니의 저녁 식탁 풍경을 부러운 듯 그려 보다 사실은 별로 부러울 게 없다는 결론을 내린다. 젓가락처럼 비쩍 마르고, 정신 세계가 특이하며, 턱이 랜턴처럼 생긴 웨스트는 마주 앉아 식사를 함께하고 싶은 이상형과 전혀 동떨어진 인물이기 때문이다. 부럽다기보다 토니 옆에 남자가 있어서 다행이라는 생각이 더 크다. 토니는 친구이고, 사람은 누구나 친구의 행복을 바라는 법이니까. 초창기에 오버올을 입고 다녔던 페미니스트들은 죽은 남자만 착한 남자고, 남자는 아예 없는 게 낫다고 했다. 그래도 로즈는 친구들이 남자로 인한 즐거움을 누렸으면 좋겠다. 나에게는 그렇게 독이 되는 남자라 할지라도. 나, 만나는 사람 생겼어. 친구에게서 이런 소식을 들으면 로즈는 진심으로 기뻐하며 비명을 지른다. 별로 없다는 좋은 남자를 실제로 만났으니 기뻐할 수밖에 없다. 하지만 좋은 남자를 만나는 것은 어렵고, 거의 불가능에 가까운 일이다. 심지어 남자들조차 '좋은 남자'가 어떤 남자인지 잘 모르니 말이다.

어쩌면 좋은 남자들이 지니아 같은 킬러에게 숱하게 잡아먹히는 바람에 희귀종이 된 것일 수도 있다. 여자들은 대부분 남자를 잡아먹는 킬러를 못마땅하게 생각한다. 문제는 남자를 잡아먹는 행위 그 자체나 난잡한 성관계가 아니라 탐욕이다. 여자들은 킬러가 남자들을 몽땅 잡아먹어 주길 바라지 않는다. 자기들도 잡아먹을 수 있게 몇 명은 남겨 두길 바란다.

이것은 로즈가 아니라 토니에게나 어울릴 냉소적인 시각이다. 로즈는 낙천주의를 굳게 지켜야 한다. 낙천주의는 그녀를 계속 살아 있게 만드는 정신적 비타민이므로 그럴 필요가 있다. 예전에 페미니스트들은 신여성이 조만간 등장할 거라고 했다. 그런데 언제쯤이면 등장하는 걸까? 지금까지 등장하지 않은 이유는 뭘까?

그동안 이 세상의 수많은 지니아들이 온 사방으로 퍼져 나가 사업에 매진하고, 남자들 호주머니를 털고, 남자들의 환상을 충족시키고 있다. 남자들의 환상, 남자들의 환상, 남자들의 환상이 모든 것을 좌우하는 걸까? 우상처럼 떠받들리는 여자도, 무릎을 꿇은 여자도 모두 다 남자들의 환상이다. 남자들이 어떻게 하건 모두 다 감당할 만큼 강한 여자도, 전혀 어쩌지 못할 만큼 약한 여자도 마찬가지다. 심지어 남자들의 환상을 충족시키는 데 무관심한 척하는 여자도 남자들의 환상이다. 어느 누구의 눈에도 보이지 않는 척, 자기만의 인생이 있는 척, 다른 데도 아니라 자기 머릿속에 뚫린 열쇠 구멍으로 끊임없이 엿보는 구경꾼의 존재를 의식하지 않고 발을 씻고 머리를 빗을 수 있는 척하는 여자도 마찬가지다. 여자들의 머릿속에는 여자를 훔쳐보는 남자가 들어 있다. 여자들은 자기가 자기를 훔쳐보는 관음증 환자다. 이 세상의 지니아들은 이런 현상을 연구해 자기들 입맛에 맞게 비틀었다. 남자들의 환상에 자기들을 맞추지 않고 자기들 스스로 틀을 만들었다. 그러고는 슬그머니 꿈속으로 들어갔다. 남자들뿐 아니라 여자들의 꿈속으로도. 여자들을 보며 남자들만 환상을 품는 게 아니라 여자들도 환상을 품기 때문이다. 물론 서로 성격이 다른 환상이지만.

　로즈는 가끔 우울해질 때가 있다. 좋은 사람, 도덕적인 사람, 바른 사람이 되려는 중압감 때문이다. 훌륭한 태도를 보여야 하고, 훌륭한 천성을 갖추어야 하며, 암탉처럼 꼬꼬거리며 착하고 선량하게 살아야 한다는 생각이 머리에서 광선처럼 사방으로 발사된다. 선의가 문제다. 그런데 이렇게 우라지게 모범적인 인간으로 사는데 왜 이렇게 재미없을까? 가끔 그녀도 '자선가'라는 숨 막히는 가면을 벗어 던지고, 양심의 가책을 건드리지 않으려고 살금살금 까치발로 걸어 다니는 것도 멈추고, 지금처럼 속으로 살짝 욕을 한다든지 나쁜 말을 쓰는 식으로 소심하게가 아니라 정말로 엄청난 해방감을 느껴 보고 싶다. 욕을 먹을 만큼 어처구니없고 진짜 심각한 죄를 저질러 보고 싶다.

　예전에는 난잡한 성생활로 해결할 수 있었지만, 평범하고 흔해빠진 섹스는 이제 시시하다. 일종의 심리 치료나 미용체조와 다를 바

없어서 잔인한 변태 행위를 고안해야 할 판이다. 뭔가 사악하고 원시적이고 복잡하고 더러운 것이 필요하다. 유혹 그리고 서서히 진행되는 독살. 변절. 배신. 불륜과 거짓말.

그런 짓을 저지르려면 몸을 바꾸어야 한다. 지금 이 몸은 볼품없고 너무 거추장스러울 정도로 순수한데, 그녀가 염두에 두고 있는 나쁜 짓은 우아한 자태가 필수 조건이다. 정말로 사악해지려면 더 날씬해져야 한다.

거울아, 거울아, 우리 중에 누가 제일 사악하니?
부인, 살만 좀 빼시면 뭔가 해 드릴 게 있을 것 같은데요.

그러지 말고 초인적인 미덕을 연마하면 어떨까? 고의(苦衣)를 입고 성흔(聖痕)을 보이며 가난한 사람들을 돕는, 덩치가 좀 큰 테레사 수녀가 되는 거다. 성녀 로즈. 듣기에도 근사하다. 성녀 로절린드가 더 고상한 맛은 있지만. 그녀가 어떤 식으로 순교했는지 보여 주는 증거는 접시에 놓인 가시 몇 개와 신체 일부분이다. 눈알 하나, 손 한쪽, 그리고 젖가슴 한쪽. 가장 인기 있는 게 젖가슴이었다. 고대 로마인들은 성형외과 의사라도 되는 양 여자들한테서 젖가슴을 도려내는 취미가 있었던 것 같다. 머리에 후광을 두르고, 힘없이 가슴에 손을 얹고, 늘어진 턱을 가리는 데 제격인 베일을 쓰고, 환희에 젖어 눈을 까뒤집은 그녀의 모습이 머릿속에 그려진다. 이런 극단적인 것들에 마음이 끌린다. 극단적으로 선하거나 극단적으로 악한 것. 필요한 능력은 비슷하다.

아무튼 그녀는 다른 사람이 되고 싶다. 하지만 아무나 되고 싶지는 않다. 가끔은 단 하루만이라도, 단 한 시간만이라도, 어쩔 수 없다면 단 5분만이라도 지니아가 되어 보고 싶다.

그녀는 난간을 붙잡고 따끔거리는 발로 지하실 계단을 밟고 한 번에 한 걸음씩 절뚝절뚝 올라가면서 아흔 살까지 살 수 있을지 모르겠지만 만약 그때까지 산다면 이렇게 될까 하는 생각을 한다. 그녀는 마침내 계단을 끝까지 올라가 문을 연다. 새하얀 부엌이 조금 전과 똑같은 모습으로 그녀를 반긴다. 한참 동안 멀리 있었던 것 같은 기분이 든다. 배배 꼬인 나무들이 우거져 있고 마법에 걸린 어두컴컴한 숲 속에서 헤맸던 것 같은 기분이 든다.

패션이랍시고 양쪽 무릎에 구멍을 뚫은 타이츠를 신고 그 위에 반바지를 입은 쌍둥이들이 조리대 앞 높은 의자에 앉아 길쭉한 유리잔에 담긴 딸기 스무디를 마시고 있다. 윗입술에 분홍색 수염이 생겼다. 프로즌 요거트 용기가 개수대 옆에서 녹아 가고 있다. 폴라가 말한다.

"헉. 엄마, 교통사고라도 당한 것처럼 보여! 얼굴에 묻은 그 시커먼 건 뭐야?"

"내 얼굴이야. 내 얼굴이 떨어져 나간 거야."

에린이 의자에서 펄쩍 뛰어내려 그녀에게 달려오더니 엄마 노릇할 때의 로즈 말투를 흉내 낸다.

"얘, 앉아 봐라. 열이 있니? 엄마가 이마 한번 짚어 보자."

쌍둥이들은 그녀를 재촉해 의자에 앉히더니 행주에 물을 묻혀 얼굴을 닦아 준다.

"으아, 더러워, 더러워!"

아이들은 울어서 그렇게 된 줄 뻔히 알면서도 아무 말 하지 않는다. 그러더니 깔깔대고 키득거리며 자기들이 먹던 스무디를 마시게 한다. 엄마가 아이가 되고, 자기들이 엄마가 된 그 상황이 재미있는 모양이다. 기다려 봐라. 로즈는 생각한다. 내가 정신을 놓고 침을 흘리기 시작하면 진짜로 너희들이 엄마 노릇을 해야 할 테니까. 그러면 재미없을 테니까.

하지만 엄마를 여의는 것도 아이들 입장에서는 매우 힘든 일일 것이다. 그러니 괴로운 마음 위로 가면을 쓰는 수밖에. 그것은 아이들이 엄마인 그녀에게서 배운 수법이다. 효과가 있는 수법이다.

톡시크

50

토니가 피아노를 친다. 하지만 음악은 흘러나오지 않는다. 발은 페달에 닿지 않고 손은 건반을 다 짚지 못하지만 그래도 그녀는 계속 피아노를 친다. 멈추면 끔찍한 일이 벌어지기 때문이다. 방 안에서 무언가 타는 건조한 냄새, 친츠 커튼에 찍힌 꽃 냄새가 난다. 커다란 분홍색 장미꽃인데, 꽃잎을 벌렸다 오므렸다 하는 것이 이제는 화염처럼 보인다. 화염은 벌써 벽지까지 번졌다. 그녀의 커튼에서 나온 꽃들이 아니라 토니도 기억하지 못하는 다른 곳에서 온 꽃들이다.

어머니가 얼룩무늬 베일이 달린 고동색 모자를 쓰고 하이힐로 또각또각 마룻바닥을 밟으며 어두컴컴한 방 안으로 들어온다. 어머니는 토니와 나란히 피아노 의자에 앉는다. 얼굴이 희미하고 흐릿해서 이목구비가 잘 보이지 않는다. 어머니가 안개처럼 서늘한 가죽 장갑을 낀 손으로 그녀의 얼굴을 쓰다듬자 토니는 고개를 돌리고 어머니에게 매달린다. 단단히 매달린다. 앞으로 어떤 일이 벌어질지 알기 때문이다. 그런데 어머니가 원피스 앞섶에서 해초 냄새가 나는 달걀을 하나 꺼낸다. 토니가 이 달걀을 안전하게 지키면 집 안에 난 불도 꺼지고 미래도 피할 수 있다. 하지만 어머니가 장난스럽게 달걀을 머리 위로 들어올리는데, 토니는 키가 작아서 손이 닿지 않는다.

"딱한 것, 딱한 것."

어머니가 말한다. 어머니의 목소리는 구구거리는 비둘기처럼 달래는 듯하면서도 무정하고 한없이 구슬프다.

어딘가 보이지 않는 곳에서 꽃들이 걷잡을 수 없이 자라고 집이 불길에 휩싸인다. 토니가 막지 않으면 한때 존재했던 모든 게 타 버릴 것이다. 보이지 않는 불길이 너울대는 깃털처럼 푸드득거리는 소리를 낸다. 키가 큰 남자가 한쪽 구석에 서 있다. 웨스트인데 왜 저런 옷을 입고 있을까, 왜 머리가 검은색일까, 왜 모자를 들고 있을까? 그의 옆에 트렁크가 놓여 있다. 그가 트렁크를 집어서 연다. 뾰족한 연필이 가득 들어 있다. 히원영. 그가 슬픈 목소리로 내뱉은 이 말의 의미는 안녕이다. 지니아가 기다란 술이 달린 실크 숄로 온몸을 휘감고 문 앞에서 기다리고 있는 것이다. 그녀의 목은 잘린 듯 붉그스름한 회색의 상처가 나 있다. 그런데 토니의 눈앞에서 그 상처가 벌어졌다 다시 축축하게 닫히고, 토니는 지니아에게 아가미가 달려 있다는 사실을 깨닫는다.

그런데 웨스트가 한쪽 팔로 지니아를 감싸 안고 떠나려 한다. 등을 돌린다. 두 사람을 싣고 눈 덮인 언덕으로 떠날 택시가 밖에서 기다리고 있다.

토니는 두 사람을 막아야 한다. 그녀가 다시 한 번 손을 내밀자 어머니가 그 위에 달걀을 얹는데 불 때문에 너무 뜨거워서 그만 떨어뜨리고 만다. 달걀이 신문지 위로 떼굴떼굴 굴러가 깨지자 축축하고 시뻘건 시간이 그 안에서 흘러나온다. 집 안쪽에서 총소리가 들리고 저벅저벅 군화 소리와 외국어로 고함을 지르는 소리가 들린다. 아버지는 어디 계실까? 그녀는 미친 듯이 사방을 찾아보지만 아버지는 어디에도 없고, 군인들이 벌써 들이닥쳐 어머니를 끌고 간다.

캐리스는 팔을 양옆에 붙이고 손바닥을 펴고 눈을 감은 채 하얀 덩굴이 그려진 침대에 누워 있다. 눈은 감았지만 의식은 또렷하다. 영체가 그녀의 몸에서 빠져나오더니 위로 올라가 얼굴에서 벗겨 낸 가면처럼 허공에 떠 있는 것이 느껴진다. 영체도 하얀색 순면 나이트 가운을 입고 있다.

우리는 얼마나 아슬아슬하게 몸속에 깃들어 있나. 그녀는 그런 생각을 한다. 그녀는 빛으로 이루어진 몸으로(젤라틴처럼 투명하다.) 창문을 빠져나가 항구를 지난다. 저 아래 페리가 보인다. 그녀는 밑으로 휙 내려가 페리가 지나간 자국을 따라간다. 사방에서 날개가 퍼드덕거리는 소리가 들린다. 그녀는 갈매기들이겠거니 하고 고개를 돌렸다 닭 떼가 나는 것을 보고 깜짝 놀란다.

그녀는 기슭 저편으로 건너가 도시를 따라 떠다닌다. 앞에 어느 호텔의 큼지막한 창문이 있다. 그녀는 유리창에 내려앉아 나방처럼 두 팔을 움직인다. 그러자 유리창이 얼음처럼 녹아내려 안으로 들어갈 수 있게 된다.

안으로 들어가니 지니아가 캐리스처럼 하얀색 순면 나이트 가운을 입고 거울 앞 의자에 앉아 구름처럼 수북한 머리를 빗고 있다.

불꽃처럼, 하늘을 향해 혀를 날름거리는 시커먼 사이프러스 나뭇가지처럼 배배 꼬인 머리카락이 타닥타닥 정전기를 일으킨다. 끝에서 파란 불꽃이 튄다. 지니아가 캐리스를 보더니 오라고 손짓한다. 캐리스가 가까이, 점점 더 가까이 다가가자 어느덧 거울 속에 두 사람이 나란히 있다. 바로 그때 지니아의 윤곽이 비에 젖은 수채화처럼 번지면서 캐리스가 그녀의 몸속으로 흡수된다. 캐리스는 장갑을 끼듯, 살갗으로 만든 옷을 입듯, 스르륵 그녀의 안으로 미끄러져 들어가 그녀의 눈을 통해 내다본다. 그 눈에 그녀가 보인다. 거울 속에 비친 그녀가, 힘이 있는 그녀가. 나이트 가운이 보이지 않는 바람결에 너울거린다. 얼굴 밑에 숨어 있던 뼈들이 엑스레이처럼 점점 더 검게 변하는 것이 유리창에 비쳐 보인다. 이제 그녀는 물체의 속을 들여다볼 수 있다. 기(氣)로 변해 단단한 물체를 통과할 수 있다. 어쩌면 그녀는 죽었을지 모른다. 기억이 안 난다. 이것이 환생인지도 모른다. 그녀는 새로 생긴 손가락을 쫙 펼치며 이걸로 무얼 할까 생각해 본다.

그녀는 창가로 둥둥 날아가 밖을 내다본다. 불빛이 반짝이고 수많은 사람들이 살고 있는 저 밑에서 서서히 연기가 올라오고 있다. 연기 냄새가 방 안으로 스며든다. 모든 것은 결국 재로 화한다. 심지어 돌멩이까지. 그녀의 뒤쪽은 깊은 우주다. 끊임없이 불어닥치는 성간풍(星間風)에 실려 잿가루처럼 날리는 원자들, 속죄하느라 쫓겨난 영혼들…….

누군가 문을 두드리는 소리가 들린다. 그녀는 다가가 문을 열어준다. 수건을 가지고 온 메이드일 것이다. 그런데 메이드가 아니라 줄무늬 잠옷을 입은 빌리다. 몸은 나이가 들어 비대하고, 얼굴은 날

고기 같다. 그가 건드리면 그녀는 삭은 가죽 뭉치처럼 부스러질 것이다. 이것은 새로 생긴 눈이 부리는 조화다. 그녀는 눈을 떼어 내려고 얼굴을 문지르고 잡아당긴다. 이제는 이 검은 눈이 싫다. 하지만 지니아의 눈은 떨어지지 않는다. 생선 비늘처럼 그녀의 눈에 딱 붙어 있다. 스모크 유리처럼 모든 것을 어둡게 만들면서.

로즈는 너무 헐렁한 세일러 원피스를 입고 쪼개진 나뭇등걸과 뾰족한 덤불을 지나 숲 속을 걷고 있다. 이 원피스는 그녀의 것이 아니다. 그녀에게는 이런 원피스가 없다. 맨발이라 발이 시리다. 바닥이 눈으로 덮여 있어 걸을 때마다 살이 에인다. 앞에 누군가 지나간 흔적이 있다. 빨간 발자국, 하얀 발자국, 빨간 발자국. 옆쪽은 덤불이다. 많은 사람들이 그 길을 지나가면서 들고 있던 물건을 떨어뜨렸다. 램프, 책, 시계, 떨어지면서 벌어진 트렁크, 신발을 신고 있는 다리 한 짝, 다이아몬드 버클이 달린 구두. 버려진 사탕 껍질처럼 지폐가 이리저리 날린다. 숲 속으로 들어간 발자국은 있는데 숲에서 나온 발자국은 없다. 그녀는 그 발자국을 따라가면 안 된다는 것을 안다. 저 안에 무언가가 있다. 보고 싶지 않은 끔찍한 무언가가 있다.

하지만 그녀는 안전하다. 이곳은 백분병 때문에 까매진 제비고깔이 눈 속에서 외로이 고개를 숙이고 있는 그녀의 꽃밭이다. 하얀 국화도 있지만 땅에 심은 게 아니라 원통 모양의 큼지막한 은색 꽃병 안에 들어 있다. 그런 꽃병은 한 번도 본 적 없지만, 그래도 이곳은 그녀의 집이다. 뒤쪽 창문이 깨져 있고 문이 열렸다 닫혔다 하지만 그래도 그녀는 안으로 들어가 아무것도 움직이지 않는 하얀 부엌을 가로지르고, 의자가 세 개 놓여 있는 식탁을 지난다. 온 사방이 먼지로 덮여 있다. 어머니가 없으니 그녀가 청소를 해야 할 것이다.

뒷계단을 올라가자 얼었던 발이 풀리면서 바늘로 쑤시는 것처럼 따끔거린다. 2층 복도는 텅 비어 있고 조용하다. 음악 소리도 들리지 않는다. 아이들이 어디 갔을까? 어른이 돼서 다른 데서 살고 있는 모양이다. 하지만 어떻게 그럴 수가 있을까? 어떻게 그녀에게 다 자란 아이들이 있을까? 그러기에 그녀는 너무 어린데. 너무 작은데. 시간이 뭔가 이상하다.

그때 샤워 소리가 들린다. 미치가 있는 모양이다. 한참 동안 떠나 있던 미치가 돌아오다니 그녀는 기뻐서 어쩔 줄 모른다. 안으로 달려 들어가 그를 맞이하고 싶다. 열어 놓은 침실 문을 통해 수증기가 뭉게뭉게 흘러나온다.

하지만 안으로 들어갈 수가 없다. 외투를 입은 남자가 앞을 막고 있다. 남자의 입과 콧구멍에서 주황색 빛이 뿜어져 나온다. 그가 외투를 벌리자 성스러운 심장이 보인다. 핼러윈 때 드는 호박 초롱 같은 주황색 심장이 갑자기 어디에선가 불어온 바람결에 깜빡인다. 남자는 왼손을 들어 그녀를 막으며 수녀님이라고 한다.

겉모습이 어떻든, 모든 게 어떻든 이 남자는 지니아다. 천장에서 비가 내리기 시작한다.

51

어둠이 내렸다. 가늘고 싸늘한 가랑비가 내리고, 쇼윈도에 불을 밝힌 상점과 붉은 네온사인이 반사되는 시커먼 거리가 비에 젖어 번들거린다. 이런 풍경은 토니가 비닐 우비와 기름을 바른 머리와 방금 전에 바른 립스틱을 보고 떠올리는 이미지와 비슷하다. 어딘가 수상쩍고 가슴을 설레게 만드는 풍경. 낯선 사람들을 가득 태운 자동차들이 촤아, 하는 소리를 내며 어디인지 모를 곳을 향해 달려간다. 토니는 걷는다.

톡시크는 밤이 되면 달라진다. 조명은 희미해지고, 빨간 유리 안에 든 몽당 촛불들이 테이블 위에서 깜빡인다. 웨이터와 웨이트리스들의 복장도 미묘하게나마 좀 더 선정적이다. 양복을 입은 남자 몇 명이 저녁을 먹고 있다. 토니는 사업가들이겠거니 생각한다. 하지만 함께 온 여자들은 아내가 아니라 정부일 것이다. 그녀는 그런 남자들이 아직도 정부를 거느리고 있다고 생각하는 것을 좋아한다. 아마 그들끼리는 '정부'라고 부르지 않겠지만. 애인. 걸프렌드. 특별한 친구. 톡시크는 아내가 아니라 특별한 친구를 데리고 가는 곳이다. 하지만 토니도 장담할 수는 없다. 이곳은 그녀가 끼어들 만한 세상이 아니니까. 가죽 재킷을 입은 남자들이 낮보다 더 많이 보인다. 나지막이 웅웅거리는 소리가 들린다.

그녀는 숫자가 큼지막하게 적힌 손목시계를 확인한다. 11시가 되면 록 밴드의 공연이 시작되는데, 그전에 여기서 나갈 수 있었으면 좋겠다. 소음은 집에서 듣는 것으로도 충분하다. 오늘 그녀는 웨스트가 볼륨을 있는 대로 높인 채 팔을 휘젓고 환희의 표정까지 지어가며 들려준 청각 고문에 무려 30분 동안이나 시달렸다. 그러면서 그는 "해낸 것 같아."라고 했다. 그러니 그녀가 무슨 말을 할 수 있었을까? 애써 생각해 낸 대답이 "잘됐네."였다. 어떤 상황에서나 쓸 수 있는 표현인 데다 그 정도면 충분할 것 같았다.

제일 먼저 도착한 사람이 토니다. 그녀는 지금까지 톡시크에서 점심만 먹었을 뿐, 저녁은 이번이 처음이다. 오늘 저녁 모임은 마지막 순간에 급조된 약속이다. 로즈가 숨을 헐떡이며 전화를 하더니 꼭 해야 할 말이 있다고 했던 것이다. 원래 로즈는 토니와 캐리스에게 자기 집으로 오라고 했는데, 토니가 그 집은 차가 없으면 가기 힘든 곳임을 짚고 넘어갔다.

그녀는 이론상으로 로즈의 쌍둥이들을 가장 예뻐하기는 해도 그 집에 가는 것은 별로 좋아하지 않는다. 예전에는 아이를 낳지 않은 것이 아쉬웠지만, 어머니를 생각해 보면 그녀가 엄마 노릇을 과연 잘할 수 있었을까 싶다. 그녀에게는 엄마 노릇보다 대모 노릇이 더 어울린다.(무엇보다 좀 더 간헐적이다.) 쌍둥이들을 보면 마음이 뿌듯하다. 그 아이들은 날카롭게 반짝이는 면이 있고, 또 다른 대녀인 오거스타도 그렇다. 셋 다 소위 말하는 요조숙녀 스타일은 아니다. 다리를 벌리고 말 잔등에 걸터앉아 머리카락을 휘날리며 들판을 사정없이 달리면 딱 어울릴 성격이다. 그런 자신감과 똑바로 앞을 바라보는 눈빛과 재미있지만 거침없는 입담은 어디에서 나오는지 모르겠다. 여자들 특유의 소심한 구석이 전혀 없다. 그 아이들만큼은 당당하게, 그녀가 애써 그러모은 것보다 훨씬 더 당당하게 질주했으면 좋겠다. 세 아이의 앞날에 축복을. 하지만 가까이 다가가면 오거스타는 조금 쌀쌀맞아 보이고(성공에 너무 집착한다.) 쌍둥이들은 점점 거대하고 까불까불하게 변하고 있으니 축복은 멀리서 빌어 주기로 한다. 토니는 쌍둥이들이 살짝 무섭다. 실수로라도 자기를 밟고 지나가면 어쩌나 싶다.

그래서 이번에는 토니가 톡시크에서 만나자고 했다. 로즈가 할 말이 있다고 하고 토니도 할 말이 있으니, 이곳에서 이야기하는 것이 가장 나을 것 같았다. 그래서 세 사람이 늘 앉던, 스모크 유리 거울이 달린 한쪽 구석 자리를 예약했다. 그녀는 검은색 점프 슈트에 징이 박힌 널찍한 가죽 허리띠를 매고 은 귀고리를 한쪽 귀에 다섯 개씩 걸고 지나가던 젊은 여자인지 남자인지 모를 직원에게 화이트 와인 한 병과 에비앙 한 병을 주문한다.

주문한 음료와 동시에 캐리스가 살짝 창백한 얼굴로 등장한다. 평소에도 늘 묘하게 창백했지만 오늘은 좀 더 심하다.

"오늘 이상한 일이 있었어."

캐리스가 축축한 올 스웨터 코트와 북슬북슬한 뜨개 모자를 벗으며 말한다. 하지만 평소에도 종종 듣던 말이었기 때문에 토니는 고개만 끄덕이고 에비앙을 잔에 따른다. 조만간 캐리스가 꿈속에서 반

짝이는 사람들이 나무에 앉아 있었다는 둥, 길거리나 자동차 번호가
희한하게 일치했다는 둥, 예전에 알고 지냈던 사람이 키우던 고양이
와 똑같이 생긴 고양이를 봤다는 둥 하는 이야기를 늘어놓을 텐데,
토니는 로즈가 올 때까지 기다리고 싶다. 로즈가 그런 황당한 이야
기를 더 잘 들어주는 데다 화제를 돌리는 솜씨도 더 뛰어나기 때문
이다.

　새빨간 트렌치코트에 똑같은 색깔의 방수모를 쓴 로즈가 "얘들
아!" 소리와 함께 팔을 젓고 몸을 흔들며 들어온다.

　"하느님 맙소사!"

　그녀는 자주색 장갑을 벗으며 말한다.

　"내 얘기 좀 들어 봐! 들어도 못 믿을 얘기야!"

　그녀는 신이 났다기보다 불안해하는 목소리다.

　"오늘 지니아를 만났겠지."

　캐리스가 말한다.

　로즈의 입이 떡 벌어진다.

　"어떻게 알았어?"

　"나도 만났거든."

　캐리스가 말한다.

　"나도."

　토니가 말한다.

　로즈는 자리에 털썩 주저앉아 두 친구를 번갈아 쳐다본다.

　"좋아. 말해 봐."

　토니는 아널드 가든 호텔 로비에서 기다리고 있다. 아널드 가든

호텔은 그녀가 선택할 만한 숙박 시설은 아니다. 시멘트 슬라브로 된 겉면에 판유리가 잔뜩 달린 볼품없는 1950년대 건물이다. 그녀가 앉아 있는 자리에서는 양쪽으로 열리는 뒤편의 문을 지나 옥외 테라스가 보인다. 땅딸막한 나무들이 군데군데 놓여 있고 한쪽 구석에 요즘 같은 계절에는 가동되지 않는 크고 둥근 분수대가 있는데, 주황색으로 칠한 판금 난간이 달린 발코니들이 테라스 위로 겹겹이 이어진다. 전면의 포스트모던한 차일과 놋쇠는 부속품에 불과하다. 아널드 가든 호텔의 진수는 이 발코니들이다. 그래도 곳곳에 애쓴 흔적이 보인다. 자주색이 감도는 드라이플라워와 철사와 뭔지 모를 꼬투리로 만든 설치물이 토니의 머리 위에 늘어져 있는데, 미적 감각이 떨어지는 풋내기들의 흉측하다는 평가쯤이야 상관하지 않겠다는 듯 자못 당당하다.

아널드 가든에서 '가든'에 해당되는 부분이 테라스와 분수인 모양이다. 그런데 아널드는 누굴 말하는 건지 궁금하다. 한밤중에 충돌한 눈먼 병사들을 이야기한 매슈 아널드*일까? 아니면 보는 시각에 따라 반역자일 수도 있고 영웅일 수도 있는 베네딕트 아널드**일까? 아니면 친구들 사이에서는 '아니'라고 불렸고 막후에서 유능한 해결사 노릇을 했던 옛날 시의원의 이름일까? 분홍색 외투를 입고 여우 사냥을 하는 뚱뚱한 영국인들의 판화가 액자에 걸려 있는 로비에서는 아무 단서도 찾을 수 없다.

토니가 앉아 있는 의자는 가죽으로 되어 있고 미끄러운 거인용이다. 한참 앞으로 당겨 앉아도 발이 바닥에 닿지 않고, 뒤로 깊숙이

---

* 1822~1988, 영국의 시인.
** 1741~1801, 미국의 독립을 위해 싸운 애국파 장교.

앉으면 무릎을 구부릴 수가 없어 도자기 인형처럼 다리를 뻣뻣하게 내밀어야 한다. 토니는 구부정하게 앉는 절충안을 선택하지만 편할 리 없다.

게다가 얌전한 감색 외투에 소심한 피터 팬 칼라가 달린 옷을 입고 적당한 보행화를 신었는데도 자꾸 눈에 띄는 듯한 기분이 든다. 속에 품고 있는 못된 의도들이 사방에 훤히 드러나는 것만 같다. 다리가 따끔거리면서 고슴도치 같은 털들이 살을 찢고 튀어나오는 것 같다. 귓가에서도 솜털을 헤치고 털이 한 움큼씩 자라나는 듯하다. 지니아 때문이다. 지니아를 추적하느라 들인 시간 때문에 신경이 녹고 뇌의 분자구조가 뒤섞이고 있다. 그녀는 희고 털이 북슬북슬한 악마가 되어 가고 있다. 뾰족한 송곳니가 달린 괴물이 되어 가고 있다. 이열치열이라고, 어쩌면 이런 변태가 필요할지도 모른다. 하지만 모든 무기에는 양날이 달려 있는 법이니 반드시 대가가 따를 것이다. 이 일을 마쳤을 때 토니는 예전과 똑같은 모습일 수 없을 것이다.

토니의 특대형 핸드백 안에는 아버지의 루거 권총이 들어 있다. 넣어 두던 크리스마스 장식품 상자에서 꺼내 도서관에서 복사한 1940년대 무기 취급 설명서에 적힌 대로 새로 기름칠을 하고 총알을 장전했다. 그녀는 만일의 경우를 대비해 지문이 남지 않도록 장갑을 끼고 복사를 했다. 용의자로 지목될 경우를 대비해서 말이다. 이 총은 아마 등록이 되지 않았을 것이다. 일종의 기념품이니까.

권총 옆에 다른 도구도 있다. 토니는 앞마당에 흩뿌려져 있던 공구 전단지를 보고 한곳을 찾아가 스크루드라이버가 달린 무선 드릴을 30퍼센트 할인가로 샀다. 이런 공구는 지금까지 써 본 적이 없다.

뿐만 아니라 총도 지금까지 쏘아 본 적이 없다. 하지만 어떤 일이든 처음은 있는 법이다. 원래는 필요하면 그 드릴로 경첩을 풀거나 해서 지니아의 방에 침입할 생각이었다. 그런데 로비에 앉아 있는 동안 드릴도 치명적인 무기가 될 수 있겠다는 생각이 든다. 무선 드릴로 지니아를 살해하면 아무리 똑똑한 경찰관이라도 그녀가 어떤 식으로 살해됐는지 알아낼 수 없을 것이다.

하지만 실질적인 시나리오는 아직 미정이다. 먼저 지니아를 쏜 다음 드릴로 마무리해야 하지 않을까? 그 반대로 하려면 뒤에서 몰래 다가가 드릴을 켜야 하는데, 그러면 윙 하는 소리 때문에 들통이 날 것이다. 양손으로 살인을 저지를 수도 있다. 후기 르네상스 시대에 쌍날검과 단검을 동시에 썼던 것처럼 왼손에는 권총을, 오른손에는 무선 드릴을. 꽤 괜찮은 생각이다.

문제는 토니보다 상당히 키가 큰 지니아의 머리를 겨냥해야 한다는 점이다. 똑같은 형식의 복수. 제물의 가장 취약한 부분을 공격하는 것이 지니아의 수법이다. 가장 소중한 부분이 가장 취약한 부분이고, 토니의 가장 취약한 부분은 머리다. 애초에 그녀도 그런 식으로 지니아의 덫에 걸려들었다. 그것이 유혹이고 미끼였다. 토니는 지적 허영심으로 인해 속아 넘어갔다. 자기만큼 똑똑한 친구를 찾았다고 생각한 것이다. 더 똑똑한 친구일 수 있다는 것은 아예 상상조차 하지 않았다.

웨스트를 사랑하는 마음이 토니의 또 다른 약점이니 지니아는 이번에도 당연히 그를 통해 공격할 것이다. 사실 그녀가 이렇게 나선 이유는 웨스트를 보호하기 위해서다. 이번에 또 심장을 베이면 그는 더 이상 버티지 못할 것이다.

로즈나 캐리스에게는 계획을 알리지 않았다. 둘 다 점잖은 성격이라 폭력을 용인하지 않을 것이다. 토니는 스스로 점잖은 성격이 못 되는 것을 어렸을 때부터 알았다. 그러지 말아야 할 이유가 없으니 평소에는 점잖은 사람처럼 행동하지만, 그녀 안에는 좀 더 잔인한 제2의 자아가 숨어 있다. 그녀는 단순히 토니 프레몬트가 아니라 트몬레프 니토이기도 하다. 트몬레프 니토는 야만족의 여왕이자 이론상으로는 토니가 할 수 없는 일들을 상당히 많이 할 수 있다. 럽클 지리브! 럽클 지리브! 생포는 없다! 무고한 사람들을 보호하려면 우리 쪽의 희생이 따른다. 이것이 전쟁의 법칙이다. 남자들은 힘든 일을 해야 한다. 힘든 남자들의 일을 해야 한다. 힘든 남자들의 일을. 그들이 피를 흘려야 다른 사람들이 아이들에게 젖을 물리고, 텃밭을 뒤적이고, 음악 같지 않은 음악을 만들며 죄책감 없이 평화롭게 살 수 있다. 여자들은 그렇게 피도 눈물도 없는 일을 저질러야 하는 경우가 거의 없지만, 능력이 안 돼서 그런 것은 아니다. 토니는 작은 이를 앙 다물고 왼손에 힘을 실으며 능력을 제대로 발휘할 수 있기만을 기원한다.

그녀의 눈앞에는 《글로브 앤드 메일》 경제면이 펼쳐져 있다. 하지만 신문을 읽는 건 아니다. 지니아가 나타날 때까지 로비를 감시하는 중이다. 감시하며 초조해하는 중이다. 이렇게 위험한 일이 날마다 있는 것은 아니니 초조할 수밖에 없다. 그녀는 긴장감을 없애고 거리감을 유지하기 위해 신문을 접고 핸드백에서 강의 노트를 꺼낸다. 강의 노트를 읽으면 복습을 하면서 기억을 되살릴 수 있을 것이다. 작년을 끝으로 올해에는 아직 개시를 하지 못한 강의다.

이 강의는 학생들 사이에서 인기가 많다. 돈을 내면 살 수 있는 접대부이자 강간 상대, 총알받이 생산자로서 긴장 완화, 간호, 정신 상담, 요리, 빨래, 대학살 이후 약탈, 안락사 등 시대를 초월한 종군 위안부들의 역할을 논하되 여담으로 성병을 곁들이는 것이 이 강의의 내용이다. 들리는 소문에 따르면 학생들 사이에서는 이 강의가 '억척 어멈과 얼룩 거시기의 만남' 혹은 '갈보와 종기'라는 별명으로 불린단다. 토니가 항상 인상적인 교육용 영상 자료를 상영하기 때문에 그걸 보려고 몰려드는 청강생들도 많다. 제2차 세계대전 때 군대에서 콘돔 사용을 촉구하기 위해 신병들에게 보여 주었던 영상이라 썩어 문드러진 코와 푸르뎅뎅하게 변해 진물을 질질 흘리는 남자의 성기가 수시로 등장한다. 토니는 학생들이 터뜨리는 어색한 웃음이라면 이골이 나 있다. 여러분들이 저 입장이라고 생각해 보세요. 저게 여러분이라고 생각해 보세요. 그래도 우스울까요?

그 당시만 해도 매독은 자해로 간주됐다. 상이병으로 송환되려고 성병을 이용하는 사람들이 있었던 것이다. 성병에 걸리면 자기 발을 총으로 쏘았을 때처럼 군법에 회부될 수 있었다. 성병이 부상이라면 매춘부는 무기인 셈이었다. 성의 전쟁의 또 다른 무기, 성을 파는 여자, 날것 그대로의 성, 날것 그대로인 성의 전쟁.* 거꾸로 읽으나 바로 읽으나 똑같은, 완벽한 문장이다.

웨스트가 지니아한테 꼼짝 못 했던 이유도 그 때문이 아니었을까 싶다. 그녀는 날것이었다. 가공하지 않은 섹스였다. 반면에 토니는 요리가 된 품종이었다. 살짝 데쳐져 위험한 야성과 강렬한 피와 살의 맛이 제거된 상태였다. 지니아가 한밤중에 마시는 진이었다면 토

---

* raw sexes war.

니는 아침에 먹는 달걀, 그것도 에그 컵에 담긴 달걀이었다. 토니는
자신이 이런 범주에 속하는 것이 마음에 들지 않았다.

지난 세월 동안 토니는 웨스트에게 지니아에 대해 묻지 않았다.
그의 심기를 건드리고 싶지 않아서이기도 했지만, 또 한편으로는 지
니아가 가진 매력의 성격과 한도에 대해 더 많은 것을 알게 될까 봐
두렵기도 했다. 하지만 지니아가 돌아온 뒤로 더 이상 참을 수가 없
었다. 위기가 눈앞으로 들이닥쳤으니 알아야 했다.

"지니아 기억하지?"

그녀는 이틀 전에 저녁을 먹는 자리에서 웨스트에게 물었다. 그
날 메뉴는 솔아라본팜이라는 생선 요리였다. 토니가 푸리에르 전적
지에서 산 생선용 접시와 구색을 맞추려고 함께 구입한 『프랑스 요
리의 기초』를 보고 만든 것이었다.

웨스트는 음식을 씹다 말고 잠시 멈추었다.

"당연하지."

"왜 그랬어?"

"뭐가?"

"알잖아. 왜 그 애한테 갔느냐고."

토니는 온몸이 뻣뻣하게 굳는 게 느껴졌다. 나를 두고 말이지. 왜
나를 버렸느냐고.

웨스트는 어깨를 으쓱하더니 미소를 지었다.

"모르겠어. 기억이 안 나. 아무튼 오래전 일이잖아. 지니아는 이
제 저세상 사람이고."

토니도 알다시피 웨스트는 지니아가 죽지 않았다는 것을 알았다.

"그렇지. 섹스 때문이었어?"

"섹스?"

웨스트는 그녀가 깜빡했지만 대수롭지 않은 쇼핑 물품을 거론했다는 듯한 투였다.

"아니, 그건 아니었던 것 같은데. 그렇지는 않았을 거야."

"그렇지는 않았을 거라니?"

의도했던 것보다 목소리가 훨씬 날카롭게 나왔다.

"우리가 왜 지금 이런 이야기를 하고 있어야 하지? 이제는 상관없는 일이잖아."

"나한테는 상관 있어."

토니는 조그마한 목소리로 말했다.

웨스트는 한숨을 쉬었다.

"지니아는 불감증이었어. 그럴 수밖에 없었겠지. 어렸을 때 그리스정교회 신부한테 성폭행을 당했으니까. 그 말을 듣고 어찌나 딱하던지."

토니는 입을 딱 벌렸다.

"그리스정교회?"

"응. 지니아가 그리스 쪽 혈통도 물려받았거든. 그리스계 이민자였으니까. 성폭행을 당한 이야기는 아무한테도 할 수 없었다더군. 워낙 독실한 사람들이라 아무도 믿어 주지 않았을 테니까."

토니는 거의 참을 수가 없었다. 엉뚱하게 요란한 웃음이 터져 나오려고 했다. 불감증이라니! 가엾은 웨스트에게 그런 식으로 말했구나! 불감증이라니 지니아가 한때 토니와 섹스라는 주제를 놓고 이야기를 나누었을 때 보였던 자신감과는 전혀 어울리지 않는 단어였다. 그녀가 커다란 자두 푸딩과도 같고 온갖 달콤한 사탕과도 같다며 섹스의 즐거움을 하나씩 열거했을 때 토니는 그 세계에 속하지 못한 사람답게 유리잔에 코를 박고 듣고만 있지 않았던가. 백기사를 자청한 웨스트가 있지도 않은 사악한 그리스정교회 신부의 주문에 걸린 지니아를 구하겠답시고 열심히 헉헉대는 동안 마음껏 인생을 즐겼을 지니아의 모습이 눈에 선했다. 그를 만족시키려고 오르가슴을 느끼는 척 연기한다는 말까지 했겠지! 그런 식으로 죄책감을 배가시켰겠지!

물론 그에게도 도전할 만한 과제였을 것이다. 얼음 공주의 마음을 녹여라. 이 극지방을 탐험하는 데 성공한 최초의 남자. 하지만 지니아가 벌이는 게임은 항상 사기극이었기 때문에 그가 우승할 가능성은 전혀 없었다.

"그런 줄 몰랐네."

그녀는 애써 동정하는 듯한 표정을 지으며 커다란 눈을 휘둥그레 뜨고 웨스트를 응시했다.

"응, 뭐. 지니아도 쉽게 꺼낼 수 없는 이야기였으니까."

"그런데 왜 헤어졌어? 두 번째 만났을 때 말이야. 그 집에서 왜 나왔어?"

두 사람은 이제 한 번도 건드린 적 없는 영역으로 들어서고 있었다. 웨스트가 입을 열었으니 밀어붙여도 될 것 같았다.

웨스트는 한숨을 쉬더니 창피한 듯 토니를 바라보았다.

"솔직히 말하면."

그는 여기까지 이야기하고 말을 멈추었다.

"응."

토니가 말했다.

"솔직히 말하면 쫓겨난 거였어. 재미없다고."

토니는 하마터면 깔깔대며 웃을 뻔했다. 맞는 말이었다. 어떻게 보면 웨스트는 재미없는 사람이었다. 하지만 여자들마다 취향이 다른 법이라 웨스트는 아이 같아서 재미없고 마찬가지로 아이 같아서 재미있는 사람인데, 지니아 같은 여자가 이런 면을 알 리 없었다. 게다가 약간의 지루함은 견딜 수 있어야 진정한 사랑이었다.

"괜찮아?"

웨스트가 물었다.

"목에 뼈가 걸렸어."

토니가 대답했다.

웨스트는 고개를 숙였다.

"내가 정말 재미없는 사람인가 보네."

토니는 후회스러웠다. 그 소리를 듣고 재미있다고 생각했다니 지나쳤다. 웨스트가 이렇게 깊은 상처를 입었으니 웃을 일이 아니었다. 그녀는 자리에서 일어나 뒤에서 웨스트의 목을 끌어안고 듬성듬성한 그의 정수리에 뺨을 댔다.

"당신, 절대 재미없지 않아. 내가 만난 중에서 최고로 재미있는 남자야."

토니가 진지하게 만나 본 남자가 웨스트 한 명뿐이었으니 거짓말은 아니었다.

웨스트는 손을 위로 뻗어 그녀의 손을 토닥였다.

"사랑해. 지니아를 사랑했던 것보다 더 사랑해."

말이야 고맙지. 토니는 아널드 가든 호텔 로비에 앉아 속으로 중얼거린다. 하지만 그 말이 진심이라면 지니아가 전화했다는 이야기는 왜 하지 않은 걸까? 어쩌면 그는 이미 그녀를 만났을지 모른다. 어쩌면 그녀의 유혹에 넘어가 이미 침대로 직행했을지 모른다. 어쩌면 지금 이 순간 지니아가 그의 목을 깨물고 생명의 피를 빨아먹고 있을지 모르는데, 토니는 이 괴상한 가죽 의자에 앉아 지니아가 어디에서 무슨 짓을 하고 있는지 전혀 모른 채 어딜 보고 있어야 하나 하며 어쩔 줄 몰라 하고 있다.

이곳은 토니가 세 번째로 시도하는 호텔이다. 이틀 동안 오전 내내 어라이벌과 애버뉴 파크 로비에서 죽치고 있었지만 아무런 소득이 없었다. 그녀가 손에 쥔 단서라고는 웨스트가 전화기 옆에 끼적여 놓은 내선 번호뿐인데, 호텔마다 일일이 전화를 걸어 물어보고 싶지는 않다. 사전 경고 없이 기습 공격을 감행하고 싶기 때문이다. 데스크에 물어볼 수도 없다. 예감상 지니아는 가명으로 묵고 있을 것 같은데, 그런 손님이 없다는데도 로비에 계속 앉아 있으면 수상하게 보일 수 있다. 게다가 나중에 지니아가 피바다 속에서 나뒹굴 수도 있으니 직원들 기억 속에 남으면 안 된다. 그래서 사업상 만날 사람이라도 기다리는 것처럼 이렇게 앉아 있는 것이다.

그녀가 세운 가설에 따르면 아침잠이 많은 지니아가 어느 시점에 일어나 엘리베이터를 타고 1층으로 내려와서 로비를 가로지를 게 분명하다. 물론 하루 종일 침대에서 빈둥거리거나 비상계단으로 내려올 수도 있지만 확률적으로 토니의 가설이 맞아떨어질 가능성이 크다. 토니가 호텔을 제대로 찾아왔다면 조만간 지니아가 등장할 것이다.

그럼 그다음에는 어떻게 될까? 의자에서 벌떡 일어나거나 주르르 미끄러져 내려간 토니가 지니아 쪽으로 후다다닥 달려가 쩍쩍거리며 인사를 건넬 것이다. 그러다 무시당하고는 유리문을 빠져나가는 지니아의 꽁무니를 허둥지둥 쫓아갈 것이다. 구닥다리 권총과 바보 같은 무선 드릴이 쩔그럭거리는 핸드백을 들고 숨을 헐떡이면서. 성큼성큼 인도를 걸어가는 지니아를 따라잡으면 그녀는 불쑥 이렇게 내뱉을 것이다.

"얘기 좀 해."

"무슨 얘기?"

지니아는 이렇게 되물으며 걷는 속도를 높일 텐데, 그러면 토니는 우스꽝스럽게 종종걸음을 치든지 포기하는 수밖에 없을 것이다.

악몽 같은 시나리오다. 앞으로 당할 굴욕을 생각만 해도 토니의 얼굴이 화끈거린다. 또 다른 시나리오도 있다. 토니가 좀 더 설득력 있고 능수능란하게 지니아를 구워삶고, 토니의 폭력적인 상상이 현실로 옮겨져 지니아의 이마 한가운데에 빨간색의 깔끔한 구멍이 하나 생기는 시나리오다. 하지만 지금 이 상황에서 두 번째 시나리오는 별로 믿음이 가지 않는다.

강의 노트도 별 효과가 없어서 다시 《글로브》 경제 면으로 돌아가 억지로 읽어 보려고 한다. 렬행 직실 시다또. 쇄폐 장공. 슬라브어 비슷하게 들린다. 아니면 핀란드어. 또는 명왕성에 사는 머리 산발한 부족이 쓰는 말 같기도 하다. 토니가 이 말의 느낌을 음미하는데, 누군가 그녀의 어깨에 손을 올려놓는다.

"토니! 드디어 왔구나!"

토니는 고개를 들다 생쥐 같은 비명이 나오려는 것을 간신히 참는다. 지니아가 따뜻한 미소를 지으며 그녀를 내려다보고 있다.

"왜 미리 전화 안 했어? 왜 이렇게 로비에 앉아 있어? 웨스트한 테 방 번호 알려줬는데!"

"저기 그게……."

토니는 짜 맞출 말을 찾느라 머릿속이 복잡하다.

"어디 적어 놨는데 잃어버렸대. 그 사람 성격 알잖아."

그녀는 그사이 빨판이라도 생긴 것 같은 가죽 소파에서 어색하게 몸을 떼어 낸다. 지니아가 말한다.

"너한테 바로 전화 달라고 전해 달랬는데. 톡시크에서 너를 만난 직후에 전화했거든. 네가 나를 못 알아보는 것 같더라고! 그런데 내 가 웨스트한테 전화로 아주 중요한 일이라고 했는데 말이지."

이제 그녀의 얼굴에서 미소가 사라지고 얼굴을 찡그리면서도 위 축된 듯한, 다급해 보이면서도 심란한 듯한, 토니도 익히 잘 아는 그 표정이 서서히 등장하고 있다. 지니아가 뭔가 바라는 게 있을 때 나 타나는 표정이다.

토니는 이제 속으로 바짝 긴장한다. 가장 두려웠던 의혹이 사실 로 입증된 셈이다. 이것은 만일의 경우를 대비한 거짓말이다. 토니 가 눈치를 채거나 예를 들면 그녀의 침실과 같은 말도 안 되는 곳에 서 지니아와 맞닥뜨렸을 경우를 대비해 지니아와 웨스트가 미리 입 을 맞추어 놓은 거짓말이다. 웨스트가 아니라 토니를 만나고 싶어서 남긴 메시지라니. 지니아의 낙인이 찍힌 교활한 거짓말인데, 웨스트 도 공모를 한 게 분명하다. 토니가 생각했던 것보다 사태가 심각하 다. 썩은 부위가 생각보다 깊다. 지니아가 말한다.

"가자. 내 방으로 올라가자. 커피 시켜 줄게."

그녀는 토니의 팔을 잡으며 이와 동시에 로비를 둘러본다. 불안한 표정, 심지어 겁에 질린 듯한 표정이다. 자기도 모르게 이런 표정을 토니에게 들킨 걸까, 아니면 일부러 보여 준 걸까?

토니는 목을 길게 빼고 아직도 여전한 지니아의 얼굴을 물끄러미 쳐다본다. 그녀는 속으로 그 얼굴에 하나를 추가한다. 알맞은 지점을 표시한 빨간 X 자를.

호텔 방은 별다른 특징 없이 넓고 깔끔하다. 지니아답지 않게 깔끔하다. 옷이 걸려 있지도 않고, 트렁크가 사방에 널려 있지도 않고, 슬쩍 곁눈질한 바로는 욕실 선반에 화장품 가방이 올려져 있지도 않다. 쓰는 사람이 아무도 없는 듯한 분위기다.

지니아는 검은색 가죽 코트를 벗고 전화로 커피를 주문한 다음 꽃무늬가 그려진 파스텔 초록색 소파에 앉아 까만 스타킹을 신은 길고 긴 다리를 꼬며 담배에 불을 붙인다. 입고 있는 원피스는 몸에 딱 달라붙는 저지 소재의 랩 원피스고, 색깔은 삶은 블루베리 같은 자주색이다. 이제 보니 피곤한지 크고 검은 눈에 그늘이 져 있지만, 짙은 보라색 입술은 여전히 삐딱한 미소를 머금고 있다. 로비에서보다 편안해 보인다. 그녀는 토니를 보며 한쪽 눈썹을 치켜세운다.

"오랜만이다."

토니는 할 말을 잃는다. 어떤 식으로 게임에 응해야 할까? 분노를 드러내면 안 된다. 그러면 지니아가 눈치를 채고 경계 태세를 보일 것이다. 토니는 생각을 가다듬다 아직은 화가 나지 않았음을 깨닫는다. 오히려 궁금하고 흥미롭다. 역사학자다운 호기심이 그녀를 장악한다.

"왜 죽은 척했어? 유골이며 가짜 변호사며 그게 다 뭐였니?"

지니아는 담배 연기를 내뿜으며 대답한다.

"변호사는 진짜였어. 내가 죽었다고 믿었고. 변호사들이 워낙 잘 속잖아."

"그리고?"

"그리고. 내가 사라져야 하는 상황이었거든. 정말이야. 그럴 만한 이유가 있었어. 꼭 돈 때문에 그런 건 아니야! 그리고 정말 사라졌지. 누구든 나를 추적하려고 하면 막다른 골목 여섯 개를 만나게 만들어 놓고. 그런데 그 바보 같은 미치가 계속 쫓아오잖아. 그 인간 때문에 내가 얼마나 난처했는지 아니? 어쩌나 우라지게 끈질기던지! 게다가 돈이 있으니까 전문가들까지 동원하더라고. 그냥 뒀으면 결국 나를 찾고 말았을 거야. 그러기 직전이었으니까.

어떤 사람들이 그걸 눈치 챘어. 내가 정말로 마주치고 싶지 않았던 사람들이. 내가 못된 짓을 저질렀거든. 무기를 가지고 사기를 좀 쳤지. 어디에 가면 있지도 않은 무기를 찾을 수 있을 거라고 말이야. 별로 추천할 만한 수법은 못 돼. 무기 거래하는 인간들은 저 잘난 맛에 살거든. 특히 아일랜드 쪽은 심하지. 잘못 건드리면 바로 복수야. 그런데 그 사람들이 미치만 잘 감시하고 있으면 조만간 내가 어디 있는지 알아낼 수 있다는 걸 눈치 채 버린 거야. 그래서 미치를 속여야 했어. 포기하게. 그만두게."

"왜 하필 베이루트였는데?"

"그 당시 기준으로 봤을 때 우연히 폭탄에 맞아서 죽어야 하는 사람한테 그보다 알맞은 곳이 없었지. 잘려 나간 팔다리로 온 도시가 뒤덮여 있다시피 했거든. 누구 건지 밝히지 못한 팔다리가 수백

개였어."

"미치가 자살한 거 알지? 너 때문에."

지니아는 한숨을 쉰다.

"토니, 나잇값 좀 해라. 나 때문은 아니지. 나는 그저 핑계였을 뿐이야. 그런 핑계가 나타나길 기다렸다는 거 모르겠어? 아마 평생 동안 기다려 왔을걸?"

"로즈는 너 때문이라고 생각하는데?"

토니는 주춤하며 묻는다.

"미치가 말하길 로즈하고 자면 레미콘하고 같이 침대에 누워 있는 기분이라고 하더라."

"너 참 잔인하다."

"들은 말을 그대로 전하는 것뿐이야. 미치는 벌레 같은 인간이었어. 로즈를 위해서는 없어진 게 더 나아."

지니아의 목소리는 싸늘하기 그지없다.

토니의 생각과 너무 비슷하다. 그녀는 자기도 모르게 미소를 짓는다. 그러면서 아직도 기억이 생생한 예전의 그 심리 상태로 서서히 젖어든다. 단짝이 된 기분. 동지가 된 기분. 한 팀이 된 기분.

"장례식 때 우리는 왜 부른 거니?"

"전시용이었지. 개인적으로 아는 사람들이 있어야 할 거 아냐. 예전 친구, 뭐 그런 사람들 말야. 내가 죽었다고 하면 너희들이 모두 좋아할 것 같기도 했고. 그리고 로즈가 알면 미치도 알게 될 거 아냐. 아주 확실히 말이지. 내가 노린 사람은 미치였는데 안 왔더라? 슬퍼서 그럴 기운이 없었나 봐."

"외투를 입고 온 남자들이 득시글거리던데."

"그중 한 명이 나였어. 누가 왔는지 보려고 직접 가 봤지. 상대 측에서도 몇 명 왔고. 너 울었니?"

"나는 원래 잘 안 우는 성격이잖아. 캐리스는 좀 훌쩍였어."

셋이서 그때 얼마나 심한 말을 했는지, 얼마나 기뻐했는지, 얼마나 비열했는지 이제 와 생각하니 문득 부끄러워진다.

지니아는 웃음을 터뜨린다.

"캐리스가 원래 감상적이지."

누군가 문을 두드리는 소리가 들린다.

"커피 왔나 보다. 좀 받아 줄래?"

토니는 지니아가 직접 문을 열지 않는 데도 이유가 있을 거라는 생각이 든다. 불안감이 그녀의 등골을 타고 짜르르하게 흐른다.

하지만 땅딸막하고 까무잡잡한 남자가 커피를 들고 있다. 남자가 미소를 짓자 토니는 쟁반을 받고 계산서에 팁을 적은 다음 조심스럽게 문을 닫고 자물쇠를 건다. 지니아를 위협하는 세력으로부터 보호해 주어야 한다. 그녀가 보호해 주어야 한다. 드디어 이렇게 지니아와 방에 마주 앉고 보니 토니는 지난 일주일 동안 뭘 하고 있었는지 거의 기억이 나지 않는다. 핸드백에 권총을 넣고 몰래 숨어서 서늘한 분노를 불태우며 지니아를 죽여 버리겠다는 이기적인 생각에 몰두했던 게. 왜 그랬을까? 이 세상에 지니아를 죽이고 싶어 할 사람이 누가 있을까? 갤리온선처럼 인생을 헤쳐 온 지니아를. 당당하고 특별한 지니아를. 어느 누구보다 뛰어난 지니아를.

"나한테 하고 싶었던 말이 있다고 그랬지?"

토니가 화두를 꺼낸다.

"커피에 럼주 좀 넣어 줄까? 됐어?"

지니아는 미니바에서 작은 병을 꺼내 마개를 열고 자기 잔에 몇 방울 떨어뜨린다. 그러더니 살짝 얼굴을 찡그리며 비밀을 이야기하는 듯한 목소리로 말한다.

"응. 부탁을 하나 하고 싶었어. 부탁할 사람이 너밖에 없어서."

토니는 그 뒤로 이어질 말을 기다리며 다시 경계 태세를 취한다. 조심해. 그녀는 속으로 중얼거린다. 지금 당장 여기서 빠져나가! 하지만 들어 봐서 안 될 건 없다. 게다가 지니아가 원하는 게 뭔지 궁금해 죽을 지경이다. 돈이겠지. 싫으면 언제든지 안 된다고 말하면 된다.

"잠깐 있을 데가 필요해. 여기는 안 돼. 안전하지가 않거든. 그래서 한 2~3주 동안 너희 집에서 신세를 지면 어떨까 생각했어."

"왜?"

지니아가 짜증스럽게 손을 흔들자 담뱃재가 날린다.

"감시당하고 있거든! 아일랜드 쪽은 아니야. 그 인간들은 떨어져 나갔어. 이번에는 다른 사람들이야. 아직 이쪽으로 건너오지는 않았지만 조만간 들이닥칠 거야. 와서 이곳 전문가들한테 일을 맡길 거야."

"그럼 우리 집도 용의선상에 오르겠지. 우리 집을 제일 먼저 찾아오지 않을까?"

지니아는 웃음을 터뜨린다. 따뜻하고 매력적이고 거리낌 없으면서 다른 사람들의 지적 능력을 비웃는 듯한 낯익은 웃음이다.

"그쪽도 나름대로 사전 조사를 하고, 네가 나를 얼마나 질색하는지 파악했을 거 아냐! 너는 부인이고 나는 예전 여자 친구니까. 네가 나를 받아들일 거라고는 상상도 하지 못할 거야!"

"지니아, 그 사람들이 누구고 네 뒤를 쫓는 이유가 뭐니?"

지니아는 어깨를 으쓱한다.

"늘 똑같은 이유지, 뭐. 내가 아는 게 너무 많다는 거."

"웃겨. 내가 어린애인 줄 아니? 뭘 너무 많이 안다는 건데? 모르는 게 신상에 이로울 거라는 둥, 그런 소리는 하지 마."

지니아는 몸을 앞으로 숙이고 목소리를 낮춘다.

"바빌론 프로젝트라고 알아?"

지니아는 토니가 어느 쪽으로 방대한 지식을 자랑하는지 뻔히 알면서 이렇게 묻고 "이라크의 슈퍼건 말이야."라고 덧붙인다.

"제리 불. 탄도학의 천재. 당연히 알지. 살해됐잖아."

"뭐, 완곡하게 표현하자면 그렇지."

지니아는 알몸으로 부채춤을 추는 댄서처럼 부끄러워하는 듯한 표정으로 토니를 바라보며 담배 연기를 내뿜는다.

"설마 네가 그런 거야? 정말이야?"

토니는 기함을 한다. 지니아가 누굴 살해했다니 믿어지지가 않는다. 현실 속의 이 세계에서, 현실 속의 이 방에서 그녀의 맞은편에 앉아 있는 사람이 누굴 살해했다니 믿을 수가 없다. 그런 일은 안 보이는 다른 데서나 벌어지는 일이다. 과거에나 일어날 법한 일이다. 수수한 가구가 비치되어 있고 아무 특징이 없는, 캘리포니아 분위기의 이 방과는 안 어울리는 일이다.

"내가 그런 건 아니야. 누가 그랬는지 아는 거지."

지니아는 또다시 담배에 불을 붙인다. 줄담배를 피우고 있어서 주변이 잿빛이다. 토니는 살짝 현기증을 느낀다.

"이스라엘 사람들이겠지. 이라크 때문에."

"아니야."

지니아는 얼른 말허리를 자른다.

"그건 연막작전이야. 내가 현장에 있었어. 나도 그 작전의 일원이었거든. 심부름꾼이라고 불릴 만한 역할이었지만, 심부름꾼이 어떻게 되는지 너도 잘 알잖아."

토니는 물론 알았다.

"아, 어쩌면 좋니."

지니아는 열띤 목소리로 말한다.

"나로서는 신문에 모든 걸 폭로하는 게 최선의 방법이야. 모든 걸! 그러면 나를 죽일 이유가 없어지지 않겠니? 그리고 돈도 벌 수 있을 테니까 환영할 일이지. 그런데 증거가 없으면 아무도 내 말을 안 믿어 줄 거 아냐. 걱정하지 마, 증거는 있으니까. 아직은 여기 없지만 오는 중이야. 그러니까 증거가 도착할 때까지만 너희 집에 숨어 있으면 어떨까 싶었지. 증거가 어떤 식으로 언제 도착하는지는 알아. 조용히 있을게. 침낭만 있으면 되고 위에 있는 웨스트의 서재에서 자도 되고……"

토니는 퍼뜩 정신을 차린다. 웨스트라는 단어가 날카로운 소리를 내며 그녀의 머릿속을 지나간다. 그게 정답이다. 그게 지니아가 노리는 목표다. 게다가 웨스트의 서재가 있는 것을, 그것도 3층에 있는 것을 지니아가 어떻게 알았을까? 집에 와 보지도 않았으면서. 온 적이 있었던 걸까?

토니는 자리에서 일어선다. 무너져 내리는 낭떠러지에 방금 전까지 매달려 있었던 것처럼 다리가 후들거린다. 또다시 속아 넘어갈 뻔하다니! 제리 불 이야기는 새빨간 거짓말이다. 토니를 겨냥해 맞춤 설계한 허풍이다.《제인스 디펜스 위클리》와《워싱턴 포스트》를 보는 사람이면 누구라도 만들어 낼 수 있는 이야기다. 지니아는 새로운 무기 제조 기술이라면 사족을 못 쓰는 토니의 약점을 알고 그런 식으로 이야기를 만들어 낸 게 분명하다.

피의 복수도, 그 인간들도 모두 거짓말이다. 지니아의 뒤를 쫓는 사람은 빚쟁이들뿐일 것이다. 그녀의 목적은 토니의 성, 장갑을 두른 그 집, 그 안전한 보금자리 안으로 들어와 달팽이처럼 웨스트를 끄집어내는 것이다. 살아서 꿈틀거리는 그를 포크 날로 찌르는 것이다.

토니는 애써 침착한 목소리로 대답한다.

"그건 안 되겠다. 이제 그만 가 볼게."

"내 말 안 믿는구나. 그렇지?"

지니아의 얼굴이 딱딱하게 굳는다.

"혼자 잘난 척 분개해 보시지, 이 재수 없는 꼬맹아. 토니, 너는 예전부터 내가 아는 사람 중에서 제일 구역질 나는 위선자였어. 얼굴도 심술만 덕지덕지 묻어서 빈티 나는 개똥처럼 생긴 주제에 뭐나 되는 줄 알고 잘난 척하는. 너는 네가 모험가라도 되는 줄 아는데 천만의 말씀이야! 그 부르주아적인 놀이터 속에 틀어박혀서 변태 같은 전쟁의 흔적들이나 만지작거리며 방금 전에 낳은 알이라도 되는 것처럼 불쌍한 웨스트를 깔고 앉아 있는 겁쟁이잖아. 웨스트도 그 지긋지긋한 거시기를 쑤셔 넣을 상대가 너밖에 없으니 지겨워서 돌아 버리기 직전일 거다. 무슨 생쥐하고 하는 기분 아니겠니?"

지니아가 입고 있던 보들보들한 벨벳 망토가 벗겨지면서 그 밑에 숨어 있던 천박하고 잔인한 모습이 드러난다. 주먹질을 말로 표현하면 이렇지 않을까 싶다. 토니는 방 한가운데 서서 입을 벌렸다 다물었다 하지만, 아무 소리도 나오질 않는다. 유리 벽이 사방에서 옥죄어 온다. 그녀는 핸드백 속에 들어 있는 권총을 무턱대고 떠올리지만 부질없고 부질없는 짓이다. 지니아의 말이 맞다. 그녀는 절대 방아쇠를 당기지 못할 것이다. 그녀의 전쟁은 가상의 세계에서나 존재한다. 그녀는 실제 행동으로는 옮기지 못하는 사람이다.

그런데 이때 지니아의 얼굴이 성난 표정에서 교활한 표정으로 바뀐다.

"너 그거 알아? 나, 그 보고서 아직도 가지고 있어. 네가 써 준 그 보고서 말이야. 러시아 노예무역이 주제였지, 아마? 가학증을 그런 식으로 해소한 너다운 보고서지. 네가 쓰는 보고서는 죄다 시체들이 우글거리잖아. 너는 입만 살아 나불거리는 시체 애호증 환자야. 한 번쯤은 진짜 시체도 처리해 보지 그래? 네가 그렇게 애지중지하는 역사학부로 그 보고서를 보내서 깽판 한번 쳐 볼까 봐. 그거 좋겠네! 학자로서 양심? 웃기고 있네."

토니는 뭉툭한 물건들이 휙휙 머리를 스쳐 지나가고 딛고 서 있는 땅이 녹는 게 느껴진다. 그녀를 깎아내리고 교수 자격을 박탈할 수 있다면 역사학부에서는 좋아하는 정도가 아니라 환호성을 지를 것이다. 그녀에게는 동료만 있을 뿐 동지는 없다. 파멸이 머지않았다. 지니아는 제멋대로 날뛰는 악마다. 파괴되고 남은 파편과 초토화된 땅과 깨진 유리 조각을 보고 싶어 하는 악마다. 토니는 한 발자국 뒤로 물러나 한참 전 일인 것처럼 이 상황을 관망하려고 애써 본다. 그녀와 지니아가 바스러지는 태피스트리 속에 조그맣게 들어앉은 인물이라도 되는 것처럼. 하지만 역사라는 것이 사실은 이런 식인지 모른다. 화가 난 사람들이 서로 고함을 지르는 게 역사인지 모른다.

허례는 집어치우자. 품위도 집어치우자. 뛰자.

토니는 비틀비틀 문 쪽으로 걸어가며 최대한 침착하게 "안녕."이라고 말한다. 하지만 그녀의 목소리는 비명처럼 들린다. 자물쇠를 벗기는데 잠깐 공포의 순간이 그녀를 덮친다. 밖으로 나가면 맹수가 으르렁거리며 문에 대고 육중한 몸을 부딪치는 소리가 들릴 것만 같다. 하지만 아무 소리도 들리지 않는다.

그녀는 위로 올라가는 듯한 묘한 기분을 느끼며 엘리베이터를 타고 내려가, 술에 취한 사람처럼 가죽으로 된 가구에 부딪쳐 가며 로비를 정신없이 걷는다. 프런트 데스크에서 몇 명이 체크인을 하고 있다. 외투, 서류 가방. 무슨 총회가 열리는 모양이다. 드라이플라워로 만든 설치물이 앞에서 어른거린다. 그녀는 손을 내밀어 왼손이 다가가는 것을 바라보며 꽃대를 하나 뜯는다. 자주색으로 염색이 되어 있다. 그녀는 문 쪽으로 다가가지만 안뜰과 분수대와 연결된 엉뚱한 문이다. 출구가 아니다. 그녀는 방향감각을 잃고 뱅뱅 돈다. 보이는 세상이 뒤죽박죽이다. 머릿속을 깔끔하게 정리하고 싶은데, 전혀 정리가 되지 않는다.

그녀는 훔친 꽃대를 핸드백에 쑤셔 넣고 비틀거리며 정문을 통과하고, 드디어 밖으로 나와 차가운 공기를 마신다. 저 위에서는 담배 연기가 너무 자욱했다. 그녀는 담배 연기를 없애려고 고개를 좌우로 젓는다. 꼭 잠을 자다 일어난 기분이다.

52

토니는 로즈와 캐리스에게 있었던 일을 고스란히 전하지는 않는다. 기말 보고서 부분은 생략하고, 지니아에게 들은 다른 험한 소리들은 성실하게 옮긴다. 이야기에 어느 정도 진지함을 더할 권총은 넣고, 그렇지 않은 드릴은 생략한다. 창피하게 도망친 것도 넣는다. 이야기가 끝났을 때 그녀는 증거 삼아 자주색 꽃대를 내놓으며 말한다.

"내가 살짝 미쳤었나 봐. 정말 죽일 수 있을 거라고 생각했다니."

그러자 로즈가 말한다.

"별로 안 미쳤어. 걔를 죽이고 싶었던 거잖아. 걔는 그런 생각을 하게 만든다니까. 내가 보기에는 네가 두 눈 멀쩡한 채로 걸어 나온 게 용하다."

토니는 자기 몸을 훑어보며 맞는 이야기라고 생각한다. 눈에 띄는 부분들은 다 멀쩡하다.

"아직도 핸드백 속에 권총이 들어 있니?"

캐리스가 걱정스러운 듯 묻는다. 그렇게 위험한 물건이 자신의 영기와 충돌하는 게 싫은 것이다.

"아니. 그리고 난 다음 집에 가서 원래 자리에 다시 넣었어."

"잘했어."

로즈가 말한다.

"이제 네 차례야, 캐리스. 나는 제일 나중에 이야기할게."

캐리스는 머뭇거린다.

"이걸 전부 다 말해도 되는 건지 모르겠다."

"왜?"

로즈가 묻는다.

"토니도 다 얘기했잖아. 나도 그럴 거고. 왜 그래, 정말. 우리 사이에 무슨 비밀이 있다고!"

"네가 싫어할 만한 부분도 있거든."

"허, 어떤 부분인들 싫지 않겠니."

로즈가 명랑하게 지껄인다. 목소리가 조금 크다 싶다. 캐리스는 매클렁 홀의 휴게실에서 배에 립스틱으로 사람 얼굴을 그린 다음 엉덩이를 흔들며 야한 춤을 추던 그 옛날의 로즈가 생각난다. 아마 조금 흥분이 되는 모양이다.

"래리에 관한 거야."

캐리스는 우울한 목소리로 털어놓는다.

로즈는 당장 정신을 차린다.

"얘, 괜찮아. 나도 이제 어른이잖아."

"이 세상에 진짜 어른은 없어."

캐리스는 이렇게 말하고, 심호흡을 한다.

그날, 지니아가 톡시크에 출현하고 난 뒤로 일주일 동안 캐리스는 어떻게 해야 할지 고민했다. 아니, 어떻게 해야 하는지는 알았으니 어떤 식으로 그걸 실천에 옮길지 고민했다고 해야 맞겠다. 지니아와 충돌하는 것이 사소한 일은 될 수 없을 테니 일단은 정신적으로 더 강해질 필요가 있었다.

캐리스는 앞으로 둘 사이에 한 치의 양보도 없는 대결이 펼쳐질 거라 예견했다. 지니아한테서 새빨간 불똥이 튀겨져 나오며 검은 머리에서 기름이 타는 것처럼 빠지직하는 소리가 날 테고, 전조등에 반사된 고양이 눈처럼 눈 안쪽에서 연분홍색 빛이 발사될 것이다. 반면에 캐리스는 부드러운 빛에 감싸인 채 등을 꼿꼿하게 펴고 침착하게 서 있을 것이다. 사악한 기운을 물리칠 수 있게 하얀 분필로 동그라미를 그려 놓고 그 안에 들어가 있을 것이다. 그녀는 두 팔을 위로 뻗어 하늘의 도움을 청하며 딸랑거리는 종소리 비슷한 목소리로 물을 것이다. 빌리를 어떻게 했지?

그러면 지니아는 몸부림치고 몸을 비틀며 저항하겠지만, 캐리스의 긍정적인 역장(力場)에 못 이겨 자백할 것이다.

캐리스는 아직 이런 식으로 힘을 겨룰 수 있을 만큼 강하지 않았다. 혼자서는 불가능한 경지라 친구들에게 무기를 빌려야 했다. 아니, 공격할 생각은 없으니 갑옷을 빌려야 했다. 그녀는 지니아를 해칠 생각은 없었다. 지니아가 훔쳐 간 것을 되돌려받고 싶을 뿐이었다. 빌리와 함께했던 캐리스의 인생을. 그녀는 원래 자기 소유였던 것을 찾고 싶을 뿐이었다. 그게 전부였다.

그녀는 창고였다 지니아의 방이었다 오거스트의 침실 겸 놀이방이었다 손님방이 된 2층의 작은 방에 있는 마분지 상자들을 뒤졌다. 주말에 오면 오거스타가 그 방에서 잠을 자니 아직도 오거스타의 방이기는 했지만, 아무튼 그 방 상자 안에는 캐리스가 재활용하려던 쓰지 않는 물건들이 있었다. 로즈한테 받은 크리스마스 선물이 보였다. 손목 부분에 진짜 털이 달려 있고 죽은 짐승의 가죽으로 만든 장갑인데, 차마 낄 수가 없었다. 토니가 직접 쓴 책도 보였다. 『실패로 돌아간 네 차례 사건』. 전쟁과 살상 등 썩은 내 나는 이야기뿐이라 도저히 읽을 수가 없었다.

캐리스는 책과 장갑을 들고 아래층으로 내려가 거실 큰 창문 아래 있는 조그마한 테이블에 올려놓았다. 햇빛이 비치면 여기 스며 있던 어두운 기운도 사라질 것이다. 그녀의 자수정 정동석도 그 옆에 놓고, 말린 금잔화 꽃잎을 주변에 뿌렸다. 이렇게 배치해 놓고 잠깐 생각을 해 보다 언제나 막강한 힘을 자랑하는 할머니의 성서와 텃밭의 흙 한 줌도 옆에 놓았다. 그녀는 이 조합을 떠올리며 하루에 두 번, 20분씩 명상을 했다.

그녀는 자신에게 없는 친구들의 장점을 흡수하고 싶었다. 토니한테서는 명석한 두뇌를, 로즈한테서는 떠들썩한 소화 능력과 기획력을. 그리고 말재주도 배우고 싶었다. 그래야 지니아가 험한 소리를 퍼부어도 맞받아칠 수 있을 것이다. 텃밭의 흙을 통해서는 땅속의 힘을 흡수하고 싶었다. 그럼 성서는? 할머니와 함께 있다는 것만으로 충분할 것이다. 할머니의 손과 치유의 능력이 있는 파란색 빛만 있으면. 금잔화 꽃잎과 자수정 정동석은 이런 여러 가지 에너지를 품고 있다 알맞은 방향으로 물꼬를 틔우는 역할을 한다. 그녀가 염두에 두고 있는 것은 레이저 빔처럼 하나로 집중된 힘이다.

샤니타는 캐리스가 평소보다 훨씬 넋이 빠져 있는 것을 보고 "무슨 심란한 일 있어?" 하고 묻는다.

"네, 조금요."

"카드 점 한번 쳐 볼래?"

그들은 새 가게 인테리어를 디자인하느라 정신이 없다. 좀 더 정확히 말하면 샤니타가 디자인을 하고 캐리스는 결과물을 보며 감탄하는 식이다. 샤니타는 크레용을 써서 '어린애 글씨체로' 스크림퍼스라고 가게 이름을 적은 큼지막한 갈색 종이 현수막을 쇼윈도에 걸어 놓을 것이다. 샤니타가 말한다.

"모든 걸 아주 기본적인 분위기로 꾸미는 게 관건이야. 집에서 만든 것처럼. 비싸 보이지 않게."

그녀는 손으로 윤을 낸 단풍나무 진열장과 가공하지 않은 널빤지로 만들어 못이 다 보이는 다른 물건들도 판매할 생각이다. 그녀의 표현에 따르면 주황색 상자 같은 분위기의 물건들이다.

"돌이랑 약초 추출액도 팔지만, 쇼윈도가 아니라 뒤쪽에 진열할 거야. 사치품은 우리 주 종목이 아니니까."

샤니타는 새 상품을 주문하느라 정신이 없다. 신문지를 재활용해 모판 만들기 세트, 잡지를 오려 나만의 크리스마스카드 만들기 세트, 말린 꽃과 진공 포장용 필름과 헤어드라이어를 활용해 또 다른 카드 만들기 세트. 음식물 쓰레기를 퇴비로 만드는, 유기농 나무 뚜껑이 달린 처리기도 있었다. 18세기 분위기의 꽃무늬를 넣어서 쿠션 커버를 만드는 레이스 자수 세트도 있었다. 이미 만들어진 커버는 제법 비쌌다. 그런가 하면 수동 커피 그라인더에는 갈린 원두가 쌓이는 예쁜 나무 서랍이 달려 있었다. 샤니타의 말에 따르면 소소한 전자식 부엌 용품은 유행이 끝났다고 한다. 다시 육체노동의 시대가 돌아왔다는 것이다.

"원하는 물건을 한참 저렴하게 만들 수 있는 용품을 갖추어야 해. 절약, 이게 우리 가게의 모토야. 이런 분야라면 내가 빠삭하지. 평생 잡동사니를 모으며 살아왔으니까. 그런데 문제는 고무줄 100만 개로 뭘 만들 수 있는지 알려 주는 사람이 없다는 거야."

그녀는 두 사람이 가게에서 입는 옷도 바꾸겠다고 한다. 꽃무늬가 있는 파스텔 색깔의 작업복이 아니라 캔버스 천으로 만든 베이지 색 목수용 앞치마를 두르고 갈색 종이를 네모반듯하게 접어서 만든 모자를 쓰자고 한다. 귀에 연필까지 꽂으면 완벽할 것이다.

"진지한 자세를 보여 주자는 거지."

창의적인 시도라면 뭐가 됐든 응원을 해 주어야 한다는 생각에 감탄사를 쏟아 내고는 있지만 캐리스는 적응을 할 수 있을지 자신이 없다. 힘든 일이 되겠지만, 노력해야 할 것이다. 그녀에게 이만큼 어울리는 일자리가 또 어디 있겠는가. 그녀는 어쩌면 취업 시장에 이력서도 제출하지 못할 것이다. 물론 이력서를 제출하고 싶은 생각은 없다. 알파벳으로 모든 걸 정확하게 분류할 수는 없다. 하지만 이 가게에서 계속 일을 하려면 좀 더 강하게 밀어붙일 줄 알아야 한다. 손님을 붙잡을 줄 알아야 한다. 정신 바짝 차리고 적극적으로 판매에 나서야 한다. 샤니타는 서비스와 가격 경쟁력을 미래의 좌우명으로 삼을 거라고 한다. 그리고 경비 절감도. 그래도 최소한 빚은 없다. 샤니타가 말한다.

"돈을 많이 빌린 적이 없으니 다행이지 뭐야. 은행에서 빌려 주질 않으니 그런 거였지만."

"왜 안 빌려 줬는데요?"

샤니타는 반짝반짝 곱슬곱슬하게 한 묶음으로 길게 늘어뜨린 머리카락을 뒤로 휙 넘기며 한심하다는 듯 캐리스를 쳐다본다.

"맞춰 봐."

오후에 쉬는 시간이 되자 샤니타가 창고에서 꺼낸 레몬 리프레셔를 한 잔씩 만들고 캐리스를 위해 카드를 펼친다.

"엄청난 일이 기다리고 있네. 어디 보자⋯⋯. 자기가 뽑은 카드가 컵을 든 여왕 맞지? 여제사장이 자기를 방해하고 있고. 뭐 짐작 가는 거 있어?"

"네. 내가 이길까요?"

샤니타는 그녀를 보며 미소를 짓는다.

"이기겠느냐니 웬일이야? 자기가 그런 말 하는 거 처음 듣네! 하긴 그런 소리를 시작할 때가 됐는지도 모르지."

그녀는 카드를 물끄러미 쳐다보며 몇 장 더 내려놓는다.

"이길 것 같은데. 아무튼 지지는 않아. 그런데! 누가 죽어. 피할 방법이 없어."

"오거스타는 아니겠죠?"

캐리스도 카드를 열심히 들여다본다. 탑, 칼을 든 여왕, 마법사, 광대. 하지만 그녀는 카드를 읽는 재주가 없다.

"아냐, 아냐. 오거스타 근처에서 벌어질 일은 아니야. 나이가 많은 사람이야. 그러니까 오거스타보다 나이가 많은 사람. 자기는 이 사람이 죽는 걸 보지 못하지만, 죽은 걸 나중에 발견해."

캐리스는 망연자실한다. 빌리인 모양이다. 지니아를 찾아갔다가 빌리가 죽었다는 소식을 들을 모양이다. 전부터 그럴까 봐 두려웠건만. 하지만 모르는 것보다는 낫고, 좋은 점도 있다. 그녀도 다른 세계로 건너가느라 배를 타고 어두컴컴한 터널과 동굴을 지날 때 저 앞에서 빛이 보이면 빌리의 목소리가 제일 먼저 들릴 테니 말이다. 저쪽 세상에서는 그가 그녀를 도와줄 것이다. 두 사람은 함께 있을 것이다. 그가 먼저 죽지 않았더라면 이런 식으로 그녀를 맞이할 수 없을 것이다.

여제사장이 그녀를 방해하고 있다는 사실을 알게 된 것도 도움이 된다. 이제 드디어 지니아와 맞닥뜨리기로 선택한 날이 찾아왔으니 현재 상황과도 들어맞는다. 그녀는 일어나자마자 날마다 하던 것처럼 성서에 핀을 꽂았을 때 그날이 찾아왔다는 사실을 바로 깨달았다. 엄청난 창녀에 대해 이야기하는 요한계시록 17장이 선택되었던 것이다. 이 여자는 자줏빛과 붉은빛 옷을 입고 금과 보석과 진주로 꾸미고 손에 금잔을 가졌는데 가증한 물건과 그의 음행의 더러운 것들이 가득하더라. 그의 이마에 이름이 기록되었으니 비밀이라, 큰 바빌론이라, 땅의 음녀들과 가능한 것들의 어미라 하였더라.
눈을 감은 캐리스의 머릿속에서 하나의 형체가 떠올랐다. 가장자리는 짙은 빨간색이고, 다이아몬드처럼 단단한 빛을 반짝이고 있었다. 얼굴은 보이지 않았지만, 지니아일 수밖에 없었다.

"그래서 딱 들어맞는다고 생각했던 거야."
캐리스가 토니에게 말한다.
"들어맞다니, 뭐가?"

토니가 참을성 있게 묻는다.

"네가 말한 거. 바빌론 프로젝트라고 했잖아. 우연의 일치일 수는 없는 거 아니니?"

토니는 우연의 일치일 수도 있다고 말하려다 입을 다문다. 로즈가 테이블 밑에서 팔꿈치로 쿡 찔렀기 때문이다.

"계속해 봐."

로즈가 말한다.

캐리스는 하늘에서 내리는 질척질척한 눈을 맞으며 힘겹게 도시를 가로지른다. 카리브풍의 화끈한 그래픽을 자랑하는 뱀부 클럽과 조개껍질과 수정을 파는 제퍼 앞을 지나간다. 평소 같으면 제퍼에서 파는 물건을 구경했을 텐데 오늘은 정해진 시간이 있기 때문에 거들떠보지도 않고 서둘러 드래곤 레이디 만화 가게 앞을 지나간다. 지금은 점심시간이다. 보통은 점심 때 제일 바쁘기 때문에 시간을 많이 낼 수가 없는데, 며칠 동안 문을 닫고 카운터와 갈색 종이로 만든 나비매듭을 정리하는 중이라 짬을 낼 수 있었다. 그녀는 나중에 가게 문을 다시 열면 하루 날을 잡아 그만큼 퇴근을 늦게 하는 조건으로 30분을 추가로 얻었다. 그 정도면 아널드 가든 호텔에서 지니아를 만나 묻고 싶은 것을 묻고 대답을 들을 수 있을 것이다. 물론 지니아가 호텔에 있다면 말이다. 나갔을 수도 있다.

캐리스가 오늘 아침에 옷을 갈아입고 외풍이 있는 욕실에서 세수를 하며 생각해 보니 호텔 이름만 알고 방 번호는 몰랐다. 물론 호텔에 가서 복도를 걸으며 문고리를 잡아 보면 알 수 있을 것이다. 제대로 방을 찾으면 문고리를 건드렸을 때 짜릿한 전류가 손끝으로 전해지면서 지니아의 존재를 느낄 수 있을 것이다. 하지만 호텔에는 워낙 인파가 많고, 다른 사람들도 정전기를 일으킬 수 있으니 까딱 잘못했다가는 실수하기 십상이었다.

그런데 페리를 타고 뭍으로 건너가는 동안 지니아가 몇 호에 묵고 있는지 확실히 알 만한 사람이 한 명 떠올랐다. 둘이서 같이 호텔로 들어가는 것을 보았으니 로즈의 아들 래리라면 알 것이다.

"이 부분을 너한테 밝히고 싶지 않았던 거야. 톡시크에서 만난 그날 생각나지? 맞은편에 있는 카페이 느와르에서 기다리는데 두 사람이 나오는 게 보이더라. 뒤를 따라갔지. 지니아하고 래리였어."

캐리스가 로즈에게 말한다.

"네가 뒤를 밟았단 거야?"

로즈는 또 다른 누군가가 두 사람의 뒤를 밟고 있었던 것처럼, 그리고 그가 누구인지 아는 것처럼 말했다.

"빌리 소식을 묻고 싶었거든."

로즈는 그녀의 손을 토닥인다.

"왜 아니겠니!"

"둘이 길바닥에서 입을 맞추더라고."

캐리스는 미안해하는 말투다.

"괜찮아, 얘. 내 걱정은 하지 마."

로즈가 말한다.

"캐리스! 너 보기보다 훨씬 영악하다!"

토니는 감탄한다. 캐리스가 지니아의 뒤를 살금살금 밟다니 워낙 있을 법하지 않은 일이라 생각만 해도 흥미진진하다. 지니아는 다른 누구도 아니고 캐리스에게 미행당할 줄은 꿈에도 몰랐을 것이다.

캐리스는 출근을 하고 나서 샤니타가 은행에 잔돈을 바꾸러 갔을 때 로즈의 집으로 전화를 걸었다. 쌍둥이는 학교에 가고 로즈는 회사에 있을 시간이니 전화를 받는다면 래리일 것이다. 그녀의 짐작대로 래리가 전화를 받았다.

"안녕, 래리. 캐리스 이모야."

캐리스 이모라고 말을 하려니 어색했지만, 아이들이 워낙 어렸을 때부터 로즈가 시작한 습관이라 고쳐지지 않았다.

"아, 안녕하세요, 이모. 엄마는 출근하셨는데요."

래리는 자다 일어난 듯한 목소리였다.

"응. 너하고 통화하고 싶어서 전화했어. 지니아를 찾고 있거든. 너도 지니아 기억하지? 어렸을 때 봤잖아."

문득 그때 래리가 몇 살이었나 하는 생각이 들었다. 그렇게 어린 나이는 아니었다. 로즈가 래리에게 지니아 이야기를 어디까지 했을까? 많이 하지 않았기를 바랄 따름이었다.

"너희 엄마하고 우리하고 같은 대학 다녔던 동창생 말이야. 아널드 가든 호텔에서 만나기로 했는데 방 번호를 잊어버렸지 뭐니."

새빨간 거짓말이라 죄책감이 느껴졌지만, 이런 거짓말을 할 수밖에 없게 만든 지니아에게 분노가 치밀었다. 지니아가 원래 그런 식이었다. 사람을 자기 수준으로 끌고 내려갔다.

한참 동안 정적이 흘렀다.

"그걸 왜 저한테 물으세요?"

이윽고 래리가 경계하는 투로 물었다.

"아. 지니아는 내가 얼마나 건망증이 심한지 알거든! 내가 얼마나 정신이 없는지 말이야. 방 번호를 깜빡하면 너한테 전화하라던데? 네가 알 거라면서. 나 때문에 자다 깬 거라면 미안해."

캐리스는 평소 흐리멍덩한 자신의 정신 상태를 전면에 내세웠다.

"그분이 왜 그렇게 멍청한 짓을 했는지 모르겠네요. 제가 자동응답기도 아니고 말이죠. 호텔로 전화해서 물어보지 그러세요?"

래리답지 않게 퉁명스러운 반응이었다. 원래는 이보다 공손한 아이였는데.

"나도 그러고 싶지. 그런데 성이 바뀐 것 같은데 뭘로 바뀌었는지 깜빡했지 뭐니."

바뀐 성을 운운한 것은 어림짐작이었지만 제대로 짚은 거였다. 예전에 토니가 지니아는 아마 해마다 이름을 바꿀 거라고 하자 로즈가 무슨 소리냐고, 다달이 바꿀 거라고, 매달 이름을 바꾸는 사람들 모임에 가입했을지 모른다고 한 적도 있었다.

"1409호예요."

"아, 적어 놔야겠다. 일, 사, 공, 구, 맞지?"

그녀는 정말 건망증이 심한 사람처럼 최대한 허둥거리며 물었다. 나이가 들어서 우왕좌왕하는 노인네처럼, 최대한 한심한 분위기로. 래리가 지니아에게 전화해 주의를 주는 것은 그녀가 바라는 바가 아니었다.

그녀는 방 번호에 담긴 의미를 간파한다. 방 번호에 13으로 시작되는 숫자를 붙이는 호텔은 없지만 13층은 분명 존재한다. 그러니까 14층이 사실은 13층인 셈이다. 지니아가 13층에 묵고 있는 셈이다.

행운을 상징하는 9가 액운을 상징하는 13을 상쇄하고 있기는 하다. 9는 여신의 숫자다. 하지만 액운은 지니아의 몫이고, 행운은 캐리스의 몫일 것이다. 캐리스는 마음이 순수한데, 적어도 그러려고 노력하는데, 지니아는 그렇지 않으니 말이다. 캐리스는 머릿속으로 이런 계산을 하고 빛으로 몸을 감싸며 아널드 가든 호텔에 도착해 위협적인 분위기의 차일 밑을 아무렇지도 않은 척 걸어가고 놋쇠가 달린 반짝이는 유리문을 통과한다.

그녀는 잠시 로비에 서서 숨을 고르고 주변을 살핀다. 로비 분위기는 나쁘지 않다. 살상한 짐승의 가죽을 씌운 가구들이 많기는 하지만, 드라이플라워로 만든 장식물 비슷한 것이 보여서 기쁘다. 그리고 뒤쪽 판유리 너머로 보이는 안뜰에는 분수대도 있다. 비록 작동을 멈춘 상태지만. 도시의 공간이 좀 더 자연을 닮아 가는 쪽으로 변하는 것이 보기 좋다.

그런데 이때 문득 맥 빠지는 생각이 든다. 지니아에게 영혼이 없으면 어쩐다? 현재 인류가 시작된 이래 가장 많은 사람들이 이 땅에 살고 있는데, 영혼이 재활용되는 거라면 의자 빼앗기 놀이 비슷하게 영혼 없이 사는 사람들도 있을 수밖에 없다. 어쩌면 지니아가 그런 상태일지 모른다. 영혼 없이 껍데기만 있는. 그렇다면 캐리스가 무슨 수로 그녀를 상대할 수 있을까?

생각만 해도 끔찍하다. 캐리스는 로비 한가운데에서 돌처럼 굳어 버린다. 하지만 이제 와서 돌아갈 수는 없다. 그녀는 눈을 감고 장갑과 흙과 성서가 놓인 제단을 떠올리며 그 힘을 소환한다. 그런 다음 눈을 뜨고 징조를 기다린다. 로비 한쪽 구석에 대형 괘종시계가 있다. 지금은 거의 정오에 가까운 시각이다. 캐리스는 두 시계바늘이 한데 모여 위를 가리킬 때까지 기다린다. 그런 다음 엘리베이터에 탄다. 한 층 한 층 올라갈 때마다 심장이 점점 더 세게 두근거린다.

그녀는 사실은 13층인 14층에 도착해 1409호 앞에 선다. 불그스름한 회색빛이 문 밑 틈으로 새어 나와 그녀를 뒤로 밀어낸다. 그녀는 부르르 떨며 무언의 협박을 가하는 나무 문에 한 손바닥을 댄다. 저 멀리서 기차가 지나가거나 무언가 천천히 폭발이라도 하는 듯하다. 지니아가 안에 있는 게 분명하다.

캐리스는 문을 두드린다.

지니아가 유리로 된 구멍을 통해 그녀를 확인하는 게 느껴지더니 잠시 후 문이 열린다. 지니아는 호텔 목욕 가운을 입고 수건으로 머리를 감싸고 있다. 샤워를 한 모양이다. 머리에 터번 모양으로 만든 수건이 얹혀 있는데도 캐리스가 기억하는 것보다 키가 작다. 마음이 놓인다.

"언제쯤 오나 했어."

지니아가 말한다.

"그래? 어떻게 알았어?"

"래리한테 들었거든. 들어와."

목소리는 밋밋하고 얼굴은 피곤해 보인다. 캐리스는 나이가 들어 보이는 그녀의 모습을 대하고 깜짝 놀란다. 화장기가 없어서 그렇게 보이는 걸지도 모른다. 캐리스가 지금처럼 현명해지지 않았더라면 어디 아픈가 보다고 섣불리 단정 지었을 것이다.

방 안은 엉망진창이다.

토니가 말허리를 자른다.

"잠깐. 그 부분 다시 말해 봐. 12시에 찾아갔는데 방 안이 엉망진창이었다고?"

"섬에서 나랑 같이 살았을 때도 항상 지저분했어. 설거지든 뭐든 돕는 일이 없었고."

캐리스가 말한다.

"하지만 내가 그전에 갔을 때는 모든 게 정말 깔끔했는데. 침대도 정리되어 있었고. 전부 다."

토니가 말한다.

"내가 갔을 때는 안 그랬어. 바닥에 베개들이 떨어져 있고 침대도 난장판이더라. 쓰던 커피 잔, 감자 칩, 옷가지들이 사방에 널려 있고. 커피 테이블이랑 양탄자에 깨진 유리잔도 있었어. 밤새 파티라도 벌였던 것처럼."

캐리스가 말한다.

"같은 방인 게 확실해? 어쩌면 화가 나서 유리잔을 몇 개 깨부순 것일 수도 있겠다."

토니가 말한다.

"네가 간 다음에 다시 갔나 보지."

로즈가 말한다.

세 사람은 그랬을 가능성에 대해 생각해 본다. 캐리스는 하던 이야기를 계속 한다.

방 안은 엉망진창이다. 꽃무늬 커튼은 조금 전까지 햇빛을 가리고 있었는지 반쯤 닫혀 있다. 지니아는 바닥에 널브러진 물건들을 피해 소파로 가서 앉고, 커피 테이블의 깨진 유리잔 주변으로 열댓 개쯤 뒹굴고 있는 담배 중에서 한 개비를 집는다.

"담배 피우면 안 된다는 거 알지만 이제는 상관없어. 앉아, 캐리스. 와 줘서 반갑다."

그녀가 혼잣말처럼 중얼거린다.

캐리스는 안락의자에 앉는다. 그녀가 상상했던 강렬한 대결과는 거리가 먼 분위기다. 지니아는 그녀를 피하려 하지 않는다. 오히려 그녀가 찾아온 것을 살짝 기뻐하는 눈치다. 캐리스는 빌리가 어디 있는지, 살아 있는지 죽었는지 알아내려고 찾아온 것임을 스스로 환기시킨다. 그런데 빌리한테 집중이 잘 되지 않는다. 어떻게 생겼는지 기억이 잘 나지 않는다. 반면에 지니아는 이 방에 지금 이렇게 앉아 있다. 드디어 직접 만나다니 기분이 참으로 묘하다.

이제 그녀가 희미하게 웃는다.

"네가 나한테 참 잘해 줬지. 그런 식으로 작별 인사도 없이 떠나서 전부터 늘 미안하다는 말을 하고 싶었어. 정말 생각 없는 짓이었지. 하지만 내가 너한테 너무 의지하게 됐잖아. 나 스스로 나을 생각을 안 하고 치료도 너한테 맡기고. 그래서 혼자 정신을 집중할 수 있게 어딘가로 떠나야 했어. 내가…… 뭐랄까, 계시 같은 걸 받았거든."

캐리스는 깜짝 놀란다. 그 오랜 시간 동안 그녀가 지니아를 오해하고 있었던 걸까? 어쩌면 지니아가 달라진 것일 수도 있다. 사람들은 변한다. 선택하면 스스로 달라질 수 있다. 그녀는 그렇다고 굳게 믿고 있다. 하지만 지금 이 상황은 어떤 식으로 생각해야 할지 모르겠다.

"암이 아니었지?"

결국 그녀는 이렇게 묻는다. 비난의 뜻으로 하는 말은 아니다. 그저 확인하고 싶은 것이다.

"응. 암은 아니었어. 하지만 아팠던 건 사실이야. 정신적인 질병이었어. 그리고 지금도 아파."

그녀는 말을 멈추었지만 캐리스가 잠잠한 것을 보더니 하던 이야기를 계속한다.

"그래서 여기로 다시 돌아온 거야. 의료 제도 때문에. 다른 데서는 치료를 받을 여력이 못 되거든. 나더러 죽을병에 걸렸다더라. 6개월 남았대."

"어머, 어떡하니."

캐리스는 빛이 무슨 색인지 알아보려고 지니아의 윤곽을 살펴보지만 읽히지 않는다.

"암이야?"

"말해도 될지 모르겠다."

"괜찮아."

캐리스는 지니아가 하는 말이 이번만큼은 진짜이면 어쩌나 싶다. 정말 죽을병에 걸린 거라면? 그러고 보니 눈가가 좀 거무칙칙하다.

"사실은 에이즈에 걸렸어. 내가 미련했지. 몇 년 전에 안 좋은 습관이 있었거든. 그때 감염된 주삿바늘을 쓰는 바람에."

지니아는 한숨을 쉰다.

캐리스는 헉하고 숨을 내뱉는다. 끔찍해라! 그럼 래리는 어쩌지? 래리도 에이즈에 걸리는 걸까? 로즈! 로즈! 빨리 와! 하지만 로즈가 온들 뭘 어쩔 수 있을까.

지니아가 다시 입을 연다.

"어디 평화로운 곳에서 좀 쉬었으면 좋겠다. 머리도 좀 정리할 겸. 섬 같은 데서."

낯익은 끌림, 해묵은 유혹이 캐리스를 찾아온다. 지니아의 육신은 가망이 없을지 몰라도 이 세상에 육신만 있는 것은 아니다. 예전처럼 지니아를 데리고 있으면 어떨까? 다른 세상으로 넘어갈 수 있도록 돕고, 빛으로 감싸 주고, 같이 명상하고…….

지니아는 나지막이 말한다.

"아니면 그냥 내 손으로 정리할까 봐. 약이나 뭐 그런 걸로. 어차피 죽을 목숨인데 기다려서 뭐하니?"

익숙한 감정이 캐리스의 목구멍으로 치밀어 오른다. 안 돼, 노력은 해 봐야지, 좋은 결과를 위해 노력은 해 봐야지…….. 그녀가 그래, 우리 집으로 와, 라고 말하려는 순간, 뭔가가 그녀의 입을 막는다. 고개를 외로 꼬고 집중한 지니아의 눈빛. 그것은 벌레를 쳐다보는 새의 눈빛이다.

"그때는 왜 암인 척했어?"

캐리스가 묻는다.

지니아는 웃음을 터뜨리더니 허리를 꼿꼿하게 펴고 앉는다. 졌다는 것을, 캐리스가 에이즈에 걸렸다는 그녀의 말에 속아 넘어가지 않으리라는 것을 안 것이다.

"알았어. 그 부분을 정리하고 넘어가는 게 좋겠다. 너희 집에 들어가서 살고 싶었는데, 그게 가장 빠른 길인 것 같았거든."

"너무했다. 너를 믿었는데! 내가 얼마나 걱정했는지 아니? 너를 살리려고 얼마나 애썼는지 아니?"

지니아는 명랑한 목소리로 대답한다.

"그러게. 하지만 걱정 마, 나도 괴로웠으니까. 그 구역질 나는 양배추 즙을 한 잔만 더 마셨으면 나는 죽은 목숨이었을 거야. 내가 뭍에 도착했을 때 뭘 했는지 아니? 기회가 생기자마자 식당에 가서 감자튀김 한 접시랑 육즙이 촬촬 흐르는 맛있는 스테이크를 먹었어. 시뻘건 고기에 굶주려서 코로 먹으래도 먹을 수 있겠더라!"

"하지만 정말로 어딘가 아팠잖아."

캐리스는 희망을 버리지 않는다. 영기는 거짓말을 하지 않는다. 지니아는 정말 병이 있었다. 게다가 그 야채들이 모조리 허튼 데 쓰였다고 생각하기는 싫다.

"내가 꼭 알아야 할 요령 하나 가르쳐 줄까? 비타민 C를 완전히 끊으면 괴혈병 초기 증상이 나타나거든. 20세기에 괴혈병 환자가 있을 거라고는 다들 상상조차 하지 못할 테니까 누구라도 감쪽같이 속일 수 있어."

"하지만 비타민 C라면 내가 듬뿍 먹였잖아!"

"손가락을 목구멍 속에 집어넣어 봐. 효과가 얼마나 기가 막힌지 아니?"

"왜 그랬니? 왜 그랬어?"

캐리스는 힘없이 묻는다. 선한 의도와 기꺼이 돕고 싶었던 마음을 갈취당한 기분이다. 천하에 둘도 없는 바보가 된 기분이다.

"당연히 빌리 때문이었지. 너한테 악감정이 있어서 그런 건 아니었어. 그에게 접근하기 위해서 널 이용했을 뿐이야."

"그 사람을 사랑해서 그랬니?"

그렇다면 최소한 이해할 수 있다. 그렇다면 최소한 좋은 쪽으로 해석할 수 있다. 사랑은 좋은 거니까. 빌리와 사랑에 빠진 거라면 이해할 수 있다.

지니아는 웃음을 터뜨린다.

"너 정말 대책 없는 낭만주의자로구나? 이 나이쯤 됐으면 정신 차려야 하는 거 아니야? 아니, 나는 빌리를 사랑하지 않았어. 섹스는 재미있었지만."

"재미있었다고?"

그녀의 경험상 섹스가 재미있었던 적은 한 번도 없었다. 아무 느낌 없거나 아프거나, 둘 중 하나였다. 아니면 감당할 수 없어서 위험해지거나. 그녀가 여태껏 섹스를 피한 이유도 그 때문이다. 하지만 재미있었던 적은 없다.

"응. 그걸 재미있다고 생각하는 사람도 있다니 놀라운 일이겠지. 너는 절대 그렇지 않으니까. 빌리한테 들은 말을 종합해 보건대 너는 아무리 애를 써도 그 재미를 모를 거야. 빌리는 기분 좋은 섹스에 어찌나 굶주려 있었던지 내가 그 한심한 통나무집에 발을 들여놓자마자 달려들더라. 네가 뭍으로 나가서 그 하품 나오는 요가를 가르치는 동안 우리 둘이 뭘 하고 있었을 것 같니? 네가 아래층에서 우리 아침을 만드는 동안, 아니면 밖에서 그 골 빈 닭들한테 모이를 주는 동안 우리 둘이 뭘 하고 있었을 것 같니?"

캐리스도 울지 말아야 한다는 것쯤은 안다. 빌리에게 지니아가 섹스였다면 그녀는 사랑이었다.

"빌리는 나를 사랑했어."

그녀는 자신 없는 목소리로 말한다.

지니아는 미소를 짓는다. 뿜어내는 기운이 점점 더 강해지면서 온몸이 고장 난 토스트 기계처럼 웅웅거린다.

"빌리는 너를 사랑하지 않았어. 정신 차려! 너는 공짜 식권 같은 존재였어! 그 인간은 자기 돈이 있으면서도 너한테 빌붙었던 거라고! 마리화나를 팔고 다녔는데 전혀 몰랐지? 아는지 모르겠지만 그 인간은 너더러 칠칠맞은 여자라고 했어. 머저리일 게 분명한 아이를 낳으려 하다니 한심하다고. 정확히 말하면 넋이 나간 년이라고 했지."

"빌리가 그런 말을 했을 리 없어."

캐리스는 뜨겁고 날카로운 철조망이 자신을 옭아매 그 가느다란 철사 줄이 치글거리며 살 속으로 파고드는 듯한 기분을 느낀다.

지니아의 잔인한 공격은 계속된다.

"너랑 섹스를 하면 순무를 쑤시는 기분이라던데? 내 말 잘 들어, 캐리스. 너를 위해 하는 말이야. 나는 너를 알고, 네가 어떤 식으로 시간을 보내는지 안 봐도 알 것 같아. 고의를 입고 은둔자 행세를 하고 있겠지. 멍하니 빌리 생각이나 하면서. 그 사람은 핑계일 뿐이야. 현실을 외면하게 하는 핑계. 그 사람은 포기해. 잊어버려."

"잊어버릴 수가 없어."

캐리스는 조그맣게 말한다. 빌리가 지니아의 손에 갈기갈기 찢기는 수모를 당하고 있는데, 어떻게 이렇게 가만히 앉아서 보고만 있을 수 있단 말인가. 빌리에 대한 추억. 그게 사라지면 그 오랜 세월에서 무엇이 남을까? 아무것도 남지 않는다. 진공상태가 된다.

"내 말 잘 들어. 빌리는 그만한 가치가 없는 존재야. 내가 너희 집에 간 진짜 목적이 뭐였는지 알아? 그 사람을 회유하기 위해서였어. 그런데 너무 쉽게 넘어오더라."

그녀는 화가 난 목소리다.

"회유?"

캐리스는 대화에 집중이 잘 안 된다. 이쪽 뺨과 저쪽 뺨을 번갈아 얻어맞는 듯한 기분이다. 오른편 뺨을 치거든 왼편을 돌려 대며.* 하지만 몇 번이나 그래야 하는 걸까?

"동료들을 배신하게 만들려고 했다고. 빌리는 밀고자가 됐어. 미국으로 돌아가서 아직 거기 남아 있던, 폭탄 좋아하는 친구들을 당국에 고발했지."

지니아는 어린아이한테 설명하는 듯한 말투다.

"못 믿겠어."

"네가 믿건 말건 나야 상관할 바 아니야. 어차피 사실이니까. 자기는 올가미에서 빠져나오고 돈도 조금 챙기려고 친구들을 팔아넘긴 거야. 당국에서는 새로운 신분증을 만들어 주고 3급 스파이라는 시시한 직책도 내렸지. 그런데 솜씨가 영 별로더라고. 볼티모어인가 어디에서 마지막으로 만났을 때 보니까 아주 확 깨던데? 부실한 마약중독자 겸 징징거리는 알코올중독자가 됐더라. 머리도 벗겨지고."

"너 때문에 그렇게 된 거잖아. 네가 그 사람을 망쳐 놓은 거잖아."

캐리스는 나지막이 속삭인다. 소중한 빌리였는데.

"웃기네. 그 인간도 그 소리를 하더라만, 내가 억지로 시킨 거였니? 나는 선택의 여지를 줬을 뿐이야. 시키는 대로 하든지 아니면 인생 좀 치든지. 현실에서는 대다수의 사람들이 자기 목숨을 건지는 쪽을 선택하지. 열에 아홉은 그렇다니까? 내 말 믿어도 좋아."

"네가 기마경찰대 소속이었다니."

믿어지지도 않고 앞뒤도 안 맞는 일이다. 지니아가 법과 질서의

---

* 마태복음 5장 39절.

편이라니.

"그렇지는 않아. 나는 늘 단독으로 움직였어. 빌리를 통해 일종의 기회를 포착했던 거지. 병역 기피자를 도와주면서 성인군자인 척하는 그 자유주의자 그룹 내부에는 스파이들이 득시글거렸어. 내가 연줄이 있어서 서류를 훑어보는데, 매클렁 홀에서 본 기억이 나는 네가 있더라? 너까지 파일로 만들었더라고. 물론 나는 잼 병을 가지고 파일을 작성하는 거나 마찬가지로 종이를 낭비하고 세금을 낭비하는 짓이라고 말했지만. 아무튼 너는 나를 기억할 것 같았어. 시커멓게 멍이 든 눈을 하고 네 요가 수업에 찾아가는 것쯤이야 별로 어려운 일도 아니었지. 젠장, 나머지는 네가 다 알아서 했잖아! 저기 있잖니, 내가 지금 옷도 갈아입어야 하고 할 일도 있거든? 빌리는 워싱턴에 살고 있어. 아버지와 오래전에 헤어진 딸의 즐거운 상봉을 추진하고 싶으면 주소 알려 줄게."

"아니야."

캐리스는 다리가 후들거린다. 일어서기가 두렵다. 빌리가 갈기갈기 찢긴 채 그녀의 머릿속에 누워 있다. 테이프를 지워. 그녀는 속으로 중얼거리지만 테이프는 지워지지 않을 것이다. 생각해 보니 그녀에게는 무기가 없다. 지니아에 대적할 만한 무기가 없다. 캐리스에게 있는 것이라고는 착한 사람이 되고자 하는 마음뿐인데, 선은 부재(不在)를 의미한다. 악의 부재를. 반면 지니아에게는 생생한 이야기가 있다.

지니아는 어깨를 으쓱한다.

"네 마음대로 해. 나라면 그 인간을 머릿속에서 북북 지워 버리겠다."

"그럴 수는 없을 것 같아."

"좋을 대로."

지니아는 자리에서 일어나 옷장 쪽으로 걸어가더니 옷을 고르기 시작한다.

캐리스는 알고 싶은 게 한 가지 더 있다. 그녀는 남은 힘을 모두 그러모아 묻는다.

"닭은 왜 죽였니? 걔네들은 아무 잘못도 없었는데."

"그 염병할 닭들은 내가 죽인 거 아니야."

지니아가 몸을 홱 돌리며 대답한다. 재미있어하는 목소리다.

"빌리가 죽였어. 아주 재미있어하면서. 동이 트기도 전에, 네가 아직 꿈나라를 헤매고 있을 때 살금살금 나가서 빵 칼로 목을 그었지. 그 더러운 닭장 속에 갇혀 있느니 차라리 죽는 게 낫다면서. 그런데 사실 빌리는 닭을 끔찍하게 싫어했어. 네가 닭장에 가서 그 광경을 목격했을 때를 상상하면서 배를 잡고 웃기까지 하더라. 빌리 입장에서는 장난이었던 거야. 짜릿한 장난."

캐리스의 안에서 무언가가 부서진다. 분노가 그녀를 잡아먹는다. 그녀의 인생이, 그녀가 상상했던 인생이, 지니아가 마셔 버린, 그녀의 인생에서 좋았던 부분들이 나올 때까지 스펀지에서 물을 짜듯 지니아를, 지니아의 목을 쥐어짜고 싶다. 이렇게 잔인한 반응을 보이다니 스스로도 깜짝 놀랄 지경이지만, 어쩔 수가 없다. 그녀의 몸 속과 주변이 새하얀 빛으로 채워지는 게 느껴진다. 화염의 날개가 그녀에게서 솟아오른다.

잠시 후 그녀는 몸에서 빠져나와 꽃무늬 커튼으로 덮인 발코니 문 근처에 서서 지켜본다. 그녀의 몸은 아까 그 자리에 그대로 서 있다. 이제는 다른 사람이 그 몸을 차지하고 있다. 캐런이다. 캐리스의 눈에도 캐런이 보인다. 긴 머리를 치렁치렁 늘어뜨린 시커먼 응어리가, 시커먼 그림자가 커다랗게 자라 있다. 거대하게 자라 있다. 그녀는 지금 이 순간을 위해, 캐리스의 몸속으로 다시 들어와 살인의 도구로 이용하는 순간을 위해, 그 많은 세월을 기다려 왔다. 그녀가 파란색으로 깜빡이는 캐리스의 손을 지니아 쪽으로 움직인다. 아무도 막을 수 없을 만큼 힘이 센 그녀가 소리 없는 바람처럼 지니아에게 달려들어 발코니 문 쪽으로 밀치자 깨진 유리 조각들이 얼음처럼 흩뿌려진다. 지니아는 보석처럼 자주색과 빨간색으로 반짝이지만 그림자 같은 캐런의 상대가 못 된다. 지니아는 가볍고 속이 텅비었고 병이 들어 썩어 있고 종이처럼 약하다. 그녀는 그런 지니아를 들어 발코니 난간 너머로 내동댕이친다. 그러고는 허우적거리며 탑에서 떨어진 지니아가 분수대 가장자리에 부딪치며 늙은 호박처럼 터지는 광경을 바라본다. 캐리스는 꽃무늬 커튼 뒤에 숨어 애처롭게 외친다. 안 돼! 안 돼! 그녀는 유혈극도 싫고, 개들이 안뜰에서 살점들을 먹어 치우는 것도 싫다. 그런데 과연 진심일까?

"아무튼 이제는 다 지나간 이야기지."

지니아의 태연스러운 목소리가 들린다. 다시 몸속으로 돌아온 캐리스는 이제 그녀의 것이 된 몸을 움직여 문 쪽으로 다가간다. 결국에는 아무 일도 없었다. 당연히 아무 일도 없었다. 그녀는 고개를 돌려 지니아를 바라본다. 검은 선들이 거미줄처럼 그녀에게서 사방으로 퍼져 나오고 있다. 아니다. 그게 아니라 검은 선들이 그녀를 표적삼아 그녀에게로 모이고 있다. 조만간 그녀는 거미줄에 얽힐 것이다. 그 한가운데서 그녀의 영혼이 투명한 나방처럼 퍼덕이고 있다. 결국 그녀에게도 영혼이 있었던 것이다.

캐리스는 모든 힘과 내면의 모든 빛을 그러모은다. 이제 해야만 하는 일이 많은 노력을 필요로 하기 때문이다. 지니아가 무슨 짓을 했더라도, 아무리 사악하게 굴었더라도 도와야 한다. 정신적인 면에서 도와야 한다. 캐리스가 입을 연다.

"너를 용서할게."

그녀의 입에서 이런 말이 흘러나온다.

지니아는 화를 내며 웃음을 터뜨린다.

"네가 뭔데? 네가 날 용서하든 말든 염병할, 무슨 상관인데? 용서 좋아하시네! 남자를 만나! 인생 그렇게 살지 말고!"

지니아가 그녀의 인생을 어떤 식으로 생각하는지 캐리스도 느낀다. 길가에 뒤집어져 있는 마분지 상자. 속이 텅 빈 마분지 상자. 언급할 만한 사람이 아무도 없는. 이것이 지금까지 겪은 모든 일들 중에서 가장 가슴 아프다.

그녀는 자수정 정동석을 떠올리며 눈을 감고 수정을 바라본다.

"나는 인생 잘살고 있어."

그녀는 눈물을 삼키며 어깨를 펴고 문고리를 돌린다.

캐리스가 정문을 향해 로비를 비틀비틀 걸어가고 있을 때, 그제야 지니아가 거짓말을 했을지 모른다는 생각이 든다. 빌리와 닭과 모든 게 거짓말이었을지 모른다. 예전에도 지금처럼 그럴듯하게 거짓말을 했다. 지금도 거짓말이 아니라고 누가 보장할 수 있을까.

53

로즈는 몸을 옆으로 기울여 한쪽 팔로 캐리스를 안아 준다.

"당연히 거짓말이지. 빌리가 그런 말을 했을 리 없잖아."

그녀가 빌리에 대해 아는 게 뭐가 있을까? 아무것도 없다. 한 번 만난 적도 없다. 하지만 얼마든지 인심을 쓸 용의는 있다. 그런다고 돈이 드는 것도 아니고, 분위기를 좀 띄우고 싶으니까.

"지니아가 워낙 못됐잖아. 그냥 입에서 나오는 대로 막 지껄인 거야. 너한테 상처를 주고 싶어서."

"하지만 이유가 뭘까? 왜 그런 소리를 하는 걸까? 너무 부정적이야. 정말 아파. 이제는 아무 생각도 안 나."

캐리스는 눈물이 그렁그렁하다.

로즈가 캐리스를 한 번 더 안아 준다.

"괜찮아. 그런 계집애한테는 신경 꺼. 어차피 우리 생일 파티에 초대할 것도 아니잖아, 안 그래?"

"제발 좀! 지금 농담할 때 아니잖아."

토니가 말한다. 로즈는 너무 오버하는 경향이 있고, 지금 이런 분위기는 너무 유치하다.

"알아. 나도 알아."

로즈는 정신을 차린다.

"나도 인생 잘살고 있는데."

캐리스는 젖은 눈을 깜빡인다.

"너의 내면생활이 얼마나 풍요로운데. 대부분의 사람들보다 훨씬 풍요롭잖아."

토니가 딱 잘라 말하고 핸드백 속에서 꾸깃꾸깃한 티슈를 한 장 찾아내 캐리스에게 준다. 캐리스는 코를 푼다.

로즈가 말한다.

"이제 내 차례야. 성숙하고 풍만한 아줌마, 밤의 여왕을 만나다. 오락적인 측면에서 점수를 매기자면 10점 만점에 10점은 못 돼."

로즈는 사무실을 서성이고 또 서성인다. 책상에는 서류들이 쌓여 있다. 프로젝트 관련 서류도 있고 자선단체 기부 서류도 있다. 여성 노숙자와 매 맞는 아내들은 말할 것도 없고 간, 신장, 폐, 심장들이 자기 좀 봐 달라고 아우성이지만 기다려야 한다. 기부를 하려면 우선 돈을 벌어야 하는데, 땅을 판다고 돈이 나오는 것은 아니기 때문이다. 그녀는 지금쯤 룩메이커스에서 제안한 루비콘 프로젝트를 검토하고 있어야 한다. 90년대를 위한 립스틱이 그들이 제안하는 콘셉트인데, 보이스의 주장에 따르면 '90대를 위한 구강 접착제'로 해석된다고 한다. 그런데 로즈는 딴 데 정신이 팔려 있어 집중을 할 수가 없다. 아니, 딴 데 정신이 팔려 있는 게 아니라 제정신이 아니다.

그녀의 몸은 분출되는 호르몬으로 지쳐 있고, 머릿속은 온갖 브러시가 윙윙거리며 돌아가고, 비누 거품이 날아다니고, 앞이 안 보이는 셀프 자동차 세차장 같다. 지니아가 돌아다니고 있는데, 어디 있는지 알 수가 없다니! 심지어 지금 이 순간에도 파리처럼 발바닥에 빨판을 달고 이 건물을 기어 올라오고 있을지도 모르는데!

모차르트 동글을 모두 먹어 치웠고, 담배도 다 피워 버렸다. 보이스의 유일한 단점이라면, 담배를 피우지 않아서 떨어졌을 때 한 대 빌릴 수 없다는 것이다. 그의 허파는 눈처럼 깨끗하다. 이름이 미치인지, 밤비인지 모를 아래층에 새로 온 안내 데스크 직원에게는 꼬불쳐 놓은 담배가 있을지 모른다. 내려가서 물어보면 되겠지만, 사장님이 담배가 없어 벽을 벅벅 긁고 있다니 이 얼마나 쪽팔리는 일인가.

해리엇이 전화를 할 때가 됐기 때문에 밖에 나가서 사 올 수도 없다. 로즈는 그녀에게 매일 오후 3시에 전화로 진척 상황을 알려 달라고 했다. 지난 며칠 동안 해리엇은 "범위를 좁혀가고 있다."는 말만 했다. 그러더니 어제는 이렇게 말하는 게 아닌가.

"두 군데로 좁혀졌어요. 하나는 킹 에디, 또 하나는 아널드 가든. 우리가 매수한, 그러니까 사진을 보고 기꺼이 확인해 준 직원들이 말하길 양쪽 호텔에 모두 손님 중에 그 여자가 분명히 있다고 했거든요."

"왜 둘 중 하나를 선택해야 한다고 생각하는 거야?"

"네?"

"양쪽 호텔에다 방을 잡아 놓은 게 분명하잖아. 개다운 수법이잖아! 이름도 두 개, 방도 두 개."

여우들은 뒷문을 파 놓는 법이거든.

"방 번호가 어떻게 돼?"

"좀 더 알아보고 말씀드릴게요."

해리엇은 조심스럽게 대답한다. 바람직하지 못한 상황이 눈앞에 그려지는 듯하다. 엉뚱한 사람의 방으로 들이닥쳐 가구를 집어던지고 욕을 하고 입에서 불을 내뿜는 로즈. 방 번호를 잘못 알려 주었다가는 소송을 당할 것이다.

지금 로즈는 폭내기 갈고리에 걸려 있는 것처럼 불안하다. 그런데 폭내기 갈고리가 뭔지 모르겠다. 어머니가 즐겨 쓰던 표현이니 어머니가 잘 아는 물건일 텐데. 그녀는 나중에 보이스에게 물어봐야겠다고 머릿속에 적어 두고 몸을 부르르 떨며 의자에 앉아 보이스가 주석을 달아 놓은 90년대를 위한 립스틱 파일을 연다. 사업 계획과 기안은 마음에 든다. 하지만 립스틱 말고 다른 품목으로까지 라인을 확장할 생각이니, 보이스의 말마따나 이름이 글러먹었다. 부은 눈을 가라앉히는 아이섀도가 나오면 얼마나 획기적일까. 그런 아이섀도라면 그녀도 살 생각이 있는데, 그렇다면 다른 수많은 여자들도 가격만 적당하면 분명 사려고 하지 않을까? 그리고 90년대라는 단어도 없애야 한다. 고작 1년밖에 안 된 이 시점에도 90년대가 별반 희소식으로 느껴지지 않는데, 우리가 그 시대에 갇혀 있다는 사실을 굳이 강조할 필요가 있을까?

보이스가 기획안 여백에 깨알 같은 글씨로 적어 놓았듯이(정말 재능 있는 친구다.) 시간 여행 쪽을 선택해야 한다. 강 이름을 통해 거대한 역사를 표현하는 것이다. 여자들은 다른 시대의 로맨스를 좀 더 쉽게 상상하는 편이다. 수세식 변기, 자쿠지, 전기 커피 그라인더가 등장하기 이전의 시대, 결핵에 걸려 겉늙은 하인들이 남자들의 속옷을 손빨래하고, 요강을 비우고, 쥐들이 득시글거리는 지저분한 부엌에서 커다란 가마솥에 물을 데우고, 포도처럼 원두를 밟고 으깨야 했던 그런 시대의 로맨스. 로즈라면 언제라도 전기 제품 쪽을 선택하겠지만. 제품 보증서가 딸린 전기 제품과 일주일에 두 번씩 와서 도와주는 믿음직한 가사 도우미를.

광고의 경우에는 레이스를 많이 넣었으면 좋겠다. 레이스를 넣고 선풍기로 머리카락을 휘날리게 만들어 화염에 휩싸인 찰스턴처럼 극적이면서도 아슬아슬한 분위기를 연출하면 좋겠다. 카메라로 모델들을 아래에서 위로 잡아도 좋겠다. 조각상처럼 당당하게, 하지만 콧구멍이 최대한 보이지 않게. 말을 탄 영웅의 동상들은 항상 콧구멍이 문제다. 그녀는 강의 이름과 색깔도 또 하나 생각해 놓았다. 애서배스카. 청동색이 도는 분홍색. 동상과 화상이 서로 섞인 듯한 색. 북극에서 자외선 차단제를 바르지 않았을 때 나오는 색.

전화벨이 울리고 로즈는 전화기 위로 엎어지다시피 하며 받는다.

"해리엇이에요. 아널드 가든 호텔 1409호가 확실해요. 메이드인 척하고 제가 직접 수건을 들고 가서 확인했는데 맞더라고요."

"좋았어."

로즈는 이렇게 중얼거리며 방 번호를 적는다.

"그 방으로 들이닥치기 전에 알아 두셔야 할 게 한 가지 있어요."

"왜? 뭐가 걱정인데? 뭔데?"

로즈는 짜증 섞인 목소리로 묻는다.

"그 여자가 연애나 뭐……그런 걸 하는 것 같아요. 한참 어린 남자하고요. 우리 정보원에 따르면 남자가 거의 매일 그 방에 들락거린다고 하더라고요."

해리엇이 왜 이렇게 어려워하는 걸까?

"별로 놀랄 일도 아니잖아. 지니아는 돈만 많다면 요람에 누워 있는 아이라도 훔쳐 갈 년이야."

"이 남자도 돈은 많아요. 아니, 나중에 많아질 거예요."

"나한테 이런 이야기를 하는 이유가 뭐야? 걔가 누구하고 붙어먹든 관심 없다고!"

"저더러 뭐든 알아내라고 하셨잖아요."

해리엇이 나무라듯 말한다.

"어떻게 말씀드려야 좋을지 모르겠지만, 문제의 그 남자가 사장님의 아드님인 것 같거든요."

"뭐라고?"

로즈는 전화를 끊자마자 핸드백을 낚아채고 엘리베이터를 타고 내려가 빌어먹을 구두가 허락하는 한도 내에서 최대한 달리는 것에 가깝게 종종걸음을 친다. 그녀는 가장 가까운 베커스 편의점에 들어가 모리에르를 세 갑 사고 부들부들 떨리는 손으로 하나를 찢은 다음 다급하게 불을 붙이다 하마터면 머리에 불을 붙일 뻔한다. 지니아를 죽여 버리겠어, 지니아를 죽여 버리겠어! 미치를 그렇게 죽여놓고 힘없는 아들 래리까지 건드리다니 이 파렴치하고 뻔뻔스러운 저질 같으니라고! 너하고 사이즈가 비슷한 인간이나 괴롭혀! 래리가 얼마나 순진하고 가엾은 아이인데. 얼마나 외롭고 머릿속이 뒤죽박죽인데. 래리는 열다섯 살 때 본 지니아를 기억할 것이다. 어쩌면 그때 지니아를 짝사랑하며 수음을 했을지 모른다. 래리는 지니아가 매력적이고 따뜻하며 자기 마음을 이해해 준다고 생각할 것이다. 지니아가 매력적이고 사람 마음을 이해해 주는 것처럼 보이는 데 워낙 재주가 있으니까. 거기다 고생담까지 몇 개 곁들이면 래리는 두 사람이 같이 거친 비바람을 만난 고아 신세라는 생각이 들 것이다. 참을 수 없는 일이다!

담배 연기가 몸속으로 들어가고 얼마 지나자 조금 차분해지는 것 같다. 사무실로 다시 걸어가는데, 머리가 서서히 끓어오른다. 우라질, 이제 어떻게 하면 좋지?

그녀는 보이스의 문을 두드린다.

"보이스, 잠깐 아이디어 좀 빌릴 수 있을까?"

보이스는 정중하게 일어나 의자를 권한다.

"구하라, 그리하면 얻을 것이니. 하느님이 하신 말씀이죠."

"내가 그걸 왜 모르겠어. 그런데 요즘은 아무리 구해도 하느님이 영 주시질 않네."

그녀는 의자에 앉아 다리를 꼬고 보이스가 건네는 커피를 받아 든다. 그의 가르마가 칼로 그은 것처럼 어쩌나 반듯한지 보기 괴로울 지경이다. 넥타이에는 작은 오리들이 그려져 있다.

"내가 만들어 낸 이야기 하나 들려줄게."

"귀 쫑긋 세우고 듣겠습니다. 구강 접착제 건인가요?"

"아니, 이야기라니까. 옛날 옛날에 툭하면 바람을 피우는 남자랑 결혼한 여자가 있었어."

"제가 아는 사람인가요? 그 남자 말입니다."

로즈는 "바람은 여자들하고 피운 거야."라고 못을 박는다.

"이 여자는 아이들을 생각하며 꾹 참았고, 다른 여자들도 태엽을 감는 섹스 토이에 불과했기 때문에 바람기가 오래가지도 않았지. 아무튼 남자가 계속 하는 말로는 그랬어. 남자가 말하길 우리의 이 여주인공이 진짜배기고, 눈에 넣어도 안 아플 만큼 소중하고, 없어서는 안 될 존재고 기타 등등이라는 거야. 그러던 어느 날 문제의 여주인공과 동갑인 어떤 년, 미안, 어떤 여자가 나타났는데 솔직히 외모는 더 출중했어. 자네하고 나하고 문설주만 있으니까 하는 얘긴데 젖가슴은 가짜였지만 말이야."

"그녀가 걷는 아름다움은 역병과 같아라.* 바이런입니다."

"바로 그거야. 거기다 똑똑하기까지 했는데, 남자였다면 개새끼라고 불릴 만한 말종이었어. 이런 여자는 뭐라고 불러야 하지? 나쁜 년 정도로는 성에 차지도 않고! 이 여자가 자기는 유대인의 피가 절반 섞였고, 전쟁 때 나치의 손아귀에서 구출됐고, 이런 이야기를 늘어놓으니까 마음이 약한 우리의 여주인공은 홀랑 넘어가서 일자리를 얻어 주었어. 이 풍선 걸은 우리의 여주인공한테 감지덕지하는 척하면서 그 남편한테는 쌀쌀맞게 굴었지. 자기 눈에는 그 남자가 잔디밭에 놓는 난쟁이 인형보다 못나 보인다는 듯, 뭐 그런 뉘앙스를 풍기면서 말이야. 결국에 남자가 그 짝이 나기는 했지만.

아무튼 두 여자는 점심도 같이 먹고, 세계 정세와 사업 현황도 의논하면서 오순도순 재미있는 시간을 보냈어. 그런데 이 여자가 꼴통 아주머니 뒤에서 연애질의 대왕하고 눈이 맞았네? 멋쟁이 아가씨

---

* 바이런의 시 「그녀가 걷는 아름다움」에서 '밤'을 '역병'으로 바꿨다.

입장에서는 이게 늘 하던 짓, 아니 그보다도 못한 하나의 수작에 불과했는데, 남자 입장에서는 드디어 어마어마한 열정을 불사를 진짜 운명의 상대를 만났던 거야. 그 여자가 무슨 조화를 부렸는지 몰라도 하여튼 그렇게 됐어. 그 남자의 성격과 그 이전에 나가떨어진 수천 명의 후보들을 생각하면 대단한 여자는 여자였지."

"천재란 끊임없이 말썽을 일으킬 수 있는 능력의 소유자죠."

보이스가 침울한 목소리로 맞장구를 친다.

"맞아. 이 여자는 모든 사람들을 속여서 문제의 그 중견 사업체를 책임지는 자리에까지 올랐고, 어느덧 그 끈적끈적한 아저씨와 살림을 차려 깨소금 냄새를 솔솔 뿌리며 살았어. 그 한심한 마누라는 상처 입은 가슴을 쥐어뜯으며 지내는 수밖에 없었지. 그런데 여자 흡혈귀 쪽에서 애정이 식으니까 오토바이를 타고 다니는 어떤 색마하고 두 탕을 뛰었는데, 남자가 그걸 알고는 난리를 쳤어. 그랬더니 이 여자가 침으로 뒤범벅이 된 연서를 보고 남자의 사인을 흉내 내 수표를 몇 장 위조하고는 돈을 들고 튀어 버린 거야. 이 일로 남자의 애정이 식었을까? 천만의 말씀. 꽁지에 불이라도 붙은 놈마냥 쌩하니 여자의 뒤를 따라갔지."

"저도 익히 아는 이야기로군요. 어디에나 있을 수 있는 일이죠."

"이 손버릇 나쁜 아가씨가 사라졌는가 싶더니 짜잔, 수프 깡통으로 변해서 나타났네? 끔찍한 사고를 당해서 고양이 밥이 된 거야. 여자는 공동묘지에 묻혔고 나는, 아니 내 친구는 눈물 한 방울 흘리지 않았고, 슬픔에 젖은 남자는 한심한 마누라한테 슬금슬금 돌아갔지만, 마누라는 뒷다리로 떡 버티고 사서 그 집에 못 들어오게 했지. 그 마누라를 나무랄 수 있겠어? 참는 데도 한계가 있는 거잖아. 남자는 진작부터 찾아갔어야 할 정신과 의사를 찾아가거나 지금까지 골백번도 더 그랬던 것처럼 새로운 장난감을 골랐어야 하는 건데, 그만 상사병에 걸려 버린 거야. 현모양처가 아니라 불타는 사타구니 양 때문에. 그래서 허리케인이 부는 날 배를 타고 호수로 나가 빠져 죽었지. 어쩌면 물속으로 뛰어들었던 건지도 몰라. 진실을 누가 알 겠어?"

"아깝네요. 몸뚱이는 살아야 훨씬 보기 좋은 법인데."

"이게 다가 아니야. 알고 보니 이 여자는 죽은 게 아니었어. 장난을 친 거였지. 이렇게 다시 나타난 여자가 이번에는 남자의 하나뿐인 아들, 남자가 끔찍이 아꼈던 외아들을 낚아챘어. 말이나 되는 얘기야? 쉰 살은 됐을 텐데! 자기한테 속아 넘어간 여자와 자기 때문에 죽은 남자의 아들을 홀리다니!"

"너무 황당한 이야기인데요."

보이스가 중얼거린다.

"이것 봐, 이건 내가 지어낸 소설이 아냐. 있는 이야기를 하는 것뿐이니까 문학적 비평은 사양하겠어. 내가 알고 싶은 건 자네 같으면 이런 상황에서 어떻게 하겠느냐는 거야."

"저요? 저 같으면 어떻게 하겠느냐고요? 먼저 그 여자가 진짜 여자인지, 그것부터 확인하겠습니다. 여장 남자일 수도 있으니까요."

"보이스, 나 지금 농담할 기분 아니야."

"저도 농담하는 거 아닙니다. 아무튼 요는 이 상황에서 사장님이 어떻게 해야 하겠느냐, 그거죠?"

"말하자면 그렇지."

"용기에서 가장 중요한 부분이 집착이다. 셰익스피어입니다."

"그 말은 곧?"

보이스는 한숨을 쉰다.

"가서 만나 보셔야 합니다. 결판을 내세요. 오, 로즈, 그대 병들었구나.* 가서 깽판을 놓으세요. 소리 지르고 고함 지르고. 그 여자에 대해서 어떻게 생각하는지 속 시원하게 터뜨려 버리세요. 그래야 합니다. 안 그러면 보이지 않는 벌레가 울부짖는 폭풍우 속을 한밤을 가르며 날아 진홍빛 환희의 그대 침상을 찾아가 어둡고 은밀한 사랑으로 그대 생명을 파멸시킬 테니.** 블레이크입니다."

"그래야겠지? 나도 내 판단을 믿을 수가 있어야 말이지. 그런데 보이스, 폭내기 갈고리가 뭐지?"

"나무틀에 갈고리들이 잔뜩 달려 있고, 천을 널어서 말릴 때 쓰는 물건입니다."

"별로 도움이 안 되는군."

"그래도 사실이 그런걸요."

로즈는 아널드 가든 호텔로 출발한다. 너무 긴장이 돼서 운전을 할 수 없기 때문에 택시를 탄다. 그녀는 외판원처럼 보이는 사람들로 바글바글한 프런트 데스크에 물어보지도 않고, 수준 떨어지는 로비를 재빠르게 통과한다. 복고풍의 싸구려 가죽 소파, 1984년 무렵 《캐나디언 우먼》의 DIY 코너에 소개됐을 법한 초라한 꽃 장식 그리고 유리문 너머로 보이는 촌스러운 안뜰과 시청처럼 현대적인 시멘

---

* 윌리엄 블레이크의 시 「병든 장미」 첫 소절에서 장미(rose)가 사람 이름 '로즈'를 의미하는 것처럼 옮겼다.
** 「병든 장미」 뒷부분.

트 분수대……. 그녀는 이게 정원이면 전자레인지에 데워 먹는 즉석 식품도 요리겠다고 생각하며 비닐과 가죽으로 도배된 엘리베이터로 직행한다.

그러는 동안에도 계속 연습을 한다. 한 명이면 충분한 거 아냐? 우리 아들까지 죽일 작정이야? 우리 아이한테서 손 떼! 그녀는 새끼를 보호하는 암사자가 된 듯한 기분이다. 잘은 모르지만 암사자들이 그런다고 하지 않나? 혹…… 혹…… 불어서 너희 집을 날려 버릴 테다!* 그녀는 속으로 으르렁거린다.

다만 지니아는 집 자체에는 별 관심이 없다. 남의 집에 침입하는 데에만 관심을 둘 뿐이다.

그녀의 머릿속 한구석에서 또 다른 시나리오가 펼쳐진다. 그녀가 무슨 짓을 했는지 래리가 알게 되면 어쩌지? 래리도 스물두 살이다. 고분고분할 때는 한참 지났다. 치어리더와 붙어먹건 세인트버너드 개와 붙어먹건 지니아처럼 나이 많은 뱀파이어와 붙어먹건 사실 그녀가 상관할 바는 아니다. 그녀는 분노와 경멸의 눈빛으로 가만히 쳐다볼 아들을 상상하며 움찔한다.

똑, 똑, 똑. 그녀는 지니아의 방문을 두드린다. 이 소리를 들었더니 다시 기운이 난다. 문을 열어라, 이 돼지야, 이 암돼지야. 내가 들어갈 테니.

철컥철컥하더니 누군가 문을 빼꼼 연다. 체인이 걸려 있다.

"누구세요?"

지니아의 허스키한 목소리다.

---

* 동화 『아기 돼지 3형제』에서 늑대가 하는 말.

"나야, 로즈. 문 열어. 안 그러면 여기서 난리 부릴 테니까."

지니아가 문을 연다. 어디 나가려는지 외출복을 입고 있다. 톡시크에서 보았던, 가슴까지 푹 파인 그 검은색 원피스다. 화장도 다 한 상태고, 덩굴 같은 머리카락이 얼굴 주변에서 구불거리며 똬리를 말았다 풀었다 하고 있다. 트렁크 하나가 열린 채로 침대 위에 놓여 있다.

"트렁크? 나는 트렁크 못 봤는데."

토니가 말한다.

"나도. 방 안은 깨끗했니?"

캐리스가 묻는다.

"제법 깨끗했어. 늦은 오후였잖아. 네가 가고 난 다음 메이드가 다녀갔겠지."

로즈가 말한다.

"트렁크 안에 뭐가 있었어? 짐을 싸고 있었던 모양이네? 떠나려나 보다."

토니가 말한다.

"비어 있었어. 내가 똑똑히 봤어."

로즈가 말한다.

지니아가 외친다.

"로즈! 깜짝이야! 들어와. 얼굴 좋아 보인다!"

로즈는 얼굴이 좋아 보일 리 없다는 것을 안다. 어쨌거나 아직 살아 있는 그녀 또래의 여자를 만났을 때 사람들이 하는 말이 얼굴 좋아 보인다는 것이다. 반면에 지니아는 정말로 좋아 보인다. 얘는 나이도 안 먹나? 좀 억울한 생각이 든다. 어떤 피를 마시는 거지? 하느님, 주름살 하나만요. 아주 작은 걸로 하나만요. 그 정도도 힘든가요? 말해 보세요. 못된 인간들이 더 잘사는 이유가 뭐예요?

로즈는 빙빙 돌려서 말하지 않는다.

"래리하고 연애질이나 하고 도대체 무슨 속셈이야? 너는 양심의 가책이라는 것도 없니?"

지니아는 그녀를 빤히 쳐다본다.

"연애질? 어머, 재미있다! 걔가 그렇게 말하디?"

"그 애가 이 호텔방을 들락거리는 걸 본 사람이 있어. 한두 번이 아니야."

지니아는 슬그머니 미소를 짓는다.

"본 사람이 있다고? 그 헝가리 여자한테 또 미행을 부탁한 건 아니겠지? 로즈, 좀 앉아. 뭐라도 마실래? 나는 너한테 악감정 같은 거 전혀 없어."

그녀는 아무 일도 없었던 것처럼 얌전하게 꽃무늬 소파에 앉는다. 두 사람이 오후의 다과를 즐기려는 귀부인이라도 되는 것처럼.

"믿어 줘, 로즈. 나는 래리를 대할 때 엄마 같은 마음뿐이야."

"엄마 같은 마음이라니?"

혼자 서 있으려니 어색해서 로즈는 똑같은 무늬의 의자에 앉는다. 지니아는 담배를 찾고, 담뱃갑을 흔들어 보지만 비어 있다.

"내 것 피워."

로즈는 마지못해 권한다.

"고마워. 래리는 톡시크에서 우연히 만났어. 나를 기억하더라. 그럴 수밖에 없겠지. 그때가 몇 살이었더라? 열다섯 살이었나? 나하고 자기 아버지 이야기를 하고 싶어 했어. 얼마나 감동적이니! 로즈, 너는 그 아이 앞에서 그런 이야기를 좀 꺼린 모양이더라? 남자아이는 자기 아버지에 대한 기억이 있어야 하는데. 좋은 기억 말이야. 안 그러니?"

"그래서 무슨 이야기를 했는데?"

로즈가 미심쩍은 목소리로 묻는다.

지니아는 얌전하게 시선을 내리깐다.

"아주 훌륭한 이야기만 해 줬지. 진실을 살짝 왜곡하는 게 모두를 위해 최선일 때도 있잖아. 그런다고 돈이 드는 것도 아니고, 가엾은 래리는 아버지가 존경할 만한 위인이길 바라는 눈치더라."

로즈는 자기 귀를 의심한다. 믿어지지가 않는다. 그런데 지니아는 이쯤에서 그치지 않는다.

"물론 시간이 점점 지나면 상황이 복잡해질 수도 있겠지. 내가 깜빡하고 진실을 공개해 버릴 수도 있잖아. 가엾은 래리의 아버지가 사실은 얼마나 배배 꼬인 멍텅구리였는지 말이야."

로즈의 눈앞이 빨개진다. 빨간 안개가 정말로 그녀의 눈앞을 덮는다. 로즈는 미치를 책망할 수 있지만 지니아가 어디서 감히! 그녀가 말한다.

"너는 그 사람을 이용했어. 단물을 다 빨아먹어서 빈털터리로 만들고는 내팽개쳤지! 그 사람이 죽은 건 네 책임이야. 너 때문에 자살을 했으니까. 그런 네가 누굴 놓고 이러쿵저러쿵 할 입장은 못 되는 것 같은데?"

"내가 뭐 하나 알려 줄까? 정말로 듣고 싶니? 그 인간이 어찌나 집착을 하면서 일일이 간섭을 하는지 젠장, 내 사생활이라고는 도무지 없고, 아침은 뭘 먹었는지까지 보고해야 하고, 내가 볼일을 볼 때마다 화장실까지 따라 들어오는 바람에 숨통이 다 막히더라. 이렇게는 도저히 안 되겠다고 했더니 나를 거의 죽이려고 했던 거 알아? 목 조른 자국이 몇 주 동안 없어지질 않았어. 얼굴에 철판을 깔고 불알을 있는 힘껏 걷어차서 떨어뜨려 놨기 망정이지! 그러더니 나를 붙잡고 펑펑 울면서 말도 안 되는 자살 서약서를 쓰자는 거야. 죽더라도 같이 죽자면서! 웃기시네! 나는 그 말을 듣고 엿이나 먹으라고 했지. 그러니까 나를 탓할 생각은 하지 마. 나하고는 상관없는 일이니까."

로즈는 참을 수가 없다. 도저히 참을 수가 없다. 그런 신세로 전락하다니 가엾은 미치. 비굴하게 바짓가랑이나 잡고 늘어졌다니.

"네가 도와줄 수도 있었잖아. 그 사람은 도움이 필요했다고!"

물론 로즈가 도와줄 수도 있었다. 진즉에 알았더라면 그녀도 당연히 도왔을 것이다.

"지금 누구한테 이래라저래라야? 그런 인간을 떼어 내 줬으면 나한테 훈장이라도 줘야 하는 거 아니니? 미치는 구역질 나는 섹스 중독자였어. 나를 데리고 벌인 짓거리가 변태 행각밖에 없었지. 사람을 묶질 않나, 가죽 속옷을 입히질 않나, 너 같은 천사표 부인한테는 이런 걸 한 번도 요구한 적 없겠지. 남자들이 원래 어느 정도 나이가 들면 그런 식으로 변한다지만 정말 너무하더라. 지금 너한테 한 얘기는 절반도 안 되는 거야. 얼마나 어처구니가 없었는지 아니?"

"네가 그렇게 유도했잖아."

로즈는 밖으로 뛰쳐나가고 싶다. 이건 미치에게 너무 굴욕적이다. 그를 너무 한심한 인간으로 만들고 있다. 가슴이 아프다.

지니아는 성난 목소리로 쏘아붙인다.

"나는 너 같은 여자들을 보면 구역질이 나. 온 세상이 다 자기 것인 줄 알지. 하지만 미치는 네 것이 아니었어. 하느님이 너한테 주신 소유물이 아니었다고! 네가 그 사람의 소유권을 주장할 수 있을 것 같아? 누구도 자기가 가진 것 말고는 소유권을 주장할 수 없는 거야!"

로즈는 심호흡을 한다. 이성을 잃으면 싸움에서도 지는 거다.

"그럴지도 모르지. 하지만 그런다고 해서 네가 그 사람을 잡아먹었다는 사실이 달라지지는 않아."

지니아는 한결 부드러운 목소리로 이야기한다.

"로즈, 네 문제는 뭐냐 하면 남자를 절대 안 믿는다는 거야. 너는 미치를 여자들 손에 놀아난 희생양으로 간주하고 어린애 취급했지. 미치도 자기 행동에 책임을 져야 한다는 생각은 안 해 봤니? 결정을 내린 사람은 미치야. 나나 너하고는 거의 별개의 문제라고. 미치는 자기가 하고 싶은 대로 했을 뿐이야. 에라, 모르겠다, 하고 저지른 거라고."

"너의 꼬드김에 넘어간 거잖아."

"정말 왜 이러니? 손뼉도 마주 쳐야 소리가 나는 거야. 그런데 우리가 왜 미치를 놓고 싸워야 하니? 죽은 사람이잖아. 본론으로 돌아가서 내가 제안 하나 할게. 래리를 생각하면 내가 아무래도 여길 떠나는 게 좋지 않을까 싶어. 래리 하나 때문에 떠나는 건 아니야. 솔직히 있을 상황도 못 되거든. 그런데 지금 당장 그럴 만한 여유가 없어. 까놓고 얘기해서 요즘 많이 쪼들리거든. 비행기 표랑 용돈만 좀 있으면 쌩하니 사라져 줄 수 있는데."

"지금 나를 협박하는 거니?"

"우리 서로 욕은 하지 말자. 너도 이게 얼마나 괜찮은 조건인지 알잖아."

로즈는 망설인다. 지니아의 제안을 받아들여야 하는 걸까? 돈으로 해결해야 하는 걸까? 안 그러면 어떻게 될까? 어떤 위험이 도사리고 있을까? 래리는 어린아이가 아니다. 미치에 대해서도 웬만큼 눈치로 알 것이다. 그녀는 느릿느릿 운을 뗀다.

"그렇게는 못 하겠는데. 내가 더 괜찮은 제안을 하나 할게. 그냥 순순히 떠나 주면 어떻겠니? 내가 너를 공금횡령죄로 집어넣을 수도 있는데 말이야. 그때 수표 위조건도 있고."

지니아는 눈살을 찌푸린다.

"로즈, 너 너무 돈에 목숨을 건다. 래리가 아니라 너를 보호하고 싶어서 제안한 거였는데, 보호해 줄 가치가 없네. 좋아, 그럼 진실을 알려 줄게. 맞아, 나 지금 래리랑 그렇고 그런 사이야. 그건 지엽적인 부분이고, 래리는 기본적으로 내 애인이 아니라 마약 공급원이야. 네가 고용한 그 무능력한 탐정 나부랭이가 알아차리지 못한 건 그럴 수도 있다 치지만, 너마저 알아차리지 못한 건 놀랍다. 네가 얼굴은 안 예뻐도 머리는 좋았잖아. 너희 집에 사는 그 마마보이가 지금 여피*들이 애용하는 최고급 코카인을 열심히 팔면서 납작했던 자존심을 한껏 세우고 있거든. 약을 사다가 돈 많은 친구들한테 팔아넘기고 있지. 자기도 또 얼마나 열심히 시험 복용을 하고 있는지 아니? 그러다 나중에 코가 제대로 남아날지 모르겠어. 그 애가 밤이

---

* 전문직에 종사하면서 신자유주의를 지향하는 도시 젊은이.

면 밤마다 톡시크에 뭘 하고 있었을 것 같아? 거기가 얼마나 악명 높은 곳인데! 돈을 벌려고 그러는 게 아니라 좋아서 하는 짓이야! 래리가 가장 재미있어 하는 게 뭔지 알아? 엄마를 감쪽같이 속이는 거! 부전자전이라니까. 그 아이는 좀 문제가 있어, 로즈. 그런데 그 문제가 뭐냐면 바로 너야!"

로즈는 온몸에 힘이 빠진다. 믿고 싶지 않지만, 어느 정도 앞뒤가 맞는다. 하얀 가루가 든 봉투도 생각나고, 래리가 뭘 숨기는 듯한 분위기였던 것도 생각나고, 그녀가 채울 수 없는 그 아이의 빈자리도 생각나면서 거대한 죄책감과 더불어 두려움이 파도처럼 밀려든다. 내가 과잉보호를 했던 걸까? 래리가 나한테서 벗어나고 싶은 걸까? 내가 아들 잡아먹는 엄마인가? 더욱 심각하게는 래리가 가망 없는 중독자일까?

지니아가 말한다.

"그러니까 나 같으면 다시 한 번 생각해 보겠어. 네가 아니라도 이 정보를 사겠다고 나설 사람은 많거든. 아주 근사한 헤드라인이 될 것 같지 않니? 유명 인사의 아들, 호텔을 급습한 마약범 소탕 작전으로 구속되다! 이 사태를 나만큼 쉽게 해결할 사람도 없어. 래리는 나를 믿거든. 나한테 자기가 필요하다고 생각해. 내가 휘파람만 불면 너희 아들이 두둑한 주머니를 두드리면서 달려온단 말이지. 참 귀여워. 엉덩이도 귀엽고. 교도소에 가면 얼마나 사랑받을까? 요즘은 몇 년 형이지? 10년인가?"

로즈는 넋을 잃는다. 무슨 말인지 이해가 잘 되지 않는다. 그녀는 자리에서 일어나 발코니와 연결된 프렌치 도어 쪽으로 걸어간다. 초 승달처럼 가느다란 분수대가 저 아래 보인다. 아직 물을 빼지 않아

갈색의 낙엽들이 둥둥 떠다니고 있다. 불황 때문에 일손이 모자라는 모양이다.

"래리하고 먼저 이야기를 해 봐야겠어."

"나 같으면 안 그러겠다. 괜히 당황해서 무모한 짓을 벌일지도 모르잖아. 그랬다가는 아마추어라 정체가 탄로날 거야. 그리고 지금 공급업자들한테 진 빚도 많아. 나도 아는 사람들인데 질이 별로 안 좋거든. 래리가 그 물건을 변기에 넣고 물을 내려 버리거나 하면 안 좋아할걸? 돈을 못 받을 테니까. 그런 거에 얼마나 악랄하게 대응하는지 아니? 누가 붙잡혀서 자기들 이야기를 나불대는 것도 안 좋아하지. 그 작자들은 괜히 시간 낭비하지 않아. 너희 아들 손가락을 지져 버릴지도 몰라. 아니면 어느 시궁창에 처박아 버릴 수도 있지. 몸 여기저기를 몇 군데 자른 다음에 말이야."

그럴 리가 없다. 아직도 학교 때 받은 트로피와 범선 그림이 있는 어린애 같은 방에서 지내는, 사랑스러우면서도 진지한 래리가 그렇게 될 리 없다. 지니아는 거짓말쟁이다. 하지만 그녀의 이야기를 아예 무시할 수도 없다. 이번만큼은 사실일 수도 있는 것이다.

래리가 죽을지 모른다는 생각만 해도 견딜 수가 없다. 래리가 죽으면 그녀는 더 이상 살 수 없을 것이다. 이런 생각이 얼음 조각처럼 그녀의 심장에 와서 박힌다. 그녀는 악독한 짓과 사악한 음모와 형편없는 카메라 구도가 뒤엉킨 저질 연속극 속에 들어와 있는 듯한 심정이다.

지니아의 뒤로 몰래몰래 다가가 램프나 뭐 그런 걸로 머리를 내리치면 어떨까? 팬티스타킹으로 묶어서 치정 살인극처럼 보이게 만드는 거다. 그런 사건이라면 3류 소설에서 익히 보았는데 아주 그럴

듯할 것이다. 지니아 같은 년은 그런 식의 처참한 종말을 맞아도 싸다. 그녀는 방 안을 가득 메운 형사들이 시가를 피우며 지문을 찾으려고 가구마다 가루를 뿌리는 장면을 떠올려 본다. 지문을 지워야 할 텐데……

"수표책을 안 가지고 왔어. 내일 줄게."

"현금으로 줘. 5만 달러. 이 정도면 거저지. 불황만 아니었으면 두 배로 부르는 건데. 소액 구권으로 부탁할게. 사람을 시켜서 정오 전에 보내. 여기 말고, 내일 아침에 전화해서 어디로 보내면 되는지 알려 줄게. 자, 미안하지만 내가 지금 좀 바빠서 말이야."

로즈는 엘리베이터를 타고 내려간다. 문득 머리가 깨질 듯이 아파 오면서 속이 메슥거린다. 살모넬라균이 묻은 저녁밥이라도 먹은 것처럼 두려움과 분노가 속에서 한데 뒤엉키고 있기 때문이다. 하느님, 제가 잘못한 건가요? 이런 식의 배신을 제가 참아야 하나요? 한 손으로 주고 다른 손으로 빼앗으시는 건가요? 아니면 이걸 장난이라고 생각하시는 건가요? 이번이 처음도 아니지만, 모든 게 신의 섭리라면 하느님은 희한한 유머감각의 소유자인 게 분명하다.

54

"그래서 어쩔 거야?"

토니가 묻는다.

"줘야지. 어쩔 수가 없잖아. 까짓 돈이야, 뭐."

로즈가 말한다.

"래리하고 한번 이야기해 봐. 지니아가 워낙 거짓말을 잘 하잖아.
전부 다 지어낸 이야기일 수도 있어."

토니가 말한다.

"일단 돈을 줘서 지니아를 비행기에 태워 보낸 다음 래리하고 이
야기할 생각이야."

로즈는 토니가 아이들 문제에 관한 한 영 이해를 못 한다는 생각
이 든다. 진실이 5퍼센트만 돼도 큰일이다. 이런 일에 위험을 감수
할 수는 없다.

"하지만 그 애는 어떻게 해야 하는 거니?"

캐리스가 묻는다.

"지니아? 내일이면 다른 데로 떠날 거 아냐. 마음 같아서는 사마귀처럼 완전히 없애 버리면 좋겠는데, 그렇게는 안 될 것 같아."

로즈는 빨간 유리 안에 든 촛불에 대고 또다시 담뱃불을 붙인다. 캐리스는 소심하게 기침을 하면서 손으로 연기를 젓는다. 토니가 느릿느릿 운을 뗀다.

"아무리 생각해도 방법이 없어. 그 애를 없앨 수도 없고. 지금은 사라지더라도 언제든 다시 돌아올 거 아냐. 지니아는 주어진 운명이야. 날씨처럼 우리와 상관없이 그냥 존재하는 거지."

"감사 기도를 하고 도움을 청하면 어떨까?"

캐리스의 말에 로즈는 웃음을 터뜨린다.

"뭘 감사하라는 건데? 하느님, 지니아를 만들어 주셔서 감사합니다. 그런데 다음번에는 굳이 안 만들어 주셔도 돼요. 그렇게?"

"아니. 아무 일 없이 떠나게 해 줘서 감사하다고. 그렇지 않니? 우리 셋 다 잘 버텼잖아."

뭐라고 표현해야 좋을지는 모르겠지만. 캐리스가 하고 싶은 말은 세 사람 모두 유혹을 받고도 유혹에 넘어가지 않았다는 것이다. 유혹에 넘어갔더라면 그들은 육체적으로 혹은 정신적으로 살인을 저질렀을 것이다. 지니아를 죽이면 지니아하고 똑같은 사람이 되는 것이다. 그들은 문을 열고 그녀를 받아들여 또다시 속아 넘어가고, 또다시 갈가리 찢길 뻔한 유혹도 이겨 냈다. 조금 상처를 입기는 했지만, 그건 지니아가 원하는 대로 움직여 주지 않아서 생긴 상처였다.

"그러니까 무슨 뜻이냐 하면……"

그러자 토니가 말허리를 자른다.

"무슨 뜻인지 알 것 같아."

로즈도 옆에서 거든다.

"맞아. 좋았어, 감사 기도 하자. 감사 기도라면 언제든지 환영이
야. 누구한테 어떤 식으로 감사할까?"

캐리스가 말한다.

"술을 바치자. 심지어 촛불까지 있고, 모든 준비가 완벽하잖아."

캐리스가 이렇게 말하며 화이트 와인이 바닥에서 3센티미터쯤
남은 잔을 들어 먹다 남은 분홍색 셔벗 위로 조금 쏟는다. 그런 다
음 고개를 숙이고 잠깐 눈을 감는다.

"도와 달라고 했어. 우리 모두를. 이제 너희 차례야."

그녀는 그들 모두를 용서해 달라는 말도 했다. 그래야 할 것 같아
서였는데, 왜 그런지 이유를 설명할 수 없어 친구들한테는 말하지
않는다.

"정말 이래야 되는 거 맞니?"

로즈가 묻는다. 너무 섣부른 판단일지 몰라도 자축할 일은 맞는
것 같은데, 어느 신을 향해 기도를 드리자는 건지 짚고 넘어가고 싶
다. 그래야 다른 신이 내리는 벼락을 피할 수 있을 것 아닌가. 아무
튼 그녀는 술을 붓는다. 토니도 혀를 깨무는 사람처럼 조금 뻣뻣한
미소를 지으며 술을 붓는다. 그러면서 300년 전 같았으면 이러다 화
형을 당했을 거라는 생각을 한다. 물론 1번 타자는 지니아였겠지.
당연히 그랬을 것이다.

"이러고 끝이야?"

그녀가 묻는다.

"촛불 위에다 소금을 조금 뿌리고 싶어."

캐리스는 이렇게 말하면서 소금을 뿌린다.

"이러고 있는 걸 보는 사람이 아무도 없어야 할 텐데. 우리 모두 정신줄 놓은 쭈그렁 할망구로 공인받을 날도 얼마 안 남았는데 말이지."

로즈는 이렇게 말을 하는데, 조금 머리가 멍하다. 머리가 아파서 코데인을 먹었더니 그런 모양이다.

"아직은 그렇게 안 보이잖아."

토니가 말한다.

"쭈그렁 할망구가 뭐 어때서? 나이는 받아들이기 나름이야."

캐리스는 꿈을 꾸는 듯한 눈빛으로 촛불을 쳐다본다.

"내가 다니는 산부인과 의사한테 가서 그런 소리 좀 해 줘라. 너는 신비의 묘약을 만들 수 있으니까 쭈그렁 할망구가 되고 싶은 거지?"

로즈가 말한다.

"이미 만들고 있잖아."

토니가 말한다.

갑자기 캐리스가 의자에서 벌떡 일어나 앉는다. 그러더니 눈을 휘둥그렇게 뜨고 손으로 입을 가린다.

"캐리스, 왜 그래?"

로즈가 묻는다.

"이럴 수가."

캐리스가 중얼거린다.

"목에 뭐가 걸린 거 아니야? 등을 쳐 줘!"

토니가 말한다. 캐리스가 심장마비 같은 거라도 일으키려는 것은 아닐까?

"아니야, 그게 아니야. 지니아! 지니아가 죽었어!"

캐리스가 말한다.

"뭐라고?"

로즈가 묻는다.

"그걸 어떻게 알아?"

토니가 묻는다.

"촛불에서 보였어. 그 애가 추락하는 게 보였어. 물속으로 추락하는 게. 분명히 봤어! 지니아가 죽었어."

캐리스는 울음을 터뜨린다.

"애, 너무 간절히 원하니까 환상이 보인 거 아냐?"

로즈가 부드러운 목소리로 묻는다. 하지만 캐리스는 슬픔에 북받쳐 아무 소리도 듣지 못한다.

"우리 같이 호텔로 가 보자. 가서 확인해 보자."

토니는 두 손에 얼굴을 묻고 몸을 앞뒤로 흔드는 캐리스를 넘어 로즈를 보며 이야기한다.

"안 그러면 우리 셋 다 오늘 밤에 푹 자긴 글렀잖아."

맞는 말이다. 캐리스는 지니아가 죽었다고 걱정하느라 잠을 설칠 테고, 토니와 로즈는 캐리스를 걱정하느라 잠을 설칠 것이다. 그러느니 차라리 얼른 차를 타고 다녀오는 게 낫다.

로즈가 계산을 하고 다 같이 외투를 입는 동안 캐리스는 계속 소리 없이 눈물을 흘린다. 어느 정도는 충격 때문이다. 하루 종일 충격의 연속이었는데, 이번 일은 더욱 엄청난 충격이었던 것이다. 하지만 친구들한테 이야기한 내용보다 더 많은 것을 보았기 때문이기도 하다. 지니아가 머리를 깃털처럼 펼치고 빙글빙글 돌며 추락하자 그녀에게서 빠져나온 생명의 무지개가 한데 꼬여 잿빛 안개가 되었고, 그렇게 지니아는 까만 점으로 오그라들었다. 그런데 캐리스의 눈에, 누가 지니아를 떠미는 것까지 보였던 것이다. 저 밑으로 지니아를 떠미는 것까지.

아주 또렷하게 보이지는 않았지만, 누가 그랬는지 알 것 같다. 어찌 된 영문인지 몰라도 뒤에 남은 캐런의 소행이었다. 그 방에 숨어서 지니아가 발코니 문을 열 때까지 기다렸다 뒤에서 달려들어 떠민 것이다. 캐런이 지니아를 죽인 것은 캐런을 멀찌감치 떼어 놓고 안으로 들어오지 못하게 막고 있었던 캐리스의 잘못이다. 따라서 캐리스의 눈물은 죄책감에 흘리는 눈물이다.

물론 말하자면 그렇다는 거지만, 어쨌거나 캐리스는 지니아가 죽길 바랐다. 그런데 지니아가 이렇게 죽어 버린 것이다. 도덕적인 관점에서 보자면 정신적으로 저지른 행동이나 육체적으로 저지른 행동은 같은 것이다. 캐런과 캐리스는 살인범이다. 그녀의 손에 피가 묻었다. 그녀는 더럽혀졌다.

세 사람은 로즈의 차에 오른다. 둘 중에서 작은 차다. 주차 요원을 기다리느라 시간이 지체된다. 로즈가 마침내 나타난 주차 요원에게 불평한 것처럼 아널드 가든은 서비스에 관한 한 대처 능력이 떨어진다. 이렇게 해서 세 사람은 로비로 들어선다. 캐리스는 이제 진정이 되었고, 토니가 계속 그녀의 팔을 잡고 있다.

"분수대에 빠졌어."

캐리스가 속삭인다.

"쉿. 잠깐만 기다려 보면 알 거야. 알아보는 건 로즈한테 맡기자."

토니가 말한다.

"이 호텔에서 총회를 개최할 수 있을까 해서 알아보러 오늘 오후에 왔었는데, 그때 장갑을 흘린 것 같아서요."

로즈는 지니아를 만나러 왔다는 말은 하지 않는 게 좋겠다고 생각한다. 캐리스의 주장을 믿는 건 아니지만 그래도 조심해서 나쁠 건 없다. 게다가 방으로 전화를 걸었는데 응답이 없다 한들 뭘 입증할 수 있는 것도 아니다. 지니아가 죽은 게 아니라 체크아웃을 하고 나갔을 수도 있으니.

"어느 분하고 상담을 하셨나요?"

데스크 여직원이 묻는다.

"아, 그냥 사전 답사하러 온 거였어요. 안뜰에 떨어뜨린 것 같은데. 분수대 근처예요."

"요즘은 그쪽 출입문을 잠가 놓는데요."

로즈는 호전적으로 나간다.

"오늘 오후에는 열려 있었는데요. 그래서 둘러본 거예요. 분수대 옆에서 칵테일 파티를 열면 좋겠다 싶어서. 6월에 할 거거든요. 여기, 내 명함이에요."

명함이 효과를 제대로 발휘한다.

"알겠습니다. 앤드류스 사장님. 지금 바로 문을 열어 드릴게요. 사실 그곳이 칵테일 파티 장소로 종종 애용된답니다. 저희가 중식 뷔페를 마련해 드릴 수도 있어요. 여름에는 테이블을 갖다 놓거든요."

여직원은 손짓으로 수위를 부른다.

"바깥쪽 불 좀 켜 주실래요? 장갑이 분수대 안쪽으로 떨어졌거나 바람에 날려 갔을 수도 있으니까요."

크리스마스트리처럼 온 사방의 불을 밝혀 그 어디에도 지니아가 없다는 것을 캐리스에게 보여 주려는 것이 로즈의 계산이다. 세 사람은 유리로 된 문을 지나 안뜰로 넘어가서 불이 켜지길 기다린다.

"걱정 마. 아무도 없을 거야."

로즈가 캐리스를 향해 나지막이 속삭인다.

그런데 위아래에서 큼지막한 조명이 밝혀지자 지니아가 해초처럼 머리카락을 펼치고 엎드린 채 낙엽들 사이에 둥둥 떠 있는 것이 보인다.

"맙소사."

토니가 중얼거린다. 로즈는 터져 나오려는 비명을 참는다. 캐리스는 아무 소리도 내지 않는다. 시간이 시간 위로 포개어지고 예언이 이루어진 것이다. 하지만 개는 없다. 이때 문득 이런 생각이 든다. 우리가 이 아이의 피를 핥아먹는 개로구나. 안뜰에서 이세벨의 피를 핥아먹는. 그녀는 구역질이 날 것 같다.

"건드리지 마."

토니가 말하지만, 캐리스는 참을 수가 없다. 그녀가 손을 내밀어 잡아당기자 지니아가 서서히 몸을 뒤집더니 새하얀 인어 같은 눈으로 세 사람을 똑바로 쳐다본다.

55

실제로 세 사람을 쳐다보는 것은 아니다. 눈이 뒤로 까뒤집혀서 이제는 볼 수가 없으니. 그래서 생선 눈처럼 새하얬던 것이다. 나중에 도착한 경찰들이 내린 결론에 따르면 죽은 지 몇 시간은 지났다고 한다.

호텔 측에서는 몹시 걱정스러워한다. 분수대에서 여자의 시체가 발견되다니 가뜩이나 요즘처럼 실적이 지지부진할 때는 쉬쉬하고 싶은 사건이다. 그들은 불을 켜 달라고 한 로즈에게 잘못을 돌리고 싶은 눈치다. 불을 켜는 바람에 지니아가 분수대에 등장하기라도 한 것처럼. 하지만 로즈도 수위에게 지적했듯이, 벌건 대낮이 아닌 게 그나마 다행이다. 호텔 손님들이 방에서 아침을 먹고 시원한 바람을 쏘이며 담배나 한 대 피우려고 발코니에 나왔다가 밑을 내려다보았다면 얼마나 시끄러울 뻔했겠는가.

토니와 로즈와 캐리스는 시신을 발견한 주인공이기 때문에 대기하고 있어야 한다. 심문에 응해야 한다. 대변인을 자청한 로즈가 얼른 장갑 이야기를 꺼낸다. 캐리스가 촛불을 들여다보다 환영을 보는 바람에 아널드 가든 호텔로 달려왔다고 밝혀 봐야 좋을 게 하나 없다. 로즈는 추리소설 마니아답게 그런 소리를 하면 당장 캐리스가 의심을 살 수 있다는 사실을 알았다. 정신병자로 비쳐지는 것은 둘째 문제다.(객관적으로 생각해 보았을 때 충분히 그럴 만한 일이다.) 잘못하면 지니아를 발코니에서 밀친 뒤 기억상실증을 일으켰다 죄책감으로 인해 환영을 본 정신병자로 비쳐질 수 있다.

로즈의 마음 한구석에도 한 가닥 의혹이 자리 잡고 있다. 어쩌면 정말 그런 게 아닐까? 캐리스는 톡시크에서 같이 저녁을 먹기 전에 다시 호텔에 다녀올 시간이 충분했다. 정말 캐리스가 저지른 일일 수도 있다. 죽일 생각이 있었노라고 솔직히 밝힌 토니도 마찬가지다. 그 점에 있어서는 로즈도 마찬가지다. 분명 세 사람의 지문이 온 사방에 남아 있을 것이다.

다른 사람이 저지른 짓일 수도 있다. 지니아가 토니한테 늘어놓은 거짓말 속에 등장하는 그 무기 밀수업자가 저지른 짓일 수도 있다. 하지만 로즈가 보기에 그건 아닌 것 같다. 최악의 가능성은 래리가 저지른 짓일 수도 있다는 것이다. 지니아가 한 이야기가 사실이라면 동기는 충분하다. 래리는 얌전한 아이였다. 다른 아이들과 싸우기보다 피하는 쪽을 택하는 아이였다. 하지만 지니아에게 어떤 식으로든 위협을 느꼈을지 모른다. 협박을 당했을지 모른다. 약에 취해 있었을지 모른다. 그녀는 어른이 되어 버린 아들에 대해 아는 게 아무것도 없다. 당장 집으로 달려가 래리가 무엇을 하고 있었는지 알아내고 싶을 뿐이다.

토니는 캐리스를 안전한 구석으로 멀찌감치 끌고 갔다. 캐리스가 환영 어쩌고 하는 이야기만 참아 주길 바라는 심정이다. 토니도 인정하다시피 상당히 정확한 환영이기는 해도 사후에 본 것이다. 실제로는 어떻게 된 일이었을까? 토니는 여러 가지 가능성들을 생각해 본다. 지니아가 실수로 추락했다, 일부러 뛰어내렸다, 누가 밀었다. 사고사, 자살, 살인. 토니는 3번 쪽으로 마음이 기운다. 지니아는 분명 모르는 사람에게 살해당했을 것이다. 총알이 관통한 구멍은 안 보여도 권총을 집에 두고 온 게 다행이라는 생각이 든다. 캐리스가 한 짓은 아닐 것이다. 캐리스는 파리 한 마리 죽이지 못하는 성격이다. 전생에서 알고 지냈던 사람이 파리로 환생할 수도 있다고 생각한다. 하지만 로즈의 경우에는 잘 모르겠다. 로즈는 욱하는 편이라 충동적으로 일을 저지를 수 있다.

"이 여자 분을 아는 분 계신가요?"

경찰이 묻는다.

세 사람이 서로 눈치를 본다.

"네."

토니가 대답한다.

"셋 다 오늘 만나러 온 적이 있어요."

로즈가 말한다.

캐리스는 울음을 터뜨린다.

"제일 친한 친구였어요."

제일 친한 친구였다니 토니로서는 생전 처음 듣는 얘기다. 하지만 당분간은 그런 척해야 할 것이다.

로즈가 캐리스를 페리 터미널에 내려 주고, 토니를 집까지 바래

다준다. 웨스트의 서재로 올라가 보니 그가 두 기계에 이어폰을 연결해 귀에 꽂고 있다. 그녀는 스위치를 끈다.

"지니아가 우리 집으로 전화한 적 있어?"

그녀가 묻는다.

"응? 토니, 무슨 일이야?"

"중요한 일이야."

토니는 자기 목소리가 얼마나 사납게 들리는지 알지만, 어쩔 수가 없다.

"지니아랑 통화했어? 지니아가 우리 집에 온 적 있어?"

토니는 지니아와 웨스트가 서로 끌어안고 신시사이저 사이를 뒹구는 장면이 떠올라 불쾌하기 짝이 없다. 아니, 그 정도가 아니라 참을 수가 없다.

어쩌면 웨스트의 짓일지 모른다. 지니아의 호텔에 찾아가 다시한 번 같이 달아나자고 애원하고 간청했는데 지니아가 비웃자 이성을 잃고 발코니 밑으로 떠민 것일 수도 있다. 정말 그런 거라면 토니는 알고 싶다. 완벽한 알리바이를 만들어 웨스트를 보호할 수 있도록.

웨스트가 말한다.

"아, 맞다. 전화한 적이 있어. 한…… 일주일쯤 됐나? 그런데 나랑 통화한 건 아니야. 자동응답기에 메시지를 남겼더라고."

"뭐라고 남겼는데? 왜 나한테 말 안 했어? 무슨 일로 전화했대?"

"내가 말을 했어야 하는 건가? 그런데 당신이 상처 받을까 봐. 우리 둘 다 지니아가 죽은 줄 알았잖아. 나는 계속 지니아를 죽은 사람으로 생각하고 싶거든."

"진심이야?"

"통화를 원한 상대도 내가 아니라 당신이었어."

웨스트는 토니가 무슨 생각을 하고 있는지 뻔히 안다는 듯 이렇게 말한다.

"내가 직접 전화를 받았더라면 쓸데없는 짓 하지 말라고 했을 거야. 당신은 지니아를 만나고 싶어 하지 않을 게 뻔하니까. 어느 호텔에 묵는지 적어 놓기는 했지만 나중에 다시 한 번 생각해 보고 던져 버렸지. 지니아만 등장하면 골치 아픈 문제가 생겼으니까."

토니는 마음이 누그러진다.

"그런데 지니아를 만났어. 오늘 오후에. 당신 서재가 3층에 있다는 걸 알더라? 우리 집에 온 적도 없는데 어떻게 알았을까?"

웨스트는 미소를 짓는다.

"내 자동응답기에 나와 있잖아. 3층, 헤드윈즈입니다. 잊어버렸어?"

그는 이렇게 말하며 이어폰을 내려놓고 자리에서 일어선다. 토니가 다가가자 그는 브리지 의자처럼 몸을 접어 매듭이 진 밧줄 같은 팔로 그녀를 안고 이마에 입을 맞춘다.

"당신이 질투하는 거 보니까 기분 좋은데? 하지만 그럴 필요 없어. 이제 지니아는 나한테 아무 의미도 없으니까."

이 사람은 아무것도 모르는구나. 토니는 생각한다. 아니면 알면서 모르는 척하는 것일 수도 있지만. 토니는 그의 가슴속에서 납작하게 눌린 채 코를 킁킁대며 술을 마셨는지 체취를 맡아 본다. 마셨다면 당장 알 수 있을 것이다. 하지만 평소에도 늘 풍기는 희미한 맥주 냄새뿐이다.

"지니아가 죽었어."

그녀는 진지한 목소리로 소식을 전한다.

"아, 이런. 또? 정말 유감스러운 일이네."

그는 자신이 아니라 그녀가 위로를 받아야 하는 사람인 것처럼 그녀를 안고 앞뒤로 흔들어 준다.

캐리스가 아직도 몸이 떨리지만 그래도 많이 안정을 찾은 상태로 집에 도착해 보니 부엌에 불이 켜져 있다. 오거스타가 긴 주말을 맞아 들른 것이다. 집 청소를 하지 못한 게 아쉽지만 그래도 딸아이의 얼굴을 보니 좋다. 이제 보니 오거스타가 며칠 동안 쌓여 있던 설거지도 하고 거미줄도 큼지막한 것들은 모두 걷어 냈다. 캐리스가 명상을 하려고 만들어 놓은 제단은 그대로 놔두었지만, 보기는 한 모양이다.

"엄마."

캐리스가 왔느냐고 인사하고 차를 끓이려고 주전자를 올려놓는데, 오거스타가 부른다.

"거실 테이블에 있는 돌멩이랑 흙이랑 나뭇잎 뭐야?"

"명상용이야."

"맙소사."

오거스타가 중얼거리더니 "다른 데 놓으면 안 돼?" 하고 묻는다.

"오거스트, 내 집에서 내가 명상도 못 하니?"

캐리스는 조금 퉁명스러운 반응을 보인다.

"그렇게 딱딱거리지 마! 그리고 엄마, 오거스타라고 해야지. 이제는 그게 내 이름이야."

캐리스도 안다. 그녀도 오거스트의 새 이름을 존중해야 한다는 사실을 안다. 누구라도 자기가 느끼는 방향에 따라 개명할 권리가 있는 법이다. 하지만 오거스트라는 원래 이름은 그녀가 사랑과 정성을 듬뿍 담아서 고른 이름이었다. 딸에게 준 일종의 선물이었다. 그래서 포기하기가 쉽지 않다.

"내일 머핀 만들어 줄게. 해바라기 씨를 넣어서. 너 옛날부터 그 머핀 좋아했잖아."

그녀는 화해를 청하는 의미에서 이렇게 말한다.

"나한테 이것저것 주려고 애쓰지 않아도 돼. 안 그래도 엄마 사랑하니까."

오거스타가 이상하게 어른스러운 목소리로 말한다.

캐리스는 눈에 눈물이 맺히는 게 느껴진다. 이렇게 애정 어린 소리를 듣는 것이 얼마 만인지. 아무 노력을 하지 않아도 그녀를 사랑하겠다는 사람이 있다니 믿어지지지가 않는다. 다른 사람들이 뭘 필요로 하는지 파악하고 쓸모 있는 사람이 되려고 애를 쓰지 않아도 된다니.

"그냥 걱정이 돼서 그러는 거야. 네 건강이."

그녀가 딸아이에 대해 걱정하는 부분은 사실 건강이라기보다 정신적인 부분이다. 하지만 건강도 정신적인 부분이기는 하다.

"거짓말. 내가 집에 올 때마다 야채 햄버거를 꾸역꾸역 먹이려고 하면서. 엄마, 나도 이제 열아홉 살이야. 내 몸 하나는 건사할 수 있고 균형 잡힌 식사도 할 수 있다고! 우리 그냥 재미있게 살면 안 돼? 산책도 하고 그러면서."

오거스타가 캐리스와 붙어 있으려고 하다니 신기한 일이다. 어쩌면 오거스타도 까다롭기만 한 아이는 아닐지 모른다. 에나멜로 칠한 듯 철두철미하게 윤기가 흐르는 게 아니라 어쩌면 이 아이에게도 물렁한 구석이 있는 건지 모른다. 캐리스를 닮은 구석이 있는 건지 모른다.

캐리스가 묻는다.

"어렸을 때 아버지가 없는 게 많이 신경 쓰였니?"

그녀는 오랫동안 이걸 묻고 싶었지만 어떤 대답을 듣게 될지 두려웠다. 빌리가 떠난 게 그녀의 탓이었으니. 달아난 거였다면 그만큼 매력적이지 못한 그녀의 탓이었고, 잡혀간 거였다면 더 잘 챙기지 못한 그녀의 탓이었다. 그런데 이제 그녀는 다른 관점에서 빌리를 바라볼 수 있게 됐다. 지니아가 한 말이 거짓말이었건 아니었건 간에 빌리가 떠나 준 것이 차라리 잘된 일이었는지 모른다.

"엄마가 그렇게 미안해하지 않았으면 좋겠어. 어렸을 때야 신경이 쓰였을 수 있겠지만, 엄마, 주위를 한번 둘러봐. 지금은 20세기야! 아버지들은 있다가도 없는 존재야. 이 섬에는 아버지 없는 아이들이 많았어. 내가 아는 사람 중에는 아버지가 서너 명 되는 사람도 있어! 내 말은 이렇게라도 살 수 있었던 게 얼마나 다행이냐는 거야. 안 그래?"

이제 보니 빛이 오거스타 주변을 감싸고 있다. 광물처럼 단단하면서도 진주처럼 부드럽게 반짝이는 빛이. 겹겹이 겹쳐진 그 빛 속에, 오거스타의 한가운데에 작은 상처가 있다. 캐리스가 아니라 오거스타의 상처다. 오거스타가 치료해야 할 상처다.

캐리스는 속죄를 한 듯한 심정이다. 그녀는 붙잡힌 것 같은 기분이 들지 않도록 살며시 오거스타의 어깨에 두 손을 얹고 이마에 입을 맞춘다.

캐리스는 잠자리에 들기 전에 지니아를 생각하며 명상을 한다. 지금까지 그녀나 빌리나 심지어 토니나 로즈와 관련해서 지니아를 생각한 적은 종종 있었지만, 지니아 자체를 놓고, 지니아 하나만을 놓고 진지하게 생각해 본 적은 한 번도 없었다. 지니아의 지니아다운 측면에 대해 생각해 본 적은 한 번도 없었다. 명상을 하는 동안 집중할 만한 지니아의 물건이 없었기 때문에 그녀는 거실 불을 끄고 어두컴컴한 창밖을, 호수가 있는 쪽을 내다본다. 지니아가 그녀의 인생으로 보내진 것은 전적으로 그녀의 선택이었고, 무언가를 가르치기 위해서였다. 아직은 그게 무엇인지 알 수 없지만, 시간이 지나면 알게 될 것이다.

구름 같은 머리카락을 둥둥 띄우고 분수대에 누워 있는 지니아의 모습이 생생하게 떠오른다. 그녀가 지켜보는 가운데 시간이 거꾸로 거슬러 올라가고 생명이 다시 흘러들어가자 지니아는 물속에서 나와 커다란 새처럼 거꾸로 주황색 발코니를 향해 날아오른다. 하지만 캐리스가 더 이상 붙잡지 못하고 놓는 바람에 다시 추락한다. 천천히 빙글빙글 돌며 그녀의 미래를 향해 떨어진다. 죽은 사람으로서의 미래, 아직 태어나지 않은 사람으로서의 미래를 향해.

캐리스는 지니아가 인간으로 환생할지, 다른 것으로 환생할지 궁금해진다. 어쩌면 육신이 분해되는 동안 영혼도 분해돼서 여기서 한 조각, 저기서 한 조각, 이렇게 일부분만 환생할지도 모른다. 어쩌면 조만간 수많은 사람들이 지니아의 일부분을 안고 태어날지 모른다. 하지만 캐리스는 지니아를 온전한 채로 떠올리고 싶다.

잠시 후에 그녀는 1층 불을 모두 끄고 2층으로 올라간다. 그녀는 덩굴이 그려진 침대로 들어가기 전에 연보라색 속지가 달린 공책과 초록색 잉크를 넣은 펜을 꺼내 이렇게 적는다. 지니아가 빛으로 되돌아갔다.

그녀는 정말로 그랬으면 좋겠다고 생각한다. 지니아가 이 밤중에 길을 잃고 어딘가를 혼자 배회하지 말고 정말로 빛으로 되돌아갔으면 좋겠다고.

로즈는 토니를 집까지 바래다주고 나서 전속력으로 집을 향해 달려간다. 온 집 안에 코카인이 숨겨져 있으면 어떻게 하나, 비닐봉지에 담긴 코카인이 찻잎이나 쿠키 상자 속에 들어 있으면 어떻게 하나, 벌써 드웨인이라는 이름을 쓰는 남자들이 마약 탐지견을 잔뜩 끌고 와서 그녀를 부인이라고 부르며 해야 할 일을 하고 있을 뿐이라고 하면 어떻게 하나 걱정이 돼서 죽을 지경이다. 심지어 빨간불인데도 그냥 지나친다. 요즘은 사람들이 너도나도 신호등을 무시하는 것 같지만, 그녀로서는 평소에 하지 않던 짓이다. 그녀는 집에 도착하자마자 현관에서 외투를 벗어 던지고 신발도 내동댕이치고 래리를 찾으러 나선다.

쌍둥이들은 거실에서 「스타 트렉」 재방송을 보고 있다.

"오셨어요, 지구인 엄마."

폴라가 말한다.

"엄마가 아니라 복제인간일지 몰라."

에린이 말한다.

"얘들아, 안녕. 왜 아직 안 자고 있어! 오빠는 어디 있니?"

"얼라가 숙제를 했거든. 그래서 상으로 텔레비전 보는 거야."

에린이 말한다.

"엄마, 왜 그래? 얼굴이 완전 똥색이야."

폴라가 묻는다.

"늙어서 그래. 오빠 집에 있니?"

"부엌에 있을 거야. 아마도."

에린이 대답한다.

"빵에 꿀 발라 먹고 있어."

폴라가 말한다.

"바보, 그건 여왕님이나 먹는 거야."

에린이 말한다. 둘은 킬킬거리며 웃는다.

래리는 청바지에 검은색 티셔츠를 입고 맨발로 조리대 앞 높은 의자에 앉아 맥주를 마시고 있다. 맞은편 높은 의자에는 깔끔한 정장을 입은 보이스가 앉아 있다. 그도 맥주를 마시고 있다. 로즈가 들어서자 둘 다 고개를 들고 쳐다본다. 둘 다 똑같이 걱정하는 얼굴이다.

"안녕, 보이스. 웬일이야? 회사에 무슨 일 있어?"

로즈가 묻는다.

"오셨습니까, 사장님. 아뇨, 회사에는 아무 일 없습니다."

보이스가 대답한다.

"래리하고 의논할 일이 있는데. 보이스, 괜찮으면 자리 좀 비켜 줄래?"

로즈가 말한다.

"보이스도 같이 있는 게 좋겠는데요."

래리가 말한다. 그는 시험을 망친 아이처럼 풀이 죽은 얼굴이다. 지니아의 이야기에 뭔가 있는 게 분명하다. 하지만 보이스는 무슨 상관이지?

"래리, 엄마가 걱정이 돼서 말이야. 지니아하고 어떻게 된 거니?"

"누구요?"

래리는 너무나도 천진난만한 목소리다.

"엄마가 꼭 좀 알아야겠어."

"나는 꿈속에서 금색 소굴의 지니아를 만나네."*

보이스가 혼잣말처럼 중얼거린다.

"아주머니한테 들었어요?"

래리가 묻는다.

"마약 이야기 말이니? 어머나, 사실이로구나! 만약 이 집 안에 숨겨 놓은 마약이 있으면 당장 치워! 너 정말 걔하고 그 짓거리를 하고 있었구나!"

"그 짓거리라니요?"

"그 짓거리! 연애질! 뭐가 됐든! 하느님 맙소사, 너 걔가 몇 살인지 모르니? 걔가 얼마나 사악한 앤지 모르니? 너희 아버지한테 무슨 짓을 했는지 모르니?"

"연애질요? 그건 아닌 것 같은데요."

보이스가 말한다.

"마약이라니요?"

래리가 묻는다.

---

* 포스터의 노래 「금발의 제니」에서 "나는 꿈속에서 금발의 제니를 만나네."를 변형했다.

"그건 몇 번밖에 안 했어요. 시험 삼아서. 내 코는 아프고, 나른한 마비가 내 감각을 괴롭힌다.* 키츠입니다. 그나마도 지금은 끊었어요. 그렇지, 래리?"

"그럼 네가 걔한테 마약을 판 게 아니었어?"

"엄마, 그 반대였는데요?"

"하지만 네가 길거리에서 그 애랑 키스하는 걸 캐리스가 봤다고 하던데!"

로즈는 아들한테 이런 식으로 말을 하려니 기분이 이상하다. 오지랖 넓은 할망구가 된 기분이다.

"키스요? 키스 같은 거 한 적 없는데? 아주머니가 내 귀에 대고 뭐라고 속삭였어요. 어떤 정신 나간 여자가 우리 뒤를 따라오고 있다면서요. 그 여자가 캐리스 이모였던 모양인데, 이모 눈에는 키스하는 것처럼 보였을 수도 있겠네요."

"키스가 아니라 악수를 하는 중이었겠죠. '손짓하는 게 아니라 빠져 죽고 있었다.'라는 시도 있는 것처럼 말이죠. 스티비 스미스입니다."

보이스가 말한다.

"보이스, 잠깐 입 좀 다물어 줄래?"

래리가 짜증 난 목소리로 묻는다. 로즈가 생각했던 것보다 둘이 훨씬 더 잘 아는 사이인 것처럼 보인다. 쌍둥이들의 학교에서 열린 아버지와의 댄스파티 때 처음 만나고, 그 뒤로 래리가 회사에 찾아왔을 때 몇 번 목례를 한 게 전부인 줄 알았더니 그렇지가 않은 모

---

* 존 키츠의 시 「나이팅게일에게」에서 '심장'을 '코'로 바꿨다.

양이다.

"하지만 그 호텔 방에 수시로 들락거렸다면서? 그건 분명한 사실일 텐데?"

"어머니가 생각하는 그런 이유 때문에 간 건 아니었어요."

로즈는 비장의 카드를 꺼낸다.

"걔가 죽은 거 아니? 엄마 지금 거기서 오는 길이야. 분수대에서 시체 건지는 걸 보고!"

"죽었다고요? 왜요? 스스로 뱀에 물려 죽었나요?"

보이스가 묻는다.

"난들 알겠어? 누가 발코니에서 집어던진 모양이야."

로즈가 말한다.

"자기 발로 뛰어내렸을 수도 있죠. 미인은 어리석을 지경으로 빠져 남자들의 배신을 뒤늦게 깨닫고 발코니에서 뛰어내리는 법이니.*"

보이스가 말한다.

"네가 그 사건과 상관없길 하느님께 간절히 바랄 따름이다."

로즈가 래리에게 말하자 보이스가 얼른 옆에서 거든다.

"상관 있을 리가 없습니다. 오늘 밤에는 그분 근처에 가지도 않고 저랑 같이 있었으니까요."

래리가 말한다.

"저는 설득을 하려고 찾아간 거였어요. 돈을 달라는데 제 돈은 얼마 되지도 않고 엄마한테 달라고 할 수도 없었으니까요."

---

* 올리버 골드스미스의 시 「미인은 어리석을 지경으로 빠져」의 첫 구절.

"뭘 설득하려고? 돈은 왜?"

로즈는 이제 거의 고함을 지르는 수준이다. 래리는 비참한 목소리로 대답한다.

"엄마한테는 비밀로 해 달라고요. 비밀로 할 수 있을 줄 알았는데……. 상황을 더 안 좋게 만들고 싶지 않았어요. 엄마는 아버지랑 이런저런 일들 때문에 이미 힘들 대로 힘들잖아요."

로즈는 소리를 지른다.

"이런 망할, 도대체 뭘 비밀로 하고 싶었던 건데? 너 때문에 엄마 숨넘어가겠다!"

그녀는 자기 어머니와 똑같아지고 있다. 그런데도 래리는 너무나 자상하게 그녀를 보호하려 한다. 예전처럼 집에 돌아왔는데 어머니가 부엌에 쓰러져 있는 꼴은 보고 싶지 않은 것이다.

"보이스."

그녀는 한결 차분한 목소리로 보이스를 부른다.

"담배 있어?"

언제나 빈틈없는 보이스는 담뱃갑을 건네고 자기 라이터로 불을 붙여 준다.

"이제 때가 된 것 같아."

그가 래리에게 말한다.

래리는 침을 삼키고, 포기한 듯한 표정으로 바닥을 쳐다본다.

"엄마, 저 게이예요."

로즈는 목이 졸린 토끼처럼 눈알이 튀어나올 것 같다. 왜 진작 몰랐을까, 왜 진작 알아차리지 못했을까, 도대체 왜 그랬을까? 니코틴이 폐를 움켜쥔다. 이제 정말 담배를 끊어야겠다. 기침을 했더니 입에서 연기가 뭉게뭉게 흘러나온다. 이 나이에 심장마비를 일으키려는 모양이다! 그래야겠다. 바닥으로 쿵 쓰러져 다른 사람 손에 맡겨야겠다. 이 일은 감당이 안 된다.

하지만 괴로워하며 애원하는 듯한 래리의 눈빛이 그녀의 눈에 들어온다. 아니다, 감당할 수 있다. 혀만 세게 깨물면 된다. 준비가 안 됐을 뿐이다. 뭐라고 해야 하지? 어찌 됐건 너를 사랑한다고? 그래도 너는 내 아들이라고? 손주들은 어떻게 되는 거냐고?

하지만 결국 그녀의 입에서 나온 말은 "그동안 나한테 보여 줬던 그 계집애들은 다 뭐였니?"였다. 이제 알 것 같다. 래리는 그녀의 기대에 부응하고 있었던 것이다. 일종의 시험 성적표처럼 여자를 데리고 와서 엄마에게 보여 주었던 것이다. 시험에 합격했다는 것을 알리기 위해.

보이스가 말한다.

"남자는 최선을 다할 뿐. 월터 스코트입니다."

로즈는 나지막이 속삭인다.

"쌍둥이들은 어떻게 하니?"

쌍둥이들은 이제 막 인격이 형성될 시기다. 그 아이들에게 어떤 식으로 알려야 할까?

"아, 쌍둥이들은 알아요. 금세 눈치 챘더라고요. 멋지다고 했어요."

래리는 최소한 한쪽이라도 해결이 된다는 데 안심하는 표정이다. 당연히 그렇겠지. 로즈는 생각한다. 한때는 남녀를 아주 확고하게 가르던 울타리가 이제 그 아이들한테는 오래돼서 녹슨 철조망에 불과할 테니까.

보이스가 애정 어린 목소리로 말한다.

"이렇게 생각해 보세요. 아들을 잃은 게 아니라 한 명 더 얻었다고요."

"법학 대학원에 가려고요."

래리가 말한다. 이제 가장 마음 졸였던 부분도 지나갔고 로즈도 쓰러지거나 폭발하지 않았으니 마음을 놓은 듯한 얼굴이다.

"우리 아파트 꾸미는 거, 엄마가 도와주세요."

로즈는 심호흡을 한다.

"얘, 영광이다."

로즈로 말할 것 같으면 편견이 있는 것도 아니고, 그녀의 결혼 생활이 남녀 간의 위대한 사랑의 반증도 아니었고, 미치도 마찬가지였다. 그저 래리가 행복하기만을 바랄 뿐인데, 래리가 이런 식으로 행복해질 생각이라면 좋다. 어쩌면 보이스가 모범을 보이며 바닥에 함부로 옷을 던져 놓지도 않고 사고도 치지 않도록 가르쳐 줄 수 있을지 모른다. 그런데 오늘 하루가 너무 길었다. 내일이면 진심으로 훈훈하게 맞이할 수 있겠지만, 오늘 밤에는 위선의 힘을 빌려야 할 것 같다.

"앤드류스 사장님, 사장님은 풍속의 거울이요, 예의범절의 귀감이십니다.*"

보이스가 말한다.

로즈는 두 손을 펴고 어깨를 올리고 입꼬리를 내린다.

"뭐, 어쩔 수 있나?"

---

* 셰익스피어의 희곡 「햄릿」의 한 구절.

외투를 입은 남자들이 찾아온다. 그들은 지니아에 대해 알고 싶어 하는 게 많다. 세 여권 중 어느 게 진짜인지, 진짜가 하나라도 있는지. 실제로는 어느 나라 출신인지. 무슨 일을 하고 있었는지.

토니는 많은 도움을 주고, 캐리스는 막연하게 대답한다. 로즈는 행여라도 래리가 연루될까 싶어 조심스러워한다. 하지만 걱정할 필요는 없다. 그들은 래리에 대해 눈곱만큼도 관심이 없는 눈치다. 그들이 관심을 보이는 곳은 침대 위에 깔끔하게 놓여 있던 두 트렁크인데, 그들 말로는 한쪽 트렁크에 하얀 가루가 든 비닐봉지 열한 개가 들어 있었다고 한다. 열두 번째 봉투는 개봉이 된 채 전화기 옆에 놓여 있었다. 코카인도 아니고 순도 90퍼센트의 헤로인이었다. 그들은 표정의 변화가 없는 얼굴과 똑똑한 돌멩이처럼 생긴 눈으로 쳐다보며 양심의 가책을 느끼거나 뒤가 켕기는 기미를 보이지는 않는지 살핀다.

그들은 발코니에서 발견된 주삿바늘에도, 지니아가 분수대 속으로 떨어지기 전부터 과다복용으로 사망한 상태였다는 사실에도 관심을 보인다. 팔려고 했던 건지 사려고 했던 건지 알 수 없지만, 그 물건의 강도가 얼마나 높은지 모르고 한번 맞아 본 걸까? 오래된 것처럼 보이지만, 그녀의 왼팔에도 바늘 자국이 있었다. 외투를 입고 찾아온 남자들의 이야기에 따르면 그런 식의 과다복용 사망 사건이 점점 더 늘어나고 있다고 한다. 누가 초강력 제품을 시중에 풀고 있는데, 경험이 있는 사람들도 그대로 당한다는 것이다.

주삿바늘에 지니아 말고 다른 사람의 지문은 없었다고 한다. 분수대 위로 백조처럼 추락한 것은 사고일 가능성이 컸다. 그녀는 키가 컸는데 판금으로 된 발코니 난간이 너무 낮아서 위험했다고, 기준을 강화해야겠다고 한다. 그렇게 된 것일 수도 있다. 난간에 기대 있었다면 말이다. 반면에 헤로인은 함정이고 살해당한 것일 수도 있다.

토니는 아니면 자살일 수도 있다고 의견을 제기한다. 그들이 그녀의 주장을 믿어 주었으면 좋겠다. 그녀는 지니아가 정상이 아니었을지 모른다고 이야기한다.

외투를 입고 찾아온 남자들은 물론 그럴 수도 있다고 예의 바르게 맞장구를 친다. 저희도 압니다. 트렁크에 처방전이 있기에 어디서 받은 건지 추적해 보았죠. 가짜 여권뿐 아니라 가짜 보험증까지 있었던 모양인데, 병 자체는 진짜였습니다. 난소암으로 6개월 시한부 선고를 받았더군요. 하지만 유서는 없었어요.

토니는 유서가 있을 리 없다고 말한다. 지니아는 유서 같은 것을 남길 성격이 아니라고.

외투를 입고 찾아온 남자들은 수상쩍은 듯 그 작은 눈을 반짝인다. 지금까지 제기된 가설이 모두 못마땅하지만, 논리적으로 앞뒤가 맞는 다른 가설도 딱히 없다.

토니는 이 사건이 어떤 식으로 진행될지 눈에 보인다. 지니아는 외투를 입은 남자들이 상대하기에는 너무 똑똑했던 것으로 밝혀질 것이다. 지금까지 누구나 그랬던 것처럼 그들도 꾀로는 그녀를 못 당할 것이다. 토니는 지니아에 대해 가지고 있던 믿음이, 가지고 있는 줄도 몰랐던 그 믿음이 이로써 입증이라도 되는 것처럼 기쁘고 심지어 우쭐하기까지 하다. 진땀 좀 흘려 보시지! 왜 모든 사람들이 모든 걸 알아야 한다고 생각하는 걸까? 전례가 없는 것도 아닌데. 역사는 어떻게 죽었는지 불분명한 사람들로 넘쳐나지 않던가.

그래도 그녀는 예의상 제리 불과 바빌론 프로젝트를 두고 나눈 대화를 경찰에 알린다. 반드시 예의상 그런 것만은 아니다. 만약 지니아가 살해된 거라면 그녀가 아는 누군가가 아니라 전문가가 범인이길 바라는 마음이 간절하기 때문이다. 외투를 입고 찾아온 남자들은 비행기 표를 통해 지니아의 행적을 최대한 자세히 역추적하고 있다고 한다. 그녀는 실제로 지난 얼마 동안 아주 희한한 곳에 있었던 모양이다. 하지만 단정 지을 만한 부분은 아무것도 없다. 그들은 악수를 하고 떠나면서 토니에게 무슨 정보라도 알게 되면 연락을 달라고 한다. 그녀는 그러겠다고 한다.

그녀는 가장 최근에 지니아에게 들은 세 가지 이야기가 모두, 적어도 어느 부분만큼은 사실이었을지 모른다는, 있을 법하지 않은 상황에 직면한다. 도와 달라는 지니아의 아우성이 이번에는 진짜였다면 어떻게 되는 걸까?

경찰 수사가 끝나자 지니아의 시신은 화장된다. 비용은 로즈가 부담한다. 맨 처음 지니아의 장례식을 주관했던 변호사와 연락이 닿았지만, 몹시 짜증을 냈기 때문이다. 그는 지니아가 자기와 상의도 없이 계속 살아 있었다는 것을 개인적인 모욕으로 받아들인다. 유언장은 첫 번째 장례식 때 검인을 받았고, 이번에 따로 검인받을 것은 없었다. 변호사 말로는 부동산도 없고, 워털루 근처에 있는 어느 고아원에 남기는 몇 푼 안 되는 유산이 전부인데 알고 보니 없어진 고아원이고, 무엇보다도 그가 수임료도 못 받았다고 한다. 그런데 또 뭘 바라시는 겁니까?

그래서 로즈는 "없어요. 우리가 알아서 할게요."라고 대답한다.

로즈가 토니와 캐리스에게 말한다.

"이제 어쩌지? 본의 아니게 우리가 떠맡게 됐네. 친척도 없는 것 같고."

"우리가 있잖아." 하고 캐리스가 말한다.

토니는 그녀의 말에 반박할 필요성을 못 느낀다. 캐리스는 세상 모든 사람들이 보이지 않는 뿌리를 통해 서로 연결되어 있다고 생각한다. 그녀는 좀 더 알맞은 처리 방법을 찾을 때까지 유골을 맡겠다고 자청한다. 그녀는 지니아가 든 함을 빨간 티슈페이퍼에 싸서 지하실에 둔 크리스마스 장식품 상자를 열고 권총 옆에 넣는다. 이건 여자들끼리 처리할 문제이니 웨스트한테는 거기에 유골을 넣었다는 사실을 알리지 않는다.

결과

56

그리하여 지니아는 이제 과거지사가 되었다.

아니다. 이제 지니아는 사라졌다. 영원히 어디론가 사라졌다. 그녀는 홀씨처럼 바람에 날리는 흩어진 먼지다. 보이지 않는 바이러스 구름이자 뿔뿔이 흩어진 몇 개의 입자다. 토니가 그녀를 역사로 만들어야 비로소 역사가 된다. 지금 현재는 아무 형체 없이 부서진 모자이크다. 그녀의 조각들이 토니의 손에 쥐어져 있다. 그녀는 죽은 자이고, 죽은 자들은 모두 산 자의 수중에 놓인다.

그런데 토니는 그녀를 무엇으로 만들어야 할까? 지니아의 이야기는 실체도 없고 주인도 없고, 입에서 입으로 전해지면서 달라지는 풍문에 불과하다. 마술사 앞에서면 그렇게 되는 것처럼, 우리는 그녀가 보여 주고 싶어 하는 것들만 보았다. 혹은 우리가 보고 싶어 한 것들만 보았다. 그녀는 거울로 그런 재주를 부렸다. 거울은 보는 사람을 비춰 주지만, 2차원 이미지의 이면에는 한 겹의 얇은 수은밖에 없다.

지니아라는 이름조차 존재하지 않을 수 있다. 그녀는 그 이름의 의미를 추적해 보았다. 지니아, 러시아어로는 친절하다. 그리스어로는 다른 품종의 꽃가루가 과일에 달라붙는 것. 제나이다, 제우스의 딸이라는 뜻이자 초기 기독교 시절에 순교한 두 사람의 이름. 질라, 히브리어로 그림자. 제노비아, 3세기 때 시리아의 팔리마를 다스렸고 아우렐리아누스 황제에게 패배했던 여왕 겸 전사. 제노, 그리스어로 이방인. 제나나, 힌두어로 규방 혹은 하렘. 젠, 명상에 치중하는 일본의 종교. 젠딕, 동양의 이단 마법사. 토니가 찾은 중에서 그나마 가장 가까운 것들이 이 정도다.

이런 단서와 의미를 통해 지니아는 스스로를 만들어 냈다. 그녀의 진실은 손이 닿지 않는 곳에 있다. 왜냐하면 적어도 기록상으로는 태어난 적도 없기 때문이다.

하지만 지니아는 요즘 같은 시대에 진실 같은 비현실적인 단어에 연연할 필요가 뭐 있느냐고 한다. 냉철한 역사 중에서 적어도 절반은 교묘한 속임수다. 오른손이 입증을 위해 역사적 사실이라는 보잘 것없는 단편들을 쥐고 남들 앞에서 흔들어 보이는 동안 왼손은 알 수 없는 문제들을 안주머니 깊숙이 숨기느라 여념이 없다. 토니는 정확한 재구성이 불가능하다는 사실에 기가 죽는다.

게다가 부질없는 짓이기도 하다. 그녀는 왜 역사를 공부하는가? 한때 역사는 지혜의 기둥들이 달려 있고, 아홉 명의 뮤즈를 낳은 기억의 여신에게 바치는 제단도 있는 견고한 건물이었다. 지금은 산성비와 폭탄 테러와 흰개미들의 공격으로 점점 신전의 모습을 잃고 돌 더미가 되어 가고 있지만, 그래도 한때는 의미 있는 건축물이었다. 원래 역사는 사람들에게 뭔가 유익한 것을 가르치는 도구였다. 탐욕과 폭력과 사악함과 권력욕으로 점철된 그 방대한 기록 속에(역사는 착하게 살려고 노력하는 사람들한테는 관심이 없다.) 건강에 좋은 비타민이나 행운의 쿠키를 깨면 나오는 명언이 들어 있어야 되는 것이었다. 미덕이라는 것은 어떤 경우에도 문제의 소지가 있다. 선교사를 보면 알 수 있는 것처럼 의도는 훌륭해도 결과가 나쁜 행동이 있을 수 있기 때문이다. 그래서 토니는 전투를 좋아한다. 전투에서는 승자에 따라 훌륭한 행동과 잘못된 행동이 분명하게 구분된다.

그래도 한때 역사 속에는 메시지가 있었다. 어른들은 아이들에게, 역사학자들은 독자들에게 역사를 교훈으로 삼으라고 한다. 하지만 역사 속 이야기에서 정말 배울 만한 게 있을까? 토니가 생각하기에는 대체로 없다.

그럼에도 그녀는 계속 열심히 공부하고, 정보를 바탕으로 한 추측과 그럴듯한 가정을 한데 엮고, 몇 조각 안 되는 역사적 사실들과 사금파리와 부러진 화살촉과 변색된 목걸이 알을 한때 이러지 않았을까 싶은 모양으로 짜 맞추며 곰곰이 생각한다. 그런다고 알아줄 사람이 있을까? 거의 없다. 어쩌면 이것은 무료함을 달래는 취미 생활일지 모른다. 아니면 일종의 저항일 수도 있다. 역사 속 이야기들은 너덜너덜하고 엉성하며 아무짝에도 쓸모없는 조각들을 기운 것에 불과할지 몰라도 토니에게는 비록 일관성 없고 여기서 번쩍, 저기서 번쩍하기는 해도 산길에서, 폐허 속에서, 혼돈으로 향하는 기나긴 행군 속에서 의기양양하고 오만하며 당당하게 나부끼는 깃발들과 같다.

토니는 잠이 안 와서 한밤중에 지하실을 찾는다. 실내복을 입고 작업용 털양말과 너구리 슬리퍼를 신었는데, 너구리 슬리퍼는 마침내 마지막 다리밖에 안 남았다.* 물론 슬리퍼에 다리가 달려 있을 리 없고, 그것을 신고 있는 다리는 그녀의 다리지만 말이다. 너구리 하나는 꼬리가 없어졌고, 양쪽을 합쳐도 눈이 하나뿐이다. 고대 이집트인들이 뱃머리에 눈을 그렸던 것처럼 토니도 이제는 발에 눈을 달고 다니는 데 익숙하다. 정확하게는 정신적인 길잡이라고 해야 하겠지만 또 하나의 길잡이가 되어 주는데, 토니는 이제 그런 길잡이가 필요하지 않을까 하는 생각을 슬슬 하고 있다. 이 슬리퍼가 쓰레기통 신세가 되면 눈이 달린 다른 슬리퍼를 사야 할 것이다. 선택할 수 있는 동물은 돼지, 곰, 토끼, 늑대. 늑대가 좋겠다.

모래 놀이판에 만든 유럽 지도는 배치가 달라졌다. 지금은 1210년대이고, 나중에 프랑스가 될 땅이 종교전쟁으로 갈가리 찢겨 있다. 이번에는 기독교 대 이슬람교가 아니다. 가톨릭 대 카타르파다. 카타르파는 이 세상이 선과 악, 정신과 물질, 하느님과 악마로 나뉘어져 있다는 이원설을 주장했다. 그런가 하면 환생을 믿었고, 여성 종교 지도자도 있었다. 반면에 가톨릭은 부활의 가능성을 배제했고, 여자들을 불결한 존재로 생각했고, 하느님은 전능하고 악마는 환상이라고 굳게 믿었다. 의견의 차이로 수많은 사람들이 목숨을 잃었는데, 물론 여기에는 종교 외에도 누가 무역로와 올리브와 점점 통제권에서 벗어나는 여자들을 장악하느냐의 문제까지 얽혀 있었다.

15일에 걸친 포위 공격으로 수로가 차단되자 랑그도크와 카타르

---

* '다 망가졌다'는 뜻의 관용 표현.

파의 본거지였던 카르카손이 피에 굶주린 시몽 드 몽포르와 잔인한 가톨릭 십자군의 손에 넘어갔고, 전면적인 학살이 자행되었다. 하지만 토니의 관심사는 카르카손이 아니라 다음에 공격당할 라보르다. 라보르는 성주였던 지로드 부인의 지휘 아래 60일 동안 항전했던 곳이다. 이 도시가 마침내 함락되자 80명의 기사가 돼지처럼 도살되었고, 400명의 카타르파가 산 채로 화형을 당했다. 몽포르의 병사들은 지로드 부인을 우물 속에 던진 뒤 올라오지 못하게 그 위로 돌 더미를 쌓았다. 토니는 그런 경우가 워낙 없으니 전쟁에서 숭고한 행위는 저절로 이름을 떨칠 수밖에 없다는 생각을 한다.

토니가 선택한 날은 1211년 5월 2일, 대학살이 자행되기 전날이다. 포위 공격을 감행 중인 가톨릭군은 강낭콩이고, 막고 있는 카타르파는 흰쌀이다. 시몽 드 몽포르는 빨간색 모노폴리 말이고, 지로드 부인은 파란색 말이다. 십자가는 빨간색, 카타르파는 파란색. 그것이 그들의 색깔이었다. 토니는 강낭콩 몇 개를 이미 먹어 치웠다. 원래는 전투가 끝날 때까지 기다려야 하는데, 뭐라도 씹고 있으면 집중에 도움이 된다.

성벽 너머로 적을 살피며 지로드 부인은 무슨 생각을 했을까? 그녀는 이번 전투에서 이길 수 없음을, 그녀의 도시와 백성들이 죽을 운명임을 알았을 것이다. 그래서 절망했을까, 기적을 바랐을까, 신념을 위해 싸운 자기 자신을 자랑스럽게 생각했을까? 그녀는 다음 날 통닭 신세가 되는 신도들을 보며, 악마는 환상이라는 몽포르의 이론보다 악마가 존재한다는 자신의 이론을 입증하는 증거가 더 많다는 생각을 했을 것이다.

토니는 그곳에 가서 지형을 눈으로 직접 확인한 적이 있었다. 그녀는 줄기가 질긴 살갈퀴를 꺾어 성서에 끼워 말린 뒤 스크랩북에서 라보르에 해당되는 L 밑에 붙였다. 기념품으로 라벤더가 든 조그마한 새틴 베개도 샀다. 그 지역 주민들의 이야기에 따르면 지로드 부인은 아직도 그 우물 속에 있다고 한다. 그 당시에는 지로드 부인 같은 여자들을 처치할 방법이 그것뿐이었다. 우물 속으로 혹은 가파른 낭떠러지나 성벽처럼 인정사정없이 경사가 진 곳 밑으로 내동댕이쳐 곤죽이 되는 광경을 지켜보는 것이다.

나중에 지로드 부인을 소재로 책을 한 권 써 볼까? 여장군에 대한 연구. 제목은 외유내강이라고 하면 되겠다. 하지만 이야깃거리가 많지 않다.

지금은 이 전투를 계속 진행하고 싶은 생각이 없다. 피바다를 시작할 기분이 아니다. 그녀는 의자에서 일어나 물을 한 잔 따른 다음 13세기 유럽 위로 토론토 시내 지도를 펼친다. 여기가 톡시크, 여기가 퀸 가, 여기가 개조한 로즈네 회사 건물, 여기가 페리 선착장 그리고 여기는 캐리스네 집이 아직도 버티고 있는 납작한 섬. 여기가 아널드 가든 호텔. 지금 그 자리는 한쪽에 흙이 쌓인 커다란 구멍으로 변했다. 망한 호텔이 헐값에 매물로 나오면 누군가 얼른 사들여 다른 용도로 개발하기 마련이다. 여기가 매클렁 홀 그리고 북쪽으로 여기가 토니의 집. 웨스트가 위에서 조용히 코를 골며 자고 있고, 모래 놀이판이 설치된 지하실이 있고, 모래 놀이판 위에 지도가, 지도 속에 도시가, 도시 속에 집이, 집 속에 지하실이, 지하실 속에 지도가. 지도에는 그 지도가 놓인 지역이 담겨져 있다. 이 끝없이 멀어지는 어딘가에서 지니아는 계속 존재한다.

토니에게 지도가 필요한 이유는 그녀가 항상 지도를 보는 이유와 일치한다. 지도를 보면 지형을 보고 상상하고 기억할 수 있다. 그녀가 기억하는 것은 지니아다. 그녀는 지니아를 기억할 책임이 있다. 끝을 맺어 줄 책임이 있다.

57

모든 결말은 임의적이다. 끝이라고 쓰는 지점에서 끝난다. 마침표, 구두점, 정지된 지점. 종이에 대고 펜을 콕 찔러 그 구멍에 눈을 대고 보면 반대편이 보인다. 무언가의 시작이 보인다. 토니도 학생들에게 이야기하지만, 시간은 나무처럼 단단한 것이 아니라 물이나 바람처럼 유동적인 것이다. 10년, 100년, 이렇게 일정한 길이로 깔끔하게 잘라지지 않는다. 그럼에도 우리는 목적을 위해 깔끔하게 자르는 것이 가능한 척해야 한다. 모든 역사의 끝은 우리가 다 같이 공모한 거짓말이다.

그러니까 이제 끝을 정하자. 1991년 11월 11일 오전 11시, 열한 번째 달의 열한 번째 날의 열한 번째 시간. 월요일. 불황이 점점 깊어지고, 대기업의 부도설이 나돌고, 기근이 아프리카를 덮쳤다. 한때 유고슬라비아였던 곳에서 민족 간의 분쟁이 벌어지고 있다. 잔인한 범죄는 점점 늘어나고, 지도자들은 갈팡질팡하고, 자동차 공장은 삐걱거리며 멈추었다. 걸프전이 끝났고, 사막의 모래는 폭탄투성이다. 유전은 계속 불길에 휩싸이고, 시커먼 연기구름이 기름으로 번들거리는 바다를 덮는다. 양측 모두 이겼다고 주장하지만, 사실은 양측 모두 패자다. 안개로 덮인 침침한 날이다.

세 사람은 찰나의 어둠을 자국으로 남기며 섬을 향해 호수를 가르는 페리 뒤쪽에 서 있다. 뭍에서 희미한 나팔 소리와 총소리가 들린다. 예포를 쏘는 모양이다. 호수는 진주색 햇살을 받으며 수은처럼 반짝이고, 산들바람이 차갑지만 이 무렵치고는 따뜻한 편이다. 잠시 쉬어 가는 달, 벌거벗은 가지들이 숨을 죽이는 달, 안개의 달, 겨울이 오기 전에 잿빛 정적이 흐르는 달치고는.

캐리스는 이때가 죽은 자의 달, 그들이 돌아오는 달이라고 생각한다. 그녀는 유독하지만 악의는 없는 호수 밑바닥에서 하늘거리는 잿빛 수초를 떠올린다. 화학약품으로 인해 혹이 생긴 몸을 하고 그림자처럼 둥둥 떠다니는 잿빛 물고기를 떠올린다. 강판처럼 자잘한 이빨과 빨판을 달고 박살 난 자동차 껍데기와 빈 병들 사이를 일렁일렁 움직이는 칠성장어를 떠올린다. 그녀는 호수 속으로 빠졌거나 내동댕이쳐진 모든 것들을 떠올린다. 보물과 유골. 11월 초에 프랑스에서는 가족의 묘지를 국화로 장식하고, 멕시코에서는 금잔화로 장식해 영혼들이 잘 찾아갈 수 있게 노란 길을 만든다. 반면에 우리는 양귀비를 선택한다. 졸음과 망각의 꽃. 피를 닮은 꽃잎.

세 사람 모두 외투 앞섶에 양귀비를 하나씩 꽂고 있다. 얇은 플라스틱으로 만든 양귀비다. 로즈는 천으로 만든 게 더 좋지만 참아야지 별수 있느냐고 생각한다. 섬뜩한 나팔수선화로 암을 상징하는 식인데, 조만간 모든 꽃마다 온갖 신체 일부나 질병이 결부될 것이다. 플라스틱 루핀은 낭창, 플라스틱 매발톱꽃은 인공항문 형성술, 플라스틱 엽란은 에이즈. 그래도 이 망할 것들을 살 수밖에 없다. 그래야 문을 나설 때마다 구매를 강요당하는 사태를 미연에 방지할 수 있다. 나 벌써 달았거든요. 보이죠?

이날을 고집한 사람은 토니였다. 현충일. 핏빛 양귀비의 날. 로즈가 보기에 토니는 날이 갈수록 점점 이상해지고 있다. 하지만 따지고 보면 셋 다 마찬가지다.

토니는 현충일이 제격이라고 생각한다. 지니아에게 마땅한 대접을 하고 싶기 때문인데, 지니아 한 명만을 추억하는 것은 아니다. 그녀는 전쟁과 전쟁터에서 혹은 이후에 목숨을 잃은 사람들을 추억하고 있다. 때로 전쟁은 한참 동안 뜸을 들여 가며 사람들을 죽이기도 한다. 그녀는 형식과 예의를 갖추고 싶은데, 두 친구가 도무지 적극적으로 협조를 하지 않는다. 로즈는 토니가 부탁한 대로 검은 옷을 입었지만, 빨간색과 은색이 섞인 스카프로 화사한 분위기를 연출했다. 검은 옷을 입으면 눈 밑에 처진 살이 도드라져 보인단 말이야. 얼굴 바로 옆에는 뭔가를 넣어 줘야 해. 내가 바른 립스틱하고도 잘 어울리잖아. 이게 이제 막 출시된 루비콘이야. 어때? 이 정도는 괜찮지?

그리고 캐리스는…… 토니는 캐리스가 들고 있는 용기를 곁눈질한다. 가짜 그리스식 손잡이가 달려 있고 화장터에서 파는 싸구려 구리 단지가 아니라 술잔에 가깝지만 어딘가 모르게 더 조잡하다. 원래는 옅은 자주색과 밤색이 얼룩덜룩하게 섞여 있고 예술적인 분

312

위기를 물씬 풍기는 수공예 사기 꽃병인데, 스크럼퍼스의 창고에서 몇 년 동안 먼지만 뒤집어쓰고 있는 것을 샤니타가 캐리스에게 주었다. 캐리스가 토니의 집 지하실에 보관한 양철 함보다 더 의미 있는 데 넣어야 한다고 주장했기 때문에 그들은 페리 표를 끊기 전에 세컨드 컵 커피숍에서 함에 들어 있던 지니아를 꽃병으로 옮겼다. 로즈가 부었다. 유골은 토니가 생각했던 것보다 훨씬 끈적끈적했다. 캐리스는 치아가 있을지 모른다며 차마 보지 못했다. 하지만 지금은 용기가 나는지 뒤에 달린 선수상(船首像)처럼 옅은 금발을 흩날리며 지니아의 유골이 담긴 요란한 꽃병을 들고 페리 난간 앞에 서 있다. 토니는 만약 죽은 자가 복수를 하러 돌아온다면 이런 꽃병에 담았다는 것만으로도 충분한 이유가 되지 않을까 생각한다.

"이 정도면 절반쯤 왔겠지?"

토니가 묻는다. 수심이 가장 깊은 지점을 찾는 것이다.

"내가 보기엔 그래."

로즈는 얼른 해치우지 못해 안달이다. 섬에 도착하면 다 같이 캐리스의 집에 가서 차를 마실 예정인데, 로즈는 집에서 만든 빵 한 조각이 됐건 통밀 쿠키가 됐건 점심 비슷한 것이라도 먹을 수 있기를 기도하고 있다. 캐리스가 만드는 음식에는 무지하게 건강에 좋고 립스틱을 안 바른 것처럼 맛이 밍밍한 현미가 기본으로 들어가니 뭐가 됐건 지푸라기 맛이 나겠지만, 그래도 굶는 것보다는 낫다. 그녀는 일종의 항비타민 보조제 겸 아사 대비책으로 모차르트 동글 세 개를 핸드백에 챙겨 가지고 왔다. 원래는 샴페인도 들고 올 생각이었는데 깜빡했다.

세 사람은 일종의 상갓집에서 지새는 밤샘 비슷하게 캐리스의 동그란 식탁에 둘러앉아 집에서 만든 음식을 우적우적 씹어 먹고, 일곱 가지 곡물 부스러기를 바닥에 흘릴 것이다. 죽음은 허기이자 빈자리니 채워야 한다. 로즈는 시끄럽게 떠들 생각이다. 그런 식으로 보탬이 될 생각이다. 토니가 날을 고르고 캐리스가 용기를 골랐으니 로즈가 말을 맡아야 한다.

우습게도 로즈는 사실 슬프다. 어쩌면 그럴 수가 있을까! 지니아는 암과 같은 존재였지만 이제 반환점을 돈 그녀 인생의 중요한 일부분이었다. 그녀는 금방은 아니지만 생각보다는 빠르게 태양처럼 저물고 여월 것이다. 지니아를 호수에 묻으면 미치도 마침내 떠날 것이다. 그러면 로즈는 마침내 미망인이 될 것이다. 아니다. 미망인 그 이상의 존재가 될 것이다. 어떤 존재가 될지는 두고 봐야 알겠지만. 아무튼 그녀는 결혼반지를 빼 버릴 것이다. 캐리스 말로는 그 반지가 왼손을 구속하고 있다는데, 이제 로즈는 그 손에 의지해야 하기 때문이다.

그녀는 지니아를 떠올리며 뜻밖의 감정을 느끼고 있다. 이상하게 고맙다는 생각이 드는 것이다. 뭐가 고마운 걸까? 아무도 모를 일이다. 아무튼 그녀는 고맙다는 생각이 든다.

"쏟아, 아니면 통째로 던져?"

캐리스는 속으로 꽃병을 가지고 싶다는 생각을 하고 있다. 풍겨 나오는 기운이 예사롭지 않다.

"그걸 어디다 쓰려고?"

토니가 준엄한 표정으로 그녀를 바라보며 묻는다. 캐리스는 꽃을 가득 담아 놓든 빈 채로 선반에 세워 놓든 새빨갛고 불길하고 빛을 발산할 꽃병을 상상하며 "그러게."라고 대답한다. 꽃병을 가지고 있으면 지니아를 지상에 묶어 놓는 우를 범하게 된다. 캐리스는 그 결과를 목격한 사람으로서 똑같은 실수를 반복하고 싶지 않다. 지니아는 육신이 사라졌다고 해서 포기하지 않을 것이다. 다른 사람의 육신을 빼앗을 것이다. 캐리스는 죽은 사람들이 다른 모습으로 돌아오는 것은 우리가 그것을 바라기 때문이라고 생각한다.

"그럼 이제 옛다, 하고 던지자. 제일 나중에 뛰어드는 사람은 왕구린내!"

로즈는 이렇게 외치고 나서 문득 생각한다. 도대체 무슨 생각으로 이런 소리를 하는 걸까? 차가운 물? 여름 캠프? 변덕도 유분수지. 악취미는 말할 것도 없고. 앞으로 얼마나 더 오랫동안 과시하고 싸구려 웃음을 남발해야 할까? 얼마나 더 살아야 지혜라는 것이 비닐봉지처럼 머리 위로 내려앉아 이 잘난 입을 다물게 될까? 어쩌면 평생 그럴 일은 없을지 모른다. 어쩌면 나이가 들면서 더 천박해질지 모른다. 그들의 눈, 오래된 그들의 반짝이는 눈이 즐거워라.*

하지만 지금은 죽음을 다루는 자리이고 누가 됐건 죽음은 중요한 일이니까 정신 차리자, 로즈. 입만 열었다 하면 엉뚱한 말이 튀어나와서 문제지, 사실 그녀는 진지하다. 입 꾹 다물게요, 하느님. 진심은 아니었어요. 제가 원래 그렇잖아요.

---

* 예이츠의 시 「옥돌」 마지막 구절.

토니가 짜증스러운 눈빛으로 로즈를 흘끗 쳐다본다. 그녀는 예포를 쏘고 싶은 심정이다. 돛대 중간까지 깃발을 내리고 한 가닥 나팔 소리가 은빛 허공을 가르는 가운데 터지는 예포. 죽은 전사들은 그런 대접을 받는데, 지니아라고 안 될 이유가 없다. 그녀는 엄숙한 순간들, 전장을 담은 삽화들을 떠올린다. 칼이나 창이나 소총에 기댄 채 숭고하고 철학적인 슬픔이 담긴 눈빛으로 방금 전에 죽인 적을 내려다보는 지휘관. 물론 적은 그와 계급이 같다. 친구여, 나는 자네가 죽인 적이라네.*

예술 속에서는 뭐든 가능하다. 실제 전투에서는 시계 넣는 주머니를 얼른 뒤지고, 기념품 삼아 양쪽 귀를 자를 것이다. 곰의 시체 위에 한쪽 발을 얹고 포즈를 잡은 옛날 사냥꾼들의 사진을 보면 톱으로 자른 그 게걸스러운 잡식 동물의 머리를 들고 장난을 치고 있다. 온갖 그림과 시는 신성한 적을 걸레로 전락시켜 놓고 뒤에서 기분 좋게 떠들어 대는 사람들을 단정하게 가리기 위한 일종의 커튼과 같다.

"좋았어."

그녀가 캐리스에게 말하자 캐리스가 두 팔과 두 손을 앞으로 쭉 뻗는다. 꽃병은 수직으로 떨어져 난간을 넘으면서 쨍 소리를 내더니 반으로 갈라진다. 캐리스는 살짝 비명을 지르며 불에 덴 듯 얼른 손을 움츠리고 바라본다. 손이 푸르스름하게 물들어 반짝이고 있다. 꽃병 조각들은 물속으로 첨벙 들어가고 지니아는 연기처럼 긴 여운을 남기며 멀어져 간다.

---

* 월프레드 오언의 시 「이상한 만남」 한 구절.

"맙소사! 어떻게 된 거야?"

로즈가 묻는다.

"난간에 부딪혔나 봐."

토니가 말한다.

"아니야. 저절로 깨졌어. 걔가 그런 거야."

캐리스는 숨을 죽이고 말한다. 존재는 그렇게 물질에 영향을 미칠 수 있다. 주목을 받고 싶은 것이다.

무슨 말을 하든 그녀의 생각이 바뀔 리 없기 때문에 로즈와 토니는 아무 말도 하지 않는다. 캐리스는 묘하게 안심이 된다. 지니아가 자신의 유골을 뿌리는 자리에 참석해 자신의 존재를 알리다니 기쁘다. 이것은 그녀가 영원히 존재한다는 것을 보여 주는 상징이다. 지니아는 이제 자유의 몸이 되어 다음 생을 위해 다시 태어날 것이다. 다음번에는 좀 더 많은 복을 타고 태어날 수 있을지 모른다. 캐리스는 그녀의 행운을 빌고 싶다.

그런데 몸이 떨린다. 그녀는 양쪽에서 내미는 손을 꼭 잡고 그렇게 섬의 선착장을 향해 간다. 검은 외투를 입은 세 중년 여자. 죽은 사람을 애도하는 여자들이지. 토니는 속으로 중얼거린다. 두껍고 새까만 구식 베일이 존재하는 데는 이유가 있었다. 그 뒤에서 뭘 하는지는 아무도 볼 수 없다. 배꼽이 떨어져라 웃을 수도 있다. 하지만 그녀는 웃지 않는다.

호숫가에는 꽃이 자라지 않는다. 아스팔트 벌판도 마찬가지다. 그런데 토니는 꽃이 필요하다. 흔한 잡초가 필요하다. 지니아는 어디에 있건 항상 전쟁을 치르고 있었다. 비공식적인 게릴라전. 스스로는 전쟁을 치르는 줄 몰랐을 수도 있지만, 그래도 전쟁은 전쟁이다.

적은 누구였을까? 그녀는 과거의 어떤 원한을 갚으려고 했던 걸까? 전장은 어디였을까? 한군데는 아니었다. 온 사방과 이 세상이라는 조직 자체가 전쟁터였다. 아니면 눈에 보이는 곳이 아니라 뉴런 사이, 타올랐다 사그라지는 뇌의 그 조그마한 불길 사이였을 수도 있다. 지니아한테는 전깃불 같은 꽃이 어울릴 것이다. 누전처럼 밝고 치명적인 꽃, 강철을 녹여 만든 엉겅퀴처럼, 불똥처럼 씨를 터뜨리는 꽃.

토니가 기껏 구한 것은 캐리스의 뒤뜰에서 이미 시들어 바스러진 야생 당근이다. 두 친구가 뒷문으로 들어가는 동안 그녀는 몰래 당근을 꺾는다. 이걸 집으로 들고 가 최대한 납작하게 만들어서 테이프로 스크랩북에 붙일 생각이다. 탈린도 지나고 포지 계곡도 지나고 이프르도 지나 제일 끝에 붙일 것이다. 왜냐하면 그녀는 죽은 사람들을 생각하면 감상에 젖는데 지니아도 죽었고, 다른 여러 가지 측면이 있었지만 용감했던 것도 사실이기 때문이다. 그녀가 어느 편이었는지는 상관없다. 토니는 이제 더 이상 상관하지 않는다. 어쩌면 편이 없었을지 모른다. 그녀는 혼자였을지 모른다.

토니는 지니아를 올려다본다. 마법의 주문이 다한 지니아가 발코니 한구석으로 몰려, 마침내 텅 비어 버린 속임수 주머니를 든 채 날카로운 테두리를 밟고 아슬아슬하게 서 있다. 지니아가 그녀를 내려다본다. 그녀는 자기가 졌다는 걸 알았지만, 아직도 비밀을 감추고 있다. 그녀는 미노아 궁전에서 발굴된 고대 조각상처럼 보인다. 커다란 젖가슴과 잘록한 허리, 까만 눈, 구불구불한 머릿결. 토니는 그녀를 집어 뒤집고 샅샅이 살피며 질문을 던지지만, 유약을 바른 도자기 얼굴을 한 여자는 미소만 지을 뿐이다.

부엌에서 웃음소리와 접시가 달그락거리는 소리가 들린다. 캐리스가 음식을 차리고 로즈가 이야기를 하는 중이다. 그들은 앞으로 점점 더 그렇게 될 것이다. 이야기가 많아질 것이다. 오늘 밤에 그들은 지니아 이야기를 할 것이다.

지니아는 우리와 비슷한 구석이 있었을까? 토니는 이런 생각을 한다. 아니면 반대로, 우리는 지니아와 비슷한 구석이 있었을까?

이윽고 그녀는 문을 열고 친구들이 있는 곳으로 들어간다.

작가의 말

먼저 많은 도움을 준 사람들에게 감사의 뜻을 전하고 싶다. 에이전트를 맡은 피비 라모어와 비비안 슈스터. 담당 편집자 엘런 셸리그면, 낸 A. 텔리스, 리즈 콜더. 일부 역사적 사실의 감수를 맡은 데이비드 킴멜. 그리고 바버라 차르네키, 주디 레비타, 말리 러소프, 새러 빌, 클라우디아 힐노턴. 조앤 셰퍼드, 도냐 페로프, 새러 쿠퍼, 마이클 브래들리, 개리 포스터, 케이시 미니아로프, 진 골드버그, 앨리슨 파커, 로즈 토네이토. 조언을 아끼지 않은 찰스 우즈워스와 줄리 우즈워스, 도리스 헤프런, 존 오키프와 크리스틴 오키프에게도 고맙다.

존 키건이 쓴 『전쟁의 얼굴』과 『승자의 리더십, 패자의 리더십』, 어빙 아벨라와 해럴드 트로퍼가 공저한 『0명도 너무 많다』, 루시 S. 다비도비츠가 쓴 『유대인 전쟁』은 참고 도서로 아주 유용했다. 그리고 특정 전투와 사건을 공부하는 데에는 리처드 어도스의 『서기 1000년』과 헨리 로이스와 마거릿 로이스의 공저 『미지의 프랑스 남부』가 많은 도움이 되었다. 탄도학의 대가 제럴드 볼의 암살 사건은 제임스 애덤스의『급소』와 데일 그랜트의『거울의 바다』를 참고했다.

인체를 전등갓에 비유한 것은 리노어 멘델슨 애트우드의 착상이었고, "머리에 똥만 들었다"는 표현은 E. J. A. 깁슨이 한 말이다. 빨간 발자국과 하얀 발자국 이야기는 얼 버니에게, 눈썰매 사건과 까맣게 칠한 아파트는 그림 깁슨에게 들은 일화다. 유령을 말린 쌀에 비유한 것은 P. K. 페이지의 작품에서 착안했고, 살갖으로 만든 옷은 제임스 레니의 시「최후의 심판일 혹은 붉은 머리 딱따구리」에서 따왔다. 용감한 독일 고모 이야기는 토마스 카를 마리아 슈바르츠에게서 들었고, 여학생은 전쟁을 주제로 보고서를 쓰면 안 된다고 말한 교수 이야기는 수전 크리언에게서 들었다.

사족을 달자면, 기원전 2세기에 존재했던 튜튼족은 10세기에 활약했던 튜튼 기사단과는 상관이 없다.

옮긴이의 말

부커 상 후보자 명단에만 이름을 다섯 번 올렸고 2000년도에 『눈먼 암살자』로 부커 상을 수상한, 20세기 캐나다를 대표하는 여성 작가 마거릿 애트우드는 동화 「푸른 수염」에서 착안한 『푸른 수염의 달걀』이라는 단편집을 낸 적이 있다. 이렇듯 동화의 세계를 잘 활용하는 그녀는 여덟 번째로 발표한 소설 『도둑 신부』에서도 한 동화에서 제목과 모티프를 차용한다. 그림 형제의 동화 「도둑 신랑」이 바로 그것인데, 이 작품에서 사악한 도둑들은 가짜 신랑 행세를 하여 신붓감으로 점찍은 처녀를 자기 소굴로 끌어들인 다음 그녀를 잡아먹는다. 하지만 『도둑 신부』에서는 반대로 지니아라는 미모의 여성 안타고니스트가 남자들을 우롱하고 세 주인공 토니, 캐리스, 로즈의 곁으로 파고들어 그들의 삶을 야금야금 갉아먹다 급기야는 파괴해 버린다.

지니아와 더불어 대학교 동창지간인 세 주인공은 겉보기에 공통점이 전혀 없어 보인다. 토니는 매우 현실적이고 차분하며 똑똑한 역사학자다. 캐리스는 텃밭을 가꾸는 취미가 있고, 구름 속을 걷는 듯 조금 몽롱한 분위기를 풍기는 히피다. 그런가 하면 로즈는 목소리 큰 사업가로, 전형적인 외강내유과다. 하지만 한 꺼풀 걷어 보면 이들에게는 여러 가지 공통점이 존재한다. 첫째로 이들은 모두 이른바 '전쟁둥이'로 태어나 이런저런 방식으로 전쟁의 영향을 받았고, 결핍과 상처로 얼룩진 어린 시절을 보냈다. 토니에게 부모님은 존재하되 존재하지 않는, 정신적인 부재를 의미한다. 캐리스에게 부모님은 실질적인 부재를 의미한다. 로즈에게 부모님은 알 수 없는 존재다. 둘째로 이들은 하나같이 마음이 약하다. 겉보기에 매우 이성적인 토니도, 씩씩해 보이는 로즈도 딱한 사람을 보면 그냥 지나치지 못하니 다들 화를 자초하는 성격이랄까. 결국 이들 셋이 지니아에게 곁을·내준 것도 그런 성격 때문이다. 그리고 셋째로 이들에게는 지니아라는 공통분모가 존재한다. 이 세 번째야말로 가장 중요한 공통점인데, 사실 이들이 한 달에 한 번씩 모여 점심식사를 함께하게 된 것도 지니아 때문이다.

이 작품에서 지니아는 철두철미한 악의 화신으로 그려진다. 남자들을 무장 해제시키는 '아우라'와 미모로 무장한 것으로도 모자라 상대방의 빈틈을 제대로 포착해 확실하게 숨통을 조이는 능력까지 갖췄다. 그런데 과연 토니, 캐리스, 로즈는 그저 희생양이기만 할까?

세 주인공에게 또 다른 공통점이 있다면 제2의 자아가 있다는 점이다. 토니에게는 상상 속에서 그녀의 쌍둥이로 태어난 왼손잡이 트몬리프 니토가 있다. 그녀보다 훨씬 크고 강하고 용감하며, 길고 텁수룩한 머리를 바람에 휘날리며 야만족의 선두에서 달리는 인물이다. 캐리스에게는 캐런이 있다. 어린 시절의 아픈 상처들을 모두 품고 어두컴컴한 기억 저 깊은 곳으로 떠밀린 또 다른 자아다. 로즈에게는 로절린드 그린월드가 있다. 가톨릭교도의 세계와 유대인의 세계, 그 어느 쪽에도 속하지 못하고 결국 광대가 되는 길을 택한 자아다.

캐리스는 죽은 줄 알았던 지니아를 톡시크에서 다시 만나던 날 출근길에 "모두가 모든 이의 일부분이라면 그녀 역시 지니아의 일부분"이라는 생각을 한다. 그녀가 보기에 지니아는 가증스러운 사기꾼이지만, 강하고 자신감 넘치는 인물이기도 하다. 캐리스는 지니아와 한 몸이 되는 꿈을 꾸고 나서 한결 힘이 솟는 듯한 기분을 느낀다. 지니아의 파괴적 성향을 꿈속에서나마 경험하면서 세상을 보는 눈이 한층 넓어졌기 때문이다.

로즈는 톡시크에서 지니아를 다시 만나고 사무실로 돌아갔을 때 지니아의 사진을 내려다보며 "내가 만든 괴물"이었다고 씁쓸하게 인정한다. "내 마음대로 조종할 수 있을 줄 알았는데 도망쳐 버렸"다고 고백한다. 로즈에게 지니아는 "남자들을 마음대로 주무르는 그 놀라운 능력"의 소유자다. 그렇기 때문에 그녀를 경멸하는 한편 그녀를 닮고 싶어 한다. 그녀만의 비법을 배우고 싶어 한다.

토니도 마찬가지다. 그녀가 생각하는 지니아는 먹잇감을 붙잡으면 꼼짝 못하게 만드는 위협적인 존재이지만, 한편으로는 본인도 탐나는 능력을 소유한 인물이기도 하다.

인간은 누구나 다각적인 측면을 가지고 있다. 로즈는 죽은 줄 알았던 지니아를 톡시크에서 다시 만났을 때 성형수술을 받은 그녀의 모습을 보고는 의사들이 탄생시킨 프랑켄슈타인 같다는 생각을 하지만, 사실 지니아는 토니와 캐리스와 로즈의 숨겨진 자아가 뭉뚱그려진 프랑켄슈타인일지 모른다. 세 여자는 지니아가 죽은 줄 알았을 때도 주기적으로 그녀를 떠올리며 무의식적으로 그녀를 소환한다. 풀지 못한 앙금이 남아 있기 때문이기도 하지만, 겉으로 드러내지 않고 꽁꽁 숨겨 두었던 자신들의 또 다른 모습을 지니아에게 투사했기 때문이기도 하다. 이 작품에서 지니아라는 안타고니스트는 세 주인공으로 하여금 그들이 애써 외면하던 내면의 문제와 여성의 자의식 문제에 접촉하게 하는 역할을 한다.

후반부에 이르러 토니와 캐리스와 로즈는 지니아로 대변되는, 그들의 감추어져 있던 면까지 인정하고 받아들여야 좀 더 온전한 인간이 될 수 있다는 사실을 깨달으면서 자신들의 능력을 재평가한다. 마거릿 애트우드는 여러 작품을 통해 현대 여성들이 자아를 발견하고 스스로 변화해 가는 것이 얼마나 중요한지를 종종 강조해 왔는데, 그러한 작가의 주제의식이 가장 통렬하게 드러난 작품이 『도둑 신부』라 할 수 있다. 여기에서 세 주인공은 지니아라는 존재를 통해, 지니아에서 비롯된 기나긴 여행을 통해 가부장적 사회의 고정 관념에서 벗어날 수 있게 된다.

이쯤에서 질문은 다시 원점으로 돌아간다. 지니아는 정말 '악당'이었고 토니, 캐리스, 로즈는 일방적으로 당한 희생양이었을까? 그녀가 이기적이고 사악하며 염치가 없는 것은 사실이다. 하지만 주변 사람들이 그녀와 얽혔던 것은 하나같이 자발적인 선택이었고, 그녀가 잔인하게 느껴지는 것은 사실 그녀가 너무나 솔직하기 때문이기도 하다. 토니가 호텔방으로 찾아가 다시 만난 자리에서 지니아가 "미치가 말하길 로즈하고 자면 레미콘하고 같이 침대에 누워 있는 기분이라고 하더라."라며 "미치는 벌레 같은 인간이었어. 로즈를 위해서는 없어진 게 더 나아."라고 했을 때 토니는 버럭 화를 내기보다 자기도 모르게 미소를 짓지 않았는가 말이다. 어떻게 보면 지니아는 자신이 파악한 상대방의 약점을 얄미우리만치 제대로 이용했고, 잔인하리만치 솔직했을 뿐이라고 말할 수도 있다. 그런 그녀가 악당인지 아닌지는 각자가 판단할 몫이다.

그나저나 지니아를 살해한 범인은 누구일까? 아니, 실족사가 아니라 살해된 것이 맞기는 할까? 마거릿 애트우드의 노림수에 걸려드는 것임을 빤히 알면서도 또다시 문득 궁금해진다.

2011년 3월
이은선

모던 클래식을 펴내며

고전이 과거의 책이라는 편견은 불식되어야 한다. 현재 가장 생생하고 매혹적인 모습으로 존재하는 젊은 고전들이 바로 우리 곁에 있다. 과거의 유산이 아닌 살아 있는 고전, 이들 현재진행형의 고전을 우리는 '모던 클래식'이라 부르기로 한다.

20세기 후반 이후 세계는 그 어느 때보다도 많은 독자를 대상으로 전 지구적인 문학을 형성하고 있다. '모던 클래식'은 지역성을 뛰어넘어 이미 글로벌 스타로 거듭난 각국의 젊은 거장들을 통해 이 시대 첨단의 문학을 선보인다. 현금의 가장 생생한 세계문학이자 미래 문학의 지형도 역할을 할 이 젊은 고전들은 시대의 보고이자 미래의 유산이다.

시대를 초월하여 늘 현재와 소통하는 문학을 고전이라 이른다. 견뎌 낸 시간의 양과 상관없이 고전은 언제나 이 자리에 존재한다. '모던 클래식'은 이 시대의 독자들과 함께 호흡하며 영원히 미래의 독자를 향해 손짓할 것이다.

— 편집위원 강우성 · 류신 · 박성창 · 박혜경 · 송병선

옮긴이 **이은선**　연세대학교 국제학대학원 동아시아학과를 졸업하고 편집자, 저작권 담
당자, 번역가를 두루 거치며 출판계 전반을 탐험하는 중이다. 옮긴 책으
로 『포의 그림자』, 『딸에게 보내는 편지』, 『로우 보이』, 『장거리 주자의 고
독』, 『몬스터』 등이 있다.

모던 클래식
045

도둑
신부 2

1판 1쇄 찍음　2011년 3월 11일
1판 1쇄 펴냄　2011년 3월 18일

지은이　마거릿 애트우드
옮긴이　이은선
발행인　박근섭·박상준
편집인　장은수
펴낸곳　(주)민음사

출판등록　1966. 5. 19. 제16-490호
주소　　　(135-887) 서울시 강남구 신사동 506번지
　　　　　강남출판문화센터 5층
대표전화　515-2000 | 팩시밀리　515-2007
홈페이지　www.minumsa.com

한국어 판 ⓒ (주)민음사, 2011. Printed in Seoul, Korea

ISBN 978-89-374-9045-3 (04800)
　　　978-89-374-9000-2 (세트)